三教

Three oldboys

吕铮 著

北京联合出版公司
Beijing United Publishing Co.,Ltd.

图书在版编目（ＣＩＰ）数据

三叉戟 / 吕铮著 . -- 北京 : 北京联合出版公司，
2020.7

ISBN 978-7-5596-4200-4

Ⅰ. ①三… Ⅱ. ①吕… Ⅲ. ①长篇小说－中国－当代
Ⅳ. ① I247.5

中国版本图书馆 CIP 数据核字（2020）第 064357 号

三叉戟

作　　者：吕　铮
责任编辑：徐　鹏
封面设计：王　鑫

北京联合出版公司出版

（北京市西城区德外大街83号楼9层 100088）

北京新华先锋出版科技有限公司发行

大厂回族自治县德诚印务有限公司印刷　新华书店经销

字数211千字　620毫米×889毫米　1/16　21印张

2020年7月第1版　2020年7月第1次印刷

ISBN 978-7-5596-4200-4

定价：59.00元

1

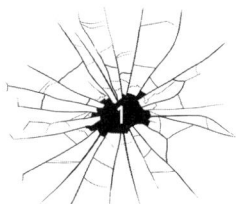

太阳在云层中隐着，泛出灰白的光。正是夏末时节，天气炎热，被炙烤过的树叶卷曲着，像羞怯的小媳妇。在海城公安局门前，一个五十多岁的男子在大声吵闹着，他衣衫褴褛、蓬头垢面，手持一根破铁棍，喊着喊着突然一下子跪在了地上。行人们纷纷驻足观望，不一会儿就围了一圈。看门的保安队长劝阻无果，第三次跑到门口的值班室里。一进门，崔铁军正端着个大搪瓷缸子，把一杯晾凉的花茶送到嘴边，保安一慌，撞得桌子一歪，让崔铁军把花茶洒了一身。

"哎哎哎，怎么茬儿这是？你丫赶着投胎去啊？"崔铁军气不打一处来。

保安更加慌乱，忙拽过一块抹布往他裤裆上抹。

"滚滚滚，还想占老子便宜是吧。"崔铁军一把推开保安，"急什么急？刚才教你的法子不管用啊？"他年近六旬，稀疏的头发已经花白，但目光却炯炯有神，一身警服穿得歪歪扭扭，说起话来不紧不慢。他是经侦支队的民警，因为还不到一年退休，领导就照顾他让他负责门岗，别看这只是个看大门的活儿，但相比经侦支队"白加黑、五加二"的加班加点，可真是天上地下了。

"不管用啊，崔爷，我就照您刚才吩咐说的，告诉他公安局不管文物的事儿，让他交到文物局去，但我说话不管用啊，他说必须见咱们局长才行。"保安气喘吁吁地回答。

"废物，你肯定是没把他拿住，唉……还是毛嫩啊，我告诉你啊，一会儿出去得这么说……"崔铁军不耐烦地嘟囔。但他话还没说完，门帘一挑，郭副局长走了进来。保安一看赶忙立正，崔铁军也把姿势收敛了许多。

郭副局长与崔铁军同岁，一进门就看到崔铁军敞胸露怀的样子，他忍住发作，问道："您老……凉快呢？"

"哦……挺，凉快……"崔铁军应和着。

"但外面的人不凉快啊，人家都跪了半天了！"郭副局长还是没能压住火气，"老崔，你这怎么值的班啊？门口都闹开了锅了，你还在这儿坐着。坐着就坐着吧，你瞧你这一裤子，你这是……干吗呢……"郭副局长撇嘴。

崔铁军立马站了起来，脸色有点难看，他倒不是怕局长的几句呲嗒，关键是当着保安没面儿。"嘻，我这不是让保安先劝着呢吗？这道理您也懂，等保安说不动了，我再出去，这好歹有个缓冲带不是？"他解释道。

"缓冲个屁，老百姓都扎堆儿了，110 指挥中心都接到群众举报了，在市局门口有人上访，我还以为这儿没人管呢！"郭副局长气得拍了桌子。

"哎哎哎，咱出来说，出来说。"崔铁军一边把郭副局长往门外推，一边拽过刚才保安拿的那块抹布擦着裤子。"哎，把那喇叭递给我。"他又对着保安说。

一出门，热浪袭来，崔铁军拢了拢头发，整了整警服，一边走一边说："我说老郭啊，你是不知道，这孙子外号叫范大傻子，是个'文疯子'，以前是二机厂的，二十年前跟着二冬子那帮流氓混过两年，没落着好，媳妇让车撞了之后，脑子就出了问题，一直以为二冬子还在号儿里，总想卖点家当捞他出来。这种人啊，咱就不能搭理，就跟小孩哭闹一样，你越劝他就越来劲……"崔铁军和郭副局长在三十多年前就在一起警训，当着别人面叫郭副局长的官称，独处就随意下来。

"那按你的意思呢？就让他在这儿闹？不管他？那老百姓怎么看咱们？怎么看警察？"郭副局长转眼看着他。

"我也没说不管啊，这不得晾晾再管吗？等他闹没劲儿了，上去说几句就完。哎……你别露面啊，他要知道局长来了，更来劲了。"崔铁军叹了口气。

跪在门口的范大傻子看到崔铁军，立马打鸡血似的站了起来，眼睛里放出针尖似的光芒。"政府，政府！我就找你！"

崔铁军一看，苦笑着走了过去。

"怎么茬儿啊，老范，还是为的那把宝刀啊？"崔铁军指了指范大傻子手里的"兵器"，故意放大声音问。

"哎！不是宝刀，您这怎么听的啊？是九龙宝剑，九龙宝剑！"范大傻子说。

"什么？什么剑？"崔铁军装没听见。

"九龙宝剑！乾隆爷的九龙宝剑！"范大傻子几乎喊了出来。

"我耳背……"崔铁军指了指自己耳朵，说着把手中的电喇叭递了过去，"拿这个说，听得清楚。九龙宝剑？什么来头啊？"他问。

"哎！我跟你说了多少遍了，你怎么记不住啊！"范大傻子顿足捶胸，他拿起电喇叭，神经质地大声说，"九龙宝剑是乾隆爷生前的防身宝器，乾隆爷死后就陪葬于河北清东陵，军阀孙殿英将其从墓中盗出，欲发不义之财，但迫于压力，将此剑交给特务头子戴笠欲呈给蒋介石，不料却落入间谍川岛芳子之手……"范大傻子拿着喇叭，有板有眼地在市局门前说起了评书，围观的群众一听都笑了起来，才意识到这位爷不是有冤屈到公安局上访，而纯属是脑子有病。

看火候到了，崔铁军一把从范大傻子手中抢过喇叭，大声对围观的群众说："各位散了吧，听评书回家听去，单田芳比他说得精彩。"

这话一出，人们嬉笑着散去，但范大傻子却不干了："哎，你干吗啊，我还没说完呢！"

"说什么啊，我不上次告诉你了吗？我们公安局不管这文物的事儿，要去你得去文物局。"崔铁军说。

"我就是从文物局来的，是他们让我找公安局。有困难找警察，我有困难了，你们得管！"范大傻子竟然振振有词。

崔铁军有点不耐烦了："那行行行，你把那什么宝剑给我吧，我帮你拿给局长。"他说着就要过去拿。范大傻子却一下推开了崔铁军的手："不行，我得亲自见你们局长！"

"嘿，我这暴脾气的！"崔铁军不顾阻拦，还是一把攥住了范大傻子手中的"剑"，这哪里算是什么剑啊，就是一根破铁棍，死沉死沉不说，还锈迹斑斑。范大傻子看崔铁军动了粗，也不示弱，猛地往自己怀里拽。崔铁军一趔趄，手中的电喇叭也掉在了地上，发出刺耳的电流声。两个人顿时撕巴起来。

郭副局长再也看不下去了，一个箭步冲了过来："放手，老崔，放手！有这么对老百姓的吗？啊！"他先是呵斥崔铁军，随即又对范大傻子摆出一副亲民的模样："哦，你好，我是公安局的副局长，有什么事跟我说。"

"啊，你是局长？"范大傻子趁崔铁军松手的机会把铁棍抢了回来，"你真是局长？"他疑问道。

"废话，你看看他的肩章不就知道了？我是两个杠，人家是一个花。"崔铁军说。

"哦，哦。"范大傻子连忙点头，"我就找你，就找你。"他说着就冲郭副局长走了过去。

郭副局长清了清嗓子，正想着该从哪方面做通这个"文疯子"的思想工作，却不料范大傻子手法极快，趁其不备，猛地扑了过去。

"不好！"崔铁军看范大傻子手往兜里插，顿觉危险。但为时已晚，此时范大傻子已狠狠搂住郭副局长，用一把改锥抵住了他的颈动脉。

"你干吗？"崔铁军厉声质问。

"你……你们快把我大哥放出来！要不……要不我就宰了他！"范大傻子嗓音尖厉，眼里露出凶光。

"你大哥是谁？"郭副局长轻声问。

"是……是二冬子！被……被你们抓了！快……快放人！"范大傻子

气喘吁吁地回答。

"二冬子？"郭副局长皱眉，他瞅了瞅一脸无奈的崔铁军，试探地说："我说老范啊，二冬子现在不在我们公安局，他……早就死了……"郭副局长说得没错，只要在海城当警察的都知道，曾经的悍匪二冬子，早就在二十年前被警方击毙了，说他被抓显然是无稽之谈。但范大傻子却不信这一套。

"你胡说！我大哥根本就没死，是……是你们把他秘密关押了！你……要是不放，我就弄死你。"他说话的语气让人不寒而栗，"要不……要不这样也行，你们帮我把这九龙宝剑给卖了，卖的钱都归你们，你们只要放了我大哥就行！"他的语气转瞬又变成哀求。

崔铁军知道，这是精神病人最危险的时候，光靠劝是不行了。此时市局的刑警们已经冲了出来，荷枪实弹地准备武力解决。

"干什么？你们想打死一个傻子？"崔铁军质问已经打开手枪保险的刑警队长。

"那怎么办啊，崔爷，这孙子犯起病来，再给郭局伤了。"刑警队长轻声说。

"快叫大棍子来，快点！"崔铁军说。

"大棍子？"刑警队长皱眉。

"叫习惯了。是那谁，老徐，徐国柱！"崔铁军提高了嗓音。

2

市南区江州路的一处大型连锁超市门前，身着警服的徐国柱正和另一个警员在处理着纠纷。纠纷起因很简单，一个人把商铺的车位给占了，商铺老板让他挪车，几句话不对付两个人就撕巴起来。徐国柱接到 110 布警的时候正在附近巡逻，一听有事就马上和同事赶了现场。现场混乱不堪，逛超市的人们大都没什么正事，一看有人吵闹立马围拢。

巡逻民警的职责并不是处理纠纷，而是及时制止，将双方带到派出所处理。徐国柱今年五十八岁，留了个板寸，脸上的肌肉总绷着劲儿，跟谁欠他八百吊似的，他身材魁梧彪悍，一看年轻时就是个练家子。他干了三十多年的刑警，快退休了被下沉到基层派出所，成了巡逻民警。徐国柱觉得度日如年，相比他昔日辉煌的警察生涯，他觉得现在的自己像是混吃等死的行尸走肉。本来是个小事，却不想面对警察的干预，那男子不但丝毫没有收敛，反而更加疯狂起来。想想也是，在这个年头，除了警察的儿子之外，是没人怕警察的。

徐国柱挎着警务"八大件"，拿执法记录仪对着男子，尽量心平气和地说："我跟你说了，孰是孰非要到派出所解决，你现在这么闹一点意义都没有。"

"谁闹了？你凭什么针对我？啊，我说他怎么这么嚣张呢？你们是他的后台吧！官商勾结，没一个好东西！"男子指着徐国柱的鼻子说。

"你……"徐国柱一愣，嗓子仿佛被鸡毛噎住了，心里郁积的压抑一下就随着血压爆发到了高压180，"你说谁官商勾结呢？"徐国柱反问男子。

"你……就是你们这帮警察！"男子的手指几乎指到了徐国柱的脸上。

"你再说一遍试试！"徐国柱脑袋一热，就一把揪住了男子的脖领，往上一拎，男子几乎双脚离地。这下围观的闲人们可美了，大家正愁没热闹可看，一看这架势，纷纷拿出手机，等矛盾升级。

旁边的警员赶忙过来劝阻，但徐国柱已经把人家提拉起来了，再放下可就不容易了。徐国柱心里也开始发虚，眼看骑虎难下之际，一辆蓝白道警车风驰电掣地开到了面前。刑警队长从车里跳了下来，三步并作两步跑到了跟前。

"老徐，有紧急任务，快跟我走！"他雷厉风行地说。

"啊？我这……"徐国柱还没反应过来。

"哦……"刑警队长瞥了一下他手中提拉的男子，转头对身后的刑警说，"你们两个，帮老徐处理这事。你跟我走！"他说着就一把将徐国柱拽了过来。那男子这才双脚沾地，但他刚缓过一口气就又开始发飙，冲着那两个刑警又重复了一遍骂徐国柱的话。没想到俩刑警一点不比老徐软，一个控制周围群众录像，另一个二话不说，一把就将男子拽进了老徐他们的巡逻车……

警车在路上飞速行驶，徐国柱用手揉着脑袋："哎，我说大领导，这是怎么茬儿啊，你怎么想起我这老家伙来了？"

刑警队长知道徐国柱一直记恨着下沉的事，并不接锋芒："哎，您也是，跟这种人较什么劲啊……现在和以前不一样了，警察不好干了，以前当警察走在街上流氓都躲着走，耀武扬威的。现在呢，穿着制服走在街上自己心里都打鼓。"他岔开话题说。

"妈的，现在是什么世道啊，什么人都敢跟警察麦刺儿。这要搁二十年前，我早他妈收拾他了！你要不拿自己当人，就没人拿你当人……"徐国柱叹了口气，他拿出一根中南海香烟，把烟屁股往大腿上磕了磕，自顾自地点燃，"说吧，什么事儿？没事儿我下车了。"

刑警队长简要叙述了情况，徐国柱听了破口大骂："我就肏他大爷的，这个'大背头'！有好事想不起来我，碰到这事儿了倒想起我了。人家大局长被劫持了，得你们刑警上啊，叫我这么个老废物过来干吗啊，替他当人质去？"徐国柱猛抽了一口香烟。

"哎，老徐，这都是领导的意思，我也是照方抓药。"刑警队长不想招惹是非，抹着稀泥。

徐国柱不再说话了，他知道事情不那么简单，但心里却并不慌乱，三十多年的刑警生涯早就让这帮老警察练就了泰山崩于前而色不变的本领。

到了现场，徐国柱立马就明白了。范大傻子一看见是徐国柱，嚣张的气焰也顿时灭了一半。

徐国柱并没有直面劫持现场，而是先走到崔铁军的面前："哎，我说大背头，你丫这犯的是什么情儿啊？你看大门就好好地戳着，有事让人家年轻的处理，你往前冲什么啊，等着立功解决调研员呢？我他妈一个臭脚巡，管得着这劫持现场吗？"他一点儿不留情面。

"嘻，我说'大棍子'，要不是这孙子犯了病，我也不能请你来啊。你看，我一搞经侦的，哪儿办得了这事儿啊……"崔铁军在老朋友面前不说假话，因为他年轻时总是西装革履的，所以被起了个"大背头"的外号，只有老家伙们才这么叫他。

"你们经侦都这德行，捅了娄子让别人来擦屁股，这么大雷你让我扛着，你丫真有办法！我还告诉你啊，就这一次，成不成的，晚上小肠陈你丫请我吃卤煮去。"徐国柱的外号叫"大棍子"，干了三十多年的刑侦，至今还是光棍儿一条。

"哎，什么成不成啊？必须成啊！"崔铁军说。

"成了算你的，不成你补他那个缺。"徐国柱说着解下腰间的"八大件儿"，扔给崔铁军，径直走了过去。

范大傻子从徐国柱一下车就目不转睛地盯着他，看他向自己走过来，心一下就提到了嗓子眼儿。

"嘿！我说你丫长本事了吧！"徐国柱高声厉喝，一迈腿就跨过了警戒线，冲着范大傻子就奔了过去。

范大傻子一哆嗦，改锥又进了一步，郭副局长疼得直喊"哎哟"。但徐国柱却一点儿不为所动："你要干吗啊？扎死他？扎！往死里扎！我就是让他给下沉的，正想弄死他呢！"他在距离两米处停下来。

"我……我就是想让你们把我大哥给放了。"范大傻子的音调降了八度。

"谁是你大哥？"徐国柱问。

"二……二冬子……"范大傻子回答。

"二冬子？你有病啊！我是谁啊？啊！"徐国柱把眼睛瞪圆，又往前走了一步。

"你……你是，大……大棍子……"范大傻子回答。

"认得还废什么话！你不知道二冬子怎么死的啊！都他妈二十年了，你狗记性啊！"徐国柱声如洪钟，指着范大傻子的脑门儿，"就冲他这个地方，一颗黑枣，贴墙上了。怎么着？你也想试试啊！"

被徐国柱这么一说，范大傻子顿时哆嗦起来："不可能，不可能……他没死，没死……我听说了，是老鬼耍的花样……耍的花样……"他猛烈地摇头，抖如筛糠，病态愈发明显。

"放手！要不连你一块给崩了！"徐国柱猛地走了过去，范大傻子一犹豫，被徐国柱一脚蹬翻在地。众刑警赶忙扑了过去，抢过改锥，将范大傻子制伏。

郭副局长惊魂未定，气喘吁吁。他走到徐国柱面前，刚要道谢，却不想徐国柱一点儿不给面儿，扭头便走。

崔铁军看事情解决了，跑到徐国柱身边赔笑脸，徐国柱却不领情，自顾自地往市局里走。

"我告诉你啊，晚上给我拿瓶好酒，别他妈抠抠搜搜的。"

"现在喝酒得报备。"崔铁军笑着说。

"那就报啊，你还怕你上边那个窝囊废？"徐国柱不屑。

"行，我报，你立了这么大功，弄不好开张票还能报销呢。"崔铁军笑着说。

"瞧你丫那揍性，你也就看看大门儿了……"徐国柱撇嘴，"别跟那郭大白话一样，光会当官儿了，连个傻子都搞不定。"徐国柱和郭副局长也是同一辈人，两个人都是"卫生警"（曾经城管的雏形）出身，后一起被社招入警。到了这个年纪，在老家伙们眼里，早就不拿官当官了。

"大背头，那傻子就交给你了，忽悠忽悠他就行了。二十年前就是个尿主儿，跟着二冬子混过几个月，就真拿人家当大哥了，最后妻离子散，唉……也是够惨的。"徐国柱面带怜悯。

"行，知道了。"崔铁军点头。看徐国柱走远了，他走到范大傻子面前，从地上捡起了那根锈迹斑斑的铁棍。"把铐子给他打开。"崔铁军对两个刑警说。

"崔爷，这……"刑警面带难色，不时看着一旁的郭副局长。

"哎，郭局，你说这傻子也处理不了，这……"崔铁军和徐国柱不同，当着别人还是给郭局面子的。

郭局没说话，冲刑警点了下头，转身进了市局。他在心里懊悔透了，本想弄个领导亲自接待群众的好事，没想到玩了这么一出，灰头土脸不说，那其他几个班子成员还不定怎么看他笑话呢。

范大傻子被这么一吓，彻底尿了。他低着头，看着崔铁军的脚面离自己越来越近，身体颤抖起来。

"以后还闹不闹了？"崔铁军拍着范大傻子的肩膀问。

范大傻子躲了一下："不……不闹了……"他小心翼翼地回答。

"怕大棍子？"崔铁军盯着他的眼睛。

"是……大……大棍子太凶了。"范大傻子满眼都是恐惧。

"以后还来不来了？"崔铁军又问。

"不……不来了……"范大傻子回答。

崔铁军心里暗笑，他要的就是这个效果："给你……"他说着把"九龙宝剑"还给了范大傻子，"这宝贝啊，你不能随便拿出来显摆，挺不容易从川岛芳子手里拿来的，弄不好再让谁给抢走了。"

范大傻子狐疑地接过剑，半抬起头看着崔铁军："崔……崔爷……谢谢了……"他一边说一边往后退，"这文物局也不收啊……"他还是没了了这个心结。

"文物局是不收，因为你没鉴定啊。"崔铁军有一搭没一搭地回答。

"那……哪儿能鉴定啊？"范大傻子问。

"北京，故宫博物院，那儿说了算。"崔铁军也累了，说完转身吩咐那两个刑警："一会儿把他送到属地派出所，再教育教育，让社区治安员好好看着，别出事就行了。"他说完伸了个懒腰，朝着值班室的方向走去。

3

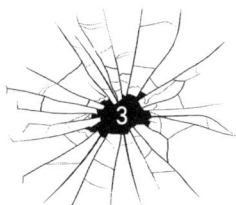

　　傍晚时分，市南区的小肠陈饭馆，一共才有四五张桌子的小店挤满了食客，昏黄的灯光摇曳着。这是海城吃卤煮最好的去处，别看环境一般，但味道确实数一数二。崔铁军早早到了，看屋里人多，就让店家在门口支了一张桌子，先要了一瓶冰镇啤酒，一边喝一边等。

　　夜色像一面纱，覆盖了世界的燥热，傍晚的街头喧嚣熙攘，但崔铁军的心里却异常安静。他坐在路旁，看着街上如潮水般的车流，突然想到了一个词，物是人非。二十年前的一天，他也像现在一样，喝着啤酒默默地等人，但等的人却再也没有来。如今一切已烟消云散，自己也到了快退休的年纪，他一想到退休就感到心里发空，脚下也似乎没了根儿一样。

　　正在这时，徐国柱从远处走了过来，身边还跟着一个人。崔铁军仔细一看，那个人正是预审支队最能聊的"大喷子"，潘江海。

　　徐国柱走到近前，手里盘着一串手串，大大咧咧地说："哎，大背头，正好碰见老潘，一起吧。"

　　"还大背头呢，现在头发都快没了。"崔铁军自嘲道。他看了一眼潘江海，把嘴角往上扬了扬，"人多了热闹。"他不咸不淡地说了一句，又觉得失礼，便补充道，"也好久不聚了，今天正好。"

　　潘江海五十八岁，人长得干巴瘦，薄嘴唇、小眼睛，眼角往上挑着，眼珠滴溜乱转，一看就是个精明人。说实话，崔铁军是不怎么喜欢潘江海的。潘江海属于那种以掌握信息为生命、以交流信息为己任的人，一张嘴就天南海北、云山雾罩，仿佛这世界上就没他不知道的事儿。

　　潘江海倒是不客气，一屁股坐在了凳子上："崔爷，你现在这活儿挺滋润啊，听说上一天歇一天？"他打开了话匣子。

　　崔铁军最不爱听人提他的工作，但碍于徐国柱的面子，也不好发作：

"嘻，我现在就一看大门儿的，混吃等死，滋润个屁啊。"他回嘴道，"不像你，这个岁数了还是预审大拿。"

"大拿……"潘江海自嘲地笑，"我呀，早他妈让人家划到圈儿外了，去年我们支队搞的那个案子你知道吧？那海涛自以为是个预审的'腕儿'了，弄个经济案子一下让人给玩了，弄一鸡飞狗跳，最后要不是齐孝石给码平了，还不知道该怎么收场呢。这案子就愣是没让我参与，唉……这帮人争功争得厉害。"潘江海摇头。

崔铁军不想再听他说下去，以前跟潘江海喝过几次酒，知道这位一开闸就收不住。他转身叫来店家，要了三碗卤煮，又加了两个"菜底儿"，弄了个花生毛豆拼。

"哎，棍子，喝点儿什么啊？"崔铁军问。

"就白瓶绿标的牛二就行。"徐国柱说。

"哎，你可别给我省钱啊，这顿我可不开发票，自己请，你别完事后悔。"崔铁军说。

"没给你省，那个喝着舒服。"徐国柱说着，用手揉搓起珠子，发出咔咔的声音。

"哎，我可不喝酒啊，我血糖高。"潘江海说。

崔铁军没搭理他，拿过店家的一斤装白酒，拧开盖，往三个杯子里匀着倒完："来，这瓶咱仨先匀了，老潘，今儿既然来了，就不能不喝。"崔铁军说着把杯子递了过去。

徐国柱看着潘江海坏笑："你呀，就爱耍鸡贼，还血糖高，我他妈'三高'，比这个你没戏……"

"嘿，哎……"潘江海接过杯子，犹豫了一下，"得，老哥哥说了，我就奉陪。服务员……"他转头叫道，"给我倒杯热水，我吃药。"他说着从背包里拿出一个白色的小药瓶，倒出药片，"拜糖平，我今天多吃两片儿，陪陪你们。"他一掏药瓶，腰间的皮带露了出来，是个挺贵的牌子。

崔铁军冷笑了一下，把另一杯递给徐国柱："棍子，白天谢谢你了啊。"

徐国柱接过酒杯，撇嘴笑了笑："你呀，总跟我来这弯弯绕，别人不明白我能不明白？你动这么大架势让我去，还不是用我这淫威吓唬傻子？"

他这么一说，崔铁军也笑出声来："别……别淫威，余威，余威！"

俩人这么一聊，潘江海也来了兴致："是上午那事儿吧，我听说怎么着，老郭让人拿刀架脖子上了？"

"嘁，什么拿刀啊，一个破改锥……"徐国柱说，"你还记得范国庆吗？以前二机厂那个？"

"啊，知道，后来不是疯了吗？"潘江海说。

"对，就是他。"徐国柱说着用下巴点了一下崔铁军，"人家牛啊，自己轰不走这孙子，叫我过来擦屁股了。"

"嘁，你是谁啊，名震江湖的大棍子，你一跺脚，咱市局都颤。来一口儿。"崔铁军说着端起酒杯，老哥仨都来了一大口。

"你们知道吗？纪委前几天找老郭了。"潘江海的关注点并没在范大傻子身上。

"为什么？"徐国柱侧目。

"还不是因为经侦支队去年那事，搞案子收钱，让支队那个赵顺一闹啊，折进去好几个。"潘江海说，"这事崔爷清楚啊。"他看崔铁军。

"嘁，我一看大门儿的，两耳不闻窗外事，早就不过问经侦的事儿了。"崔铁军解释道。

"哦……"潘江海眼珠转了转，点了点头。

"现在你们经侦啊，是真没人干活儿了。"潘江海摇头，"就说今天下午我们接的一个案子吧，你们那帮人都取的什么证啊？该取的不取，没用的工商材料给我弄来一大堆。唉……没法说。"

崔铁军低头吃了口卤煮，他不想直面这个问题，但事实确实如何，从经侦支队长江浩出事之后，很长一段时间就没人正经干活儿了。聪明的人遇事儿往后闪，生怕算起老账，手笨的勉强支撑，但挑不起大梁。虽然林楠被临时提拔成副支队长主持工作，但还是太年轻，拢不住队伍、聚不起人心。

"嘻……不说单位的破事儿了，再来一口。"崔铁军再次举杯。三位开始推杯换盏，不一会儿就干完了一瓶。在潘江海的提议下，大家改喝啤酒，徐国柱喝得高兴，要了一箱燕京。

"哎，听说你们那儿要出新政策了，你不试试去？"潘江海问。

"政策？什么政策？"崔铁军疑问。

"嘿，你不知道啊？你们经侦正准备在全局范围聘一批探长呢，不再有年龄限制了。"潘江海说。

"你这都听谁说的？"崔铁军问。

"嘻，听谁说的你就别管了，反正肯定没错。哎，你还不发挥余热弄一个？"

"给我个局长也不干。"崔铁军撇嘴，"你看那老郭，整天坐办公室，都抽抽儿成什么样儿了……"

"所以啊，得出去跑跑啊。说实话，咱们老哥儿几个都没几天蹦头儿了，与其在小年轻的面前碍眼，还不如找点事出去转转。"潘江海说。

经他这么一说，崔铁军倒有点心动，但反观自己还有不到一年就要退休，还是打了退堂鼓："算了吧，我现在这样挺好。"他说着自顾自地仰头吹了半瓶啤酒。

大棍子喝得有点多了，去厕所放水。潘江海也不知是出于什么目的，一个劲儿地撺掇崔铁军竞聘探长。崔铁军不想再说这个，就换了个话题："哎，你们预审那个老齐怎么样了，听说从楼上摔下去了？"

"嘻，那哥们儿啊，没法提。"潘江海不屑一顾地摇头，"我平时都不搭理他，整天事儿事儿的，拿自己当什么'名提'。你说，为了个案子跳楼，这人是不是有病啊？"

他这么一说，崔铁军有点不爱听了，他和齐孝石的关系挺好。看他闷头喝酒，潘江海知道自己是言多语失，就打马虎眼："其实啊，我和他走得不是特别近，也无权说他，但是老哥哥啊，咱这么大岁数了，可不能再为别人活着了。"潘江海感叹道，"不有那么句话吗？别对婊子动真情，别为口号去献身，见到领导要服小，遇事先把水搅浑。嘻……自己心里明白就得了。"

两人你一言我一语，又聊了十多分钟，徐国柱却还没回来。

"这大棍子掉坑儿里了，老潘，我看看去，他喝得不少。"崔铁军说着站起身来。时间已经到了夜晚九点，饭馆的生意却越发红火，他绕过一桌桌食客往胡同里走，刚一进去就听到酒瓶子爆碎的声音。他心里一惊，猛地向里面跑去。

在胡同深处的厕所门口，徐国柱正拿着一块板砖，与一帮年轻人对峙。双方剑拔弩张，一触即发。对方为首的年轻人染着黄色头发，穿着一件花里胡哨的紧身 T 恤，手里正攥着一个呲着尖儿的半拉啤酒瓶子。

"哎哎哎，怎么茬儿，别……别动手儿。"崔铁军跑到徐国柱身前说。

"嘿，谁出门没拉拉链，把你给露出来了。你听着啊，这儿没你的事儿，滚开！"为首的年轻人一说，后面的人都哄笑起来。

徐国柱刚要发作，崔铁军却一把攥住他的胳膊。对方人多，好汉不吃眼前亏，这是最基本的道理。

"怎么了？小哥儿几个，有事儿说事儿，别动不动就闹炸。"崔铁军话说得客气，但语气也挺强硬。

"你说怎么了？你问问他。"为首的黄毛一张嘴，满是酒气。他指了指自己的鞋，"是不是眼睛长屁股上了？看看，滋我一脚！"

崔铁军这才明白，是徐国柱喝多了跟他们一起上厕所，尿到人家脚上了。这再怎么说也是自己理亏，"哎，那是不对，兄弟，你这老哥喝多了，我代他向你说声对不起，啊。"崔铁军想息事宁人。

却不料这黄毛一点儿不给面儿："对不起？现在说对不起了？刚才他

跟我这儿说什么呢？嘿，我还告诉你说，现在晚了，要想走啊，也行，蹲下给我舔了！"黄毛仗着人多，嚣张起来。

"嘿，你这……"崔铁军的火也腾地一下起来了，他刚要发作，身后的徐国柱已经炸了。他哪儿受过这个气啊。徐国柱曾经是管"点子"的刑警，从年轻开始，就一直干着整治流氓的活儿，就算许多成了名的"老炮儿"，见到他也得毕恭毕敬地叫声棍儿哥。徐国柱一把扒拉开崔铁军，冲着那个黄毛就是一脚。这一脚够狠的，一下就把他踹倒在地。

"小王八蛋，给脸不要脸啊！"徐国柱大喊。

一动起手来就乱了。徐国柱把手串放进兜儿里，拿着一块板砖就往前冲，崔铁军怕他吃亏，也赤手空拳地冲到阵中。寂静的胡同顿时热闹起来。但两个人毕竟岁数大了，虽然凭着年轻时的底子能应付一阵，但没打几下就气喘吁吁，小伙子们体力足、拳头硬，没几下就把崔铁军放倒了，黄毛挣扎着从地上爬起来，拿起那个碎酒瓶，冲着徐国柱就冲了过去。

崔铁军眼看着要出事儿，急中生智地大喊："大棍子，你丫小心！"此言一出，几个年轻人都愣住了。

"大棍子……"一个年轻人拦住了黄毛，"彪子，这俩老家伙是'雷子'。"

"'雷子'？！"黄毛嘴上不服，却也停住了动作。

崔铁军吃力地站起身来，无言地看着对方。他觉得没脸，警察让流氓给打了，这事传出去可成了笑话。

"你说他是大棍子？"黄毛蔑视地问。

"是啊，怎么了？"崔铁军盯着他的眼睛说。

"要不老话儿说呢，原来的土匪在深山，如今的土匪在公安。瞧你们丫那揍性。"黄毛冲崔铁军吐了口吐沫。

"孙子，你再喷粪我弄死你！"徐国柱说着还要往前冲。崔铁军一把拦住他。

"行，我知道，你丫是跟着鬼哥混的……那行，我今天就先不废了你。

但我告诉你啊，老废物，我们不动你，不是怕你是什么警察，而是给鬼哥面子。"黄毛抬着下巴说。

"我去你大爷的，老鬼是个什么东西，我用不着他的什么狗屁面子，要是带把儿的你就过来跟爷练练，要是认怂，你就不是爹妈养的！"徐国柱感到莫大的屈辱。

"嘿，你个老丫挺的！"黄毛说着又往前冲，被后面的人一把抱住，"彪子，行了，走吧，鬼哥咱们得罪不起！"

黄毛咬牙切齿，气得浑身直抖。他用手指着徐国柱，一字一句地说："你给我记住了，早晚有一天，我会像弄你一样把老鬼也给灭了！"

徐国柱与他对峙着，正在这时，突然听到胡同口儿有人大喊："哥儿几个！拿家伙，拍死里面那帮小兔崽子！"黄毛一惊，知道对方救兵已到，他抹头就跑，带着几个年轻人翻过胡同里的矮墙，消失在夜色中。

这时，潘江海双手攥着一根暖气管，一边大喊一边冲了过来，身后一个人都没有。

"走……走了？"他气喘吁吁地问。

"走了。"崔铁军臊眉耷眼地说。

"什么人？"潘江海问。

"嘁，一帮生瓜蛋子。"崔铁军摇头。

"妈的，要是在二十年前，我都给他们丫贴墙上。"徐国柱气得发抖。

"行了啊，棍子，你是个警察，不是流氓！"崔铁军正色道，"走吧，时间也不早了，各回各家，各找各妈。"他说着拢了拢徐国柱的胳膊，徐国柱却一把将他的手甩开。

"我还告诉你啊，大背头，别动不动再提什么大棍子，干吗啊？我用得着拿以前的事儿吓唬这帮孙子吗？白天你拿我忽悠傻子也就罢了，到晚上还他妈提这事。我这最后说一次啊，以后你再这么干，咱俩就彻底掰了！"看得出来，徐国柱是真生气了。

"哎，行行行，以后不说了，就咱私底下叫。"崔铁军打马虎眼。

"行了，二位爷。"潘江海说着走到中间，搂住两个人的脖子，"你们呀，都是江湖上扬名立万的人，我这仰慕已久了，挺不容易蹭顿饭吧，还落个没人结账。走走走，还有几瓶啤酒呢，喝完再撤。"

经他这么一说，徐国柱的情绪也缓了下来，他甩开潘江海的胳膊，没头没尾地叹了口气："唉，这世道啊，养小不养老，老了就没人搭理了。"

崔铁军默默看着他，也心生悲凉。回想轰轰烈烈的从警生涯，他怎会将那几个毛贼放在眼里。但毕竟是岁数不饶人啊，要真是为了这个破事动起手来，没准还真让人家放趴下。他没再说话，一个人往胡同口儿走去。徐国柱又愣了一会儿，在潘江海的劝慰下，也走了过去，临了还放下一句："老鬼？算个屁！"

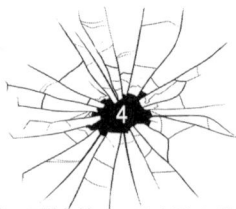

4

转眼就过了一个星期，平淡的日子过得飞快，让崔铁军觉得心慌。他不得不佩服潘江海的信息灵通，经侦支队果然公布了信息，要在全局范围内选聘探长，条件也异常宽松，只要拥有五年以上工作经验就行，没有年龄限制。这世界上本就没有不透风的墙，小道消息往往准确得惊人。

崔铁军觉少，天一亮就骑上自行车往单位走，门岗由他和另两个老同志负责，三班倒。自己接班晚了，就要让人家晚下班吃亏。他家住在距离单位十多公里的地方，骑车得需要四十多分钟。崔铁军挺享受这个过程，清晨的街上还没多少行人，太阳也没完全升起，微风拂面，这个城市似乎又恢复到了二十年前的样子。他到了单位，照例地开窗、打水、擦桌、扫地，等这一套全都忙活完了，就快到了上班的时间。他舒展了一下身体，沏上了一杯张一元的高碎，点燃一支金桥香烟，打开收音机听着准点的早间新闻。窗外已阳光灿烂，崔铁军仰靠在门口磨破了边的沙发上，默默享受着一天中最惬意的时间。想当年啊，他在经侦系统也算是闯出过名号的人，早年经侦有一文一武，武指的是干活不要命的赵顺，而文说的就是他。那时他意气风发，把自己捯饬得也精致，到了秋冬天一身黑皮搂儿，梳个大背头，出门夹个手包，潇洒拉风。经手的活儿也做细，带着探员破了不少大案，所以才被人起了个"大背头"的外号。但岁月不饶人啊，随着年纪越来越大，他也慢慢从支队的主力退居到了二线，警察就是这样，养小不养老，你总占着位置不退，就等于挡了别人的道儿。他可不会像赵顺那样不识时务，操着所谓的真理和正义不顾自己死活，人老了就得让道儿，识时务者为俊杰，占着茅坑不拉屎的主儿，最后不但自己拉不好，没准还得让人家踹坑儿里去。再加上前几年支队的个别领导被嫌疑人拉下水，弄得乌烟瘴气、人心涣散，他一下狠心，这才找到郭副局长，要求到门岗去大隐隐于市。这一晃，就干了两年。

时间过了七点半，民警们陆续开始上班，崔铁军走出值班室到大门口儿溜达，一来是看看有谁的信件可以直接交付，二来也是证明自己的存在。别看他离开一线有段时间了，但同事们见他还挺亲切，崔爷、崔爷的不绝于耳。正在这时，经侦支队的林楠急匆匆地跑了过来。

"崔师傅，您得帮帮忙。"他单刀直入。

"帮忙？帮什么忙？"崔铁军显得不是特别热情。林楠三十多岁，是牵头经侦支队工作的副支队长，小伙子长得精神，干活麻利。但在崔铁军这帮老人眼里，却还是个乳臭未干的毛孩子。

"有个案子，您得帮忙，没您搞不定。"林楠焦急地说。

"呵呵，笑话。你们正规军都搞不定，我一看大门儿的能行？"崔铁军说话一点儿不客气。对于经侦，他是带着情绪走的，但说完了又觉得后悔，毕竟那段不堪的往事与林楠无关。

"对，这案子非您不可。"林楠就坡下驴，"我跟郭局说了，您的岗会有人替。再说了，这经侦还是您的家啊，您的组织关系一直没动。"

"什么案子？"崔铁军问。

"咱支队里说，这儿不方便。"林楠冲着人来人往的大门口努努嘴，一把拽起崔铁军往市局里走。

"哎哎哎，你轻点，我这老胳膊老腿儿的……"崔铁军嘟囔。

两个人直接到了市局三层的小会议室，崔铁军一进门就觉得气氛紧张。刘权、罗洋等几个副支队长都围坐在会议桌旁，郭副局长端坐在中间。

"老崔来了，快坐。"郭副局长用手指了指他对面的位置。

崔铁军有点发蒙，自己已经远离这种生活很久了。

"好，那咱们现在开会。"林楠坐到了郭副局长身旁，拿起一摞材料，对崔铁军说："是这样，崔师傅。咱们支队近期接了一个合同诈骗案，案情不复杂，本市的一个商人想把一笔大额资金转移到境外，于是就在朋友的介绍下结识了一名银行职员，职员声称可以弄到外汇结算指标，只要收取千分之五的'点费'，就可以协助将资金划转到境外。但没想到在支付完'点费'之后，这笔资金却不翼而飞，银行职员也找不到了。于是我们接到报案之后，就立即开展工作，前几天刚将银行职员抓获。经他供述，所谓的外汇结算指标并不存在，他只是认识一帮搞地下钱庄的人，在支付给对方千分之三的手续费之后，试图借助他们之手将这笔钱洗到境外，自己则赚取差价。"

"嗯……总金额多少钱？"崔铁军问。

"一共 3000 多万。"林楠回答。

"那 3000 万的千分之五手续费就是……15 万？"崔铁军问。

"是的。"林楠点头。

"再去掉给地下钱庄的千分之三，他也就赚个 6 万？那不多啊。"崔铁军说。

"是啊，但经过我们调查，他经手可不止这一笔。他在长达两年的时间里，已经累计通过洗钱的手段，非法获利了近百万。"林楠说。

"近百万……那总的金额就是……"崔铁军抬眼算着，"得几个亿的流水了？"

"是啊，但我们觉得，这只是冰山一角。"林楠说。

"嗯……"崔铁军陷入沉思，"郭局，在座的都是'圈儿内'的人吧？"他抬起头环顾众人问。

"是的，有什么直说。"郭副局长说。

"你们这个案子，到底是查被告呢，还是原告？"崔铁军问。

"这……"郭副局长没想到他会问得这么直接，他停顿了一下，"这个问题，我事后跟你聊，现在需要你做的，是协助林楠他们抓获在逃的嫌疑人。"

"洗钱的人？"崔铁军问。

"是的。"林楠接过话题，"经过对银行职员廖俊丰的审查，他初步交代了一些情况，根据我们判断，他的下家应该做得很大，经手的资金也远不止几个亿，而廖俊丰只不过是个粘活儿的。"林楠说，"事发之后，那帮人就失去了联系，但我们经过'线人'举报，又发现了他们的行踪，于是我们就以向境外转款的理由约见他们。"

"你的意思，是让我去接头。"崔铁军问。

"是的，崔师傅。"林楠点头。

"为什么？"崔铁军问。

"是这样，我们为了不引起他们的怀疑，虚构了一个身份，是一个国企即将退休的负责人，所以……"

"你看我长得像贪官？"林楠还没说完就被崔铁军打断。

"嘻，倒不是这个意思，我们是考虑到年龄和外貌，您都更合适。"林楠说。

"你要这么说是瞎掰，跟我这岁数的，经侦支队也有不少人啊，老谭、老费、老常，不都行吗？"他反问。

"那几位哪有您这气场啊。"林楠虽是说笑，但事实却也如此。别看崔铁军现在是看大门儿的，但年轻时可是见过大场面的，"就今天下午三点半，咱们得抓紧。"林楠说。

"我呀？哥们儿您算了吧。"崔铁军摇了摇头，"你……呵呵……可真有办法！"他突然笑出声来，"你是拿我开涮呢吧，让我去接头，我还一年就退休了，老么咔哧眼的，这活儿啊……我可干不动了。"他说着就站起身来，要往外走。

"哎，老崔，你这是什么态度啊？坐下，坐下。"郭副局长发话了。

但崔铁军到了这岁数，可不吃这一套了，他转头看着郭副局长："郭局，我坐下可以，但我倒要问问，有没有这么布活儿的？"他提高了语调，"就说我岁数大了，脑子不灵了吧，也没这么使唤人的啊。噢，他们搞案子玩不转了，让我跑这儿顶包来了，坑儿挖好了等我往里跳啊？姥姥，不去！"崔铁军嘴头子很硬。

林楠让崔铁军这么一说，也哑口无言了，另外几个副支队长也面面相觑，谁都不敢接他这个话茬儿。郭副局长一看，自己再不出面不行了，就站起身来，拍拍崔铁军的肩膀，让他出去说话。

崔铁军一脸不快，跟着郭副局长一起走出了会议室。在楼道里，郭副局长递给他一支烟，又拿出打火机给他点燃。崔铁军看着郭副局长，狡黠地笑了笑："怎么茬儿啊，跟我来软的？"

他这么一说，郭副局长也笑了："呵呵，老崔啊，你一点儿都没变，还是那个揍性。"郭副局长给了他一拳，"我也不跟你玩儿虚的，让你干这活儿，是我的主意。说实话，我也不怕他们不爱听，现在经侦支队这帮人，哪个能比得过你们那时候？"他做出一副推心置腹的样子。

崔铁军看着郭副局长，知道这是往自己心里喂好话，但他并不马上回答，只是默默地抽烟。

郭副局长看他这样，知道自己还得说得更透："行，老崔，我知道，你还不到一年了，不想掺和了，但这个案子比较大，要是让那帮小子干，我心里还真不托底，所以事到临头了，我才想起让你撑一把。"

他话还没说完，崔铁军摆摆手："老郭，再直接点，告诉我想知道的。"

郭副局长停顿下来，看着崔铁军的眼睛，苦笑了一下："行，你刚才不是问我吗？这个案件到底查的是被告，还是原告。那我就告诉你，这个案件两头都查。"

"哦……"崔铁军点点头，"是个雷活儿？"他问。

"不一定。"郭副局长摇摇头，"搞好了，雷不炸，满堂彩。搞不好，雷炸了，还不落好。"他这回是实话实说了。

"所以偌大个经侦支队没人敢接，不是怕丢官，就是沾包儿。于是你就让我这个老家伙来顶雷？"崔铁军问。

"呵呵……"郭副局长苦笑了一下，他看着崔铁军的眼睛，"怎么着？堂堂的大背头也怕了？"

"不是怕了，是我犯不着。我还没一年就退了，犯不着跟着起这个哄。"崔铁军实话实说。

"正因为你还有一年，所以才只有你能办。"郭副局长话跟得挺紧。

"事儿这么大？"崔铁军正色地问。

"你也知道，经侦支队现在人心不齐，我不敢把这个案子贸然布下去。"他这回是说了心里话了。

崔铁军沉默着，要搁以前，他肯定是会很兴奋地把这活儿接了，但反观这些年局里发生的一些事，无论是经侦的赵顺还是预审的老齐，能干活儿的大都没什么好结果。

崔铁军又沉默了一会儿，抬起头说："我可以答应你，但我有个条件。"

"什么条件，你说。"郭副局长回答。

"你要让我办，就把这个案子全盘移交给我，我自己搭班子，那帮小孩儿我信不过。"崔铁军说。

"行，我答应你。现在经侦正在选聘探长，我给你一个探长的职位，带一个探组专门搞这个事儿。"郭副局长说，"你都想要谁，我尽力而为。"

"呵呵，你是早就给我挖好坑了吧。"崔铁军笑着说，"我能选几个人？"

"三个人。"郭副局长回答。

"大棍子我要。"崔铁军说,"再配一个懂预审的,那海涛吧。"

"棍子行,那海涛不行。"郭副局长说。

"为什么?"崔铁军问。

"他现在牵头预审的工作,走了队伍就散了,你再选选。"郭副局长说。

"那……"崔铁军犹豫了,其实预审里面能干活儿的倒不少,但是能让他知根知底的,还真没几个。

"我把老潘配给你吧,他正好接触过这个案子。"郭副局长说。

"潘江海?"崔铁军皱眉。

"是,现在那个银行职员廖俊丰就是由他审着,我看也别选别人了,多一个人,就多一个跑风漏气的途径。"郭副局长说。

"他……"崔铁军犹豫了,"说实话啊,我是真不愿意和他有粘连,我不是背后说人坏话啊,我可听说了,这人一直没起来,就是毁在钱上了。"崔铁军低声说。

"胡扯,没影儿的事儿你也信。"郭副局长正色道,"别听瞎传,我觉得他还行。话虽然多点,但是干预审的都这样,有什么说什么。"

"那是当着你……他有什么说什么?当着当兵的可不这样。"崔铁军说。

"那怎么着吧,你说预审还有谁?老潘也没多长时间就退了,还能歪到哪儿去?"郭副局长说。

"行,就这俩人就行了。"崔铁军说。

"不行,也不能光是你们几个老的,得有个跑腿的啊。"郭副局长说。

"得了得了,你就别往里面掺沙子了。"崔铁军说。

"嘿,这叫什么话啊,探组四个人是定了的,这样,我再给你安排一个刚上班的小孩,一张白纸,你们也带带他。"郭副局长说。

"行,那行。我说好了啊,别是什么官二代、富二代。"崔铁军说。

5

　　郭副局长会摸崔铁军的脉，几句话一甜乎，他就一往无前了。其实许多老警察都这样，吃软不吃硬，只要你给他们足够的尊重，他们立马从卧姿改为站姿，冲锋陷阵。崔铁军做着去"接头"的准备工作，他披挂整齐，胸前别着伪装成扣子的鱼眼镜头，腰后掖着防身用的警棍，就差戴个谷歌眼镜了。约定的地点在市南区的一个咖啡馆里，崔铁军从下午三点一直等到五点，连嫌疑人的影儿都没看到。林楠等人在车里也待不住了，分三拨来到了咖啡厅，点了无限续杯的饮料。

　　崔铁军看没什么动静，溜达到林楠身边，一屁股坐了下来。

　　"怎么茬儿？人呢？"他拿眼瞥着林楠问。

　　林楠面带愧色："'线人'说，已经约好了啊……"

　　"哪个'线人'？"崔铁军问。

　　"就是一个叫'耗子'的。"林楠回答。

　　"嫌疑人没来，他能联系上吧？"崔铁军不耐烦地问。

　　林楠苦笑着摇了摇头："我刚才打了好几个电话了，他手机也关机了。"

　　"天……"崔铁军坐不住了，"你这玩儿呢？哥们儿？说得那么咋呼，我以为是很节儿上的活儿呢。"

　　"要不您先撤吧，我们再等等。"林楠说。

　　"那回见吧。"崔铁军一点儿不客气，站起身来就走出门外。但刚下楼，想起包里的"台子"还没交。刚想往回返，"台子"就突然响了起来，"老鹰，老鹰，我是鸿雁，请回答。"是林楠的声音。

　　崔铁军一激灵，知道事情有变。他转身钻进一处没人的角落，拿起台子："鸿雁，鸿雁，我是老鹰，请讲。"他一边回话，一边给台子插上耳机。

　　"咖啡馆刚刚上来一个人，进来左顾右盼，我们怀疑他与嫌疑人有关。"

台子那边喊。

"明白，嫌疑人体貌特征？"崔铁军问。

"三十岁左右，175厘米的身高，戴墨镜和鸭舌帽。"台子里喊。

"明白了。"崔铁军说完，从角落里走出，拿出一副墨镜举在手里，佯装擦拭。这时，一个体貌特征相似的人走出了咖啡馆。崔铁军从镜片的反射中，观察着对方的动向。

"鸭舌帽"没有开车，而是一直步行。崔铁军紧随其后，一直保持着50米左右的距离。别看他岁数大了，但搞起跟踪来却一点儿不输年轻人。林楠等人分成了三组，与崔铁军交叉配合，以免引起对方的注意。

"鸭舌帽"边走边打电话，到了步行街的时候，停留在一个小食摊前。跟踪小组守在前后，时刻观察着动向。但不料一转眼，"鸭舌帽"就消失在步行街摩肩接踵的人群中。

"黄雀，黄雀，你们的情况？"林楠离得最远，用台子呼叫。

"丢了，我们正在找。"黄雀组回答。

"山鸡，山鸡，你们的情况呢？"林楠有些焦急。

"我们也跟丢了，正在搜寻。"山鸡组也回答。

林楠无奈摇头，一边走一边呼叫："老鹰，老鹰，你的情况呢？老鹰，老鹰……"他呼了几遍，对方也没回答。

林楠有点慌了，又给崔铁军拨打了手机，发现也已关机。他不敢怠慢，立即让市局的同事查了崔铁军电台的情况，发现已经关闭。

"坏了！"林楠有种不祥的预感。

警察办案可不会在一棵树上吊死，崔铁军这边钓着，在市局的审讯室里，潘江海已经把嫌疑人给拍呼晕了。他站在审讯台后，双手撑着桌面，用眼睛直勾勾地盯着嫌疑人。嫌疑人是银行职员，哪见过这阵势，浑身抖如筛糠。

"我再问你一遍，你收的那些钱都哪儿去了。我可有言在先啊，这是给你的最后一个机会。"潘江海下了最后通牒。

"我……我真的没收钱，前几天李警官问我的时候，我是胡说的。"银行职员廖俊丰开始翻供。

潘江海下意识地看了看身边记录的小李，不屑地摇摇头。小李立马就急了："嘿，你以为这是刷盘子呢？说掉过来就掉过来。我可告诉你，做伪证是要承担法律责任的。"

"那我也不能把没有的事儿硬往自己头上扣啊，李警官、潘警官，我真是没收。"廖俊丰满脸冤屈。

潘江海看着他的眼睛，默默地思考着。显而易见，这小子和许多嫌疑人一样，是进了号儿里之后学聪明的。在审讯中，遇到嫌疑人翻供的，其中一部分就是因为受了同监人员的教唆。他知道不能按照这个路子往下问，那样只会把对话降到更低的一个层次。他拍了拍小李的肩膀，让他停嘴，之后不温不火地说："其实啊，你也不用狡辩，我们要是没有证据也不可能把你带到这里。"潘江海放慢语速，"我先问你，是不是收了对方的 3000 万元？"

"是……我是收了他的钱。"廖俊丰小心翼翼地回答。最起码这个是他狡辩不了的。

"好，你收了钱之后，把钱存到哪里了？"潘江海又问。

"我……"廖俊丰语塞。

"你是忘了前几天怎么说的了，还是记不清了？"潘江海皱眉，但语气依然缓和。

"我……我收的是现金，给了一个叫屁三儿的了。"廖俊丰回答。

"屁三儿？百家姓有这个姓吗？"潘江海问。

"没……没有……"廖俊丰摇头。

"那你说，他叫什么姓名？"潘江海问。

"他……他叫皮铮。"廖俊丰回答。潘江海要的就是这个效果，只要对手能正常对话沟通，就早晚会中了他的道儿。

"他把钱拿到哪儿去了？"潘江海问。

"我真的不知道，我说过多少次了。"廖俊丰赶忙解释起来，眼神游离。

潘江海知道他的心结，他之所以挤牙膏似的一点点往外说，就是怕再带出别的事儿来。

"我不信。"潘江海摇头。

"真的，要不信您可以查。"廖俊丰说。

"我当然已经查了。"潘江海说，"在全市的户口系统上，就没这个人！"他突然提高嗓音。

"什么？不可能吧。"廖俊丰惊呆了。

"什么皮铮、屁三儿的，我看你这都是胡扯。是不是我们对你太好了，你就拿我们当傻子啊？"潘江海的语速也加快了。

"不是，不是，真不是。"廖俊丰连连否认，"我真是把钱交给他了，一分没留！"

"根本就没这个人，你还狡辩。"小李也在旁边添油加醋。

"怎么会没这个人，你们好好查没查啊！"廖俊丰也急了。

"我看啊，这笔钱就是你独吞了。小李，我看咱也别跟他废话了，你把笔录结了，就当他不承认，咱们零口供报材料到检察院。就冲他这个态度，哼哼……"潘江海不耐烦地说。

"别啊，你们不能这么不负责啊。"廖俊丰大声说，"你们怎么查的啊？皮铮，皮鞋的皮，铮铮铁骨的铮！"

"你说是什么铮？"潘江海皱眉。

"铮铮铁骨的铮，就是一个金字旁，一个斗争的争。"廖俊丰回答。

"哦，是这个铮啊……小李，那你上次笔录上怎么记成了山字旁的峥啊。"潘江海问。

小李知道这是老潘的圈套，就顺势说："哦，那可能是我写错了。"

廖俊丰这么一听才松了口气。但潘江海可不给他喘气的机会："不对，就是名字对了也不可能，你凭什么把这么多现金无缘无故地给了他，也不打条也不抵押的，你傻啊？我看你还是狡辩，这钱还是在你那里。"他武断地推论。

"哎，不是，我怎么会无缘无故地给他，我跟他合作也不是一次了，他从来没像这次这样不守信誉。"廖俊丰说。

"你跟他合作多少次了？"潘江海问。

"我……"廖俊丰意识到了自己说漏了嘴，"也没合作过几次。"他放慢了语速。

"唉……我看咱们是没法好好地聊天了。"潘江海用拳头捶了一下桌子，"得了，我今儿也烦了，不问了，你呀，就自己回去装聪明吧啊。"他说着站起身来，"给你，可能有点凉了，但是还是吃一口儿吧，省得辜负了老人的一片好心。"他说着就走过去，把一个保温饭盒放到廖俊丰面前。

廖俊丰疑惑着，打开饭盒，里面装的是饺子："这是……"他抬头看着潘江海。

"先吃吧，别问那么多了。要按纪律，我们也不该把这个带进来。"潘江海没头没尾地说。

廖俊丰狐疑着，但还是抬起戴着铐子的手，捏了一个饺子。这些天看守所的伙食太素了，抽不冷子来顿饺子，也没什么拒绝的理由。但他刚咬了一口，就张大了嘴："这……这饺子是谁包的？"他的情绪激动起来。

林楠心急如焚，抓不到人还有机会，但老崔要是有个三长两短可就没法交待了。他从支队又调来了十多名警力，撒网式地在周边寻找，琢磨着是不是该把这个情况直接报给郭局。正在这时，他包里的电台刺啦刺啦地响了起来："鸿雁，鸿雁……我是老鹰……"

林楠一听这声，眼泪都快流下来了："老鹰，老鹰，你在什么位置？"他问。

"我一直跟着目标，刚从地铁上来，他打了一辆出租车，我也打车跟着。现在快到北菜园街了。刚才离他太近，就把台子关了。"台子里轻声说。

"好，您继续跟着，我们马上过来。"林楠说。

"别着急，等我到地儿了再告诉你。"崔铁军回答。

林楠兴奋起来，他拿电台通知各小组，立即待命，随时准备出发。姜是老的辣，这句话一点儿没错。

审讯室里，潘江海用手撑着桌子，看着廖俊丰说："谁包的你吃不出来啊？你妈包的，她知道你进来了，不放心，怕你在里边受委屈，非要给你吃顿饺子。"

廖俊丰一听这话再也受不了了，眼泪流了出来："你们……你们为什么要告诉她……为什么……"他用手捂住双眼。

"通知家属是必须的啊。"潘江海看火候儿到了，走到他身边，"我也不想打扰她老人家，但没办法，追查涉案赃款是我们的责任，按照相关规定，我们不但要搜查你的住处，连你妈家也得搜查。但考虑到她的身体和承受能力，我们暂时还没动。我想你也该扪心自问，明明是自己犯了事儿，干吗还要老人陪着受罪啊！"潘江海的话像一把刀子，剜着他的心尖儿。

廖俊丰彻底傻了，怔怔地看着潘江海。

"你呀，一个人在海城生活也挺不容易的，想多挣钱也在情理之中，但是按照这个挣法，出事儿也是早晚的。我倒觉得，现在摔跟头未尝不是好事，亡羊补牢，为时未晚，等你有天陷得太深了，就谁也救不了你了。"潘江海说，"我们也希望给你机会，让你早一天出去孝敬老娘。"

"潘警官，您什么都别说了，我明白了。我说，我收了皮铮的钱，我知道错了。"他涕泪横流地恳求。

"知道错了？"潘江海皱眉。

廖俊丰点头像鸡啄米："是这样，我和皮铮合作了有一段时间了，从他手经过的资金也有几个亿了，他这人一直挺局气，在钱上没出过问题。但不知道这次是因为什么。我承认，我陆续从他手里拿过近百万的好处费，这些钱都被我存在银行里，户头是拿我妈身份证办的。"他的供述与潘江海推测的一样，他是单亲家庭，能相信的人，也许就只有自己的母亲了。

潘江海没有接话茬儿，温和地看着他。

廖俊丰继续说："我也不想犯罪，我只是想多赚点钱，潘警官，你救救我，救救我……"他央求着，"我这个罪得判多少年，我……还有没有机会……"

潘江海知道，对方的心理大堤已经被攻破，他尽量把语气放得平和："判你多少年那不是我们公安局的事，你得问法院，但我们能替你做的，就是看你有没有从轻的条件。一是能不能主动退赃，二是能不能揭发检举。"

"能，这两点我都能。"廖俊丰抢着回答。

看时机到了，潘江海转过头对小李说："小李，你把刚才给他记的那份笔录扯了，再重新起一份，算他主动交代。"他说完又回过头，"只要你配合，我们也会帮你争取机会。"

廖俊丰重重点点头。"谢谢，谢谢潘警官，我一定好好说……"

"行，先把饺子吃了，别辜负了老人的一片心。"潘江海说。

廖俊丰泪如雨下，不但全盘供述了犯罪事实，还交代了皮铮可能藏匿的地点。

半个小时后，潘江海和小李结了讯问笔录。廖俊丰在签字的时候，用力地按下了手印，在被看守押走的时候，还给潘江海深深鞠了一躬。

小李终于憋不住了："潘师傅，您可真神了。您不就给他妈打过一个电话吗，这饺子是哪儿变出来的啊？"

"嘻，我媳妇包的。"潘江海笑笑说。

"啊？那他怎么吃出了他妈包饺子的味道。"小李疑惑不解。

"酸菜馅儿饺子，谁包不是那个味儿啊……"潘江海说。

"哎，您可真神了。"小李感叹。

"哥们儿，咱搞预审啊，就是得学会拿一颗子弹炸毁一座碉堡的本事。

你可别小看我和他妈通的那个电话，就这一来一往，就套出来不少想要的细节。这酸菜馅儿饺子啊，只是咱对付他的第一步，要是还能扛，咱就再用第二招儿。"潘江海有些得意。

"嗯，您不愧是'名提'。"小李点头。

"嗐，我看算了吧，我可当不了什么'名提'，人家'七小时'啊、'那三斧子'才称得上是'名提'，咱就是大头兵一个。"潘江海谦虚起来。

这时，郭副局长带着徐国柱急匆匆地走了过来。

"哎，郭局啊，真是巧了，我正找你呢。"潘江海说。

"一点儿都不巧，我们一直在监控室看着呢，你搞审讯可真有一套啊。"郭副局长说。

"嗐，我这是雕虫小技。"潘江海有点儿得意，"我刚才挖出来一条线索，得马上落实。"

"我听到了，有个消息我跟你通报一下。从今天开始，你和老徐一起调到经侦支队的专案组工作了。"郭副局长说。

"什么？专案组？"潘江海一时没反应过来。

"就你审的这个案子，崔铁军是探长。"郭副局长说。

"这……"潘江海犹豫着。

"我已经跟你们支队领导打了招呼，你的工作关系还在预审，搞完这个案子就可以回去。其他有什么需要我协调的，你说话。"郭副局长堵住了潘江海的退路。

"行，那我……"潘江海一脸不高兴，"从现在开始，就听崔探长的指挥了？"他一边说一边看着徐国柱。

"现在有个紧急情况，老崔正在跟踪一个嫌疑人的路上，我们怀疑那个人就是皮铮。按照方向推算，他追踪的地点可能和廖俊丰说的一致。你和老徐立即出发，去接应老崔。"郭副局长说。

"行，那咱们开工……"潘江海转头看着徐国柱。

6

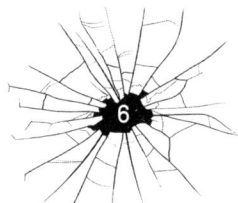

崔铁军最终还是没能跟住嫌疑人，他在路旁站了半个多小时，徐国柱和潘江海才把他接上。支队为了照顾三位老同志，在车辆紧张的情况下，破例给他们配了一台黑色的金杯车。金杯车开了没几年，但车况已经不容乐观，崔铁军拽了半天车门也没关严。

"哎，你别拽了，那个门儿就是关不上。"徐国柱说。

"那得修修，一拐弯儿还不掉下去。"崔铁军笑。

"你刚才怎么没跟住啊？"徐国柱问。

"嗐，堵车，一个红绿灯就给卡住了。海城这交通……"崔铁军无奈地摇头，"你们那个线索怎么样？"他问。

"也不一定靠谱。"潘江海憋了半天，可轮到他说话了，却话锋一转，"哎，我说崔爷啊，从今天开始，我们老哥儿俩就给你打工了啊。"

崔铁军知道潘江海心中不悦，只得赔笑："嗐，老潘，我这也是被老郭逼的，赶鸭子上架。"

"嘿，别说自己是'鸭'啊。"潘江海挖苦道，"我说，您这是想当官儿想迷症了吧，怎么非领导职务都副调研员了，还争个探长当啊？"

"哎，你没事吧你，有完没完。不想来，你自己回去。"徐国柱看不惯了。

"嘿，你还冲着我来了，得，我闭嘴。"潘江海摇头。

崔铁军不想跟他斗嘴皮子，就转到正题："老潘，你说的那个地方在哪儿？"

"哦，还得有段时间，在市北区呢。"潘江海回答。

"好的，棍子，我来开车，你歇会儿。"崔铁军拍了拍徐国柱的肩膀。

夜晚总是来得猝不及防，就像人这一辈子。年轻的时候总是觉得日子慢，变着法地消磨时间，但某天猛一抬头，发现自己已经不算年轻，曾经浪费掉的那些过往，其实才是最好的时光。

崔铁军开着车，行驶在喧嚣的街头。夏日的夜风凉爽，路旁的男女穿得更加凉爽。潘江海在后面看着手机，说了个荤段子，徐国柱大笑，手里盘着手串，延伸着话题。

"哎，你说这人啊，就是变得快。上学的时候吧，看女的先看脸；到了二十多岁吧，就先看胸了；等过了三十，胸都不看了，就盯着屁股；等过了四十啊，就看身材了，现在老了老了，连他妈身材都不看了，一错身就先看脚后跟儿。"

"你个老流氓。你丫那是不正常取向。"潘江海撇嘴笑。

"你甭管是什么取向，就是这个道理，人哪，是越活越实际。你年轻的时候，看别人的脸色、听别人的表扬，当儿子、装孙子，就为了听个'好'字，现在想想，这半辈子都在受制于人。"徐国柱感叹。

"呵呵，你现在不受制于人啊？人崔爷是探长，又来一第二春。咱们呢？还是大头兵，让你办案你就得办案，还不是一样？"潘江海话里带钩。

"我觉得挺好，干点正事起码比整天挎着'八大件儿'在街上转磨强。要我说，你们预审就是整天拿嘴肏人肏惯了，太拿自己当回事。"徐国柱不客气地说。

崔铁军装作聚精会神地开车，并不想参与他俩无聊的讨论，但听潘江海都说到这份儿上了，也叹了口气："我倒觉得吧，这人啊得想得开，就算别人不拿咱当人，咱也得拿自己当人。人活一辈子，许多事儿都不能回头，错过了就错过了，没法挽回。其实咱们老哥儿仨都穿不了多长时间这身制服了，与其混，还不如出来干点正事儿。干警察什么是正事儿啊，抓贼就是正事儿。'喷子'你觉得呢？"崔铁军第一次这么直呼潘江海的外号。

称呼的改变往往意味着关系的改变，潘江海凝视着崔铁军的后脑勺儿，突然笑了："呵呵，我说老崔，谁给你起的这个'大背头'外号啊，我怎么觉得你这后边都快秃了？"他转移话题。

"嘻，那是他年轻的时候，现在都快'地中海'了。"徐国柱也配合潘江海缓和气氛。

崔铁军也笑，车里的气氛融洽起来："我前几天看过一个视频，是一帮日本家长看孩子练跳箱的。也就是一个四五岁的孩子，多少次都跳不过去，到了最后所有的小伙伴儿都围了过来，一起给他加油，结果他一下就跳过去了，全场都站起来鼓掌。我看完了以后啊，真挺感动的。咱们中国人啊，有时候太爱看自己人的热闹了，气人有笑人无，巴不得你从箱子上掉下来呢。所以，我们这个支队才变成这个德行……"他叹了口气，"真的，趁着咱们还能干，弄个漂亮案子也让这帮小兔崽子学学。"崔铁军说的并不是气话。

"对，我觉得也是。凭什么啊？凭什么把老子扫地出门啊，凭什么'养小不养老'啊，爷爷我当年办人的时候，他们丫还穿开裆裤呢。"徐国柱又开始发泄负能量。

"行，'大背头'，那我们老哥儿俩就跟你再闹一年。"潘江海把身体仰在靠背上，"想当年啊，谁敢看扁你们啊……就说你'大背头'，哪个老板见你不是毕恭毕敬；'大棍子'呢，甭说什么老鬼了，二冬子怎么样，不也……"

"得得得，别提以前。"徐国柱将他打断，"老了就是老了，甭跟命争，咱们的时间都不多了，干点儿自己的事儿吧……"他说完便陷入沉默，车外的嘈杂仿佛都静默了。

"对了，咱们组分了一个小孩啊，你们好好带带。"崔铁军打破了沉默。

"呵呵，咱别'毁'人不倦了，要带你带，我们伺候不起。"徐国柱说。

车驶出闹市，加快了速度，眼看着就快到了地儿了，仨人都精神起来。

这是位于市北区的一个住宅区，从外面观察，里面大都是独栋别墅。

"到了，都注意点儿。"崔铁军说着，就把车停在了路旁的隐蔽处。三人分别下车，从后备厢里拿出了装备。崔铁军把搜查证、刑拘手续叠起来放在兜里；徐国柱拿出警棍、手电、铐子，掖在腰间，还不忘拿出执法记录仪；潘江海则拿了一个微型照相机。三个人前后分开，分别进入小区，他们按照廖俊丰供述的门牌，不一会儿便来到了一栋别墅前面。他们没有贸然敲门，而是分头到别墅四周观察，转了一圈后才回到原地。

"一楼、二楼的窗帘都拉着，暂时看不到里面的情况，二楼后面的阳台没拉窗帘儿，里面是黑的，没挂着衣服，不像有人住的样子。"徐国柱说着，把手串放进兜儿里。

"南边的车库门锁着，门口挺脏，没有轱辘印儿，近两天应该没人动车。房子周围只有侧面有一摄像头，应该照不着大门的情况。"潘江海轻声说。

"嗯，那咱们就现在敲门。"崔铁军说。

"不先接触物业？"潘江海问。

"先不接触，等敲开门了，如果里面有人，再叫物业过来见证。"崔铁军说。

"我先上吧，你们干这个不如我。"徐国柱把崔铁军扒拉开。他轻手轻脚地走到别墅门前，没有马上敲门，而是把耳朵贴在门上，静静听了一会儿，然后才轻轻敲门："喂，家里有人吗？喂……"

屋里无人应答。

崔铁军给潘江海使了一个眼色，潘江海便转身来到别墅后面的阳台下，紧盯着屋里的动静。

一分钟过后，屋里依然无人应答，阳台后窗也不见亮起灯光。

"应该没人。"潘江海慢慢走过来对崔铁军说，"怎么办？找人开锁？"他问。

"咱们自己来吧。"崔铁军冲着徐国柱使了个眼色。

徐国柱走到门旁，戴上胶皮手套，默默地蹲下。崔铁军则走到他身后，左右观察。徐国柱从口袋里掏出两根细铁棍儿，缓缓地在锁眼儿里拨弄，没几下门便打开了。

"哎哟喂，你丫还会这手儿啊。"潘江海惊讶道。

"嘘……"徐国柱让他住嘴。

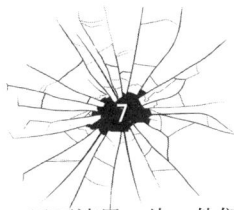

7

三个人缓步走进屋内，里面漆黑一片。他们并没有马上开灯，而是拧开警用的强光手电，观察周围的一切。

这是一栋两层的独栋别墅，从一楼的面积估算，一共大约有300平方米。崔铁军用手摸了一下进门处的鞋柜桌面，上面一层土，显然是多日没人回来了。

按照规定，警方的搜查要有见证人在场，但考虑到这起案件的特别之处，一旦通知了物业将有打草惊蛇的危险，崔铁军便按兵不动。三个人虽是第一次配合，但十分默契，他们分别走到不同的房间，静静地开门、观察，在确定一楼没人的情况下，一起来到了二楼。

徐国柱毕竟干了几十年刑警，侦查经验要比另外两人丰富，他第一个摸到了二楼，环顾四周，发现一共有三个房间。徐国柱扭动第一间房门，门锁着。他把手电筒递给潘江海，故技重施，捅开房门。

崔铁军缓步走了进去，一进门便闻到一股酸臭。他拿手电向四处照亮。这是一间卧室，大约有20多平方米，中间放着一个圆床，旁边摆着沙发和衣柜。崔铁军走到圆床近前，寻找酸臭的来源，这才发现，床旁的一个废纸篓里，扔满了卫生纸。

徐国柱戴上胶皮手套，打开衣柜，又拉开抽屉。"妈的，这是一炮儿房啊。"

潘江海忙凑过来看，那抽屉里面放满了"成人用具"。"还真他妈会玩儿。"潘江海笑。

"走，看看那两间屋。"崔铁军拍了拍徐国柱的肩膀。

徐国柱又打开另外两间房，其中一间是储藏室，堆满了烟酒等杂物，连接着二楼阳台；一间只放了一张双人床，并没有其他家具。在确定别墅内无人后，潘江海便将别墅的所有窗帘拉上，打开了房灯。徐国柱则一头扎进了储藏室。而崔铁军则又下到了一楼。十多分钟后，崔铁军又上了二楼。

他重新把灯关闭，在黑暗里，拨通了林楠的电话："喂，我们进到房子里了，没人。"对方说："哦，好，我知道了。"他挂断了电话。

"怎么茬儿？"徐国柱问。

"小林让咱们别惹麻烦，查不到什么东西就先撤。"崔铁军回答。

"哎，你们接头的那个线人是那个屁三儿吗？"徐国柱问。

"不知道啊，本来下午都见着了，但那小子戴着墨镜，看不出长相。"崔铁军回答。

"他们找的哪个线人啊？"徐国柱又问。

"好像是一个外号叫'耗子'的。"崔铁军回答。

"跟着国生的啊……那没戏了。"徐国柱摇头。

"为什么啊？"崔铁军问。

"国生是什么人啊，你不知道，我还不知道。只要沾粉儿的人都不能信，因为他们压根儿就不是人，是畜生。"徐国柱撇嘴，"这帮人只要瘾上来了，亲儿子都敢给卖了，为了钱可以不择手段，要我看啊，那个线索压根儿就没什么价值。"

"那你的意思是，下午我们跟踪的人，根本就不是屁三儿？"崔铁军问。

"也不一定，但也没准那个人就是'耗子'，他进去溜一圈，就是为了给你们个结果。"徐国柱说。

崔铁军看着他，默默地点头。

"你们给了'耗子'多少特费？"徐国柱问。

"应该是这个数儿吧。"崔铁军伸出五根手指。

"一次性给的？"徐国柱又问。

"应该是。"崔铁军点头。

"要不说那个什么林楠是废物点心呢，傻吧，逗狗熊也不能把棒子一下都撒出去啊。"徐国柱叹气。

"哎，不说那个了，情况怎么样？"崔铁军转移话题。

"二楼没什么东西，这地方挺怪。屋子不少，但没什么东西。看来不像是嫌疑人的常住地。"徐国柱说。

"从一楼鞋柜的情况看，常来的应该是两个男性。里面虽然放着四双鞋，但只有两个尺码。"崔铁军说。

正在这时，一楼的潘江海冲楼上喊："快下来，发现新情况了！"

他这么一叫，崔铁军赶忙跑了下去，刚一下楼就惊呆了。

在一楼大厅的南侧，沙发已被搬开，下面的地毯被揭开了一大块，潘江海正站在旁边往下观望。"哎，快来看啊，下面还有个地下室。"

崔铁军走到近前观看，果不其然，在地毯下面有一整块被推开的铁板，铁板的下面是一个暗道。"你是怎么发现的？"

"嘻，我本来没注意，正好刚才走过去的时候，被绊了一下。我觉得不对，推开沙发就发现了这个。"潘江海指着下面说。

"这里面肯定有猫腻儿。"徐国柱在后面说。

"我下去看看。"崔铁军说着就往前走。

"哎哎哎，'大背头'，你丫可注意点啊。"潘江海有点犯含糊。

"没事。"崔铁军说着就把身子探了下去。暗道口下有一个直梯，崔铁军接过徐国柱递来的手电，一边照一边往下探，没走几步就到了底。崔铁军借助手电的光亮观察四周，发现里面大约也就有六七平方米的空间，摆着一排铁皮柜子。

"没事，下来吧。"崔铁军对上面说。他看并无危险，打开了暗室的白炽灯。

"这是什么鬼地方啊。"徐国柱走到铁皮柜前，用手就要打开。

"慢点，别动！"崔铁军在后面大叫。

徐国柱被吓了一跳，浑身一抖："你丫闹什么炸啊。"他回过头说。

"我怎么觉得这么不对劲啊！"崔铁军说。

"是，我也觉得瘆得慌。"潘江海也在后面说。

"没事，我心里有数，你们丫要害怕，就到上面等着我去。"徐国柱大大咧咧地说，"开了啊。"他说着就把手放到铁皮柜的把手上，缓缓地拉开。没想到这一拉，三个人都惊呆了。

铁皮柜里装的不是别的，而是满满的人民币现金。按照柜子高两米、宽一米的体量，这一柜子至少有 2000 万以上。崔铁军有点犯含糊，上前又打开了旁边的几组柜子，里面一模一样，都整整齐齐装着现金，总计估算得过亿了。

"姥姥的，这么多钱啊！"徐国柱感叹。

"我说这破房子怪异呢，挺大的地方没什么东西，原来这个是他妈重点。"潘江海说，"这得多少钱啊？"他说着就往前凑。

"别动。"崔铁军喝止住他。

潘江海被吓了一跳："怎么茬儿啊？怕我揣兜儿里啊。"他一脸不悦。

崔铁军的大脑在飞速转动着，说实话，面对这么多的钱，他是真有点犯含糊："棍子，执法记录仪带了吗？"他问。

"啊？带了，但是在楼上呢，我拿去。"徐国柱说。

"别，先别走。"崔铁军说，"喷子，你的手机能录像吗？"他问。

"能啊，怎么了？"潘江海说。

"你的呢？"他又问徐国柱。

"我的也行，就是效果一般。"徐国柱说。

"好，那咱们现在这样，你们都打开手机录像。确保能照到另两个人，我马上给单位打电话。"崔铁军说。

徐、潘二人都明白了崔铁军的意思，就都拿出手机照方抓药，彼此拿着手机直面对方。

崔铁军这时才拨打了林楠的电话："喂，我是老崔，你快到了吧，对，就是刚才通报的那个地址。对了，通知支队把摄录设备带来，多叫几个人，再联系一下银行的人，带着点钞机来。"崔铁军挂断电话，也拿出手机，对着另外两人摄了起来。

"哎哎哎，你再给小林打一个电话。"潘江海赶忙说，"别让他带银行的，我给我媳妇打电话，他们银行正需要存款呢。"

警车的红蓝灯光映红了别墅外的夜色，这次不通知物业是不行了。制服警察、便衣干探、银行员工和物业、保安，挤满了别墅的大厅。三个老家伙举得胳膊发酸，才把林楠等来。

在潘江海的联系下，银行来了一个副行长和三名柜员，他们人手一台验钞机在清点钱款。制服警察拿着摄像机全程录像。工作在有条不紊地进行。

崔铁军在门口掏出打火机点了一根金桥，也许是举手机时间长了，火苗半天都对不上烟嘴儿。林楠见状，走过来帮他点燃。

"这事儿越来越大了。"崔铁军看着满地的钱说。

"这个也在咱们预料之中。"林楠说。

"我们刚才进来的时候没办手续，你们做笔录的时候，给码平了啊。"崔铁军说。

"放心，我知道。"林楠点头。

"那个'耗子'到底怎么回事？下午咱们跟的人到底是不是屁三儿？"崔铁军问。

"应该是。"林楠点头，"按照'耗子'说的应该靠谱，我们也是和他谈了条件的。"

"别光说银子，抓到他'短儿'没有？"崔铁军问。

"抓到了。"林楠点头，"说来也巧，禁毒支队的老肖，您知道吧，就走路外八字那个，前几天抄一个'冰趴'。"

"冰趴？什么意思？"崔铁军皱眉。

"嗐，就是一帮人找小姐的聚众吸毒溜'冰'。"林楠说，"当时'耗子'就在现场，在老肖他们冲进去的时候，他态度倒是不错，一下趴在了墙上。等老肖把所有人都带出去了，他还趴着。老肖踹他一脚，让他出去，您猜这孙子来句什么？"林楠问。

"什么？"崔铁军抽了口烟。

"这孙子说，我都变色了，你们怎么还能看见我？"林楠说。

崔铁军一口烟没吐出去，剧烈地咳嗽起来："这孙子……'嗨'大了吧……"他笑了起来，但缓过神来他又觉得不对，"他进来之后供的？"

"是啊，他说能帮我们约到那帮玩儿钱的，对方的外号就是'屁三儿'。"林楠说。

"我说，你就凭着这么个人的三言两语，就能确定线索是真的？"崔铁军皱眉。

被他这么一问，林楠也犯含糊了："这……"

"他现在人在哪里？"崔铁军问。

"他……"林楠犹豫了，"为了工作方便，我跟领导汇报之后，把他暂时给取保了。"

"出去了？"崔铁军皱眉。

"是的，人现在还飘在外头。"林楠回答。

"哎……我他妈怎么说你。"崔铁军用力把烟头丢在地上，用脚踩灭。他小声嘟囔了一句，向屋里走去。

"崔师傅，您说什么？"林楠在后面问。

"废物点心……没听清楚啊！"崔铁军重复道。

8

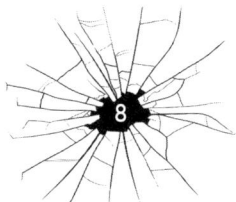

夜越来越深了，海城街头的喧嚣渐渐归于平静。在同一片天空下，每个人看到的世界各有不同，这并不取决于他们的眼睛，而在于他们的内心。

夏彪从一个 KTV 中走出来，喝得醉醺醺的。他搂着一个浓妆艳抹的女孩夸张地亲了一口。

"别走啊，今晚去我那儿。"女孩像蛇一样，缠绕在他身上。

"哎哎哎，不行，爷今天晚上有事儿。"夏彪一把推开女孩。

女孩一个踉跄，差点摔倒："鬼才相信你有事儿，肯定回去给母老虎交公粮去。"她这么一说，周围的几个男女都笑了起来。

夏彪不高兴了，上来就给女孩一脚，女孩往后躲着，不敢再说了。

"妈的，再说我弄死你。"夏彪发狠地说。

人群散去，他一个人步行在路上，时间已经接近凌晨，街上的人越来越少。他掏出手机，拨打电话。电话响了半天才接通。

"喂，你干吗呢？没事没事，没女的……就几个哥们儿，今天高兴，哎……你烦不烦啊。我就是真嫖了又怎么了？你接你的客，我嫖我的娼，咱谁都甭管谁。"他说着挂断电话，用手捋了捋满头的黄毛，掏出一根中华点燃，"妈的，还管起老子来了。"他嘟囔着。

正往前走着，突然有辆车打开远光，晃得他睁不开眼："装什么孙子啊？找办呢吧！"他大声抱怨着。但车灯依然没有熄灭。夏彪怒火中烧，冲着车的方向就冲了过去。他三步并作两步地跑到跟前，一拳捶在了机器盖子上，"你丫找死呢吧！"他冲着车上的人大喊。这才看清坐在副驾驶位置的人，"鬼……鬼哥……"他顿时酒气全消。

这辆黝黑的奥迪 A8 轿车上，正端坐着一个秃头的男人。年龄在五十岁上下，穿着一件黑色的 T 恤，看着夏彪一言不发，只是冷冷地注视着。

这时，从一旁的另一辆车上走下来几个人，向夏彪逼近。

夏彪感觉不好，刚想逃离却已被围住。为首的人是一个大个儿，穿着一件白色紧身 T 恤，浑身肌肉紧绷。

"铁锹哥，这么晚了您这是……"夏彪心里发虚。

"彪子，我有话找你说，跟我来。"铁锹说着就转过身，往旁边的一处小道儿里走。

夏彪环顾左右，自己已被另外两人夹在中间，只得就范。他犹犹豫豫地走到小道儿里，浑身发抖："铁……铁锹哥，您找我什么事儿啊？"

铁锹转过身来，从口袋里掏出一根棍子，一甩，棍子就拉伸到一米左右的长度。夏彪一看，膝盖一软，赶忙跪倒："大……大哥，有话好好说，好好说……我……我怎么了？"他一边求饶，一边在飞速思考，怎么也弄不清，是怎么招惹这帮阎王爷了。

"对不起了，我也是按照大哥的吩咐做。架起他！"铁锹一声令下，夏彪身边的两个人便猛地反剪他的双臂，一下将他按倒在地。

"啊！啊！"夏彪大声呼救，声音划破了寂静的夜空。

"再叫，就要你的命！"铁锹的声音很轻，但却掷地有声。

夏彪这才闭嘴，大口地喘气："大哥，大哥，我怎么了，您倒是告诉我一声啊。是惹着您了，还是惹着……鬼哥了。"

"行，那我就告诉你。你说没说过，要灭了老鬼？"铁锹质问。

"我……"夏彪这才猛地想起那天自己说的醉话，"嘻，铁锹哥，那天我是瞎说的，我哪敢灭鬼哥啊，您告诉他老人家，大人不记小人过，饶了我吧，饶了我吧。"他涕泪横流，求着饶。

铁锹不为所动，冲身边的人使了个眼色。那个人猛一抬夏彪的胳膊，铁锹就要动手。夏彪奋力挣扎，猛地抽身，铁锹一棍打在夏彪肩膀上，疼得他哇哇大叫。

正在这时，奥迪车开到了道口。鬼见愁冷冷地透过车窗看着夏彪，缓缓地将车窗玻璃摇下。

夏彪见有缓儿，不顾肩膀的疼痛，赶忙给他磕头："鬼哥，鬼哥，您老就当我那天满嘴喷粪，就饶了我吧。我都是胡说的，我一直在您手底下干活，哪敢对您有二心啊。您就饶了我吧，饶了我吧。"他继续求饶。

鬼见愁默默地看了一会儿，这才说话："彪子，我今天罚你，不是因为你那天说要灭了我。而是因为，你坏了我定的规矩。"他的声音不大，但语气却冷得像冰，"你知道为什么干咱们这个的，动不动就得盘道，实在不行了才会约架吗？"

夏彪不敢出声，气喘吁吁地看着他。

"因为咱们永远斗不过警察。盘道、约架，目的就是为了躲着他们，不让他们把咱送进去。这个世界的规矩不是咱们这些道上混的人定的，而是那帮警察定的。二冬子怎么样，当年横扫街面儿，最后怎么样了，还不是得罪了警察，让人一个黑枣儿贴墙上了。你说你招谁不好，招大棍子，你知道他是谁吗？他就是办了二冬子的人！"鬼见愁越说越生气。

夏彪意识到了事情的严重性："鬼哥，鬼哥，我知道错了，知道错了，我不该得罪警察，您看这样行不行，我明天多买点东西，去看看大棍子，给人家道歉，您看行不行，行不行？"

"晚了。"鬼见愁叹了口气，"你现在也有点飘了，该长长记性。你也得理解我，规矩就是规矩，不能破。铁锹，完事送他去医院，别让胳膊落下残疾。"鬼见愁说着就摇上车窗。

"鬼哥，鬼哥！"夏彪害怕了，挣脱着往前爬。

铁锹一脚踩在夏彪后背上："再喊，我要你的命！"

夏彪不敢出声了，汗水已将他的衣服全部湿透。

黑色的奥迪车缓缓倒出小道，鬼见愁摇开车窗，点燃一支雪茄。小巷里发出了撕心裂肺的一声喊叫。他默默地吸吮了一下，看着车窗外的夜色，默默地喷吐着。

清晨，徐国柱和潘江海都迟到了。这两位都还没习惯到经侦支队上班，一位赶到派出所挎上"八大件儿"就要往外走，一位到了预审支队已经沏好了茶。等琢磨过味儿来的时候，已经过了上班点。就崔铁军按时到了单位，但他没好意思说，自己刚把门岗的班儿给接了。好在林楠并不难为这三位爷。看人到齐了，他带着一个小伙子走了过来。

"哎，三位爷，给你们介绍一下，这是刚毕业的大学生，小吕。这小伙子挺好，踏实肯干，勤奋好学。来，叫师父。"他拍了拍小吕的肩膀。

"师……师父。"小吕中等身材，头发不长不短，长相中规中矩，浑身上下没什么特点。崔铁军拿眼一瞄，心就凉了一半。

"哎，先别叫师父啊，都是同事。"崔铁军说。

"嘻，瞧您说的，那显得多不尊敬啊……"林楠笑着说。

"嘿，还真不是这意思。"潘江海插嘴，"就你刚才说的那个词儿啊，有两个含义。一个是对老家伙们的尊称，那是师傅；还一个呢，就是师徒关系，那才是师父。"

"哎，就是这意思。"徐国柱也点头。

林楠愣了，没想到这仨老家伙还操着警察的老理儿。他知道，在公安口儿里要想认个真正教本事的师父可不容易，更何况还是三个。但他又不能明说，就拍了拍小吕。

"哎，那你就叫三位'师傅'，老师的师，傅……"林楠一时没找着词儿。

"妇女的妇。"潘江海插嘴。

小吕更蒙了。

"哪儿毕业的啊？"崔铁军问。

"警校。"小吕回答。

"学什么专业的？"徐国柱问。

"法律。"小吕回答。

"家里干什么的啊？"潘江海问。

"父亲是工人，母亲是老师。"小吕回答。

"呵呵，挺老实。"潘江海撇嘴笑了。

小吕低下头，像做了什么错事一样。

"哎，我说老几位啊，你们别一上来就跟审讯似的，一人一句的，有时间多教教小吕本事。"林楠说。

"我可没时间，我马上得出去，到现在还没找到'耗子'呢，屁三儿更是下落不明。你们慢慢聊着啊，我先走了。"徐国柱说着就夹上皮包，往门外走。

"对，我这还得再审那孙子一堂呢，还得抠抠细节。"潘江海也站起身来。

"哎哎哎，都急什么？等会儿。咱既然是一个组的，怎么着也得碰碰情况吧。"崔铁军不干了。

徐国柱回头看看他，摇头苦笑："我不是说你啊，老崔，你们丫干经侦的就这德行，动不动就碰情况、碰情况，能破的案子到你们手里也早晚得黄了。我们干刑警的讲究什么你知道吗？移动中打靶，每天一上班就麻利儿地拿钥匙出去，有什么事路上想。"

"哎，棍子，也难怪大背头这样，他们经侦没现场，不像你们。但我同意棍子的说法啊，案子不是聊出来的，是干出来的。本来这事就乱，咱们光在这儿聊是真没戏。"潘江海也在一旁添油加醋。

崔铁军知道这两位想跑，一旦撒出去了，这一天还不定去干什么了呢。但他当着林楠和小吕，又不能把面儿给撕开了，就找了个理由。"你们都说得对，这事儿都火上房了，是不能只动嘴上功夫。那这案子急是急，外出办案还得按照规矩来，双人工作制。一会儿我和棍子一组，去寻访'耗子'的下落。喷子带着小吕，去熟悉熟悉讯问。"他来了个将计就计。

徐国柱和潘江海面面相觑，知道这是大背头跟他们俩斗心眼儿呢，但话说到这份儿上了，也没办法拒绝。

"行，你开车，我昨天回家喝了点儿，头还晕着呢。"徐国柱说着把金杯车钥匙仍给了崔铁军。他在心中默默叹了口气，看来今天这鱼是钓不成了。

看俩人出去了，潘江海却没动地方。他先是拿过一摞报纸，《人民日报》《参考消息》《经济时报》逐一阅读，看累了又仰靠在凳子上闭目养神，过了好一会儿才睁开眼。发现小吕还直直地坐在他对面。

"呵呵，你还挺实在的？"潘江海笑着问。

小吕一愣，不知该如何回答。

"行，那我今天就教教你本事。"潘江海说着站起身来，"会喝酒吗？"他问。

"不会。"小吕摇头。

"那得练。"潘江海说，"跟我走。"小吕犹豫了一下，跟着跑了出去。

外面阳光灿烂，鸽哨已经淹没在车水马龙之中。潘江海一个人在前面走着，看小吕追来了，撇嘴笑笑："你想学什么啊？"他问。

"我……"小吕犹豫着。

"你会什么吧？"潘江海换了个问法。

"我……"小吕依然犹豫。

"呵呵，那就先练练胆儿吧。"潘江海笑着说，又自顾自地向前走去。

两个人也不坐车，就这么一前一后地走着，大约遛了有半个小时的样子。潘江海才停在了一个饭店门口。

饭店挺上档次，挂着"小王子"的招牌。但怎么看这三个字都觉得不对称。其实这家店原来名叫"小王子鲍鱼"，在八项规定颁布后，才改了这个低调的名字。但因为匾额是名人提的，店家不想糟蹋，就找东西遮住了后面的"鲍鱼"，于是这家店就一下从吃鲍鱼变成吃人的了。

饭店门前热闹非凡，一场婚宴即将在里面开始。潘江海冲里面努了努嘴："哎，该你练胆儿了。"

"啊？潘师傅，这……"小吕疑惑不解。

"我告诉你啊，这是你第一堂课。"潘江海走过来，压低声音说，"咱们干警察的，就得有勇有谋。什么是勇啊，就是胆量；什么是谋啊，就是智慧。但这个勇啊、谋啊的，都得靠一股自信撑着，只有自信才能跟人沟通，与人交流。什么叫自信知道吗？"他看着小吕的眼睛。

"不知道……"小吕摇头。

"自信就是不要脸。"潘江海说，"现在这社会谁拿正眼看警察啊，你到哪儿都不受欢迎，要是整天看着别人的眼色，还不累死。所以啊，要想当好一个警察，就得达到这个标准。你走进一个屋子，无论别人怎么看不上你，不但要坐下来，还得坐舒服喽。"

"哦……"小吕似乎还不是很懂。

"你现在，从那门口儿拿个红包过来。"潘江海指了指门前的一个签到台。

小吕也听话，一去一回拿了两个红包。

"我不要，一个就够。"潘江海没接小吕递来的红包，"一会儿啊，你就往这红包里塞上纸，进去踏踏实实地蹭一顿饭，就拿自己当参加婚礼的。如果有人找你聊天，就随机应变。我可有言在先啊，这是我带你的第一堂课，你可得好好对待啊。"潘江海正经地说。

小吕一听这个，汗都流下来了："潘师傅，这……这不合适吧。"

"有什么不合适？我让你去就得去。我还告诉你啊，这不是跟你开玩笑，而是带你实战训练。你一会儿不但要吃好，还得聊好，下午回单位，把锻炼的情况告诉我。去吧。"他冲着里面甩了下手。

小吕深呼吸了几下，努力鼓着勇气："潘师傅，那我去了啊。"

"去，吃好！聊好！"潘江海鼓励着。

小吕一抹头，冲着饭店走去，到门口犹豫了一下，还是硬着头皮消失在了那片喧嚣里。潘江海在后面笑笑，转身拦下了一辆出租车，扬长而去。

9

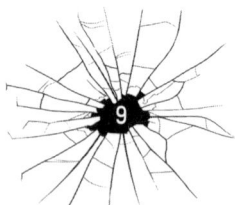

老金杯在路上飞驰，徐国柱闭目养神。崔铁军打开音响，里面正放着一首朗诵诗：

我们也年轻，你们的年轻写在脸上，我们的年轻始终藏在心房。

你们做梦，我们也做梦，你们的梦充满遐想，我们做梦从来不去多想。

你们有爱情，我们也有爱情，你们的爱情讲究的是热情奔放，我们的爱情讲究的是地久天长。

你们是财富，我们也是财富，你们的财富在于来日方长，我们的财富在于饱经沧桑。

你们是太阳，我们也是太阳，你们是一轮火红的朝阳，我们是一抹绚丽的夕阳，同样灿烂辉煌……

"狗屁灿烂辉煌……"徐国柱睁开眼睛咒骂，"都他妈日薄西山了，谁还让你辉煌去啊。"他说着从兜儿里拿出手串，默默地揉搓起来。

"你信佛啊？"崔铁军问。

"嘻，现在玩手串的有几个信佛的？都是闲的。"徐国柱说。

"哦……"崔铁军叹了口气，关上音响，他打开车窗，拿出一根"金桥"递给徐国柱，"其实在我心里啊，你丫一直挺牛×的。"崔铁军说。

"呵呵，还牛×呢，都让这帮孙子给挤对去'弹压地面儿'了。"徐国柱默默地吸烟。

"咱海城当警察的，谁不知道当年是大棍子制伏的二冬子，要不是你，那孙子还不定……再说老鬼……"

崔铁军还没说完，就被徐国柱打断："爷，爷！咱不提这个行吗？行吗？"他连连摆手。

"好，不提，不提。"崔铁军知道，这是徐国柱最有名的一次战例，而反观现在的处境，也是他最大的心结。

"背头，你说咱们干了这么多年警察，是真的了解什么是警察吗？"徐国柱透过车窗目视远方。

"呵呵，你丫怎么突然深沉起来了？"崔铁军笑。

"不是。我就觉得吧，这一辈子都快过去了，但自己怎么好像还没活明白。"徐国柱说，"当年吧，我刚当警察的时候，觉得牛×、威风，甭管什么大流氓，见到咱们都得低三下四的，走在街上老百姓喜欢，回到家里也有面儿。但你看现在呢，警察怎么就成了碎催了。"

"呵呵……是啊，时代不同了，流氓许多都洗白了，混到人民群众中间了。"崔铁军苦笑，"所以干这活儿就更费劲了，得把眼睛擦亮了啊。"

"行，我看你真是当头儿的料。小词儿一套一套的。"徐国柱也笑。

"哎，我说棍子，你也这么大岁数了，就想一直这么单着？"崔铁军问。

"嘻，不单着能怎么着？得了吧，甭拉垫背的了，保护好我的前列腺，多活两年得了。"徐国柱大大咧咧地说。

崔铁军看看表，转入了话题："棍子，咱们今天找的这人，靠谱吗？"

"不靠谱。"徐国柱摇头。

"不靠谱你找他？"崔铁军疑惑。

"嘻，这孙子啊，以前是跟着老鬼混的，曾经挺猛的，但后来中了二冬子的道儿，沾上了那玩意儿，一下就不灵了。这么多年反反复复进了戒毒所十多次，也没给断了。出来以后，为了吸两口，只要是能赚钱的，他都干。你说这种人，能叫靠谱吗？"徐国柱带着厌恶之情。

"嗯，你说'耗子'就是跟他混的？"崔铁军问。

"是。"徐国柱点头，"这是一帮靠'架天窗''摸后门'起家的东西。一会儿进去了，你什么都甭管啊，就看着，我来。"他叮嘱道。

在某个私密会所。潘江海正和三个人围在牌桌前打着麻将。他聚精会神地盯着牌，时不时地瞥着他人的脸色。

"四桶。"他试探地扔出一张牌。

"五条。"对面的郑律师也扔出一张。他年龄在50出头，戴着一副金丝眼镜，显得温文尔雅。

"哈哈，开杠。"潘江海抓过那张牌，把四个"五条"推在面前。他接着又从牌尾摸起一张牌，"三万，哈哈，和了，杠上开花！"他兴奋地推倒手中的牌。

"哎哟喂，潘警官手气不错啊。给钱给钱。"对家的张老板笑着摇头，说着就从面前拿过一摞现金。

"不要不要，我不是说了吗？我们警察可不赌钱，就是玩玩，散散心。"潘江海摆手拒绝。

"哎，这可不行，你们的规矩是规矩，那这牌桌的规矩就不是规矩了？"张老板不答应，他说着就硬要往前塞。

"哎，你要这样，咱就没法玩了。"潘江海说着就要离桌。

郑律师左顾右盼，轻笑了一下："我说张总啊，你也是。我这个老同学啊，局气，你要想跟他交朋友，来日方长。"

张老板停顿了一下，笑着点头："好，那好。"

"行了，我看大家也尽兴了，咱们去茶叙。"郑律师说着站起身来。几个人相互客气着，尾随在郑律师身后来到了会所的阳光房。他们分宾主落座，漂亮的女茶艺师半蹲在地上，洗茶、冲泡、封壶、分杯，茶是上好的普洱，茶香随着袅袅腾腾的热气四溢在整个房间，女茶艺师雪白的大腿从旗袍的开气儿暴露无遗。

潘江海坐在郑律师身旁，熟练地端杯饮茶。阳光洒在身上，让他觉得十分惬意。

"郑律师啊，这次我可真是服了你了。那个案子要不是你出手，我们真不知道该如何搞定。你真不愧是海城的第一大律师。"张老板赞扬着。

郑律师笑笑，摆了摆手："谈不到，谈不到。任何一个法治的国家，都应该尊重法律、敬畏法律。一个健康的社会，也是需要批判的力量的，我们律师的责任也正在于此。其实从某种意义上来说，我帮助你们打赢这场官司，也是为推动政法部门执法质量的进步做贡献。"

"对，您说得太对了！"张老板用拳击掌，"我们董事长说了，希望让您作为我们长期的法律顾问。"

"呵呵……再议，再议。"郑律师笑了笑，"其实啊，这次老潘也没少帮你们的忙。要不是他在背后出谋划策，我怎么会知道公安局办案的漏洞。"

郑律师这么一说，潘江海反而不自在起来。今天这个局是郑律师安排的，张老板等二人都是打官司的原告，而被告则是襄城南区公安分局。

"我可不是什么出谋划策，这不成了架炮往自己家打了吗？"潘江海笑笑，"我只是觉得啊，你们私营企业是非常不易，因为个税务的事儿就散摊子了，太可惜了。再说，民警取证的不规范也是应该纠正的。所以……我就是帮帮忙。"

"哎，您说得对，您这样的才是好警察。我们老百姓就拥戴您这样的。"张老板极尽溢美之词。

潘江海看着张老板的嘴脸，心里暗笑。现在甭管什么人，都往老百姓堆儿里扎，偷、漏税的嫌疑人也成了拥戴警察的模范了。但他表面却不会表露，笑着点头。

"行了，我看今天就这样吧。张总，你回去再跟董事长说说，除了律师费用，你还得支付一下上访群众的费用，每个人每天二百，加上差旅费，一共不到十万块钱。你看，这是明细。"郑律师说着把一张单子递了过去。

张老板接过明细，认真地看着。他知道郑律师这是报的花账，他让人算过，郑律师找来的上访人员一共就那么几个人。"行，没问题，我回去就办。"张老板说。

"行，那咱就这样。"郑律师说着就站了起来。

"哎，哎。"潘江海看这就要结束了，捅了捅郑律师。

郑律师这才想起来："哎，对了，潘警官还有一年多就退休了，你们也琢磨琢磨，公司需要法律顾问什么的，给他留个办公室啊。"

"哦，这个……"张老板笑笑，看了看潘江海，"行，没问题，我们回去就向董事长汇报。"

潘江海一看张老板这表情，心就凉了下来。

"这帮孙子，就是用人朝前，不用人朝后。"在送走张老板之后，潘江海对着郑律师发牢骚。

"哎，这你算说对了，要是用人朝后、不用人朝前才不对呢。"郑律师撇嘴说，"现在这世道啊，都讲实际，要我说啊老潘，你也别总想着事后交朋友，要我说干事儿就得一把一结。原来都说人走茶凉，但要我说啊，你们这些干警察的，现在是人还没走茶就凉了。"

潘江海知道郑律师说的是实话，但听着依旧刺耳。"唉……其实我告诉你吧，我早就不想干了，一个月这么点儿钱，还不够我养家的呢。"他抱怨道。

"哎，那可不行啊。警察是你的根儿，不干了就断了。现在社会上还有这么多人认你，为什么啊？不就为了你穿着的这身皮？"郑律师正色，"哎，这次的费用我还是打到你闺女的名下？"郑律师问。

"行。"潘江海点点头。

"呵呵。"郑律师笑了，"行了，老潘，要我说，你也别总想着挂靠哪个企业当顾问了。能找到咱们这儿的，都是有短儿的，谁敢养个警察在家里啊。等你退休了，就到我这儿干，准保比你现在强。"郑律师拍了拍他的肩膀。

"到你这儿干，我看算了吧……"潘江海撇嘴，"我整天帮着社会上的人挑公安局毛病，这要让我们同行知道了，我可真他妈得遗臭万年了。行了，走了，我还得回去点个卯呢。"潘江海摆了摆手转身就走。

"哎，你说你这是图什么啊。"郑律师看着他的背影，不屑地笑。

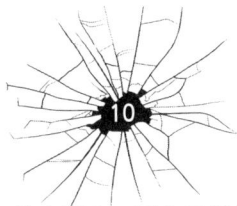

10

在市南区的一间破旧的房屋中，国生已经让徐国柱给折腾熟了。他蜷缩在墙角，大声地哀求着："哎哟，我说棍子，你丫下手轻点行不行，哎哟……"

徐国柱站起身来，用 T 恤擦了擦身上的汗水，结实的肌肉跳动着："瞧你丫那揍性，这么多年了还他妈这么屄。我还告诉你，今天你要是不把'耗子'在哪儿说出来，我就接着给你'拿龙'。"徐国柱一脸蛮横，如凶神恶煞一般。

国生的年纪虽然还不到五十，但模样却显得苍老，毒品消耗了他生命中的精华，让他的身体变得干瘪。"耗子"是他曾经用毒品控制的一个小贼，但没想到这两年却因为结识了娱乐圈，发了横财。

国生呼呼地喘着粗气，斜楞着眼看徐国柱："哎……我说大棍子啊，你们……你们警察还敢这么打……打老百姓啊……"

徐国柱一听扑哧一下乐了："你丫还配当老百姓啊。我还告诉你，今天我没穿警服，就是找你丫泻火来了。上次你丫告诉我一线索，让我们整个支队白忙了半宿，我他妈还没找你算账呢。"

"哎……你看看，我现在都什么揍性了，你就别逼我了……"国生不死不活地躺在地上，望着周围的四面空墙，"我呀，早死早托生……"他叹息道。

"那我就成全你！"徐国柱说着一脚就踩在国生的迎面骨上。国生顿时发出了杀猪一样的号叫。

"哎哟，哎哟，你停手，停手！我说，我说！他……他现在好玩冰妹，我听说……听说他这两天在铁锹的地盘上混。"国生终于吐了口儿。

"铁锹的地盘上？"徐国柱依然没松脚，"是跟着老鬼的铁锹？"

"是，就是他。你不是认识他吗？自己去问多好。"国生用手攥着徐国柱的脚说。

"废什么话！"徐国柱又踩了一下，"屁三儿呢？屁三儿现在在哪里？"他又问。

"这个我就真不知道了。但你只要找到'耗子'，就一定能找到屁三儿。"国生说。

"为什么？"徐国柱问。

"屁三儿不是咱本地人，是从广东那边来的。一直洗钱放贷，比我们玩得大多了。我跟'耗子'聊过，他之所以把屁三儿拉下水，就是想沾沾他的生意。"国生说。

"这么说，屁三儿也玩儿这个。"徐国柱做了个"溜冰"的动作。

"是，而且玩得挺猖。每次都得带不少'大果儿'。"国生说。

徐国柱慢慢抬起了脚，又突然想起了什么："哎，我问你，'耗子'穿多少码的鞋？"他问。

"嗯……"国生想了想说，"他个儿小，鞋是 40 码的。"

"你丫倒记得挺清楚。"徐国柱说。

"那是，这孙子我是当儿子养的，从前鞋一直是我买。"国生说。

"行，你丫给我老实点，要是乱说，我他妈废了你！"徐国柱又重重地踢了他一脚。

国生护着要害："我可不会说，我要说了，他们不得撕巴了我啊。棍子，你也别说见过我啊。"他央求着。

徐国柱掏出一根中南海，自顾自地点燃，递给国生。国生看着他，表情慢慢从惊恐归于平静。

"你呀，也这么大岁数了，别他妈整天不人不鬼的，找条路好好活着。"徐国柱说。

"呵呵……"国生低头苦笑，"哪有路给我们这种人啊……"

徐国柱穿上 T 恤，推开房门。崔铁军正在门口抽烟，见他出来了，忙过来问："怎么样，棍子，说了？"

"说了，在铁锹的地盘上，我能找到。"徐国柱说，"哎，你带钱了吗？"他问。

"钱？"崔铁军说着就摸口袋，"带倒是带了，不多，就这些。"他把几个兜儿翻出来，划拉了三百多块。

"行，我回去还你。"徐国柱说着接过钱，转身又回到了屋内，扔给了国生。

"你这是救济他……"崔铁军在徐国柱出来时问。

"嘻，这种人是无底洞，救济不过来。我只是按照规矩办事而已。"徐国柱说。

潘江海回到队里的时候，已经过了饭点儿。他拎着两个大塑料袋，放在了办公桌上。小吕回来得最早，白衬衣上沾了几块黑印儿。潘江海一看就凑了过去。"怎么回事？露馅儿了？"他笑着问。

"是。"小吕木讷地点头。

"怎么露的？"潘江海问。

"刚开始……还行……我进去了给了红包，就坐在最后一张桌子上了。"小吕说。

"为什么坐最后一张桌子上？"潘江海来了兴趣。

"因为那张桌子坐的都是司机啊、给婚礼帮忙的啊。我觉得安全些。"小吕回答。

"哈哈哈哈……行，你小子还行。"潘江海笑了，"然后呢？"

"然后，就开始婚宴了，没想到我这桌儿的人没吃几口就都离开了。有个给新娘照相，有个出去开车。就剩我一个人了。后来一帮人到我这儿敬酒，他们问我是男方的还是女方的，我就……"小吕欲言又止。

"你怎么说的？"潘江海问。

"我没答上来，就被发现了。"小吕沮丧地回答。

"哎，你说你这……"潘江海恨铁不成钢，"看人来了你得闪啊，让你进去是锻炼去了，咱得学会躲着困难来，不能迎着困难上啊。你这孩子……"潘江海摇头。

这时，崔铁军和徐国柱回到了办公室。

"哎，有吃的没有？"徐国柱消耗了不少体力，肚子已经咕咕叫了。

"有，炒疙瘩、门钉肉饼，外加羊杂汤。正经南来顺的。"潘江海指了指那两个塑料袋。

"哎哟喂，行啊，喷子，够局气的啊。"徐国柱乐了，立马打开了塑料袋，"行嘿，还热着呢，来，大背头，一起啊。"

崔铁军拿个拢子正在梳头。徐国柱看看，笑着摇头："还梳什么梳，头发都没几根儿了。"

"那你还叫我大背头，寒碜我啊。"崔铁军说。

"嘻，你丫年轻时精神啊。"徐国柱挖苦道。

"哎，别光你们吃，我带了三份，小吕也没吃呢。"潘江海说，"哎，你一块儿，赶紧。"他拍了拍小吕。

小吕是真没吃，刚才净在饭店里哆嗦了。他也确实饿了，拿起一盒炒疙瘩就埋头吃起来。

"哎，慢点，别噎着。"潘江海说着把一碗羊杂汤递了过去，"下次再去啊，什么都甭管，只要上菜就下嘴，吃饱了就走，哈哈……"他还是忍不住笑了起来。看崔铁军和徐国柱诧异，他就把带着小吕到婚宴练胆儿的经过重复了一遍。那两个老家伙也乐喷了。

"行，我看这个孩子能带，实在。"徐国柱笑着说。

"哎，那照着这么说，你这一上午在哪儿呢？没跟小吕一块儿？"崔铁军听出了毛病。

"嘻，我呀……"潘江海尴尬起来，"我在门口儿守着呢，得得得，快吃，下午还干活儿呢。"他岔开了话题。

"这是实话，快点吃，下午有个行动。就咱们四个去，必要时候再通知队里支持。"崔铁军给潘江海留了面子，扒拉着炒疙瘩说。

小吕一听这话，抬起头看着崔铁军，心里升起了暖意。"崔师傅，需要我干什么？"他问。

"什么都不用干，跟着学。"崔铁军回答。

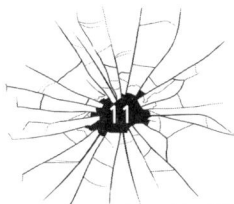

11

下午三点，太阳铆着劲儿地灿烂着。徐国柱路熟，开着金杯车到了目标地点。为了保险起见，崔铁军下车的时候把牌子给摘了。

"棍子，是这地儿吗？"崔铁军问。

"差不离儿。"徐国柱透过车窗确认着。

"铁锹是真名儿吗？"潘江海问。

"你丫够逗的，有他妈姓铁的吗？"徐国柱撇嘴。

"铁木真……"小吕在旁边说。

徐国柱一瞪眼，小吕立马把头低下。

"铁锹是外号，原来就是一混子，打架斗殴，没少让我们收拾。后来跟了老鬼了，一直跟着他干。这孙子挺猛的，下手又黑又狠，现在是老鬼的左膀右臂。"他说着朝几个方向努着嘴，"那个小超市，是他开的；那个宾馆，有他入股；还有那个彩票店，看见没有，就站着人那个，也是他的。"徐国柱如数家珍。

"行，不愧是管'点子'的。那咱们就在这儿守他。"崔铁军说着就把车灭了。老金杯本来空调就不太灵，一关空调车内顿时成了闷笼。

"哎，我说棍子，怎么现在这帮流氓还占着地盘儿啊，你们刑警不灵啊！"潘江海坐在车后座说。

"废话，你还能把这帮孙子都给毙了是怎么的？"徐国柱没好气儿地回嘴，"只要他们没干出圈儿的事儿，你就得让他们活着。什么叫法制社会啊，这就是法制社会。"

"你有理儿。"潘江海摇头。

"要我说啊，你们干预审的就是整天在屋子里坐惯了，外面什么样儿根本不知道。在你们眼里就两条，有罪没罪。但人可没这么简单啊，没准他今天是个活雷锋呢，明天碰一事儿过不去了，就拿刀砍人呢。咱要干这行儿啊，得明白一个道理，这犯过事儿的人啊，你要给他口饭吃，他也能踏踏实实的，做事不做绝。"徐国柱说完摇摇头，觉得自己说得有点多了。

"你懂了吗？"崔铁军问小吕。

"懂……懂了。"小吕点点头。

"行了，别废话了。咱们马上分组，棍子脸儿熟，目标大，在车里看着；我去小卖店附近转悠，喷子看彩票店，小吕，你盯宾馆。"崔铁军分配起任务。

"哎，我和小吕换换吧，宾馆的可能性大些，我去。"潘江海说。

"算了吧，喷子，你丫是愁彩票店没地儿坐吧，瞧，那旁边一石墩子，你那儿守着去。"崔铁军看出了他的小算盘，"宾馆是可能性最大，所以才让小吕去，他面儿生，不会引起别人怀疑。"

"行，您是大领导，我们听喝儿。"潘江海夸张地点了点头，一甩车门往彩票店走去。

"小吕，你记住照片上'耗子'的模样没有？"崔铁军问。

"记住了。"小吕点头。

"好，你到宾馆的大堂坐着，要有人问你，你就说在等人。如果看见了目标，就给我发短信。"崔铁军叮嘱道。

小吕点头，也走到了车外。

看小吕走远了，崔铁军叹了口气："丫喷子干不干啊？"

"呵呵，怎么着，你还想让那老家伙真给你卖命啊？"徐国柱笑着问。

"不是给我卖命，是起码得有干活儿的样儿啊。"崔铁军说，"瞧丫那揍性，你就说这些天，丫干成了什么没有？"

崔铁军没料到，这么一说，徐国柱也不高兴了："哎我说大背头，你丫是真拿自己当大领导了吧，我还告诉你啊，跟着你在这儿玩儿，是我们俩老家伙托着你，别他妈不知深浅。"

"嘿，你这也……"崔铁军没想到是这个效果，苦笑了一下，走下了车。

时间一晃而过，转眼就到了傍晚，"耗子"的身影却始终没有出现。当警察的人啊，年轻时都想让时间过得快点，有时恨不得一下变老才好，认为那样才会获得别人的尊重和信任。但到老的时候，才会明白，这个抓贼缉盗的职业就是个青春饭，等腿脚不利落的时候，就只能耗在办公室里感念逝去的青春了。

崔铁军坐在小卖店附近，掏出一个收音机，拉出天线在那儿听。往来的路人根本没人注意他，都以为是个退休大爷。潘江海闲得没事，就到彩票店里买了几张彩票，然后和看摊儿的店员天南海北地聊了一下午，不但蹭了空调吹，还白喝了免费的花茶。徐国柱呢，中午吃的门钉肉饼有点给齁着了，连喝了两瓶矿泉水，光厕所就去了三次。只有小吕最认真，坐在宾馆大堂，目不转睛地看着往来的过客。天色慢慢暗了，崔铁军溜达着走到车的附近，环顾四周没人，才钻进了车里。

一进车，崔铁军就有点不高兴了，老两位正梦游周公呢。

"哎，有情况吗？"崔铁军拍了拍徐国柱的肩膀。

"啊！什么？"徐国柱这才醒了过来，"几点了？啊……"他长长地伸了一个懒腰。

"你呢？"崔铁军转头问潘江海。

"股市又跌了！"潘江海撇嘴说。

"哎哟我说你们丫……能不能干点正事儿啊。"崔铁军气不打一处来，"要都这么干，咱还不如回家睡觉去呢。"

"行，那咱们撤？"徐国柱说。

"正好，我晚上还有个局呢。"潘江海也说。

"什么意思？都他妈不想干了是吧。"崔铁军急了。

"是，咱们这么干是为什么啊？"徐国柱先翻车了。

他这么一说，反倒把崔铁军给说愣了。

"要说你们经侦这案子，跟我们俩老家伙是真没关系。我们之所以干，说白了也是挺你一把。明摆着啊，你跳着脚地往前面冲，肯定有奔头儿啊。但现在呢，你瞧你们支队长那揍性，废物点心一样，弄个案子磨磨叽叽，屁大点事儿都搞不定。最后还得咱们三个老家伙出来捣鼓。我这是为什么啊！"徐国柱重重地拍了一下车门。

"嘻……"潘江海也叹了口气，"我还真劝你啊，大背头，咱都是过来人了，有什么说什么，这事儿你也别太冲，肯定有雷。你们经侦这帮人我太了解了，没省油的灯。哪个不是见好就往上扑的主儿，现在都消停了，为什么啊？还不是怕踩雷沾包儿。我觉得咱们啊，可以干，但别太冒进，你狗把八泡屎，早晚有天得出事。我可是想踏踏实实退休啊……"

崔铁军看着潘江海，知道自己说不过他。他压抑着胸中的火气，在这一刻真想一摔车门就走，大不了不干了。但不行啊……他沉默着，知道自己还得坚持下去。

"棍子，你说得没错，咱们现在干这活儿，是费力不讨好。你好好巡逻'弹压地面儿'多好啊，遛遛弯还锻炼身体，到了这儿肯定得加班熬夜地干，所以你这么说，我不怪你。"崔铁军说着把脸转向了潘江海，"但你呢，喷子，你这么说就不对了。"

"哎，我怎么不对了？"潘江海就不怕拿嘴跟人较劲。

"我问你，那天扣了那么多涉案赃款，你媳妇得提多少？"崔铁军问。

"嘻……"潘江海笑了，"就几百块钱，这不是为了安全吗？让熟人过来清点，不出事儿。"他辩解道。

"扯淡，你甭跟我这装孙子。"崔铁军也不客气起来，"你以为我白干了这么多年经侦啊，就你媳妇工作的那个银行，千分之三的存款提成，那天扣了得他妈一个多亿，棍子，你也算算，他媳妇得提了多少？"

崔铁军这么一说，直接把矛头转向了潘江海。徐国柱一下从座椅上弹了起来："哎哟喂，我算算啊，一千万是三万，那一个亿是……我肏，你丫得请客啊！"他一把揪住了潘江海。

"嘁，没那么多，网点儿跟网点儿不一样。"潘江海笑着解释。

"所以我说啊，咱都别装孙子，要干一块干，有好事了你们上，我看着。有雷了，我担着，不用你们。咱只要别关键时候掉链子就行。"崔铁军在这儿等着呢。

"行，您说得都对，我检讨，我请客，行了吧。"潘江海让人捏住了短儿，服了软儿。

"要不是大背头说，我还真不懂这个。喷子，你丫可真行。我告诉你啊，从今天开始，夜宵都你管了啊。"徐国柱说。

"没问题，卤煮给你俩菜底儿，炒肝儿给你吃大碗儿，白瓶儿绿标二锅头，给你要两瓶儿，喝一瓶倒一瓶儿。"潘江海笑着说。

"滚蛋，你跟我这儿装什么孙子。别拿这些下水忽悠我啊，再请客就上丰泽园，葱烧海参一人一盘儿。"徐国柱说。

几个人正在嬉笑着，崔铁军突然紧张起来。"哎，你们看，那个人是谁？"他眼睛直直地望着窗外。

被他这么一说，徐国柱和潘江海也都闻声望去。只见一个染着黄毛的高个儿年轻人，正带着四个妖艳的女孩往宾馆那儿走。那人穿着一件花衬衫，左手打着石膏吊在胸前，不是别人，正是那天晚上的"黄毛"。

"有谱儿了。"徐国柱压低声音，用手指了指黄毛身后一个超短裙的女孩，"看见那个没有？那个外号叫'花骨朵儿'，是个冰妹。那个，看见没有，花裙子的，是个'楼凤儿'。"

崔铁军的眼睛早就花了，他眯着眼睛，只看到一排屁股，一扭一扭地往前走。"谁啊？"他问。

"屁股大的那个。"潘江海指着说。

12

崔铁军刚刚拨通小吕的号码，又马上挂断。他知道小吕随机应变的能力还不强，很难应付这种突发情况。

"走，喷子，咱们俩上。棍子，你马上联系缉毒的老肖，让他多带些人手过来。"崔铁军马上进入了行动状态。

刚才嬉笑的两个老家伙也严肃起来，纷纷走下车开始了各自的工作。

崔铁军和潘江海分散开来，一前一后地往宾馆的方向走。徐国柱则绕向宾馆的后门，边走边拨打老肖的电话。三位都是经验丰富的老警察，配合起来不用多说。他们心里明镜一样，这几个有着卖淫前科的"小姐"，绝对不是到宾馆做公益事业的，而从数量上看，她们服务的对象也不会是一个人。卖淫、毒品、人数，加在一起就已经凑成一幅混乱的画面了，当然，这幅画面也不是一般人能想象到的，只有整天接触社会阴暗面的警察才能预测。

崔铁军走到宾馆门前，冲潘江海使了个眼色。潘江海立即明白了，拿起手机遮住脸，一进大厅直奔电梯。抬头一看，电梯刚刚停在了五层。崔铁军低头走进大厅，冲小吕使了个眼色，示意他继续等待，便直奔了服务台。

"咱们这儿标间多少钱？"他问。

女服务员抬头，慵懒地回答："二百。"

"能便宜吗？住的人多。"崔铁军说。

"旅行社的？"女服务员问。

"是。"崔铁军回答。

"要多少间？"她问。

"十五间，什么价？"崔铁军说。

"一百八，最低了。"女服务员回答。

"能看看房间吗？"崔铁军问。

"行，你看几层的？我叫人给你开门。"女服务员说。

"哦，你等等啊，我问问。"崔铁军说着拨通了潘江海的电话，"喂，你们的客人想住高层还是低层啊，对，我现在看房呢。哦，想住高层啊，行，我问问。高层行吗？"他问服务员。

服务员撇嘴："还高层……一共就五层。行，那边是电梯间，我让人给你开门。"

崔铁军来到五层的时候，潘江海已经守在一个房间门口儿了，他冲门口儿努了努嘴，转身走进了楼梯间。崔铁军一边走一边观察，楼道两头都装了监控，潘江海所指的房间应该是 512 房间，靠近楼道的尽头。他装作无事地慢慢溜达，到了房门附近侧耳倾听，房间里面传来闹哄哄的声音。这时，一个女服务员才慢悠悠地走了过来。

"是你要看房？"女服务员问。

"是。"崔铁军点头。

"看什么样儿的？标间还是大床房？"女服务员问。

"这个方向临街吗？"崔铁军指了指 512 的一侧。

"这个不临街，安静。"女服务员说。

"好，那就看看这间吧。"他故意指着 512 说。

"这间有人了，下午刚入住。再说这也不是标间，是套间。"女服务员说。

"哦，那就看看旁边这间。"崔铁军说。

"旁边这间也是套间啊，房价五百。"女服务员提醒道。

"没事，先看看。"崔铁军笑笑说。

女服务员拿出钥匙，打开了房门。崔铁军踱步走进房间，装作观察似的默默伫立，隔壁传来了男女嬉笑的声音。崔铁军眼睛虽然花了，但耳朵却不聋。他仔细地分析着声音的节奏频率，基本可以判断屋内的人数。正在这时，512 的门突然开了。

"你们尽兴啊，玩好哈。"楼道里传来一个男人的声音。

崔铁军侧过身用余光瞄着楼道，正看到"黄毛"一晃而过，他心里有了谱儿。

"行，这间房子不错，先给我留着啊。"崔铁军说。

"哦，那这你得和前台说，我就管开门。"女服务员说。

崔铁军支走了服务员，并没有乘电梯下到一楼，而是一转身，也进了楼梯间。

潘江海正在里面等着，一看他来了，凑到跟前："大背头，人都在里边？"

"是，应该是两男四女，那个拉皮条的刚刚下楼。"崔铁军说。

"还不给丫摘了？"潘江海问。

"先不能摘，一动里面就惊了。"崔铁军摇头。

"嗯……"潘江海点头，"我估计这孙子也走不了。完事儿了还得过来接呢。"

"是，我马上下去，你继续看着，有什么咱及时通气儿。"崔铁军说。

几分钟之后，崔铁军和徐国柱在宾馆大厅的洗手间里接上头儿了。

"那孙子走了吗？"崔铁军问。

"走了，打车走的。"徐国柱说。

"老肖他们什么时候到？"崔铁军问。

"半个小时吧，今天他们队倒休，得临时往回叫人。"徐国柱说。

"那哪儿来得及啊，实在不行咱让指挥中心调人吧。"崔铁军着急了。

"呵呵，我看你呀，是真不懂。"徐国柱撇嘴笑了，"这'冰趴'和一般的'聚众'可不一样，这时间长啊，主要是因为……"

"得得得，我不想听这些脏的、臭的，延时是吧，我懂。"崔铁军摆手，

"说点正事儿,咱们要不现在就把前台给端了?"

"现在?"徐国柱抬手看看表,"别急,咱们怎么也得等老肖他们快到的时候。这个宾馆有铁锹的股份,咱老哥儿俩干不动。"他说。

"哦……哎!我都忘了,那孩子呢?"崔铁军突然发问。

"对啊,刚才还在大厅里坐着呢,怎么一晃就没影儿了。"徐国柱也惊讶。

崔铁军赶忙拨打小吕的手机,却发现处于关机状态。

"坏了!"崔铁军急了。他三步并作两步来到了前台,服务员一看是他,表情立马变了。崔铁军顿时有种不祥的预感。

"哎,服务员,你看见刚才坐在这儿的那个小伙子了吗?"他问。

"哦,我还真没注意。"她的眼神游离。

"说,他在哪儿呢?!"崔铁军的警察气一下就冒了出来。

"我……我真不知道……"服务员躲闪着。

"警察,快说,不然带你走!"徐国柱也走了过来,甩手亮出了工作证。

"啊,警察……"服务员慌了。

"我告诉你啊,你也别打电话,别瞎通知,这事儿跟你没关系,甭给自己找麻烦。"徐国柱说着狠劲儿就上来了。

正说着,后面有几个人走了过来。

"哎,我还以为是谁呢,棍儿哥啊。"

徐国柱一回头,正看到铁锹。他调整了一下情绪,撇了撇嘴说:"怎么着铁锹,你丫混得挺牛啊。"他摆出一副不屑的表情。

"哎,我可不敢,瞧您说的。"铁锹的态度挺客气,"这位也是警察?"

"是,怎么了?"徐国柱反问。

"没怎么。对,你们几个,都认识认识,这位就是警察里最牛 × 的'棍儿哥'。"铁锹对身后的几个人说。

"棍儿哥!"几个人一起冲徐国柱鞠躬。

"你丫甭来这套。让他们丫认熟脸儿呢是吧?"徐国柱把话挑明。

"哈哈哈哈……"铁锹大笑起来。

"甭废话，我们有个小兄弟找不到了。你看见没有？"徐国柱问。

"哦，就那个小伙子啊，在我办公室喝茶呢。"铁锹回答。

"把人给我带回来。"徐国柱说。

"行，没问题，你们两个，把人给带过来。"铁锹回头说。

不一会儿，小吕就被从一楼的办公室带了过来。

"他们动你没有？"徐国柱走到近前问。

"没动我……"小吕有些含糊。

"他们问你什么没有？"徐国柱又问。

"没有。"小吕摇头。

"那你这么半天都干什么了？"徐国柱问。

"他们……他们就是把我带到办公室，给我沏了一杯茶，不让我出去。"小吕说。

"哦……"徐国柱轻轻地点头，"行，铁锹，你丫还不傻。"他冲着铁锹说。

"呵呵。"铁锹笑了，"棍儿哥，鬼哥吩咐过，警察我们永远不碰。"

"嗯，那没事儿了。你走吧。"徐国柱说。

"呵呵……"铁锹笑了，"棍儿哥，这是我的店，我上班儿呢。我倒是想问问，您来这儿是干吗来了？"

"我干什么来了你甭问，管好你自己就行。"徐国柱说。

"哎，那不行啊，我这宾馆要是出了什么事儿我得负责啊。哎，我问你，他们刚才上过几层？"铁锹转头问服务员。

"哦，他刚从五层下来。"服务员指着崔铁军说。

铁锹说着就要往电梯前走，徐国柱一把就拦住了他："等会儿，你别干扰我们办案。"

"棍儿哥，这是我的宾馆，你们不讲理得讲法吧，凭什么阻拦我？"铁锹说着又往前走了一步，几乎和徐国柱脸对着脸。

"闹炸是吧，你过去一试试。"徐国柱也犯起狠来，双方顿时剑拔弩张。

正在这时，宾馆门口响起一片脚步声。崔铁军侧目望去，老肖带着十多名便衣警察闯了进来。

"哎，崔爷，路上堵车，抱歉抱歉。"老肖挺胖，走路确实外八字儿。

"快上楼，人在呢。"崔铁军冲他摆手。

铁锹见状，也不敢再阻拦，退到一侧恶狠狠地看着徐国柱。

徐国柱没理他，走到老肖身旁："派两个人守住楼梯，再让几个人守住那边的窗户，这帮孙子都'嗨'大了，别再有一个跳楼的。"

"行，我明白了。"老肖立即布置人马。

"走！我带你学学抓人。"徐国柱拽了一下小吕，他猛一挥手，那样子像是战场上指挥战士冲锋的领导。

当512的房门被端开的时候，小吕惊呆了，他从没见过如此混乱不堪的场景。两男四女迷幻着，看到警察来了仍未停止动作。崔铁军和潘江海虽然久经沙场，但也没忍住生理反应。令人惊喜的是，那两个嫖客正是'耗子'和'屁三儿'，这回给一窝儿端了。徐国柱推了小吕一把，让他过去把两个人铐上，但说了半天小吕也没动弹。徐国柱撇嘴笑笑，拿过两副手铐，跨过几条雪白的躯体，拽过两个嫌疑人的头发，给戴上了"背铐儿"。在他的眼里，那几个女人的身体和尸体没什么两样儿。

行动结束，大获成功，老肖组织将人带走。"屁三儿"就是那个"鸭舌帽"，此时还犯着晕呢。潘江海提议一起吃个夜宵，却被另外两位给否了，好久不这么干活儿了，他们都感到浑身疲乏。

"喷子，明儿早点儿到，你得好好'提提'那俩孙子。哎，棍子啊，你也早点儿，带着小吕得跑几个地方。"崔铁军对两位说，"哎，小吕，小吕……"

崔铁军叫了几声，小吕才答应。

"没事儿，看多了就习惯了。"崔铁军看着小吕坏笑着，"你明天准备准备，跟你潘师傅学学审讯，听见没有？"

小吕看着崔铁军，目光呆滞地点头："哦……"他脑海里的那几条肉，依然挥之不去。

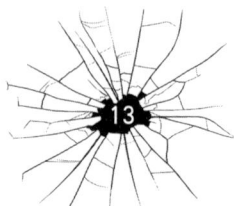

13

傍晚，街灯已把这个世界点亮。崔铁军穿过熙熙攘攘的夜市，闻着只有小饭馆才能做出的菜香，任摩肩接踵的人群不时撞击着他的身体。一对情侣在大声吵嚷，但也并未到分道扬镳的地步，霓虹灯招牌闪烁着红蓝的光影，把炸灌肠老板的脸色映得可笑。繁华的背后是一条破旧的小巷，私搭乱建的房屋已被贴上强拆令。这个世界喧闹而可控，但崔铁军却觉得，总会有那么一天，自己将把这一切都失去。

他回到了市局的警察宿舍大院，一帮退休多年的老警察穿着没了臂章的制服，在院门口执勤。崔铁军在心里叹了口气，走过去跟老几位打了招呼，每人发了一根金桥。他打开房门，走进那个满是霉味的家。拉开灯，走到床旁，不禁看着床头柜上的那张"全家福"。他不想让自己陷入回忆，就伸了个懒腰，也不洗漱，便躺在床上。但满脑子却都是儿子的模样。和妻子离婚已经十多年了，儿子都开始找工作了，但自己却和他们早已不在同一条生活轨迹。

潘江海开着他的"卡罗拉"缓缓行驶在夜色中。快到家的时候，到小区外的快餐店打包了一份比萨，又买了个小吃拼盘。这是女儿的最爱，他希望能给她惊喜。进小区的时候，小个子保安双腿一磕，夸张地敬礼，潘江海觉得滑稽。他妈的，同是敬礼，警察敬的是人民和法律，但这保安呢？当然敬的是财富。他摇开车窗，递给保安 50 元现钞。

"哎，我让你办的事儿办了吗？"他问。

"放心吧，潘总，以后您家车库门口再也不会有人停车了。"保安哈着腰说。

小区很高档，一尘不染的甬道已经被路灯照亮。潘江海把车倒进车库，以免妻子的奥迪不好驶出。他走到门前，发现墙上贴着一张"公安局"的告示："近日小区连连被盗，请业主们尽快更换锁芯，联系电话……"这帮孙子，连公安局都敢冒充，潘江海暗骂。他费了半天劲儿才把告示抠下，一进家门，女儿就扑到他的怀里。她虽然已经成年了，但依然对父亲十分依赖。潘江海哄着女儿，拿出比萨，女儿开心地笑着，而他的眼泪却止不住流了下来。

接近凌晨的时候，徐国柱才驱车来到市南区的一处居民区。小区的车位十分紧张，他照例把车停在了门前的两棵树间，这是只有警察才能有的技术。他缓步走进一栋楼里，并不乘电梯，步行上楼，到了三层最北侧的房间门口，等声控灯熄灭后才轻轻敲门。门随之开启，他环顾左右才走了进去。

花姐穿着一条薄薄的吊带裙，里面没穿内衣。她四十八九岁的样子，风韵犹存。一头乌黑的长发盘在脑后，一双眼睛闪着挑衅的光。

"你办完事儿了？"她转身走到餐桌旁，倒了一杯热水。

徐国柱拿眼瞥了一下花姐的脚后跟儿，一下就受不了了。花姐还没转过身，就被徐国柱搂在了怀里。

"干吗，放手……"花姐做着引人入胜的拒绝。

"我想你了，想一天了……"徐国柱搂着花姐，闻着她身上的洗发水味儿，但满脑子都是下午宾馆房间里的情景。他三下五除二就将彼此脱光，一把托起花姐。花姐像只猫一样地蜷缩在他胸前，任其摆布。

灯光摇曳，两个人的配合是历久弥新的感觉。到了这个岁数，激情往往是一闪而过，取而代之的是一种熟练的绵长。他们总觉得剩下的时间不多了，所以珍惜每一次见面。两人的动作并不重复，徐国柱发泄着，但渐渐力不能支，花姐慢慢变为主导。

"你轻点儿，轻点儿……"花姐喘息着。

"你……你想我了吗？"徐国柱问。

"想……想了好几天了……"花姐说，"快点儿，快点儿……"

徐国柱刚要发力，不想热情便释放殆尽。

好事作罢。徐国柱仰躺在床上，点燃了一根中南海，静静地吞吐。花姐洗了个澡，披着浴巾又躺到他臂弯。

"别抽了，呛得慌。"花姐说。

"就这一根儿。"徐国柱敷衍。

"抽抽抽，抽死你得了。"花姐转身。

"哎，别介啊，我死了，谁爱你去啊……"徐国柱碰了碰她，"哎，跟你说个正事儿啊。"

"什么？"花姐转过身来。

"我们那儿新分来一个大学生，小伙子挺实在的，人也长得不错。怎么着，给你们店里的小雪介绍介绍？"徐国柱说。

"不行。"花姐把身子又转了过去。

"嘿，怎么不行啊，我们这民警还配不上你们那小店员啊？"徐国柱问。

"就是配不上，车船店脚衙，不死都该杀。"花姐重复道。

"你可歇菜吧，能嫁给警察是福分。"徐国柱说。

"那你怎么不娶我啊？啊？你娶我啊。"花姐转过身来，脸几乎贴上了徐国柱的鼻尖。

"我……"徐国柱一时语塞，"哦，你那花店怎么样了？生意挺好？"他转移话题。

"你走吧，我想睡了。"花姐有些失望，坐了起来。

"轰我走啊？"徐国柱也坐了起来。

"你每次都是半夜偷偷地走。要是这样，还不如趁我醒着离开。我不想……两个人睡着……一个人醒来……"花姐说着，眼泪流了下来。

"哎，你这是……怎么了……"徐国柱手足无措，"行，那今天我就陪你。"

"走走走，快点走。"花姐挣脱了他的手。

"唉……"徐国柱叹了口气，"行，那我就走了啊……"他站起身来，穿好衣服，犹豫了一下，推门离去。

在城市的另一个角落，两个年轻人在合租房的斗室里相互依偎。

夏彪像个孩子般地躺在小雪的怀里，受伤的手臂放在胸前，生怕压到她。屋里没有空调，汗水布满了他们的脸庞。

"你能不能不跟花姐干了？"夏彪看着泛黄的天花板问。

"我不干了，谁养你啊。"小雪脸庞白皙，像个学生的模样。

"早晚有一天，咱们会离开这里，远走高飞。"夏彪憧憬地说。

"你不怕老鬼吗？"小雪问。

"我……"夏彪语塞，"我早晚有一天要废了他。"

"别犯傻了，为了他不值得。"小雪搂住夏彪，"我帮你染头发吧，我不喜欢黄色。"

"我也不喜欢。"夏彪说。

"那为什么要染呢？"小雪问。

"因为看着凶啊……猛啊……"夏彪笑了。

"为什么要凶呢？"小雪问。

"为了活着啊。"夏彪叹气。

"你答应我，只许帮她们拉生意，不许干她们。"小雪说。

"好，我只干你一个……"夏彪温柔地说。

小雪把他搂得更紧了。"但我总是觉得，你早晚有天会离开我，那么突然一下就不见了。"小雪颤抖着。

"不会的，我不会离开你的。"夏彪扭头看着小雪，深深地吻她。

"你有梦想吗？"小雪问。

"有啊，但我说了你别笑啊。我想写小说，当个作家。"夏彪说。

"哈哈……你当作家？哈哈……"小雪笑了起来。

"哈哈……哈哈……"夏彪也笑了起来。

"老鬼让我再去做一次……"小雪幽幽地说。

夏彪沉默了，他望着窗外的夜色，感到心里像严冬般冰冷。

正在这时，门突然被踹开了。夏彪吓得坐了起来，挡在了小雪身前。

"警察，别动！"冲进来的人都穿着制服。

"叫什么？"一个警察问夏彪。

"夏彪。"他回答。

"跟我们走一趟。"警察上前一把拽住他的胳膊。

"为什么抓我？"夏彪挣扎着。

"还用我们说吗？你前几天带着几个小姐到宾馆干什么去了？"警察质问。

夏彪叹了口气。警察不由分说，将他按倒戴上手铐。夏彪的脸贴在墙上，冲着小雪说："等我，等我出来……"

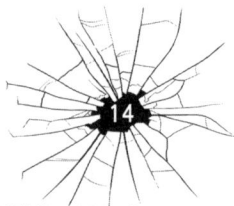

14

海城看守所，长长的通道不见阳光，这是从监室通往审讯室的必经之路。小吕带着一个瘦高个儿，一前一后地走着。通道很长，全长两百多米，一共有三个拐弯。瘦高个儿一边走一边不断地和小吕套词。这让小吕有些紧张，不知道该怎么应对。等走到第三个拐弯的时候，嫌疑人突然停住了脚步。

小吕一愣。"哎，你怎么不走啊？"他在嫌疑人的身后问。

嫌疑人突然转过身来，扑通一下双膝跪倒："警官，我家里有个急事，你得帮帮忙啊。"

小吕呆住了。他抬头看了看，这里正是一个死角，两边的探头都照不到。"你……你怎么了？"小吕问。

"我母亲病了，家里没钱给她治，我想让您帮我打个电话，让我朋友给汇些钱。警官，这可是救命的事儿啊。"嫌疑人涕泪横流。

"不行，你起来吧。"小吕挺果断。他当然不会忘了警察最基本的纪律要求。

嫌疑人没动地方，看着小吕的眼睛，犹豫了一下，继续央求。"警官，我不会让你为难的，只要你能帮我，我不会忘了你的好处。"他特意在"好处"二字上加重语气。

"起来，有什么事跟你的管教说去。快点！"小吕义正词严。

嫌疑人这下傻了眼，缓缓地站起身，知道苦肉计没得逞。但他还是不死心，前后看看没人，突然从裤子里摸出一沓现金，着急地往小吕手里塞。

"哎，你这是干吗？你什么意思！"小吕赶忙推让。

"警官，只要您出去给这个号码发个短信，我的朋友一定会感谢您的，这只是第一笔。"嫌疑人再次把钱塞到小吕手里。这时小吕才发现，钱里夹着一张纸条。他接过钱，把纸条抽了出来。上面写着：速转款。后面是电话号码。

"你这是贿赂我吗？"小吕抬头看着嫌疑人，眼睛里露出警察的光芒。

嫌疑人一愣。"哎，我这是……"他无言以对。

小吕没再把钱退回去，而是用力地推了嫌疑人一把，让他继续往前走。

嫌疑人慌了："您……您这是什么意思啊？"

"钱我收了。"小吕一边说一边推嫌疑人，眼看着就把他推出了通道的第三个拐弯。

嫌疑人顿时泄气了，他知道，一旦出了这个拐弯，就会被监控照到。

"警官，我给你一百万，只要你告诉他转款。"嫌疑人在做最后的挣扎。

小吕一下就怒了，抬起一脚就把他踹了出去。之后自己走出拐弯，把手中的钱高举过头顶。"这个人的管教是谁？怎么把钱都带进来了？"他冲着监控高喊。

在监控室里，冯所长盯着监视器的屏幕哈哈大笑。他四十多岁，长得白白胖胖的，像个刚出屉的大包子。

"哎，崔爷，这小孩不错啊，挺干脆的！"冯所长说。

"还行吧……"崔铁军递过去一根金桥，又给冯所长点燃，"这次又麻烦你了，别让那个嫌疑人瞎说啊，让号儿里的人知道了，咱们成什么了。"他叮嘱道。

"放心吧，那小子是'劳动号'的，没少帮你们经侦、预审的试小孩。"冯所长抽着烟说。

"还帮预审的试人？"崔铁军问。

"可不，'那三斧子'上任之后，也拿这儿当必修课了。我看啊，哪天我得和郭局念叨念叨，得多给我们看守所挂个牌子，警示教育基地。"冯所长大笑。

"你丫都所长了，说话还是这么没溜儿。"崔铁军撇嘴，"哎，一会儿你得让看守把皮铮提过来啊，钱的事儿，别说漏了。"

"放心吧，不会让那小孩知道的。我心里有数儿。"冯所长笑着回答。

十分钟后，真正的皮铮被押到了审讯室。小吕挺气愤，一个劲儿地跟潘江海说，看守所的管理有严重问题。

从嫌疑人进到审讯室的那一刻起，潘江海就成了主角。他坐在审讯台后跷着二郎腿，看着低头沉默的皮铮，琢磨着从哪儿"下嘴"。小吕在旁边正襟危坐，显得挺紧张。

要说潘江海没用，那真是崔铁军的气话。在预审支队，除了齐孝石、龚培德之外，老家伙里就该属潘江海了。

搞预审就是与人斗，毛主席说过，与人斗其乐无穷，但在预审员眼里，与人斗却其痛无比。你想啊，就那么三四平方米的憋屈地儿，整天跟无数人眼瞪眼地较劲，挖空心思斗心眼儿，搁谁谁不累啊。但没辙，预审员干的就是这个活儿，但虽然点灯熬夜、费心费力，你说怪吧，有时还挺上瘾。

潘江海就属于对付人上瘾的人。他最钟爱的电视就是《新闻联播》，最喜欢的报刊就是《人民日报》。你要跟他论时政，他能喷死你，你要跟他斗心眼儿，他能玩死你。凡事只要跟他说过一遍，他立马就能记住，过几天还能变成自己的理论，这确实是预审人的本事。

"哎，我说，你小子够会玩儿的啊？"潘江海以聊天的方式开头。

皮铮缓缓抬起头，心里也在琢磨着该如何对付这个警察。看对方的口气不重，他便就坡下驴："嘻，瞎玩儿，瞎玩儿。"

在皮铮等二人昨天被抓获之后，潘江海叮嘱老肖，就把他搁号儿晾着，千万别说抓他们的原因。预审讲的就是虚虚实实，要让他完全明白了，就没法避实就虚了。

"你知道为什么把你弄进来吗？"潘江海开始抛烟雾弹。

皮铮也是"几进宫"的人，哪会这么容易就把事"秃噜"出来。他瞄着潘江海的眼睛，笑了笑说："潘警官，您也知道，我昨天'嗨'大了，本来是过来和'耗子'谈事儿的，谁知一进来他就给我吸了那什么东西，我一下就迷瞪了。后来就糊里糊涂地什么事儿也不知道了。"

"等醒了的时候就到了号儿里了？"潘江海替他说完。

"哎，就是这意思，呵呵……"皮铮嬉皮笑脸起来。

"嘿，行，你丫是'老炮儿'。"潘江海也笑了，他知道遇到了个"滚刀肉"，"那我问你，你知道自己吸的是什么吗？"

"哎哟，那我还真不知道。"皮铮果断地摇头。

潘江海并不在意他吸的是毒品还是面粉，他要的就是让这孙子误判重点。"你以前沾过这玩意儿吗？"他继续引导。

"我……"皮铮眼神躲闪。他也在想着说还是不说。说吧，等于往枪口上撞，不说吧，估计也不好糊弄这帮警察，"吸过两次，但都是别人带着的。"两害相权取其轻，他做出了选择。

"行，你还算老实。"潘江海点头，"你现在住在哪儿？"他转移了话题。

"我……"皮铮思索着，"我平时就住在宾馆里。"

"别胡喷，你丫趁银子是怎么的，整天泡宾馆？"潘江海开始加快语速，逐步施压。

皮铮知道对手是个"警察老炮儿"，也不敢太放肆。"我住在北菜园街2号楼302号，租的。"

"哦……"潘江海看着他，不点头也不摇头。在核实对方供述的情况之前，贸然表态只会失去威信，"还有呢？"他继续问。

"还有……"皮铮下意识地低头，眼睛往上抬，"还有，西甲地40号院10层，门牌忘了，就是最里边的一间。"

"哦……还有呢？"潘江海继续问。他侧目看了看，小吕正在飞快地记着。

"还有……"皮铮抬起头，眉头紧锁。

"还有！"潘江海肯定地说。

"警官……我真没有了。"皮铮摇头。

"还有！"潘江海用手指关节敲了一下桌子。

"哎……还有……"皮铮有些紧张了。他知道，自己已经掉进了警察挖的坑里，"警官，您就直说吧，想问我什么？"他索性直来直去。

"问你什么你不知道啊！"潘江海突然就爆发了，他腾地一下就站了起来，走到皮铮跟前，抬腿就是一脚。这一脚正蹬在审讯椅上，皮铮一哆嗦，额头冒出了冷汗。

"你个臭傻×，给你丫脸就上房揭瓦是吧。问你吸什么了，告诉我不知道，睡着了，行。问你丫住哪儿，净给我说出租房和'炮儿房'。孙子，你丫是不是拿我当'雏儿'了？"潘江海变了嘴脸。

小吕也愣了，第一次见潘江海这个样子。

"看什么啊？"潘江海没好气地问小吕，"拿着笔录，直接给递上去吧，我看咱也甭问了，这孙子是自己找不痛快！"

小吕一愣："啊？潘师傅，那咱不审了啊？"

"不审了，你说跟这臭傻×有什么聊的啊？吸粉儿、嫖娼、抢劫、杀人、奸淫幼女、洗钱、制假贩假，事儿他妈太多了！"潘江海故意一个词一个词地往外蹦，密切关注着皮铮的表情，当说到"洗钱"的时候，皮铮眉头往上一动，潘江海心里就有了谱儿，"去，把笔录拿走吧。"他推了推小吕。

小吕不明就里，只得从命。他站起身来："潘师傅，这……还没按手印儿……"

"按个屁，不问了！"潘江海一脸不耐烦。

小吕低头，做了错事似的，拿着笔录走出了审讯室。刚一出门，就撞上了崔铁军。

"笔录快拿过来。"他是从监控室跑过来的，后面跟着徐国柱等五六个同事。崔铁军细细看着笔录，"这几个地址都记得没错吧？"他问小吕。

"没错。"小吕回答。

"好，棍子，搜查你带队啊，马上办手续。一个地址去三个人，人不够找林楠要。立即行动！"崔铁军说。

徐国柱点点头，拿过笔录，风风火火地带着人走了。小吕呆呆地望着，这才明白出个所以然。

"徒弟，仔细琢磨，好好学。这几个师父有的是东西能教你。"崔铁军笑着拍了拍小吕的肩膀。

小吕第一次听崔铁军叫他徒弟，抬头愣住了："您……您叫我什么？"

"呵呵，徒弟。从今天开始，可以叫我们'师父'了。"崔铁军笑着说。

"嗯！"小吕激动地点头。

小吕蹦着回到了审讯室，但刚一进门，就发现气氛已经大变。潘江海将凳子搬到了皮铮的对面，两个人一人一根烟，正对着喷云吐雾。见小吕进来了，皮铮才停了嘴。

"哎，你先出去吧，笔录也结了，我跟他聊聊。"潘江海冲小吕摆摆手。

这下屋里又剩下了两个人。

潘江海吸了一口烟，缓缓地说："现在没别人，我就问你，你是在帮谁做事？"他盯着皮铮的眼睛。

"潘警官，我刚才也说了，我不是帮别人做事，我是自己做事。"皮铮这回倒挺痛快。

"自己收钱，自己洗？"潘江海皱眉。

"是啊。"皮铮点头。

"怎么洗？"潘江海问。

"就是每次有人需要把钱转到境外了，就把资金打到我指定的账户上，然后我收个点儿费，把钱给转到境外。"皮铮回答。

潘江海不动声色，把凳子搬到皮铮跟前，目的是近距离地观察他的表情、呼吸，甚至心跳。搞预审的，有时也得给嫌疑人"望闻问切"。

"你接过现金吗？"潘江海问。

"接过。"皮铮果断地点头。

"最大量接过多少？"潘江海问。

"500多万？"皮铮回答。

"存在哪里？"潘江海问。

"存在……"皮铮看着潘江海的眼睛。

"你那地方去过了，二层别墅。"潘江海话赶得紧。

皮铮的瞳孔放大，嘴巴张开，显然被惊到了。"是，是存在那里。"他的呼吸也随着加快。

潘江海觉得这事不简单了，他知道，皮铮态度的180度大转弯，肯定不光是因为自己的审讯技巧。人再高级也有动物性，动物的本能就是趋利避害。"那个地方都谁去过？"他继续问。

"就……我……"皮铮说。

"嗯?"潘江海皱眉。

"还有'耗子'……"皮铮说。

"他跟你一起'折'的,你知道吧?"潘江海问。

"知道,我知道。"皮铮说。

"那你就琢磨琢磨,自己该怎么说,是什么态度?"潘江海缓和了一下,既是拖延时间,也是计划着下一个坑儿怎么挖。

"潘警官,这事儿跟他没关系,都是我的事儿。"皮铮主动往身上揽。

"呵呵,还挺他妈仗义。"潘江海笑了,又掏出一根烟,塞到皮铮嘴里。

"真的,他就是我一狐朋狗友,耍的时候在一起,沾钱的事我们之间不过问。"皮铮说。

潘江海倒是相信他说的这话。在提审皮铮之前,他早就把"耗子"给折腾熟了。"耗子"在强压之下,也没说出什么有价值的线索,甚至连那栋别墅的位置都不知道。凭着三十多年的审讯经验,潘江海的自信告诉他,那栋别墅除了皮铮进入之外,肯定还有另一个神秘人。

"你说最大量一次拿过 500 万现金?"潘江海问。

"是啊。"皮铮点头。

"你一个人拿的?"潘江海问。

"是啊,就我一个人。"皮铮回答。

"你怎么拿的?"潘江海问。

"我放在皮箱里。"皮铮回答。

"一个皮箱里?"潘江海下套儿。

"是的,一个皮箱。"皮铮回答。

"你确定吗?"潘江海问。

"我确定。"皮铮回答。

潘江海是做了功课的,他叹了口气,慢悠悠地站起来,冲着审讯室的监控探头喊:"大背头,你过来一下,有事儿咨询。"

崔铁军迅速来到审讯室。"怎么了？"他问。

"你告诉他，500万有多沉？"潘江海说。

"呵呵……"崔铁军笑了，知道这孙子又上了"大喷子"的套儿了。

"你说你自己拿的500万啊？"崔铁军问。

"是啊。"瞎话说到这地步了，皮铮也不得不坚持。

"我给你普及普及日常知识啊。"崔铁军走到他面前，"一张崭新的百元人民币，重量是1.15克，那一百万呢，就得乘以一个一万，是多少呢？我帮你算，是11500克。再乘以个5，就是57500克，就是57.5公斤，加上受潮等因素，最少也得70公斤。你知道500万摆在一起的体积有多大吗？还一个皮箱。"他笑了，"我看你是没见过那么多钱吧。"

皮铮彻底晕了，他知道自己中了警察的道儿。他叹了口气，一言不发。

"行了，给你普及知识了，怎么着？你还是继续扛着？"潘江海拍了拍皮铮的肩膀说。

皮铮开始沉默。潘江海知道，他这是在做最后的抵抗。正在这时，审讯室的门又开了，徐国柱走了进来。

"你丫会不会敲门啊，这是审讯室，不是城门楼子。"潘江海不悦。

"甭废话。"徐国柱说，"这孙子还真有本事，什么都干啊……这都是从他那几个'窑儿'搜出来的。"他说着拿过一个大编织袋，往审讯台上一搁，发出"嗵"的一声。

皮铮吓了一跳，把头抬了起来。他知道，警察在把自己往死了整。

"怎么着，再想想，还是继续扛着？嘿嘿，我还告诉你，我要是得不到我想要的，就一点一点地好好挖挖你。"潘江海坏笑着。

皮铮叹了口气："我说，但潘警官，你们得保证我的安全。"他看着潘江海的眼睛。

"那没问题，你这点儿小事，进去也待不了几年。等出来的时候，谁还记得你丫是谁啊。"潘江海轻松地说。

"嗯……那我说。"皮铮点头，"我其实就是个看库的，我的上家是几个南方人，那个房子也是他们拿我名儿租的。"

"嗯，继续……"潘江海紧盯着他的眼睛。

"那房子里有个秘密……"皮铮犹豫着。

"我们清点了，有一个多亿。"潘江海说。

"哦……那都是他们的钱。我只是负责看着，根本不经手。"皮铮紧张起来。

"他们是谁？叫什么名字？"潘江海步步紧逼。

"我……我说了，你们可要替我保密。"皮铮说。

"废话！说，什么名字！"潘江海问。

"他们叫陈志豪、余佩玲、张伟杰。"皮铮终于秃噜了。

"多大年龄，男的女的？具体一些。"潘江海问。

"我手机里有他们的身份证号，你们可以去查。在涉密的文件夹里，密码是四个8。"皮铮说。

"好，记下来。"潘江海回头看，崔铁军一直在奋笔疾书。

"他们现在在哪里？"潘江海问。

"这个我真不知道了，几天前就联系不上了。我觉得出事了，就一直没敢回那儿。要不是犯了毒瘾，我也不会联系'耗子'搞'冰趴'。"皮铮苦着脸说。

"瞧你丫那点出息。"潘江海站起身来，背过身看着崔铁军和徐国柱，狡黠地笑了。

"那笔3000万在哪里？"潘江海回头最后抛出了主要问题。

"在……"皮铮把头低下。

"说！算你主动供述。"潘江海说。

"在股市里……"皮铮抬起头，"我拿到钱之后正好碰见股市上涨，想放进去赚点钱再出来，结果……"他摇头叹息，"全他妈填了陷了。"

"现在还有多少？"潘江海问。

"也就一半了吧。"皮铮哭丧着脸说。

15

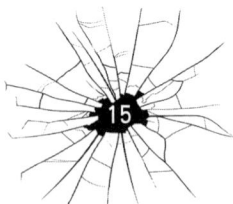

"支队的全体人员停下手里的活儿，紧急集合！"林楠在办公区大喊着。三个老警察紧随其后，表情都紧绷着，一脸紧迫。

"刘权，你带人立即去查这几个人的情况，如果在海城要想尽办法把他们拿下，如果在外省就立即出差。徐师傅配合。"林楠说着把一摞材料递给刘权。

"罗洋，你带人弄法律手续，刑拘、搜查、查询、冻结，找法制商量一下，多开出点空白的，确定了直接填，特事特办。"林楠说着把另一摞材料递给罗洋。

"潘师傅，您继续负责对几个在押嫌疑人的审理，小吕给您当书记员。外面的几个行动组会随时与您沟通，一定要衔接好。我从预审支队抽了几个人过来，您看着组织。"林楠对潘江海说。

"崔师傅，你马上跟我向郭局汇报，然后咱们一起去人民银行和外汇管理局，将这起案件的情况进行通报，让他们协调各个银行立即开展全方位的涉案账户冻结。"

崔铁军看着林楠点头，心想这废物点心到了根节儿上，还没掉链子。

整个支队迅速出击，在林楠的统一指挥下，分成十多个小组开展行动，民警们如猛虎下山一般。经侦支队的民警嘴上不说，但心里都憋着一股劲儿，那就是重拳出击、一雪前耻。市局的其他部门都看着新鲜，经侦好久都没组织过如此规模的行动了。

郭副局长也高度重视，不但又从刑侦抽调了十名骨干支援经侦行动，还和林楠、崔铁军一起来到人民银行，协调涉案款项的冻结工作。他们为这次行动起了一个代号，"闪电行动"。这是经侦支队长达两年低迷之后的第一次"亮剑"，所有参战人员都竭尽全力，奋勇拼搏。人民银行也组织全市的各个银行召开了协调会，只要涉及此案人员的账户，都要立即冻结，同时要配合公安机关进一步查询上下游的资金，追踪涉案款项去向，斩断洗钱的黑手。

"闪电行动"搞了整整三天，所有参战人员基本都没合眼。刘权带领着行动组，分别到南方的两个地市缉捕涉案嫌疑人陈志豪、余佩玲和张伟杰；徐国柱发动了自己的所有"点子"，查找着相关的线索；罗洋带领行动组，对全市的旅店、交管、民航、铁路等系统进行查询，对所有可疑的地点开展侦查；潘江海走马灯似的对几名嫌疑人进行突审，把几十年练就的预审本领，拍山震虎、声东击西、疑兵计、离间计一一施展，让几个嫌疑人秃噜了个干净。而林楠和崔铁军则各自带领行动组，在全市范围内对涉案款项进行冻结，又向襄城、定城等几个地市发出协作函，继续扩大战果。

到了第三天的夜里一点，专案组的第一波行动才暂告结束。队员们齐聚在市局三楼的会议室里，都很兴奋。郭副局长红着眼睛，一边和大家说着案情，一边抽着"金桥"。这是他戒烟十年后的第一次"复吸"。林楠忙里忙外，亲自给大家分发盒饭；崔铁军等三个老警察虽然连续作战、疲惫不堪，但一个个眼睛里都闪烁着光芒。

郭副局长把烟捻灭在烟缸，对着宣传处拍照的民警摆了摆手。"别拍这个，室内应该禁烟……"他清了一下嗓子，"各位啊，经过这连续三天的奋战，我真是很有感触啊。谁说经侦支队士气低迷了？谁说经侦民警打不了硬仗了？我看这纯属是胡说八道！"他拍响了桌子，"我在这三天里，看到的经侦支队是来之能战，战之能胜，作风过硬，虎虎生威！"郭副局长话音未落，民警们响起了热烈的掌声。

郭副局长欣慰地看着民警们，知道这次行动是鼓舞整个队伍士气的最好机会。他摆了摆手，继续讲话。"在这次行动中，我看到了太多同志抛家舍业、舍小家顾大家、识大局顾大体、全心扑在工作上的感人事迹。咱别人不说，就先说老崔、老徐和老潘，他们三个人都什么岁数了，不光冲锋在火线，而且承担了最主要的工作任务。你们说，这是什么在支持他们呢，我想，就是经侦人的精神，战无不胜的信念！"郭副局长不愧是办公室主任出身，出口成章，说完后底下又响起经久不息的掌声。

郭副局长说完，林楠接上了茬儿。他拿出一张纸，一边看一边说："我给大家通报一下'闪电行动'的战果啊。经过咱们连续三天的奋战，以涉嫌此案的嫌疑人银行账户为切入点，在人民银行的大力配合下，一举破获了以陈志豪为首的特大洗钱团伙，抓获嫌疑人共计10名，缴获涉案银行卡100余张，冻结涉及11家商业银行的500多个账户，冻结涉案金额共计——"林楠停顿了一下，"20.7亿！"

此话一出，掌声雷动。崔铁军也鼓起掌来。"哎，别睡了，20个亿啊！"他拱了拱身旁的徐国柱。

徐国柱正在犯迷瞪，被崔铁军一拱一下就醒了："什么，什么亿？"

"20个亿，咱们弄的这案子，冻结了20个亿的赃款。"潘江海凑到他耳旁说。

"牛×啊！"徐国柱一激动，脏话脱口而出。民警们都笑了起来。

郭副局长也满面春风，毫不在意。"哎，大家动筷子啊，咱们边吃边说。"他带头打开了快餐盒。

林楠接着说："现在10名嫌疑人，正由刘权副支队长带队准备往回押解。预计明天到达，罗洋，你负责组织人接站。"

林楠通报完，郭副局长仍意犹未尽。"咱们的'闪电行动'成绩突出，是近些年来金额最大的反洗钱案件，打出了咱们人民警察的威风。林楠啊，你会后马上让材料组把工作情况上报给省厅经侦总队和公安部经侦局，让大领导也高兴高兴。宣传处啊，你们负责联系媒体，咱们要改变以往'只做不说'的工作模式，主动召开新闻发布会，通报战果、宣传反洗钱知识。但同志们啊，面对这样的成绩，咱们在欣喜之余还要冷静。这起案件牵扯面儿广、影响大、涉及人员多、调查取证难，咱们今天的战果，只是万里长征的第一步。咱们要继续发力，全力推进工作，争取最后胜利，给人民群众交上满意的答卷。"他说完这段，连自己都陶醉了。作为市局年龄最大的班子成员，在退休之前还能组织这样的大行动、取得如此的战果，对于他来说也算是个满意的句号。

徐国柱吃了两口饭，彻底清醒了，他拿眼瞥着郭副局长，不屑地嘟囔："真他妈入戏了是吧。"崔铁军听闻，拱了他一下。

郭副局长一发话，宣传处立即开足了马力。第二天上午，海城公安局便召开了新闻发布会，向新闻媒体通报了打击地下钱庄"闪电行动"的初步战果。主流媒体纷纷报道，抓获 10 名犯罪嫌疑人，冻结 20 亿资金等关键词被广泛传播。根据市局的即时奖励政策，崔铁军探组荣立集体二等功，三个老警察穿着戎装，挂着大红花接受记者的采访。

"听说你们是公安局平均年龄最大的一个探组，请说一下你们的感受？"一个记者把话筒递到徐国柱面前。

"瞎干呗，这案子再破不了……"徐国柱刚想发牢骚，潘江海就将他推开。

"咳……"潘江海清了清嗓子，"是，我们是平均年龄最大，但俗话说老骥伏枥，志在千里，人家黄忠七十岁还上战场呢，我们这岁数正当年。"他小幽默了一下，"但是，作为一名人民警察，只要我们在岗位上一天，就要为打击犯罪出一份力，就要尽好自己的职责……"潘江海发挥起来，几个记者一听对路子，纷纷围了上去。

"哎，棍子，这活儿就交给他吧。你就是多长一张嘴，也说不过'大喷子'。"崔铁军笑着说。

"这孙子，把'郭大白话'的镜头都给抢了，丫是不是以为退休前能当个局长呢？"徐国柱撇嘴。

崔铁军一看还真是，所有的记者都围在潘江海身边了。郭副局长反倒显得孤单起来。

"哎……这帮搞预审的啊，拿嘴办人，你要是不让他说话啊，没准还能憋出病来呢。就这样吧……"崔铁军笑着说。

"来，三位老英雄，合张影吧。"宣传处的小王冲他们挥手。

"好啊，来，棍子。哎，老潘，别'喷'了，过来过来。"崔铁军冲那边喊。

"哎哎哎……"潘江海也冲他挥手，"最后一点，也希望大家协助我们做好反洗钱的宣传发动工作，普及反洗钱相关法律法规和知识，避免群众落入圈套。我们公安机关将继续联手人民银行和反洗钱部门，加大力度、重拳出击，对洗钱犯罪保持高压态势，零容忍，坚决打赢这场攻坚战，彻底斩断洗钱黑手！"他一席话说完，记者们都鼓起掌来。

他说痛快了，迈着八字步走到崔铁军身边。

"要不说你是'大喷子'呢，你可真行，把人家'郭大白话'的话都给说了。"徐国柱撇着嘴说。

潘江海回头一看就乐了，本来要做总结发言的郭副局长，现在根本没人理了。

"呵呵，我才不管呢，人家记者愿意听，我愿意说，谁也没堵住我的嘴啊。"潘江海得意地说。

"行了行了，人家小王等着呢。快点。"崔铁军说。

三个老家伙站到了一起，容光焕发，都格外精神。

"哎哟，我说你们老三位简直就是我从小崇拜的'三叉戟'啊。"小王说。

"什么玩意儿？"崔铁军问。

"就是荷兰足球队的'三叉戟'啊。巴斯滕、古利特，还有里杰卡尔德三位啊，当年可是所向披靡、战无不胜啊。"小王笑着说。

"算了吧，我们也就三个臭皮匠。"徐国柱笑了。

"来，站好了啊。"小王刚要按动快门。

"哎，等会儿等会儿，还少了一位呢。"崔铁军说，"小吕，你也过来。"

小吕一直站在旁边，没敢往前凑，一听这话，赶忙跑了过来："师父，我……我也算啊？"

"废话，集体二等功，你丫不是咱们探组的啊？"崔铁军问。

"对，你是我们仨的徒弟，站中间。"徐国柱一把将他拽了过来。通过那几次测试，三个老家伙终于认可了小吕。他有幸成了三位警界高手的关门弟子。

小吕灿烂地笑了，露出一排小白牙。

"一，二，三，茄子。"三个老家伙也一起冲镜头笑了起来。

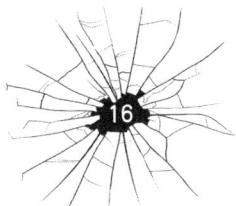

16

一天匆匆而过，夜晚猝不及防。在海城最繁华的 CBD 地区，某个五星级饭店的房间里正上演着激情一幕。一个谢顶男人正压在一个女孩身上，卖命地耕耘着。他努力抑制着即将爆发的兴奋，狠狠地用赘肉撞击着那个年轻的身体。女孩用一只手抚摸着他的前胸，另一只手随便往下做了一个动作，谢顶男人的欲望大坝便彻底崩塌。"啊……"他从嗓子里发出动物原始的号叫。

好事作罢。女孩温柔地给谢顶男人按摩，又拿出指甲刀，给他剪着脚指甲。男人爱怜地看着女孩，忍不住又将她搂在怀里。

"讨厌……"女孩一把推开他。收拾完残局，她赤裸着身体从床上站起。谢顶男人点上一支烟，喷吐中用眼神直勾勾地看着面前的尤物："我说小雪啊，要不你跟我得了。"他笑着说。

"跟你？你娶我啊？"小雪披上一条浴巾，也点燃了一支香烟。

"行啊。"男人笑着回答。

"我才不信，你们男人没一个好东西。"小雪娇娇地回答。

"呵呵……"男人笑着摇头，起身拿过了手包，掏出一沓纸币，扔在床上，"拿着。"

小雪并不去接："我不要这个。"

"哈哈，那你要什么啊？你不会爱上我了吧？"男人笑。

"我要你答应我一件事。"小雪说。

"什么啊？"男人费解。

小雪没有回答，转身走到了房间门口，一扭把手，房门便打开了。

"你干什么？"男人愣了，一下坐了起来。

这时，两个陌生男人走了进来。谢顶男人知道坏了，赶忙穿衣服，没想到两人却并不阻拦，等着他把衣服穿好。

"你们是干吗的？想要干什么？"谢顶男人迅速地把衣服往身上套，但越着急就越不得要领。

"呵呵，你说呢？我要是跟你说，我们是这姑娘的男朋友，是不是太老套了？"那个年轻的男人说。

"你们……你们想要干什么？敲诈我？"谢顶男人把衣服套上了，又赶忙穿鞋。

"呵呵，不是敲诈，是谈生意。"年轻男人说，"这是我的名片，我希望咱们能良好地合作。"他把名片递了过去。

谢顶男人接过名片，顿时明白了。"你们是嘉茂公司派来的？"他问。

"呵呵……"年轻男子笑了，"赵主任，我只是接受他们的委托，我们是合作关系。我叫铁锹，希望咱们也能合作愉快。"他说。

"不可能，我不可能与你们有任何合作。这件事不是我一个人能做主的，每步程序都要经过集体商议，你们……你们就死了心吧。"赵主任说。

"哎哟，这么说是没得谈了？"铁锹说。

"这里不是谈的地方，要谈出去谈。"赵主任说着就要往外走。

"哎哎哎……"铁锹一把拦住了他的去路，"你就这么走，那她怎么办啊？"铁锹冲小雪努嘴。

小雪已经穿上了衣服，站在墙角默默地看着他。

"她？我不认识她。"赵主任摇头，还要往前闯。没想到铁锹顿时变了脸色，一把揪住了他的头发。

"哎哟，你想干什么？干什么！"赵主任大喊起来，但随即又想到这是宾馆，压低声音。

"我这辈子，最讨厌穿上裤子不认账的王八蛋。"铁锹说着就拽着赵主任的头发，往厕所里拖。他用脚踹开马桶盖，就把赵主任往里按。赵主任奋力挣扎，但却力不从心。这时，那个岁数大的男人发话了。

"住手，有话好好说。"那个人正是鬼见愁，他静静地看着赵主任，眼睛里映出冰冷的光，"坐下，咱们谈谈。"他搬过一把椅子。

铁锹这才放了手。赵主任气喘吁吁，用手往上一摸，本来就不多的头发又掉了不少。他被铁锹推着，坐到了床上。

"你……你们，到底想要什么？"他的语气软弱起来。

"我先不说我们想要什么，这里估计有你想要的东西。"鬼见愁坐在铁锹搬来的凳子上，拿出一个塑料袋，"这里，有你的体液、指甲还有毛发。我们带了一个小玩意儿。"鬼见愁一边说，一边拿镊子夹出一根毛发，"只要放在里面，就可以测出你的数据。"

赵主任知道，那是一个便携的 DNA 检测仪。他紧盯着镊子上的那根弯曲的毛，浑身颤抖起来。

"对了，还有这个。"鬼见愁说着站起来，又从穿衣镜的暗处取出一个东西，"这里面记录着你刚才干的好事儿。怎么样？不用我们给你回放了吧。"他笑着问。

"你们……你们……"赵主任知道自己栽了。

鬼见愁看着他，冷笑道："出来做事啊，咱们讲的是和气生财，这个道理，不用我多说吧。"

"好，我明白了。"赵主任点头，"我答应你们的条件，尽量配合你们拿到那个地块儿，但有个条件，你们得把录像和那些玩意儿还给我。"他努力保持着镇静。

"这个好说，完事之后我们会给你。"鬼见愁说，"现在咱们达成的合作，是双方共同的意愿，这些我也录像了啊。"他说着指了指铁锹手中的摄像头，"你如果觉得不满意，可以反悔，也可以报警，我不会怪你。但我这个人，做事有原则，不达目的誓不罢休，为达目的不择手段。我不敢保证以后可能发生的一切。"

"我知道，你不用说了。"赵主任抹了一把头上的汗。

"好，那我们走了，房间到明天中午才退房，你不必着急出去。但是，明天下午的会不要迟到，我希望嘉茂公司的老板能感受到我们来之后的效果。"鬼见愁说着站起身来，带着铁锹和小雪走出了房间。

黑色的奥迪A8在夜色中穿行。鬼见愁坐在后座上，默默地抽着一根雪茄。

"鬼哥，您刚才说错了，应该是今天下午的会，这都过了凌晨了。"铁锹开着车笑着说。

鬼见愁不语，若有所思。"铁锹，查到是谁在管那个案子了吗？"他转移了话题。

"查到了，是大棍子和另外两个老警察。"铁锹回答。

"大棍子……"鬼见愁皱眉，"你通过谁知道的？"

"嘻，鬼哥，这还用问啊。您是不看新闻，昨天的晚间新闻都播了，经侦支队的三个老家伙，冻结了20个亿的资金。我看见大棍子还挂着大红花在主席台上站着呢。"铁锹说。

"哦……"鬼见愁不说话了，低头沉思，"小雪……"他转过头，"你在花店干得还顺心吗？"他问。

"挺好的，花姐人很好。"小雪说。

"那就好……"鬼见愁点了点头，闭目养神。

17

刘权风尘仆仆地把10名嫌疑人押了回来，郭副局长亲自带人到机场迎接，宣传处大做文章，案件街谈巷议。

这几天，三个老警察在市局都挺着胸脯走道，你要想跟他们聊点什么事啊，没空，忙着呢。案子破了，有面儿，心里敞亮。干警察的要想让人尊重，就得拿案子说事儿。

在审讯室里，地下钱庄的主犯陈志豪蔫头耷脑的。潘江海端坐在对面，换上了一副威严的表情。搞预审就得见人下菜碟，看什么人说什么话，见什么兔子撒什么鹰。

"干这个多少年了？"他问。

陈志豪慢慢抬头，试探地看着潘江海："没……没干多少年……"他一嘴的光州口音。

"没干多少年是多少年？"潘江海问。

"就干了两年。"陈志豪说。

"我可告诉你啊，你什么时候来的海城，租的什么房子，有多少个银行账户，我们可都门儿清啊，你要是装孙子，可甭怪我不客气。"潘江海直接跟他明了底牌。他压根儿就没拿眼夹这孙子，这种团伙作案是最好审的，即便有攻守同盟，随便使个声东击西，就不攻自破了。所以他并不想走冤枉道儿，去耽误工夫。

"嗯，我明白，我不说瞎话。"陈志豪说。

"因为这事儿进去过吗？"潘江海问。

"进去过。"陈志豪回答。"以前跟着老乡干的时候，被抓过。"他说的是实话，与潘江海调查的一致。

"行，还算实在。"潘江海点头，"那怎么不吃一堑长一智啊，出来还接着干？"

"哎呀，警官，我们也是讨生活啊。"陈志豪说。

"得，都不容易，您辛苦了啊。"潘江海拿他打趣。

"不敢不敢。"陈志豪摇头。

"你是不是就差说为人民服务了？"潘江海一下拍了桌子。

陈志豪一愣，又把头低了下去。潘江海要的就是这个效果。"陈志豪，我也不多废话，到这儿了，你就出不去了。别琢磨着能什么'抗拒从严、回家过年'啊，我告诉你，那是扯淡。能不能争取从轻处理，从现在起就要有个态度！"潘江海提高了嗓门儿。

"明白，我明白。"陈志豪连连点头。

"我问你，这20个亿里面，一共有多少人的钱？"潘江海问。

"一共……"陈志豪抬起头，眼睛往上看。潘江海知道，这是人在回忆的表现。

"一共有200多人。"陈志豪回答。

"有明细吗？"潘江海问。

"有明细，我能搞得清。"陈志豪说。

"他们都用的是真名吗？"潘江海问。

"那不一定，许多人都是借的身份证。"陈志豪说。

"为什么？"潘江海问。

"……合法的资金，谁从我们这里走啊，谁也不想露了自己的底细。"陈志豪说。

"嗯……这里面最大的一笔资金有多少？"潘江海问。

"最大的一笔？"陈志豪想了想，"大约有5000多万吧。"

"是什么人的钱？"潘江海问。

"这个……"陈志豪犹豫了，"警官，我不太方便说别人的隐私。"

"说，别废话。"潘江海用指关节敲着桌面。

陈志豪叹了口气，停顿了一下："好吧，是一个叫聚力实业的公司。"

"说一下这个公司的情况。"潘江海说。

"聚力实业的老板叫谢春宝，三十多岁，我就知道这些了。"陈志豪说。

"他为什么要把钱转出去？"潘江海问。

"这个我真的不知道，我们从来不打听客户的情况。"陈志豪说，"也是不想自找麻烦。"他又补充。

这句话潘江海相信，于是问："他就转了这一笔吗？"

"这……"陈志豪犹豫了，"他转了不少笔。"他抬起头回答。

"总资金大约有多少？"潘江海追问。

"差不多……有10个亿吧。"陈志豪回答。

"10个亿？"潘江海坐直了身体，他看了看小吕记的笔录，基本内容算是记下来了。

在市局三层的会议室里，经侦支队的全体民警正在开会。潘江海走进去的时候，郭副局长已慷慨陈词半天了。他之所以被老家伙们起了个外号叫郭大白话，是有故事的。话说二十年前他当刑警队副队长的时候，有一次在郊区发生命案，他家里有事儿就派徐国柱他们去了，但没想到市局领导还挺重视，当时的贾局连夜要听汇报。要搁一般人，估计就瞎菜了。但老郭愣是拿个小本儿直奔市局，当着贾局的面儿，从组织警力勘查到摸排涉案车辆，铿铿铿地把情况论得有模有样。但不想刚刚说完，贾局就憋不住了，他拍着桌子破口大骂："我是真佩服你这张嘴啊，你下面的兄弟也是对你够意思，他们就没跟你说，我在勘查现场吗？"此言一出，哄堂大笑。老郭那次是彻彻底底让徐国柱给玩儿了。也是从那天起，老郭被起了个外号，叫郭大白话。

但能白话却绝不是坏事，在警察圈儿里历来不缺能干活儿的人，缺的就是嘴皮子和笔杆子。碰巧，老郭这两样儿都占。他此时正把一个人隆重地介绍给大家。潘江海侧目，那位四十多岁，长脸、小眼睛，留着中分，小薄嘴皮儿有点兜齿，但表情严肃，目光炯炯，一副领导的派头。

郭副局长看老潘进来，摆摆手示意他坐下，继续说道："刚才我已经介绍了，从今天开始，楚政委就正式到经侦支队挂职了。这次省厅经侦总队能派他下来，一是对咱们工作的认可，加强咱们的队伍建设，二也是来督办现在这起重点案件。我相信，楚政委一定能和支队领导班子团结一心、攻坚克难，发挥出重要的作用。"郭副局长讲完，大家掌声雷动。

"嗯，谢谢郭局，那我也表个态。"楚政委叫楚冬阳，他坐直身体，小薄嘴皮活动起来，"如果说我的警察生涯是一条鱼，那我最美好的鱼肚子，应该都留在了咱们市局。我调到省厅没几年，干经侦的经验也不是很丰富，也希望大家能多多给予指导和帮助……"他做了个幽默的开场白。但台下的徐国柱和潘江海却不屑地撇嘴。

"哎，棍子，这位什么路子啊？"潘江海问。

"嘻，这孙子啊，外号叫'呱嗒'。到省厅没几年，原来是市局办公室写材料的，走的时候还是个副科，没想到这几年上蹿下跳，回来成副处了。"徐国柱小声说。

"那挺厉害啊。"潘江海逗徐国柱的话。

"厉害个屁，还不是靠他媳妇儿。"徐国柱根本瞧不上他。

"哎，我想起来了，他是不是就是你说的，那谁的女婿……"潘江海话还没说完，就被崔铁军踹了一脚。他一抬头，楚冬阳正看着他。

潘江海撇嘴笑笑，突然鼓起掌来："好，说得真好。"

"说什么了就好？"郭副局长皱眉。

"鱼肚子啊，楚政委，您原来是食堂的？"潘江海装作正经地问。

"我……"楚冬阳被噎了一下，"嘻，我是打个比方，说我在市局工作过。"他尴尬地解释道。

"噢噢……明白了，明白了。"潘江海连忙点头，"那要是拿鸡打比方，我可是从鸡脖子到鸡屁股都留在这儿了。"他这么一说，几个民警没绷住，都笑出声来。

"哎，老潘，你说的是什么话。"郭副局长不高兴了。

"嘻，老同志真逗。"楚冬阳对郭副局长说，"请问这位是？"他转头问林楠。

"这位是预审专家潘江海，郭局特意给调到咱们支队搞洗钱专案的。"林楠回答。

"哦，您是前辈，请多指教。"楚冬阳面带微笑。但潘江海却看得出，他这笑虽然嘴角上翘，但眼角压根儿没出褶子，这是典型的口不对心。

"别别别，您是领导，我可不敢指教。您继续，继续……"潘江海摆出一副谦虚的样子。

郭副局长知道他这是装孙子，但也不能撕面儿，就接过话题说道："我说老潘啊，你是刚从审讯室出来吧，说说情况吧。小楚啊，咱们局的作风历来务实，我看咱们可以把这个欢迎会和案件分析会，放在一起开了。"他冲着楚冬阳说。

林楠和楚冬阳都点头同意，于是郭局解散了其他同志，就留下专案组的主要成员。

潘江海给了楚冬阳一个下马威，心里也舒坦了。他也不看材料，就直接汇报，提纲挈领，把陈志豪供述的情况说得头头是道。"我觉得现在的当务之急，是找到他供述的聚合实业的负责人询问情况，看看这笔巨额资金到底是什么来路，是否涉及犯罪。"

"嗯，老潘问得很细啊。大家都说说，对这个案子的下一步工作有什么想法。"郭副局长说。

大家左顾右盼，不是没话说，而是等着先后顺序。警察是纪律部队，发言分先后。只有新兵蛋子和不懂规矩的主儿，才会抢领导的风头。当然，这帮快退休的老家伙们除外。

"嗯，那我就说说。"林楠毕竟是牵头支队工作的，论发言顺序，他理应第一。但楚冬阳这一来，他的处境就显得尴尬了。他虽然牵头工作，但毕竟还是副支队长，级别是正科，比起楚冬阳低了半级，所以他也想着从这次发言开始，固化一下自己的首发顺序。"在咱们破获这起案件之后，老百姓拍手叫好啊，咱们经侦是干什么的啊？就是打击经济犯罪，维护市场经济秩序的。别的我不多说，大家手里的任务还很重，现在咱们虽然初步冻结了20亿涉案款，但还没有查清这些款项的来源和去向。没有查清来源，就无法确定是否存在上游犯罪，就无法做出对款项的下一步处理意见；没有查清去向，就不能有效地追赃减损，就会引起被害人的不满甚至上访。所以我想，大家还不能骄傲，更不能懈怠。我相信楚政委的加入，一定能给我们的工作以更大的推动力，我也希望同志们能团结一心，继续紧密团结在市局党委周围，不但要把这起案件做好，还要办成精品案例。就这些。"林楠说话比较务实，他说完，罗洋、刘权等几个副支队长也相继发言。

刘权因为成功抓获了案件主犯，心气正高，就想在郭副局长面前卖弄一下，提出了一个快查快办的建议："我倒觉得，这个案件虽然看似庞杂，但那个商人举报银行职员的案子已经查清了。他付出的3000万元资金，是通过银行职员转给了皮铮，那笔钱根本就没有划转到境外，而是暂存在了洗钱团伙的'现金库'中，就是咱们搜查的那个别墅。这个情况皮铮和陈志豪等人都予以了证明，也就是说，这起案件已经水落石出了，款项也已经追回了。至于陈志豪等人经营地下钱庄的行为，我想应该算是扩大战果，我们应该在配合相关部门进行处罚的同时，查证好他们的非法经营行为。这个案件不应影响主案，我们不能陷入那20亿的查证之中。与主案相关的，咱们就查，无关的，就分批解冻，从快处理。"

他刚亮出观点，沉默已久的崔铁军就不干了："从快处理？怎么从快？11个银行，500多个账户，涉案资金20个亿，你说从快就给从快了？你也是干了多少年的老经侦了，这点事弄不明白？"崔铁军听不下去了，不客气地说，"咱们讲除恶务尽、深挖犯罪，怎么真搞上案子了就开始糊弄了。分批解冻？你说得轻巧，在没有认定款项是否为赃款之前就贸然解冻，这是放纵犯罪，是渎职！"他给刘权扣了一顶好大的帽子。

刘权也绷不住了："哎，崔师傅，我也不是那个意思。我是说，这20个亿的资金，500多个账户，就凭咱们支队这几十号人，在短时间也很难查清啊。"刘权解释道。

"查不清就不查了？弄不明白就放手了？你这是警察说的话吗？"崔铁军不悦。

他这么一说，刘权就哑火了。

"哎，崔师傅，咱们是一起讨论，别着急，别着急啊。"林楠出来抹稀泥。

郭副局长看这架势，也没法搭茬儿。毕竟这个问题太具体，他也不好轻易表态。于是就找了个理由，先行退场。

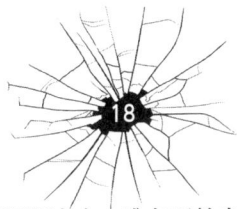

18

看郭局走了，楚冬阳环顾左右，准备开始自己的第一次亮相。他拿起茶杯，抿了一口，理了理思路。"我听了大家的发言啊，觉得都很好。争论是推进案件向正确方向进展的最好方法。如果人云亦云了，大家都没有观点了，那讨论也就失去了意义，会产生武断的结果。"他一不留神，就摆出了领导的架势，"我想，咱们应该先明确一下这起案件的打击重点。陈志豪等 10 名嫌疑人是干什么的呢？是从事地下钱庄的，所谓的地下钱庄，就是未经国家主管部门批准，擅自从事跨境汇款、买卖外汇、资金支付结算等业务的违法犯罪活动。这个想必大家都明白。而我们发起这次行动的起始点呢？是银行职员廖俊丰伙同皮铮，以提供洗钱服务为由进行合同诈骗的案件。我也同意刘权副支队长的说法，这起合同诈骗案才是当务之急，咱们首先要保证这起案件的顺利移送起诉，之后再考虑那 20 个亿的问题。"楚冬阳表了态。

他这么一说，崔铁军也不说话了。人家是支队的政委，政委定了调儿的事，他这个当民警的能怎么说。但这时，没想到徐国柱抽不冷子蹦出来了："哎，那楚政委，我举个例子你听听啊，我在派出所接一'110'，出个什么警呢？偷自行车。但是我到了那儿一看呢，旁边还一杀人的。照你这么说，我就不管了？就拿下那个偷车的就算完事儿了？可能吗？这不扯淡吗！"徐国柱一张嘴就没好听的。其实他并不是太关心案件的走向，而是打心眼儿里看不上楚冬阳，所以自然就站在了崔铁军的一头儿。

"哎，徐师傅，这是两回事儿。"林楠替楚冬阳辩解，"哎，您也说说，潘师傅。"他一边说一边冲潘江海使眼色。

潘江海没接林楠的眼神，不温不火地说："我觉得啊，你们两头说得都有道理。从法律上讲，楚政委和刘支说得没错，咱们受理什么案件就查什么案件，在支队人手有限的情况下，要先把主案处理好，才能兼顾其他。你主要案件都没按时移送检察院，都黄了，那还谈什么深挖线索啊。"他这么一说，对面的楚冬阳频频点头。但崔铁军和徐国柱知道，这老小子背后肯定埋着雷呢，"但是……但是啊……"他开始转折，"我也同意老崔和老徐的说法，咱们在兼顾主案顺利移送起诉的前提下，是要进一步深挖，说白了，这是打击经济犯罪的责任，要不就是放纵犯罪，就是渎职。所以我说啊，两头说得都对。"他倒是一碗水端平。

楚冬阳一听，脸色就不好看了。林楠又忙着抹："哦，潘师傅，那您觉得下一步的意见呢？"

"呵呵，我一当兵的，能有什么意见？我上面有崔探长，他上面有你们几个。我就听喝儿就行了。但我表个态啊，无论给我什么任务，我都坚决完成。"潘江海这属于是典型的管杀不管埋。

林楠苦笑，想了想说："我觉得潘师傅说得对，咱们的观点不是对立的，而是从不同角度看问题。我想这样行不行，咱们做一下分工。刘支和罗支负责合同诈骗案件的办理和移送起诉，崔师傅的探组负责继续对案件深挖。两方面协作好，争取取得新的战果。政委，您说呢？"林楠把皮球踢了过去。

"我同意林支的意见。"楚冬阳点头，"但我想说句题外话啊，咱们以后再开会，要心平气和地研究问题，不要动不动就脸红脖子粗，特别是不能带脏字儿。"他话有所指。

"哎，脏字儿怎么了？开会说话得用文言文啊？"徐国柱一拍桌子站了起来。

"嗨，老徐，老徐！"崔铁军把他按到座位上，"行，我看这样行，我们照办。"崔铁军肯定地回答。

这边还说着，市局门口可乱了。刚刚散会，信访办的邱主任就找上门来。

"老崔啊，你们办的案子有没有个统一口径啊？"他问。

"统一口径？那你得找我们领导问啊。"崔铁军说。

"哎，你们得快点弄出来啊，我们信访值班的一共就四个人，这一下来了200多个群众，有本市的、有外地的，都嚷嚷着见局长。你们得来人啊，得帮我们答复。"邱主任说。

"哎哟，我们这儿还办案子呢，没时间啊。你们自己解决，自己解决吧……"崔铁军说着就要闪。

邱主任一把抓住他的胳膊："老崔，你这么说可不对了，什么叫我们自己解决啊？我们这是在帮你们抵挡呢。走，你带我找小林去。"他说着就把崔铁军拽到了林楠办公室。

林楠一直是开门办公，远远就听到了崔铁军的大嗓门儿。

"哎，邱主任，是什么香风把您给吹来了？"他客气道。

"哪有什么香风啊，我都快晕了，小林，你赶紧到门口看看，你们再不帮帮我，这市局大门就让群众给推开了。"邱主任焦急地说，"都嚷嚷着什么解冻呢，说公安局再不给个解释就到北京上访。"

"你说现在这帮人，洗钱还洗出理来了是吧。"崔铁军不忿。

"哎，崔师傅，先别发牢骚。"林楠摆手，"那邱主任，现在需要我们做什么？"

"第一，赶紧做一个'答复口径'，找你们主管局长审批一下。第二，找个业务熟的，赶紧跟我到门口给群众普普法。其他的你们定。"邱主任说。

"行，我们马上就办。"林楠痛快地答应。

按照邱主任的要求，经侦支队以最快的速度写了一个"答复口径"，里面的内容可谓是字字珠玑。在案件没有全部查清之前，既要让群众得到一定的信息量，又不能过多透露案情。林楠让内勤改了三次，才给郭副局长报上去。郭副局长又改了两遍，删掉了不少涉案的内容。为了提高工作效率，林楠抽调了包括小吕在内的五个年轻人，负责涉案群众的登记工作。而答复工作，则由他自己和崔铁军直接负责。

两个人来到了市局门口，远远就看着密密麻麻的人群堆在市局门口。林楠拿着一个喇叭，大声地说："哎，各位群众，我是经侦支队的负责人，这是我们的办案人。有什么情况，请大家跟我到接待室去说，不要堵在门口。"

"你们凭什么冻结我们的血汗钱，给我解冻。"一个群众在后面喊。

"解冻！解冻！"他这么一喊，人群顿时沸腾起来。

"哎，刚才是哪位说的？我给你解释解释？"崔铁军对付这个有经验，一般在人群后面喊话的，都是挑事儿的。对待这样的，先把他拎出来，"哪位啊？"他喊了几声也没人答应。

"来，大家跟我来吧，有什么事咱们慢慢说。"林楠说着冲大家挥了挥手。

为了不扰乱市局的正常办公秩序。信访办专门联系装财处，临时征用民警食堂作为接待场所。林楠已经制定好了详细的工作预案。来听取答复的群众，必须先经过登记才能进入到民警食堂，每一名群众进入之前，都要接受小吕等五个年轻人的登记，表格是林楠亲自制定的，姓名、年龄、联系电话、金额、账户信息、支付手续费等一应俱全。这个方法果然好，既能避免日后的重复劳动，又能将人群区分清。经过长达一个多小时的登记，真正进入到食堂听取答复的群众，也不过百名，其余的围观人员统统被劝到市局门外等待。

"我们就是小老百姓，他们收费低，所以才选他们啊。"一个群众说。

"我是开公司的，本来是到银行向国外汇款，但银行员工把我介绍给他们，说他们有诚信，而且到账快。这不是我的责任啊。"一个企业老板说。

群众你一言我一语，纷纷发言，林楠和崔铁军虽然费尽了口舌答复，但大部分群众依然不满意。只有个别人感谢公安机关的冻结行为，一个胖子在台下说："我倒是得感谢你们，要不是你们把钱给冻结了，我估计就全入了股市了，这一轮肯定亏大了！"他这么一说，把林楠都气乐了。

经过两个多小时的工作，群众才慢慢散去。经过统计，100余人的总金额为3.78亿元。离总数还差得很远。

"小吕，现在你的主要任务，就是梳理资金情况。如果能证实被冻结的资金，不是赃款，咱们就可以报请领导予以解冻。在梳理中，你要注意账户的关联性，洗钱案件很复杂，涉案人往往为了掩人耳目，把同一笔资金拆分成多笔通过不同的账户向境外转移。"林楠说。

小吕点点头，他经过这段时间的磨炼，已经成熟了许多："林支，您放心吧，我在警校里学过经侦，知道怎么梳理账户。"

"好，梳理的结果要注意保密。"林楠又叮嘱道。

快下班的时候，小吕还在计算机前奋战。三个老家伙却约好晚上的饭局了，坐在那儿耗点儿。这时，宣传处的小王把洗好的照片给送过来了。

崔铁军拿着照片端详着，四个人穿着笔挺的警服，披红挂彩。小王心细，还给镶了相框。"成，拍得还挺不错。"他笑着说。

徐国柱也凑过来看："哎哟，成啊。把咱老哥儿几个拍得跟电影明星似的。"他咧着嘴笑，"哎，我说你小子干脆辞职得了，干照相多来钱啊。"

"嘻，瞧您说的，我哪儿敢啊。"小王谦虚道。

"哎，你小子不是在网上开了一个网店吗，专门给人家拍艺术照？有这事儿吧。"潘江海插嘴，"这不成了第二职业了吗？"他立马给上纲上线。

"这……"小王都晕了，"哎，三位师傅啊，我这儿还有事儿，先走了……你们慢聊。"他说着就撤了。

"你丫怎么动不动就给人家扣帽子啊。他一科员，每月就那么点儿工资，再不干点儿别的，哪够养家的啊。"徐国柱埋怨道。

"呵呵……"潘江海笑着，"我也不给他散去。我就是想告诉这小子，甭跟老家雀门前玩儿心眼儿。"

崔铁军把相框摆在办公室的资料柜上，回身取过了笔记本。"哎，棍子，你查的那几个账户怎么样了？"他问。

"有点儿线索。"徐国柱说，"其中有几个账户的转款人啊，有吸粉儿的前科，我就发给了老肖，让他帮着查查。反正他们人手多，也愿意管，没准还能带出几个毒品的案子。其他几个，我都给了刘权。"

"嗯，剩下的咱们还得自己梳理。小吕啊，我们老哥儿几个电脑不行，就得指望你了。"崔铁军说。

"放心吧，师父。"小吕笑着回答。

三个老警察刚出门，正看见刘权带着一帮人风风火火地往外走。

"哎，干吗去啊？"徐国柱问。

"哎哟，三位爷都在啊。"刘权说，"这不是去帮你们加个班嘛。"

"嘿，还帮我们加个班？"徐国柱问。

"嗐，就是案子里的一个线索，经过初查，有了个意外收获。"刘权不再说笑，"其中有一个转款人，与咱们正在经营的另一起案件有重合。我让信息中心扫了一遍，发现了他的暂住地。"

"哎哟喂，那不错啊，没准还能带着再破一个。"徐国柱大大咧咧地说。

"行，老几位，你们聊着，我们走了。"刘权说着就往外走。

"嘿，权子，既然是我们的活儿，就别让你们自己去。"崔铁军觉得脸上没面儿，走了过去。

"哎，没事，反正今天我带班儿。"刘权说。

"嘿，你丫什么意思啊？怕我们给你拖后腿添乱啊？"徐国柱不干了。

"嗐，我不是那意思。您三位就踏踏实实地下班，等我们把人抓到了、押到号儿里了，明天你们过来提人不就得了。"刘权说。

"你丫给我歇菜吧，我们抓人的时候，你还没上班儿呢。"徐国柱挑理了。

"对，我们晚上也没事，跟你一起去。"崔铁军也说，"走啊？"他转过头问潘江海。

"我……"潘江海犹豫了一下，"我就不去了，晚上家里有点儿事儿。"

"说吃饭你丫有空儿，干活儿就有事儿了？"徐国柱撇嘴。

"哎，你说什么呢。"崔铁军瞪了徐国柱一眼，"你回家好好歇歇，人弄住了明天还得问。"他说着就往外走。

这时小吕也跑了过来："师父，我呢？"

"你……"崔铁军看着他，又看了看刘权，"学学也行，走吧。"

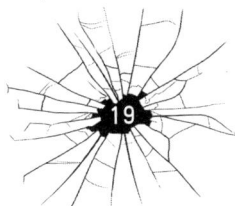

19

"温馨"花店就开在市南区一处繁华的路旁。傍晚六点，花姐即将结束花店一天的生意。在临走前，她又给新上的鲜花喷了一遍水，才招呼小雪关门断电。但正在这时，一个人却挤了进来。花姐一看，是城南批发市场的小老板老路。

老路五十多岁，一脸憨厚。"哎，你们还没下班吧？"他问。

花姐穿着一条紫色的裙子，更显得皮肤白皙。她笑笑说："快了，怎么了？"

"我来买花。"老路有点紧张。

"买什么？送什么人？"花姐说着，带老路走到展柜前。

"我……"老路犹豫了一下，"想买玫瑰，送一个女人。"他有些不好意思。

"呵呵……"花姐笑了起来，一脸媚态，"要多少枝啊？我这里刚好上了一批。"

"要……"老路犹豫着，"要一百枝。"

"一百枝？"花姐惊讶，"你干吗用啊，求婚啊？"她笑着问。

老路不说话了，脸红扑扑的。花姐知道不便再问，就招呼小雪，两个人一起给他挑选玫瑰，又加上一些百合、满天星的搭配好。老路一直站在那儿，呆呆地看着花姐。

等花束扎好了，老路却没走，抱着一大捧玫瑰，看着花姐发愣。花姐挺纳闷儿，但也不好轰他。没办法，就拿话点他："哎，我说老路啊，你还傻站着干吗，还不快把花给人家送去，再耽误，花都不鲜亮了。"

老路看了看玫瑰，又看了看花姐，终于鼓足了勇气："这花，我是送给你的。"老路说着就把花递了过去。

花姐愣住了，但马上又恢复了常态。她大方地接过玫瑰，深深地闻了一下。"那就谢谢了……"她用女人特有的温柔回应。

老路迷醉了，呼吸更急促了。"今晚……今晚……我能约你吃个饭吗？"他问。

"哎哟，今晚不行，我有约了。"花姐笑着回答。

"那……那明晚呢？"老路退而求其次。

"明晚也不行。"花姐摇头。

"那……那我等你消息，有空儿了，给我打电话。"老路说着就退后两步，"哎，祝你生日快乐啊。"他说。

花姐一愣，心里掀起波澜，已经好久没有人记得自己的生日了。但她随即又忍住感动，冲老路笑了笑。"谢谢。"她简单地回答。

在老路走后，花姐关上了店门，沉默着。小雪见状，走了过来。

"姐，我陪你过生日吧。"她说。

花姐笑笑："哎，过什么生日啊……我都这个岁数了，过一年就老一岁。"

"那可不行。"小雪说着走到后面，拿出了两个妙芙蛋糕，"姐，生日快乐。"她笑着说。

花姐也笑笑，不想驳小雪的面子，就从店里拿出一瓶红酒。两个女人坐在鲜花之中，对饮起来。

"姐，你一点儿不老，还是那么招人。"小雪笑着说。她穿着一身藏蓝色的连衣裙，显得优雅纯情。

"呵呵……你别逗我开心了，就那个'安踏旅游鞋'？"花姐自嘲道。

小雪也笑了："姐，你年轻的时候一定很多人追吧。"

"唉……"花姐叹了口气，没有回答，"小雪啊，你未来有什么打算啊？"她问。

"未来……"小雪露出淡淡的忧伤，"我也不知道……"她摇了摇头。

"早晚要脱离这种生活吧。别像我一样，真把一辈子都耽误了。"花姐苦笑。

小雪拿起酒杯，浅浅地喝了一口："姐，你说男人真的不可靠吗？"

花姐苦笑着摇了摇头，她拿出一包"520"，点燃一支："这男人啊，都是逢场作戏，没一个真心的。咱们女人啊，就得对自己好点儿。趁着年轻，买点好包、好衣服，把自己打扮得漂漂亮亮的，不然青春一下就过去了。咱们，得为自己活着。"

小雪点了点头："姐，你有过爱的人吗？想终生托付的那种？"

"爱的人？"花姐看着小雪笑，"我爱的男人都不爱我，我不爱的男人占满了我的生活。"

"我懂了。"小雪点头，"来，祝我们早日能为自己活着。"她说着举起了杯。

两个人一饮而尽，脸上都红扑扑的。

"哎，跟你说件事啊，我一个朋友有个新同事，小伙子挺好的，工作还稳定。要不要见见？"花姐问。

小雪苦笑："姐……我这么脏，谁要啊……"她看着花姐的眼睛。

"只要你不说，没有人会知道。只要你能忘记，不再提起，这个秘密会被所有人忘记。"花姐一字一句地说。

"我忘不了，这是我的命。"小雪的表情冷冷的。

花姐知道她想起了不好的回忆，就劝慰道："你那只是逢场作戏，他们只是你要利用的工具。"

"我何尝不是一个工具呢？"小雪抬起头问。

花姐哑口无言。外面的天色暗了，屋里也变得漆黑。店里的一朵百合散落了花瓣，一阵清香飘了过来。

"你要有勇气，有勇气离开，有勇气脱离。与那个小子分了吧，你们不是一路人。"花姐说。

"我可以离开，但我妈呢？她需要钱啊。姐，你别管我了，放心吧，我知道该怎么活着。"小雪努力地露出笑容，"我敬你，祝你生日快乐。"她又举起酒杯。

花姐笑笑，把酒满饮。她看看手机，上面没一条祝福的短信。

在市北区的一栋高级公寓楼里，刘权等人已经蹲守多时了。他们一直守在5层的楼梯间里，观察着对面房间的动向。在504房间门前，有一条两米长的过道，过道一米多宽，形成了房门与主楼道间的缓冲带，非常不利于蹲守。刘权看了看表，屋里还没动静，心里有些着急。

"棍儿哥，能确定屋里有人吗？"刘权问。

"我去过物业了，他家的电表还在走字儿。从物业的监控里看，进去的俩人也没出来。"徐国柱说。

"要不直接敲门吧。"崔铁军说。

"歇了吧您哪，万一不开呢，你找撬锁的啊？这是5层。再有个跳楼的，热闹了。"徐国柱说。

"那也不能干耗着啊。"刘权叹了口气。

"要不这样，咱们……"徐国柱压低声音，对大家说出计划。

"我看这招儿行。但不能光让您上，我跟您一起。"刘权说。

"行。"徐国柱点头。

"哎，我也去。"崔铁军和小吕异口同声。

"你们丫以为这是打麻将呢，凑一桌儿啊。"徐国柱撇嘴，"我告诉你大背头，我还真不是瞧不起你。要论抓人，我们刑警是你们丫经侦的祖宗。"他那德行劲儿又上来了。

要说抓人，徐国柱确实有自信。"大棍子"可不是浪得虚名，几十年刑侦一线的冲锋陷阵，给了他丰富的工作经验，在社会上也算有一号。他将腕上的手表摘下，放在兜儿里，和刘权缓步走进楼道里，身后的同事都严阵以待。

为了躲避屋内的人从"猫眼儿"往外观察，徐国柱和刘权蹲在地上，一左一右贴着墙壁缓行，轻轻埋伏在门的两侧。刘权主攻，在开门的一侧。这是最要劲儿的位置，只要门一打开，他便将和嫌疑人针锋相对。空气仿佛凝固，徐国柱用耳朵贴着防盗门，能清晰地听到屋里电视声的响动和人说话的声音。他冲后面挥挥手，行动立即开始。崔铁军立即拉下 504 房间的电闸，屋内的电视声随之消失。刘权紧张起来，等着屋内的人有所举动，但奇怪的是，屋内的说话声也停止了。

时间分秒流逝，屋内一片死寂。长时间的蹲姿让徐国柱双腿发麻，豆大的汗珠从他脸上滑落。这时，门里发出了阵阵脚步声。徐国柱立即紧张起来，浑身的肌肉也紧绷起来。

"哗……"房门轻轻地响了一声，但却没有打开。徐国柱知道，这是里面的人透过猫眼儿在向外观察。几秒后，脚步声又缓缓离开了。

有事儿！徐国柱心里明镜儿一样。一般老百姓，是不会这么提防的。他轻轻拿出手机，给崔铁军发了短信，开始了行动的第二步。

半分钟后，楼道便响起了乱哄哄的声音。

"怎么回事啊？怎么停电了？"崔铁军大声问。

"我也不知道，好像闻见糊味儿了，是不是线路烧了？"小吕打着配合。

"快查查，看看电表怎么回事，没跳闸啊……"后面的侦查员也大声地说。

楼道另一头有邻居好奇，刚要出来便被侦查员劝阻。

504 屋内的人再次来到门前，透过猫眼儿观察，却看不到楼道内的情况。他又犹豫了良久，才终于开了门。"怎么回事啊？"他刚发出疑问，门就被刘权猛地拽开。

"警察！"刘权大喊，开门的人立即被按倒在地，徐国柱从地上一跃而起，却不料双腿发麻不听使唤，一下就摔倒在地。小吕见状，从后面冲了过去。崔铁军把电表箱合闸，屋里顿时亮了起来。

小吕第一次参加抓捕，亢奋地冲在最前头。但刚一进门就和一个男子狭路相逢。

"警察！"小吕刚喊出声就愣住了，只见眼前正对着一个黑洞洞的枪口。他下意识地低头，一把托起对方的手。只听"咚"的一声巨响，子弹射穿了天花板。

"有家伙！"徐国柱大喊，他跨过刘权，也冲了过去。但门道儿太窄，小吕正在与男人缠斗，他根本挤不过去。徐国柱万分焦急，但有力却无处施展，崔铁军也想挤过来，门口儿乱成了一锅粥。小吕明显处于下风，男人人高马大，渐渐把枪口压低，眼看着就指向了小吕的脑袋。在此千钧一发之际，徐国柱突然想起了兜儿里的手表，便猛地拽出来，攥紧表带，猛地拿钢制的表盘砸了过去。这一下可够狠的，男子的脸上顿时开了花，徐国柱趁机一把拽过小吕，自己扑了上去。他把男子压在身下，狠狠地砸着对方的手腕，没几下枪就掉了。但男子力量很大，一脚将徐国柱踹开，挣扎着起身，猛地往窗台跑。

"拦住他！"徐国柱大喊。男子在开门前已有所防备，窗户一直大开。窗下有一个宾馆搭的一个塑料顶棚，男子试图跳下逃窜。刘权见状，猛地扑了过去，一把抱住了男子的腰身。

男子身材魁梧，比刘权整大一号，他困兽犹斗，奋力挣扎。

"权子，小心！"徐国柱爬起来，刚要上前协助，不料刘权脚下一滑，与男子一同坠出了窗外。

"权子，权子！"众人都惊呆了。

徐国柱急了，转头往楼下冲。现场十分惨烈，嫌疑人命不好，在坠楼的时候没落到顶棚，中途被栏杆剐了一下，头朝下坠地，脑浆迸裂。而刘权则跌坠到顶棚上，又被弹到了地上，但也已奄奄一息。

"别他妈看着啊，叫救护车！"徐国柱泪流满面，"权子，权子，你丫别装孙子，活着就言语一声。"他抓住刘权，大声地呼喊着。

"放手！别碰他，等医生来！"崔铁军过去阻拦，这是最基本的医学常识。

"这是他妈的经济案子吗！"徐国柱歇斯底里地大喊着。

小吕早就蒙了，傻傻地站在一旁。

"叫救护车！别他妈愣着啊！"徐国柱冲小吕大喊。

20

刘权在手术室里抢救，医生说暂时没有生命危险。要不是塑料顶棚帮他卸了力，结果很难判断。经过对另一名嫌疑人的讯问，他供述了涉嫌的几起案件，但这些案件却都是抢劫、绑架等刑事案件，与经济案件毫不沾边。据他所说，坠楼的男子这段时间洗过一笔钱，但人犯已死，案件线索尽断。

这是一次失败的抓捕，对敌人的低估造成了致命的错误。在医院的手术室外，崔铁军和徐国柱都十分沮丧，两个人相对无语。小吕拿来了盒饭，放在了他们面前。

崔铁军抬起头，看着小吕满是瘀青的脸，叹了口气。"你早点回去吧，别跟我们一起熬着了。"

"没事，师父，我回家也没事。"小吕说。

"哎，那什么。"徐国柱吞吞吐吐，"我刚才……对你态度不好，别在意啊。"

小吕看着徐国柱，苦笑了一下："我什么都不记得了，您说什么了？"

"你这小子啊……"徐国柱给了小吕一拳，"以后长点儿记性，别动不动就往前冲。咱们只有一条命，不够跟他们玩儿的。得多用这儿。"他指着自己的脑袋说。

"嗯，我记住了。"小吕点头。

这时，林楠和楚冬阳走了过来。

"怎么样了？"林楠问。

"医生说暂时没有生命危险，还在做着手术。"崔铁军回答。

"您先回去吧。我们在这儿看着。"林楠说。

"没事，等手术完了我们再说。"崔铁军头也不抬地说。

林楠见状，就在旁边的长椅上坐下。楚冬阳也坐了下来，他犹豫了一下，还是忍不住说："崔探长，不是我说你们，这次行动太冒失了。屋里情况不明，就贸然往里冲，要是较真儿，这可是重大的责任事故啊。是要追究责任的。"他这么一说，两个老警察都把眼睛瞪起来了。

"你们不服气也罢，一时想不通也罢，但我这个做政委的，必须得说。以后再碰到突发情况，你们必须要汇报。就说今晚这事吧，为什么不先汇报研究？"楚冬阳摆出一副推心置腹的样子。

"研究个屁！"徐国柱腾地一下站了起来，"我告诉你呀，'呱嗒'，我他妈忍你好久了。你要真是省厅的，就他妈干点人事儿，让其他部门别他妈卡着咱们，要不就闭嘴。还他妈研究……我还告诉你，你在别人面前装孙子行，到我们这儿没人拿你当爷，整天供着你！"

楚冬阳一听这话，也气得站了起来："老徐，你叫我什么？你能不能对我有最基本的尊重。"他保持着最大限度的冷静。

"我叫你什么了，你自己不知道啊，你看看你丫那揍性。"徐国柱人高马大，说着就凑到他跟前，"是，你丫现在牛×啊，楚政委，走在街上人五人六的。但你以为我不知道呢，你丫要不是……"

"哎哎哎，徐师傅，您冷静一下。"林楠知道他要揭短儿，赶忙阻拦。但徐国柱根本不听，还要往下说。

崔铁军急了："大棍子，你丫是不是累糊涂了。这是手术室，不是你们家！滚蛋！"

"你丫还冲着我来了！"徐国柱正在气头上，没听出来崔铁军这是在拦他说话，"不走，要走你走，我得等着刘权踏踏实实地做完手术。"他一把推开崔铁军，剑拔弩张地坐了下来。

楚冬阳被狠狠撅了一下，他还想挽回些颜面："行，老徐，我好心好意地劝解你，你还这个态度。你要是这么说，那咱们就没法聊了，明天一上班，你跟我到郭局那儿去……"

"到郭局那儿干什么去啊？"崔铁军再也听不下去了，抬头看着楚冬阳的眼睛。

"去……"楚冬阳觉出气氛不对，没往下说。

崔铁军本不想搭理他，但看他这样，还是没忍住："你是经侦支队的政委，你知道吧。"他质问道。

"是，您想说什么？"楚冬阳问。

"你是领导，是带兵的。当兵的出了什么事儿，你得担着。要是动不动就把自己家的事儿往上面捅，那底下就没人会服你。别的先不说，就冲着里面那位还在抢救，你就不该在这手术室门口儿大喊大叫。说他妈什么狗屁道理，有什么事儿能比人家命还大？你说呢！"崔铁军语气强硬。

楚冬阳是坐办公室的出身，真要碰见硬的，嘴上也拌蒜。"对，您说得对，我也有不周到的地方。"他点了点头，"行，那……你们先看着，我先走了。"他说着站起身来。

"别走，一起等着！"崔铁军说。

"这……"楚冬阳没想到他会命令自己。

"来都来了，你现在走合适吗？一会儿刘权的家属就到，你们双正职在这儿不正好慰问吗？"崔铁军倒是想得周到。

"嗯，您说得对。"楚冬阳彻底服了，又坐了下来。林楠在旁边也十分尴尬。他看着楚冬阳暗叹，你没事儿招这两位爷干吗啊。

又过了一个多小时，手术室的红灯才熄灭，刘权被医护人员推了出来，还没恢复知觉。手术很成功，但刘权在坠楼时伤了脊椎，有落下残疾的危险。晚上十点多，他的家人才从外地赶过来。刘权的麻药劲儿过了，看到围拢在身边的家人，努力地笑着，但妻女却依然泪流满面。徐国柱看着这一幕，心中五味杂陈。在和平年代，警察在执法中天天有负伤牺牲，每个牺牲对于个体家庭，都将是灭顶之灾。但谁也不可能因为负伤和牺牲而退却，因为挡在老百姓身前面对危险，这就是他们的责任。

徐国柱看着病床上的刘权，想着如果自己有这么一天，会不会有人来照顾关心。他出了医院大门，踉踉跄跄地走到车里，感到身心俱疲。他没有立即打着火，而是把副驾驶的座椅放平，沉沉地睡去。他太累了，身心俱疲。等醒来的时候，已经过了凌晨。他觉得浑身酸软，就走下车，打了辆出租。司机问他去处，他就随意说出了花姐的地址。他真是累了，想揭去身上的"铠甲"，找一个温暖的身体依偎。他下了车，跌跌撞撞地上楼，也不等声控灯熄灭就敲响了门。门照例轻轻地打开。他进屋也不换拖鞋，冒冒失失地往里闯，根本没察觉出花姐脸上的紧张表情。但刚一抬头，就觉出不对。一个人正坐在对面的沙发上，冷冷地看着他。

"谁？"徐国柱下意识地问，顿时紧张起来。

那个人没动地方，只是把脸转了过来。他留着光头，有一双眼睛像狼一样："棍子，好久不见了。"

"老鬼……"徐国柱倒吸了一口冷气，"你怎么？"他转头看着花姐。

"和她没关系，我知道在这儿能等到你。"鬼见愁说。

"你跟踪我？"徐国柱皱眉。

"没有，我去过你家，你不在，所以我觉得你会到这儿来。"鬼见愁说。

"你丫什么意思啊？"徐国柱盯着他问。

"找你有点事儿。"鬼见愁说。

"甭他妈废话，有屁快放。"徐国柱说。

"咱别在这儿说了，出去聊聊。"鬼见愁站起身来。

"甭介，有什么事儿就在这儿说。没什么大不了的。"徐国柱一扫满身的疲惫，气势提了起来。

"那什么，我正好要出去买点东西……"花姐穿鞋往外走。

"这么晚了你去哪儿啊？"徐国柱不客气地问。

"我今晚住花店，你们聊吧。"花姐避瘟神一样地走了。

房间里只剩下他们两个人。

"你丫现在狷了，开始假牛 × 了？"徐国柱搬了把凳子坐下，与鬼见愁隔着一个双人床的距离。

"你们得活，我们也得活，咱们相安无事。"鬼见愁冷冷地说。

"甭他妈盘道，有话就说，有屁就放！"徐国柱一点儿没好脸儿。

"那好，我直说，你现在手里有个案子吧，听说冻了不少钱？"鬼见愁问。

"怎么茬儿这是？有你的钱在里头？"徐国柱问。

"不是我的。"鬼见愁说。

"那是谁的？"徐国柱问。

"我不能说。"鬼见愁答。

"有多少？"徐国柱问。

"我也不能说。"鬼见愁答。

"那你丫跟我废什么话啊。"徐国柱不耐烦了。

"我是想问问你，有没有可能把无关的钱解冻。"鬼见愁问。

徐国柱看着他，从牙缝里挤出一丝笑："哼哼……老鬼，那我就明着告诉你，我就是知道，也不能跟你说。懂吗？"

"好，我知道了，这是第一个问题。"鬼见愁说，"第二个，你能不能不管这个案子？"

"什么？"徐国柱笑了，"你是在威胁我吗？"他质问。

"不是，是劝告你。"鬼见愁说着站了起来，"你是知道的，这些年我都立了规矩，跟我的人从来不跟警察较劲。但是这次的事儿我没有办法了，所以我想，你最好能不管这个案子。"

徐国柱知道他是认真的。在这个世界上，有各种各样的规矩，就是流氓，也有他们自己的规矩。鬼见愁这些年虽然发展的势头很猛，但由于还算守规矩，并不怎么滋扰百姓，所以警方也没抓住他的把柄。

"你要是这么说，这个案子我还管定了，而且要一查到底。你要是识相，最好就甭往里边儿掺和。要是发现你在里面有猫腻儿，我也绝不会手软。"徐国柱一字一句地说。

"嗯，我知道，要是讲人情，你就不是'大棍子'了。"鬼见愁点点头，站起身来，"但我提醒你，这件事很大，远不是你我这样的人能左右的。咱们都到了这个年纪，是该想想退路的时候了。"

"退路？"徐国柱苦笑着摇头，"从二十年前的那个晚上之后，我就再没想过退路。"

"呵呵……"鬼见愁也苦笑，"那你就好自为之吧，希望咱们不会成为对手。"他说着就走了过来，"这是我的名片，需要找我了，给我打电话。"

徐国柱接过名片，眯起眼睛看着："风险控制部……经理……这是什么啊？"

"互联网金融，P2P。"鬼见愁回答。

"什么屁？吐？"徐国柱皱眉。

"哎，你不看电视吧。"鬼见愁摇头，"跟你说白了吧，就是我从别人手里收购债权，然后去打官司，一旦赢了就能赚钱。明白了吗？"

"那不还是追债的吗？"徐国柱不屑。

"哎，怎么是追债吧，这叫债权打包。大棍子啊，现在都什么时代了，我告诉你，现在债权都证券化了。跟你举个例子，现在许多公司都把要不回来的烂账出售。我自己花100万，买对方500万的债务，然后再往下转卖，到了最后接手的公司，他们购买债务的目的，有的是为了抵税降低企业成本，有的是为了处置债权获取收益。这可不是简单的追债啊。"鬼见愁解释着。

"奋……"徐国柱听得有点云山雾绕。

"其实啊，我也不是太明白，但那帮人就是这么干的。"鬼见愁撇嘴说。

"你后面的人就是这家公司的？"徐国柱突然问。

鬼见愁这才明白，徐国柱是在套自己的话。他笑了笑，不点头也不摇头。

"你丫是马前卒吧。"徐国柱又问。

老鬼笑笑，依然沉默。

"谢了，你给我提供的线索。"徐国柱用手指夹起名片说。

"棍子，听我句劝，这么大岁数了，犯不着。"老鬼说。

"走了。"徐国柱不管他这套，转身就走。一开门，铁锹正站在门口。

"棍儿哥。"铁锹鞠躬。

"去你大爷的，滚蛋！"徐国柱没给他好脸儿。

21

清冷的街头，车辆稀疏，夜风把徐国柱吹得清醒。他走在马路的中间，叼着一根中南海，默默地看着远处。长期的不规律生活让徐国柱一身的毛病，但他却和潘江海不同，一点儿不注意保养。

前路漆黑一片，灯光只把脚下照亮。作为一名警察，他从未惧怕过黑暗，早已习惯应对接踵而来的危机。但如今，他却对未来有种莫名的恐惧，那是喧嚣退去后的无助和死寂。徐国柱吸着烟，试图去填满心中的空洞，但不安却依旧如影随形。二十年了，真的一晃而过。原来总跟那帮老家伙吹牛×，说什么不拼日出拼日落，但结果呢，仿佛一瞬间，自己就从如日中天变成了日薄西山。真是不甘心啊，这辈子好像还没干几件自己的事，就要过去了。

记得那时，徐国柱还是个普通民警，但手里的活儿却挺重要，管"点子"。那时警察还没现在这么厼，对流氓也敢下手。再加上他年轻，初生牛犊不怕虎，短短几年，就闯出了名号，"老炮儿"见了都点头哈腰。那时还没什么鬼见愁，老鬼还是市南区服装批发市场的碎催，整天靠倒腾破鞋烂袜子糊口。他曾因故意伤害蹲过几年大牢，出来就以为自己够狠，但没想到批发市场鱼龙混杂，老万、杠头等老炮儿都在这里插足。于是摩擦不可避免地发生，并且逐步升级，就在恶战即将开始之际，徐国柱找了个寻衅滋事的旧账，把老鬼"装了进去"，一是要避免双方的冲突，二也是给他讲讲规矩。拘留出来之后，老鬼就成了徐国柱的"点子"。后来老鬼的生意越做越好了，身边开始联络了不少兄弟，老万、杠头、国生等市南区的几个"老炮儿"都开始给他面子。那时的流氓懂规矩，办自己的事儿，轻易不招惹官面儿，碰见不守规矩的生瓜蛋子，还能帮警察点道儿。再加上后来杠头和柳刚出事，市南区一下就风平浪静了，那段时间流氓看见警察都溜边儿走。但好景不长，二冬子突然冒了出来。

徐国柱到现在也忘不了二冬子那揍性，瘦得跟个猴儿一样，两只眼往里凹着，眼神像针。他从襄城带了一帮打架不要命的愣头青过来，到了市南区就开始兴风作浪，先是和国生争抢地盘，打折了他的腿，后来又砸了老万的场子。要不是徐国柱拦着，老万差点搬出一帮狠角色，弄出个大血案。于是徐国柱拿二冬子当重点目标，开始广泛取证，但流氓有流氓的规矩，国生、老万都不配合官面儿的人，徐国柱一时也无从下手。没过多久，二冬子进驻到批发市场，开始找老鬼的麻烦，并放出话来要办了他。老鬼也在暗中纠集着人马，似有开战之意。徐国柱预感要出大事，就带人抓了二冬子，却不料他犯起病来，这时才发现，他竟有精神病史。这下，警方也拿他没辙，社会上传得更邪乎了，都说精神病杀人都不犯法，于是二冬子便更加嚣张起来。但谁又能想到，他竟在不久后干了一件轰动全市的大案，杀掉了一个缉毒警察。市局发出了通缉令，组织全市警力不惜一切代价缉捕二冬子。就在这时，老鬼找到徐国柱，提供了一条重要线索。

徐国柱正在回忆着，突然被一声激烈的刹车声惊醒。他下意识地躲闪，一辆车与他擦身而过。

"我肏你姥姥，玩儿命呢！"徐国柱被吓了一跳，大声地咒骂。

不料车在急停之后，又倒了回来。"老丫挺的，你骂谁呢？"从车上走下一个男子。

"我他妈骂你呢，会他妈开车吗？"徐国柱咄咄逼人。

"你不长眼啊，大黑天儿在马路当间儿走？"男子得理不饶人。

"算了吧，算了吧。"一个女人走下车劝。

要搁以前，徐国柱绝对跟他翻车了。但今天也不知怎么的，心里一点儿火气都没有。他无声地用手指着那个人，叹了口气，转身走了。身后是不屑的嘲笑。

"傻×，早认屄多好……"

潘江海刚把女儿哄着，门口儿就响起了有规律的鸣笛声。他知道这是郑律师来了，于是便穿衣下楼。

郑律师很低调，开着一辆银色的尼桑轿车。潘江海左顾右盼了一下，钻进了车里。

"这么晚了，什么事儿？"潘江海问。

"听说你调到经侦了？"郑律师不动声色地问。

"呵呵，听说？你听谁说的？"潘江海笑着反问。

郑律师不想跟他斗心眼儿，就开门见山："你们有个案子，冻结了不少钱啊。"

"有你的钱在里头？"潘江海问。

"你别多问。我想知道，这笔钱以后怎么处理。"郑律师说。

"你先别问我，你是哪头儿的？正的，反的？"潘江海问。

"哎，老潘，你知道，我不能说。"郑律师说。

"明挑吧，你想干什么？"潘江海说话一向这样，不按对方的逻辑问答。这可能也是搞预审的职业病。

"那我明说了啊，既然你在那个案子里，就多帮我看看情况，有什么新的动向告诉我一声。如果可以将与案件无关的款项解冻，是最好的。"郑律师的最后一句话才是重点。

"哦……为这事啊。"潘江海靠在座椅上。

"怎么了？有困难吗？"郑律师回头看着他。

"老同学，你这不是让我当内鬼吗？"潘江海皱眉。

"呵呵……"郑律师摇头，"你们警察啊，都这个德行，看谁都不像好人。什么内鬼啊，你就是帮我看看情况，那我告诉你，这里面有一部分钱是我雇主的，行了吧。"

"多少钱？对方是什么人？"潘江海打破砂锅问到底。

"这个真不能说，每个行业都有自己的规矩，我们当律师的得保护客户的隐私。"郑律师说。

"他这笔钱为什么放进来，是避税还是洗白呢？"潘江海还问。

"老潘，我不是你的犯人，请注意你说话的语气。"郑律师不高兴了。

"那算了，弄不明白的事儿我管不了。"潘江海说着就推开车门。

"哎，哎……"郑律师拉住他，"坐下，你听我说。"他赔着笑脸，"你不是总想退休了有个地方待吗？我现在给你找好了，就在我一个朋友的律所，他那儿需要一个和公安熟的。"

潘江海没说话，看着他。

"条件也不错，你不是打工的，算是合伙人。干不干案子都能坐享其成。"郑律师继续说。

"就办这么一事儿，能出这么大'果儿'？"潘江海问。

"呵呵，要不咱们是老同学呢。我一直都想着你呢。"郑律师笑着拍潘江海的大腿，"你呀，也不能总停留在警察的视野里，老干这个人都傻了。现在是什么时代啊，信息时代，你手里能掌握多少资源，就决定你能收获多少财富，得学会利用啊。这下层人啊，是人整人，争权夺利，害人害己；中层人呢，是人比人，比来比去，心生怨气；上层人呢，是人捧人，互相成就，共赢互利。老潘，我想你该知道这个道理。"

潘江海笑了一下："还一套一套的。谢谢你看得起我，但我就是一下层人。"

市局门口儿这几天是越来越热闹。一帮老头儿、老太太天天在那儿堆着，铺着凉席、戴着草帽，一坐就是一天，跟上班似的，中午还有人送盒饭。小吕让他们登记吧，他们说不认字，拒绝配合，就一个要求，尽快把他们的钱解冻。局里有压力，就自然落在了经侦支队的头上。

崔铁军觉得这事有猫腻儿，就换上便服，从市局后门出来，绕到了这帮老人背后。

"哎，您登记了吗？"崔铁军打扮得也像个上访户，凑到一个老太太身边问。

老太太挺警惕，上下打量着他："你是干吗的啊？"

"我也是来要钱的啊。我给儿子汇钱，让他们给冻上了。"崔铁军开始套话。

却不料对方根本不接茬儿。老太太一转头，就跟另一个老头儿聊上了。

"哎，要不我也跟你们一块儿得了，人多力量大。"崔铁军往前凑。

"哎哎哎，你别挤啊。"老太太厌恶地说，"你别跟我们这儿凑热闹，有事儿找警察说去，这大热天的……"她说着就摇起蒲扇。

崔铁军看套词无果，停顿了一下又问："哎，那你们都是一块儿的啊？"

"你甭瞎问，该干吗干吗去。"老太太不再搭理他了。

崔铁军笑笑，往旁边挪了几步，奔向了下一个目标。

在办公室里，崔铁军坐在窗旁，默默地吸烟，连徐国柱走到身旁都没发现。

"哎，你丫想什么呢？"徐国柱抽不冷子给了他一下，吓得崔铁军一哆嗦。

"你大爷的，吓死我你丫偿命啊。"崔铁军骂。

"那你可得谢谢我了，能死在单位可是好事，能算个因公牺牲。"徐国柱撇嘴。

"呸呸呸，你丫狗嘴吐不出象牙来。"崔铁军站起来就给他一脚。

"哎，你丫看什么呢？"徐国柱说着也往窗外看。

"我觉得，门口儿那帮人有猫腻儿。"他说。

"什么猫腻儿啊？"徐国柱皱眉。

"你说这帮老头儿、老太太，大热天儿的不在家待着，跑这儿蹲着来，还不登记。这不明显是给咱施压来了吗？"崔铁军说。

"大背头，你看得真透！"潘江海挖苦道，说完就仰头拿水把药片儿送进嘴里，"这帮人不是一伙儿的才怪呢。"

"那他们丫什么意思啊？"徐国柱皱眉。

"还能什么意思啊，要求解冻呗……"潘江海说。

"哎，小吕，他们中间有主动登记的吗？"崔铁军问。

"没有。"小吕摇摇头。

"你看，这不明摆着吗。"崔铁军苦笑。

"查查他们丫后边儿的人，没准能捋出线索。"徐国柱说。

"我已经让人贴上了，等着信儿吧。"崔铁军说。

"没用……查出来能怎么着？"潘江海打退堂鼓。

"估计又是那帮律师干的，忽悠人钱呢。"徐国柱说。

"嘁，都得活着，这老百姓都懂法了，他们吃什么去。"潘江海撇嘴。

"得得得，我看你啊，退休以后趁早给那帮人干活去，他们肯定愿意要你。"徐国柱说。

潘江海笑笑，不再搭理徐国柱。

崔铁军看着案卷，眉头紧锁："我这几天啊，总觉得不对，咱们得尽快找找那个人了。"

"你说聚力实业的老板？"潘江海问。

"是啊，我觉得找到他之后，应该能查出点儿什么。"崔铁军说。

"咱不是一直找着呢吗？但没辙啊，他办公地撤了，户籍地也没人，急也瞎掰啊。"潘江海说。

"那是你丫干活儿糙。"徐国柱来劲了，"我就不信，他个大活人，还能钻地底下去。"

"行，大棍子，你牛×你干，这活儿我让给你。"潘江海就坡下驴。

"哎哎哎，你们俩练嘴呢是吧。"崔铁军打断了对话，"我看这样，咱们分头做。我一会儿到信息中心再搜搜他的情况；大棍子带小吕到工商，调一下工商注册的材料，把银行的基本户给落实了。喷子，你撕封介绍信，等大棍子他们查到在哪个银行开户了，你就去调一下对账单，看看有没有和洗钱账户关联的。"他布置得井井有条。

"行，崔大探长，我们听您指挥。"徐国柱站了起来，"喷子，中午饭你请啊。"他补充道。

"嘿，凭他妈什么老是我请啊？"潘江海反嘴。

"废话，你媳妇好几百万提成呢。"徐国柱说。

"别他妈胡说，散出去人家还以为是真事儿呢。"潘江海把脸拉了下来。

"一看你丫就没'申报'。"徐国柱笑了。

"哎，棍儿哥，您嘴下留德，中午想吃哪口儿啊？"潘江海说。

22

要说搞案子，那帮年轻的真得服这老三位。警察有时和医生相似，越老越有经验，搞案子和看病都得望闻问切，只要切中要点，就能事半功倍。三个人分兵作战，不一会儿就有了结果。徐国柱在调查聚力实业公司工商材料的时候，发现了问题。

"喂，大背头，这个公司是代办的。"徐国柱蹲在工商局的门口打着电话，"对，代办公司有电话，怎么着？我接触接触啊。好，好，放心吧。"他说着挂断电话。

小吕刚买来了矿泉水，递给徐国柱。

"哎，你拿我手机，打这个号码。"徐国柱说着翻开工商材料的复印件，指着一个电话说。

小吕接过材料，满眼茫然："我……怎么说啊？"

"嘻，就说咱们要办公司，让他马上过来。"徐国柱说，"对了，说得大点儿，就说要办好几个公司，着急，可以马上给钱。"

"那要是他问我是怎么找到他的呢？"小吕想得挺细。

"哎哟，这还用我教啊？就说通过朋友。"徐国柱有些不耐烦，"你呀，得多跟喷子师父学学。干警察就得学会张嘴就来，到什么时候也不能让别人问住喽。"

"嗯……"小吕默默点头。

但潘江海那边却没什么收获。他在银行把聚力实业的对账单查了个底儿掉，也没发现打款的单位。也就是说，钱并不是从账面儿上走的。白折腾一上午，潘江海回到办公室的时候，血糖都低了。一进门，听说徐国柱正在审人。

在询问室，徐国柱直接"拍山震虎"："说！坦白从宽！"他倒是直接。

"大哥，我……我坦什么白啊？"代办人员战战兢兢地问。

"坦白什么？你不知道啊？"徐国柱好久不审人了，就会张牙舞爪。

"不……不知道……"他回答。

"聚力实业是你代办的？"徐国柱单刀直入。

"是，是我代办的。"他也回答得痛快。

"他们公司自己的手续，为什么让你代办？"徐国柱问。

"没钱啊，他们怎么跑手续？"代办人员反问。

"空壳公司？"徐国柱问。

"差不多吧，反正跟您这么说，经我手的公司，大部分都有短儿。"代办人员挺坦诚。

"那你们丫这不是胡来吗？没钱还办公司？"徐国柱皱眉。

"嘻……这也怪不了我们啊。您说，这菜刀能杀人，但是卖菜刀的不犯法啊？"这小子一看就是个老江湖，嬉皮笑脸起来。

"你丫还有理了是吧。"徐国柱撇嘴，"我告诉你啊，这管制刀具也归我们管。"

"哎，哎，是我不对，是我不对。"代办人员赶忙认错。

"还能联系到这帮人吗？"徐国柱问。

"哎哟，这个恐怕没戏，都一年多了……"代办人员为难。

"那你得掂量掂量了，你这些年卖的菜刀都杀没杀过人……"徐国柱仰靠在座椅上，掏出手串一边揉一边盯着他。

"嘻，您别冲我啊。"代办人员赔笑着，他眼珠一转，"哎，您还别说，您这么一提醒啊，我倒是想起来了。他们公司的年检也是由我代办，我那儿应该有他们的邮寄地址。"他终于吐了口儿。

"行，这态度对！但我告诉你啊，可别跟我们耍花样儿。这事儿跟你没关系，别给自己找麻烦。"徐国柱说。

"放心，我明白。电视剧都演过，得保密。"代办人员点头。

问完了情况，徐国柱就带着他往外走。但没想到刚一出门就撞上了楚冬阳。

"哎哟！"徐国柱被吓了一跳，"你在这儿干吗呢？趴什么门缝儿啊？"

楚冬阳被磕中了脑门儿，用手揉着，满脸不悦："他，是什么人啊？"

"他？哦，一个证人。"徐国柱说。

"您先走，先走。"楚冬阳摆出了一副笑脸。代办人员点点头，赶紧脚底抹油了。

"哎，老徐，你问人怎么不撕询问通知书啊，还一个人？"楚冬阳脸色沉了下来。

"我也没做笔录，就问点儿情况。"徐国柱解释道。

"问情况也得依法来啊，我不是说你，老徐，咱们办案得讲程序，不能胡来。还有，你看看你手上这佛珠，这警容风纪……"

他还没说完，徐国柱就不爱听了。"哎哎哎，我说'呱嗒'，你丫有事儿没事儿啊？要有事儿您就忙去，没事儿好好就在办公室待着，跟我这儿添什么乱啊。对不起，我还得出去一趟，咱回见啊。"他说着就往外走。

"哎，你去哪儿啊？我告诉你啊，调查取证是双人工作制，你一个人可不行啊！"楚冬阳在后面说。

"哎，政委，他不是一个人，我来晚了。"小吕说着从后面跑了过去，"我刚才上厕所了，就留徐师父一个人，政委，是我不对。"小吕解释道。

"你呀，学点儿好！"楚冬阳没好气地背起手，转身走了。

"嘿嘿，行，小子，学得有点儿血性了。走，咱宰你喷子师父一顿去。"徐国柱说。

"我……我吃完了……"小吕扭捏地说。

"刚夸你两句就掉链子。"徐国柱撇嘴。

在豆汁店里。徐国柱破口大骂："我肏他大爷的'呱嗒'，这王八蛋现在人五人六儿的了，搁原来给我提鞋都没戏。"

"哎，为什么叫他'呱嗒'啊？"潘江海喝了一口豆汁问。

"嘻，这孙子啊，就一两面派。没走的时候干过一阵儿督察，丫牛×大了，见你面儿吧，脸绷得倍儿紧，一点儿没笑模样儿。但一见着头儿啊，立马一脸褶子。变脸儿跟翻月份牌儿似的，呱嗒！"徐国柱说完，狠狠咬了一口焦圈。

"噗……"潘江海一下将嘴里的豆汁喷了出来。

"哎，你丫真喷啊。"崔铁军被溅了一身。

"哈哈哈哈，对不起，对不起啊。大棍子，你丫可真够损的啊。"潘江海笑出了眼泪。

"得了吧，你甭听丫瞎掰。还不是人家当督察的时候，因为喝酒的事儿办过他，就一直怀恨在心。"崔铁军笑着说，夹了一口辣咸菜放在嘴里。

"姥姥！他敢办我？给他一百个胆子试试？我当年是拿枪的……"徐国柱这气势一下就上来了，但随即又降了下来，"哎……但现在没戏了，连'呱嗒'都管着咱们了。"他不禁摇头。

"哎，十年河东十年河西，人家现在可是今非昔比了。"崔铁军说。

"哎……有个事儿我一直想不明白，我说大背头啊，你丫干吗这么玩命地鼓捣这个案子，非要带着我们老哥儿俩照死了查。现在这路子你还看不出来，林楠那帮小兔崽子，搞的是主案，正路子。但这查账的烂摊子却甩给咱们了吗？你丫还当香饽饽给接了？"徐国柱不解。

"我觉得也是，你是怎么想的啊？"潘江海也问。

崔铁军沉默了，他看着窗外灿烂的阳光。"你们会算数儿吧？"他放下了豆汁碗。

"甭打哑谜，有话直说。"徐国柱说。

"20个亿减去3000万等于多少啊？"崔铁军问。

"等于……"徐国柱一愣，"你什么意思啊？"

"这么大的资金量，他们不通过正规的金融机构，非要冒险走这地下钱庄，到底是为了什么啊？就拿'504'那帮孙子来说，地下钱庄只是他们的工具，他们真正干的，远不是这么点儿事。咱们要放着这些线索不查，任这帮孙子胡来。说实话，我是睡不着觉。"崔铁军一口气说完。

"这……"两个老家伙沉默了。

"但就凭咱们哥儿仨，查得清吗？"徐国柱问。

"是啊，大背头，我觉得你得想明白了，咱们为什么要这么干，该怎么干，要不……"潘江海停顿了一下，"别真给自己挖一大坑。"

崔铁军又沉默了一会儿，说："我说老哥儿俩，咱们还能再干多长时间？你们算过吗？我给自己算过，还有最后156天，刨去节假日，也就100天出头了。这是我当警察的尾巴尖儿了。现在这个案子，应该就是我这辈子搞的最后一个案子。我真不想糊弄，要干，就给他干好了，要不干就回家泡病号儿去，怎么着也得占一头儿吧。"他说完，用眼睛直勾勾地看着另两位。

"行，有气势！大背头，我没看错你。别看你丫一脑袋背头都快没了，但还有血性，没阳痿。"徐国柱也敞开心扉，"我也没多长时间就退了，这后半辈子啊，活得是真他妈憋屈。原来当刑警管'点子'，你别看累啊，但心里舒坦，甭管什么样的流氓，到了爷面前得服软，真看见有刺儿的了，咱也敢下家伙。但你说现在呢，跟他妈孙子似的，让单位一脚踢开，我这么大岁数了，成了个'臭脚巡'。既然你说到这份儿上了，我就一句话，干！咱不能让那帮小年轻儿的给看扁喽！"他说着就端起了豆汁碗。

"行，你们俩都说了，我跟着。"潘江海也端起了碗，"但我还是提醒你们啊，干事别太冒进，盯着点儿左右。"

"干！"三个老警察站起来用豆汁碗相碰，豪气冲天。

"哎，晚上咱得喝点儿去啊。我做东。"潘江海说。

"行啊，但报备你去啊。"徐国柱说，"我可不愿意看'呱嗒'那张臭脸。"

他这么一说，崔铁军才琢磨过来，现在有政委了，报备这事得找他了。

23

老家伙们嘴上消极，但是真干起活儿来却非常认真。下午一上班，他们便从队里拿了车直奔了市西区。徐国柱开车挺猛，一起步就拉胎，老金杯里顿时发出一股胶皮的味道。潘江海抓着把手，前仰后合，差一点就吐了出来。三绕两绕，终于到了几栋老楼跟前。

在海城流传着这样的说法，市北富、市东贵、穷市南、破市西。市西区原是工业老厂的聚集地，后来工业外迁，就成了平民聚居区。这栋老楼是曾经某个国家单位的职工宿舍，到现在已经有几十年的历史。根据工商材料登记，聚力实业的法人名叫谢春宝，今年三十二岁，经过让代办公司的人辨认，与工商材料上登记的相符。

老楼没有物业，要想在短时间了解屋里的情况是不可能了。三个人在二楼一个房门前，停住了脚步。房门是一个老式的木门，外面拦着一个锈迹斑斑的防盗门。

崔铁军犹豫了一下，上前敲响了防盗门。"有人在家吗？"他反复叫了几次。

"是谁啊？"房间里传出了一个稚嫩的声音。

"公安局的，找你了解情况，开门。"崔铁军用平缓的语气说。

木门缓缓地开了一个缝，从里面露出一个小脸。那是个四五岁的小男孩，小脸胖嘟嘟的，一双大大的眼睛眨呀眨。"你们是谁啊？"他隔着防盗门问。

"谢春宝在家吗？"崔铁军蹲下来问。

"我爸爸不在。"小男孩腼腆地回答。

"你叫什么名字啊？"崔铁军又问。

"我是佳佳。"小男孩腼腆地回答。

"你爸爸妈妈呢？"崔铁军问。

"他们都上班了。"小男孩说。

"你怎么没上幼儿园啊。"崔铁军问。

"我给爸爸看家呢。"小男孩说。

崔铁军和小男孩聊了起来。从他口中得知，谢春宝每天朝九晚五地工作，是个普通的打工族，并不是什么所谓的老板。小男孩叫谢佳佳，和妈妈来到海城不久，现在还没上幼儿园。三人没再多聊，告别了小男孩，在楼道里守株待兔。直到傍晚六点，一个黑瘦的男子才匆匆走进楼道。他刚拿出钥匙要打开房门，崔铁军就上前一步，一把掐住了他的胳膊。

"谢春宝吗？"他问。

男子一哆嗦，手里的塑料袋掉在地上，几个盒饭洒了一地。"你……你是……"他惊恐地看着崔铁军。

崔铁军从兜儿里掏出了证件："警察，找你了解点儿情况。"这时，徐国柱和潘江海也围了过来。

一听是警察，谢春宝的脸色才稍微好了一些，问道："你们找我干什么？"

"回去我们会问你。"崔铁军说，"你孩子怎么办？有人照顾吗？"他问。

"他……"谢春宝犹豫着，"我……今天还能回来吗？"他脸色煞白。

"能不能回来，取决于你自己。"潘江海一听这话，赶忙布起疑兵。

"哦……"谢春宝有些恍惚。

"你爱人能回来吗？"崔铁军问。

"能，但她下班有点晚，孩子的晚饭……"他说着指了指地上打翻的盒饭。

"这样，你现在马上打电话，让你爱人早点回来照顾孩子，就说单位有事儿。"崔铁军说。

谢春宝点点头，他掏出手机，又犹豫地问："我……真的能回来吧……"

潘江海看他这样，心里暗笑，照他这心理素质应该好审。

在询问室里，潘江海没忘了让小吕扯一张询问通知书，他可不会像大棍子那么办事。谢春宝坐在审讯椅上战战兢兢，双手攥在一起揉搓着，额头冒着细汗。潘江海拿眼瞄着他，心里早就打好了腹稿。

"你什么时候来的海城？"潘江海问。

"我……去年……"谢春宝回答。

"来这儿干什么？"潘江海问。

"打工。"谢春宝回答。

"打什么工？"潘江海问。

"我……"谢春宝犹豫了一下，到现在也没弄清警察要找他干什么。

他看了一眼潘江海的眼睛，又迅速闪开。

"打什么工你自己不知道？"潘江海提高了嗓音。他此时完全不是询问证人的架势，反倒像在询问嫌疑人。其实说白了，搞预审就得学会见人下菜碟，柿子必须先找软的捏。

谢春宝犹豫着，沉默不语。

"你就告诉我今天你干什么去了？不费劲吧。"潘江海问。

"我……我今天去公司了。"谢春宝回答。

"别挤牙膏似的，什么公司？具体名称还用我说啊？"潘江海摆出一副不耐烦的样子，"别忘了我们是干什么的，如果没查清，还能把你带到这儿来吗？"

都点到这份儿上了，谢春宝实在绷不住了："我，我在星河地产上班。"

"星河地产？卖房的？"潘江海继续撒疑兵。

"房屋中介。"谢春宝回答。

"早说多好。"潘江海用指关节轻敲桌子，示意小吕记下。

"最近房屋市场挺火啊，价格又上去了？"潘江海说。

"是，但是都是泡沫，南四环的房子都两万了，您说这……"谢春宝苦笑。

"知道我们为什么找你吗？"潘江海切入重点。

"不……不知道……"谢春宝摇头。

"你公司的事儿。"潘江海一语双关。

"我公司……"谢春宝把头低下，默默地想着，"哦，您说的是那件事儿吧……哎，警官，那真不是我们的责任。"他抬起头说。

"怎么不是你们的责任？"潘江海问。

"是那个客户的问题，他在交易之前把房子进行抵押，所以才造成最后没法过户。这和我们中介关系不大啊。"谢春宝说。

见他上了套儿，潘江海就继续往下引："先甭说别人，就说你，在这单里有多少提成？"

"也就是 2.5% 的中介费。"谢春宝回答。

"个人提多少？"潘江海问。

"个人提不了多少。"谢春宝犹豫着。

"嘿，这问题还跟我保什么密啊。"潘江海缓和了表情，笑着说，"我又不查你，就是让你做证来了，你说清楚对你有好处。"他一语双关。

"明白。"谢春宝点头，"我每个月保底工资 1200 元，每单按照 20% 从公司的中介费佣金中提，也就这些了。"

"那没多少吧，一个月能挣多少钱啊？"潘江海问。

"也就一万块钱，您算啊，如果这一单做成了我们公司提成一万五，我也就提成三千。"他回答。

"哦，那也不多啊。"潘江海说。

"是啊，您说我们这成天跑来跑去，挣的都是辛苦钱。"谢春宝叹了口气。

潘江海默默地点头，故意停顿下来。"那你公司的账上怎么有十个亿的流水呢？"他突然发问。

此话一出，谢春宝目瞪口呆。他怎么也没想到警察在这儿设着埋伏呢。"我……"他瞠目结舌，不知怎么回答。

潘江海兜了这么大圈子，为的就是这一下。这也就是他教小吕"用一颗子弹摧毁一个大坝"的方法。"我们经过调查，你是聚力实业的法定代表人。在你任职期间，一共往陈志豪、余佩玲、张伟杰等人控制的账户中，先后打入了人民币 10 亿余元，试图转移到境外某个账户。这个情况你不会不知道吧。"

"我……"谢春宝缓缓抬头，汗水从额头流了下来。

"我现在告知你，我们已经抓获了陈志豪等人，他们正在等待接受法律的惩处，至于你……"潘江海故意地停顿了一下，"就像我刚才对你说的，能不能回家，完全取决于你自己。我们对你是客气的，使用的也是询问证人的方法，但你要是不好好把握机会，我们也随时可以对你变更强制措施。何去何从你要想清楚……"潘江海教育着。

谢春宝呼吸急促，不停地擦汗，眼看心理防线就要被攻破。但就在这时，审讯室的门突然打开了。林楠冲潘江海招了招手，示意他出来。

在询问室的楼道里，潘江海连连摆手："不行不行，他现在绝对不能出去。正在节骨眼儿上，再拍几下就秃噜了，你现在让他走，就前功尽弃了。"

"潘师傅，我当然懂这个道理，但是没办法啊，人家家属和律师都堵门口儿了。要不，您先跟我过去看看？"林楠说。

潘江海想了想，跟着林楠走了出去。

在经侦支队的接待室，几个人正在等待。见林楠他们过来了，为首的一个人气势汹汹地用手拍起了桌子："林警官，你们怎么搞的啊，现在可是法治社会，你们这是知法犯法，我的代理人是可以控告你们的。"他说完看到潘江海，愣了一下。

潘江海也愣住了，那人不是别人，正是郑律师。

"你们，必须马上恢复我代理人的自由。"郑律师继续把话说完。

"我跟您解释啊，我们并没有限制谢春宝的人身自由，他随时可以自行离开，我们只是依法向他了解相关情况，给他开的法律手续是询问证人。"林楠解释道。

"呵呵……"郑律师笑了，"林警官啊，你既然这么说，那我就要问了，既然是询问证人，那你们为什么要强行把我的代理人带到这里，为什么不通知他自己来？还有，他知道自己有自行离开的权利吗？"郑律师咄咄逼人。

"哎，我说这位律师，您是谢春宝的什么人啊？"潘江海接了话茬儿，观察着郑律师的表情。

郑律师看着他，意味深长地笑了笑。"我是谢春宝的私人律师。"

他回答。

"哎哟，那你收费可够便宜的啊？"潘江海笑着说，"给一个房屋中介销售员做代理人？"

"呵呵，我们律师，做事不一定都讲钱，有时也可以法律援助。"郑律师也笑着回答。

两个人对视着，心里都有说不出的感觉。这时，崔铁军和徐国柱走了过来。

"请出示一下你的律师证。"崔铁军说。

"刚才这位警官已经复印了。"郑律师指了指林楠。

"你与聚力实业有什么关系？"崔铁军又问。

"我不知道你说的这家公司，我只对谢春宝个人负责。"郑律师回答。

"那好，我现在正式告知你，我们找谢春宝了解的，不是他个人的情况，而是与聚力实业有关的案件情况。如果你与这起案件无关，请不要过问。同时，我们会再次告知谢春宝做证的义务和权利，如果他想离开，随时可以自己走。"崔铁军义正词严。

他说完拍了拍潘江海的肩膀，转身离去。

"哎，林警官，他们这是什么态度啊？你们要是违反办案程序，我是可以告你们的。"郑律师说。

"出市局大门左转，第二间屋，挂着牌儿呢，要告去那儿告。"徐国柱不爱听了，转头回应着。

在楼道里，徐国柱没好气儿地说："我就烦这种人，动不动就咋咋呼呼地要告这告那，喷子，你丫是怎么了，今天这嘴怎么不灵了？"

潘江海没搭理他，大脑在飞速地旋转着。

"棍子，你也别说喷子，你知道刚才那孙子是谁吗？"崔铁军问。

"谁啊？不就一律师吗？"徐国柱说。

"他可不是一般律师，他就是前一段时间给那个明星儿子打官司的郑光明，郑大律师。"崔铁军说。

"我说怎么看丫眼熟呢……他就是那个专门给富人辩护，打昧良心官司的郑光明啊。"徐国柱恍然，"听说丫前几天还告襄城公安局呢？"

"是啊，一个涉税的案子，襄城现在挺被动。这帮孙子是专门玩弄法律的，知道哪里有漏洞。所以咱们也不能掉以轻心。"崔铁军说。

"哎……"潘江海也叹了口气，"其实啊，这也是社会的一种进步。现在跟从前可不一样了，老百姓懂法了，咱们也就感觉到受约束了。"

"嘿，你丫哪头儿的啊？"徐国柱不爱听了。他刚想继续说，楚冬阳从远处走了过来。

"老潘，笔录还没结呢？"他问。

"快了。"潘江海说。

"快结吧，别把事儿闹大了，郭局都问了。"楚冬阳说。

"他问怎么了？他问就不办案了？"徐国柱耍三青子。

楚冬阳根本不理他，接着说："谢春宝的家属打了市局的投诉电话，他的律师还到市局督查进行了举报。"

"还真去了？"崔铁军皱眉。

"先把笔录结了，以后有机会再查。"楚冬阳命令道。

"政委，我明白了，回去马上结，不给领导添麻烦。"潘江海说。

24

等潘江海回到询问室的时候，谢春宝已经等得迫不及待了，一见到他的面儿就说："潘警官，我想好了，聚力实业公司其实不是我的，我只是挂名。"预审打的就是心理战，有时蓄而不发，反而能获得更好的效果。

但此时的潘江海已经改变了念头。"谢春宝，你的律师来了，我现在再次告知你，你随时有权自行离开，你听懂了吗？"他用眼睛看着对方，一字一句地说。

谢春宝也很敏感，顿时从潘江海的眼神里察觉出变化。"那……那我现在走可以吗？"他问。

"可以。"潘江海点头。他转头拿起了小吕做的笔录，撕掉了最后一页，"这页重新问，写上我告知他可以自由离开的话。"

"那……这个呢……"小吕用手指着笔录上的"聚力实业我只是挂名"的段落。

"不要。"潘江海果断地摇头。

小吕犹豫着，有些看不透潘江海的用意，但还是重新起了最后一页笔录。

"好了，你看看笔录，如果没什么错误，签字后就可以走了。"潘江海摆摆手说。

谢春宝战战兢兢地拿过笔录，看完了，犹豫着问。"警官，您没跟我开玩笑吧，我……可以走了？"

"签字吧。"潘江海叹了口气。

加班结束都快晚上九点了，几个人都还没吃饭。崔铁军就让小吕去买些吃的，让大家填饱肚子。小吕挺认真，骑车跑了好远，从南来顺买了两整兜子吃的外加啤酒。崔铁军给他钱吧，还不要。

"师父，您就让我请一顿吧。我都来了这么长时间了，您都不给我机会。"小吕央求着。

"扯淡，只要有我们老哥儿几个在，就轮不着你请饭。"崔铁军把钱往小吕手里塞。

"不行不行，我真不要。"小吕依然拒绝。

"哎，把钱收下！"徐国柱拍了一下小吕，"这是规矩，等你有一天当师父了，也得这么做。"他说着拿起一罐啤酒，"嘭"的一声打开。

小吕没办法，这才收了钱。

"这小子……"崔铁军笑着摇头，"不错啊，炒疙瘩、门钉肉饼、外加杂碎汤，来来来，晚了可没了啊。"

徐国柱是真饿了，拿起一盒炒疙瘩猛胡噜。潘江海喝着一杯茶水，看着他笑。

"哎，你丫怎么不动筷子啊。"徐国柱问。

"我血糖高，晚上不吃饭。"潘江海说，"我就佩服你，嘴壮。你丫肯定能长寿。"

"那我借你吉言了。"徐国柱又开了一罐啤酒，仰着脖子就喝。

"哎，你丫少喝点儿，让人家政委看见又得呲嘚你。"崔铁军说。

"嘿，你丫还让不让我吃啊。别提丫挺的，我犯恶心！"徐国柱立马变了脸色。

小吕耸了耸肩，对崔铁军说："师父，今天那人差点就撂了。"

"是啊，得多跟你喷子师父学。"崔铁军笑。

"哎哎哎，别提这事儿了，没意思。"潘江海堵小吕的嘴。

"要我说，就甭管他们那套，先给丫拿下再说。"徐国柱又喝了口啤酒，"等等等，最后他妈黄花菜都凉了。"

"你说得轻巧，人家是证人，你拍一试试去。"潘江海回嘴。

"行啊，那以后咱换换分工，我接你这摊儿。"徐国柱说。

"那正好，我真不想干呢，咱从明儿就换。"潘江海说。

"哎哎哎，干吗呢干吗呢，你们俩先掐上了。"崔铁军摆手，"哎，你们知道，那个郑律师上次收了那个涉税的企业多少代理费吗？"他换了个话题。

"多少？"徐国柱问。

"这个数儿。"崔铁军说着伸出了三个手指。

"30 万？"徐国柱问。

"不是，加个零。"崔铁军说。

"真他妈黑啊！"徐国柱感叹。

潘江海也一惊："不可能吧，你听谁说的？"

"我一个襄城的哥们儿说的。姓郑的确实厉害，掐中了咱们执法中的不规范，还雇了一帮人上访，最后竟然把案子给搅黄了。哎……这法律一旦落到这帮孙子手里啊，那就会起到相反的作用。"崔铁军感叹。

"襄城也够窝囊的，就这么认了？"徐国柱说。

"不认不行啊，他们在办案程序上也确实有问题。这个郑律师也下手准，直奔了程序问题。所以啊，咱们也得注意……"崔铁军说。

"唉……"潘江海心里正不是滋味，叹了口气，慢慢地喝了口水。

"我觉得吧……还得从聚力实业公司查起，这后面肯定有事儿。"崔铁军说。

"那还用你说啊，能没事儿吗？"徐国柱说，"要我说啊，还得把那小子叫来，得拍熟了！今天咱不是询问吗？明天就给丫开传唤，讯问他！必须得拿他开刀，不能再绕弯子了。"

"对……"崔铁军点头，"老潘，你的意见呢？"他问。

"我没意见，服从命令。"潘江海软塌塌地说。

"嘿，你丫这什么态度啊……"徐国柱撇嘴。

"你呢，也说说。"崔铁军转头问小吕。

"我……"小吕一愣，没想到能征求他的意见。他想了想说："我也觉得，应该从谢春宝的口供入手，只要他供述事实了，咱们也就可以追查幕后真正的洗钱方了。"

"嗯。"崔铁军点头，"我也同意大家的意见，查！这是一个突破口。"他果断地说，"那咱们明天就报传唤手续，要尽快拿下他的口供。"

谢春宝回到家并没马上上楼，他不知道该怎样面对妻子，怎样向她解释今天发生的一切。那笔不菲的佣金还沉睡在卡里，他不知道是不是该现在就把一切向妻子说清。他在路灯下站了许久，想着自己这一年来的经历，不禁感叹。在这个庞大的城市中，自己像一只蚂蚁，卑微渺小、毫无尊严，有钱的人凌驾在城市上空，对他指手画脚、吆五喝六，而他却只有忍气吞声。但是现在有了钱，也就有了机会，谢春宝心中喜忧参半，既憧憬未来的美好，又惧怕面前的问题。

他抽完了最后一根烟，恍恍惚惚地走进家门。但一进门，心就提到了嗓子眼儿。此时佳佳正被搂在郑律师的怀里。而郑律师的身后，站着两个彪悍的男子。

"你们……"谢春宝一愣，"放下我的孩子。"他大声说。

郑律师一笑，亲了佳佳一下："告诉爸爸，好吃吗？"

佳佳看爸爸回来了，忙跑了过去，手里还拿着棒棒糖。

谢春宝一把抱过佳佳，夺过他手中的糖，扔在地上："跟你说多少遍了，陌生人的东西不能吃。"

糖被抢走，孩子一下就哭了："爸爸，给我糖……"

郑律师见状叹了口气，冲谢春宝的妻子苦笑。妻子过去，把孩子抱走。

"小兰，我和他们说些事儿。你带着孩子出去买点东西吧。"谢春宝说。

妻子会意，抱着孩子下了楼。谢春宝关上门，转头便问："你们，你们什么意思？"他的语气不再懦弱。

"我还要问你呢，这是怎么回事？他们是怎么找到你的？"郑律师也变了脸。

"我怎么知道。"谢春宝沮丧，"我刚下班的时候他们就在我家等了。"

郑律师盯着他的眼睛，判断着回答的真实性："你知道，公安局找到你意味着什么。"

"我……知道。"谢春宝说。

"他们今天问你什么了？"郑律师问。

"他们……他们问我那笔钱是不是聚力实业的。"谢春宝回答。

"你怎么说的？"郑律师问。

"我……我说不是我的钱。"谢春宝实话实说。

"谁让你这么说的！"郑律师腾地一下站了起来，"你说没说钱是谁的？"他质问道。

"我没说。"谢春宝回答。

"都说到这个份儿上了，你能没说？"郑律师不信。

"我也不知为什么，那警官出去再回来之后，就变了样，不再问我了……"谢春宝回答。

郑律师听到这儿，转头对那两个男人说："你们出去一会儿，我们说点事儿。"

两个男人会意，走出了门外。郑律师才继续说："我告诉你，现在这笔钱其实并不重要，重要的是绝不能把老板漏出去。你也知道老板的脾气，知道会是什么后果。"他说着弯下腰，捡起了地上的棒棒糖，"你有老婆孩子，你们的路还长。我说的，你明白吧。"他直视着谢春宝的眼睛。

谢春宝知道他在暗示什么，赶忙点头："我知道，你放心，我不会出卖你们的。"

"你现在必须马上离开。"郑律师说。

"离开？"谢春宝皱眉。

"对，离开这个城市，离开这个国家。"郑律师肯定地说。

"离开……这个国家？"谢春宝张大了嘴。

"我会派人送你出去，等这阵风声过去之后，你再回来。"郑律师说。

"那……"谢春宝犹豫了。自己挺不容易才在这里扎下根，就贸然离开实在心有不甘，"还有其他的办法吗？"他问。

"你是想坐牢吗？"郑律师皱眉。

"不是，我是说，能不能躲起来。"谢春宝说。

"你以为警察是傻子吗？"郑律师冷笑，"我都安排好了，天亮之前就会有人来接你，不必担心你的妻儿，我会让人照顾好他们。"

"什么？是我一个人走吗？"谢春宝急了。

"当然。你还想让老婆孩子陪着你受罪啊？"郑律师反问。

"不行，我不能和他们分开。"谢春宝站了起来。

"他们已经被接走了。"郑律师笑了笑，"我倒是觉得，你现在应该给你妻子打个电话，让她别为你担心。"他换了个舒服的姿势靠在椅子上。

谢春宝这才明白，郑律师支走那两个男人的用意。他脸色煞白，浑身颤抖："你们……你们这是绑架！"

"你是不是活腻歪了？"郑律师脸色大变，坐正了身体，"你是想好好活着，还是想……"他没把话说完。

"我……"谢春宝瘫坐下来，他知道自己惹不起对方，就转为哀求，"郑律师，我求求你了，别让我和家人分开，我会躲得远远的，不让警察找到。"

"这是老板的意思，你求我也没用。走吧，证件和钱接你的人会一并带来。你踏踏实实的，过一阵就可以回来了。"郑律师说着站了起来。

"我求求您了，您再和老板说说吧。"谢春宝一把拽住郑律师的胳膊，"我保证不让他们找到，保证。"

"去你妈的！"郑律师一脚踹开他，"我告诉你，现在这么说话是给你面子。你可别逼老板，让他做出我们都不愿意看到的事情！"他露出了狰狞。

谢春宝愣住了，停顿了好久，眼泪流了下来。郑律师见状，就缓和了语气。"你呀，也别多想，好好出去玩几个月，就当散心，等回来的时候就风平浪静了。"

谢春宝摇摇头，又赶忙点头。

"行了，你的妻儿也会离开这个城市，你们早晚会团聚的。好好跟着老板干，有你出人头地的日子。"郑律师冷笑着，走出了门外。

25

"什么？跑了！"崔铁军不敢相信自己的耳朵。他手一抖，烟灰撒了一身。

徐国柱站在对面气喘吁吁："我和小吕今儿个到他家的时候，门已经锁了。到他单位查，也没来上班。电话也关机了。"

"赶紧，再去找！我马上告诉小林。"崔铁军说着跑出了办公室。

因为还未查实聚力实业公司是否涉嫌犯罪，无法对谢春宝开具强制措施手续，所以对他的调查就难上加难。但他这么一跑，反而就有了嫌疑。于是崔铁军经过和林楠商议，决定立即对谢春宝开展全方位的调查。警察办案也是讲套路的，只要决定"动"一个人，那基本的流程便是立案、开具强制措施、网上追逃和限制出境等等。网上追逃什么的都好理解，说到限制出境，其实就是通过请求各个机场口岸的控制，防止嫌疑人出境的一种手段。按照崔铁军的分工，这套手续由潘江海和小吕负责，他自己则带着徐国柱，到所有谢春宝可能躲避的地方开展查找。但没想到刚过了一个小时，他就接到了潘江海的电话。

"别找了，这孙子今天早晨就出去了。"潘江海说。

"什么？怎么可能？"崔铁军把车停在了路旁，惊讶地问。

"我和小吕刚才去过信息中心，通过机场的视频系统进行比对。发现这孙子换了个假名字，乘坐早晨八点的航班，去了泰国。"潘江海说。

崔铁军倒吸了一口冷气："他用的什么名字？"

"嘻，叫什么郭京京，是假身份。"潘江海回答。

"同机走的还有谁？"崔铁军问。

"没有发现他的妻儿。"潘江海回答。

"继续查，我们马上回来。"崔铁军急切地挂上电话，掉转车头。

"怎么茬儿？人颠儿了？"徐国柱在一旁问。

"这孙子出国了……坐早晨八点飞机走的……"崔铁军默默地说，"他怎么这么快啊……"

"这肯定是早有准备啊。"徐国柱说。

"是啊，假证件，连夜出逃……"崔铁军想着，"咱们被人家给玩儿了，棍子。"

"哎，我觉得吧。咱们不能让他们牵着鼻子走，这小子只是个垫背的，后面肯定有大个儿的。咱们得用点儿手段了。"徐国柱说。

"手段？什么手段？"崔铁军问。

"你甭管了，我办吧。"徐国柱说着靠在了座椅上，"而且，我觉得还得从洗钱的那帮人下手，弄不好还能挖出什么东西。"

"嗯……"崔铁军默默地点头。

这注定是忙碌的一天，警察办案永远是和嫌疑人赛跑。这个平均年龄最大的探组全马力开动，追着谢春宝这只狐狸的尾巴不放。

在审讯室里，崔铁军坐到了陈志豪面前。

"我再问你几个问题，你要如实供述。"

"你问吧，我知道的一定会说。"陈志豪已经让潘江海给拍熟了，再无抗拒和侥幸。

"谢春宝每次都是怎么给你转款的？"崔铁军问。

"每次都是通过银行转账。"陈志豪回答。

"有没有通过现金的时候？"崔铁军问。

"现金……"陈志豪回忆着，"应该有，但具体时间我不记得。"

"好好想想。"徐国柱在一旁高声大气。崔铁军瞥了他一眼，让他闭嘴。

"我不是不说，而是真的不记得。是这样，我大多数时间都在老家，只不过需要的时候才来海城。"陈志豪解释道，"如果他要是用现金入账，我应该会通知皮铮，他记得比我清楚。"

崔铁军看着陈志豪，点了点头。"好，下一个问题，谢春宝与你联系的时候，说没说这笔款转出去的用途？"他一边问，一边看着陈志豪身后的监视器，往右边指了指。

林楠正在监控室看着，马上明白了意图。他立即拿出手机，给小吕发了一条短信。

在右侧的 3 号审讯室中，小吕把短信拿给潘江海看。潘江海会意，继续对皮铮发问："你再看看，这里面有哪些人你见过？"

皮铮穿着囚衣，这些天胖了不少，看守所的囚禁生活，反而让他戒了毒瘾。他拿着手中印满照片的打印纸端详着，突然找到了目标。"哎，这个人我见过。"他用手指着一处说。

"哪个？"潘江海皱眉。

"就是第三排的第二个，这个人我应该见过，他到过几次别墅。"皮铮说。

潘江海找到位置，那个人正是谢春宝。公安局的辨认有明确要求，必须将被辨认人的照片混杂在相同年龄、相同性别、相近样貌的数人之中。皮铮能如此轻易地认出，看来与谢春宝接触的频率不低。

"这个人叫什么？"潘江海问。

"叫什么我不知道，就知道是一个公司的老总。"皮铮回答。

"什么公司？"潘江海问。

"不知道。"皮铮摇头，"这个活儿是陈志豪直接布的，我只带他去过几次现金库。"

"他一共去过几次？"潘江海问。

"他一共去过……"皮铮思索着，"两三次吧。"

"每次带多少钱？"潘江海问。

"每次五百万左右吧，加在一起应该不到两千万。"皮铮回答。

"他为什么要带现金？"潘江海问。

"嘻，这个门道儿就多了。"皮铮笑了，"这地下钱庄的钱啊，干什么的都有，一般能转账的，都是事儿不大的，一般走现金流的，都是有问题的。"

"嘿嘿，你小子还门儿清啊。"潘江海也笑了。

"嘻，您也不是外人，咱不实话实说吗。"皮铮犯贫。

"行，你这态度不错，我给你加个小灶儿。"潘江海说着，从兜儿里拿出一支烟，让小吕给皮铮点燃。

皮铮如获至宝。他塞到嘴边，狠狠吸吮："哎哟，我可谢谢潘警官了。"

潘江海继续发问:"他每次都怎么来啊? 自己开车? "

皮铮冲他摆摆手, 又狠嘬两口, 才满意地喷吐出烟雾:"他呀, 他每次都自己打车来, 不开车。"

"不开车? 那他怎么带钱啊? "潘江海问。

"是这样……"皮铮把最后一口烟吸完,"他每次都是人先到, 跟我对接好了以后, 再让运款的车来。"

"运款的车? "潘江海皱眉,"什么车? 车牌号是多少? "他问。

"好像……"皮铮回忆着,"好像是一辆蓝色的 GL8, 车牌号可真记不住了。"

"这三次来的时间呢? 能回忆起来吗? "潘江海问。

"三次的时间? 哦……应该每次相隔一天……最后一次就是你们抓我之前的那个周五, 另外两次就应该是周一和周三。"皮铮肯定地说。

潘江海用手指了指笔录, 示意小吕重点记下。他拿出手机, 打开日历。"我们抓你之前的周五, 那就是 21 号, 那之前两次就应该是 17 号和 19 号? "潘江海问。

"对, 应该就是那几天。"皮铮回答。

"每天都是什么时间? "潘江海问。

"每天都是晚上, 最早的差不多十点, 最晚的要到了凌晨。"皮铮回答。

"你没弄个账本? "潘江海问。

"呵呵, 那我是找死呢。我哪敢记黑账啊, 那帮人还不弄死我? "皮铮笑着摇头。

"那帮人? 哪帮人? "潘江海问。

"他们是谁我不知道, 但我知道, 得罪了谁自己都活不了。"皮铮撇嘴。

潘江海这边还在审着, 林楠那边已经开动了。他布置罗洋等人, 立即调取现金库附近的所有监控摄像, 交管的、治安的、民用的, 统统全要。调取后重点梳理上个月 17 号、19 号、21 号三天夜间的录像, 务必发现那辆蓝色 GL8 的踪迹。办案就不能朝九晚五，警察们早就习惯了加班加点，他们的生活总是带有任务性，习惯了从一个任务奔赴下一个任务。

26

经侦支队高速运转到晚上八点，才鸣金收兵。同志们都饿坏了，围在会议室的桌旁吃盒饭。徐国柱刚从兜儿里掏出一罐啤酒，看楚冬阳正瞄着自己，犹豫了一下又装了回去。这个细节被潘江海看见了，一个劲儿地乐。

"你丫瞎他妈笑什么？噎死你老王八蛋。"徐国柱轻声说。

"呵呵，我是笑啊，你吹半天牛 ×，一看'呱嗒'啊，还是犯怵。"潘江海说。

"滚滚滚，我是不想听丫唠叨。"徐国柱撇嘴。

大家正在吃着，楚冬阳说话了："哎，同志们，趁着人齐，我正好说点事情。"他说着放下筷子。民警们见状，也都坐直了身体。气氛正式起来。

"大家知道，咱们这次搞的洗钱案件影响不小，压力也不小，不但领导关注，群众关注，而且新闻媒体的报道也铺天盖地。但在这些报道中，质疑也很强烈。质疑什么呢？质疑咱们冻结的这 20 个亿是什么钱？为什么迟迟不发还？这里面有没有犯罪所得？你们说，咱们这不是坐在火药桶上了吗？"楚冬阳说着转头看了看林楠，给这事儿定了调儿，"我和林支商量过了，这案件不能再这么拖着，刚才大家辛苦了，又加了半天班儿，为了什么啊？就是为了尽快查清这些钱的来源和去向，如果与案件无关，咱们就尽快解冻，如果涉嫌犯罪，咱们就进一步处理，我想，这才是搞这个案件的正路子。"

他这话一出，大家都沉默了，琢磨着他这么说是什么用意。

楚冬阳看没有反对意见，就接着说："我和林支的意见是，这么大的案子，不能光靠三位老同志搞，咱们支队有的是力量啊。虽然刘支受伤在医院，那还有罗支、马支啊，咱们得齐心合力拧成一股绳，才能尽快将此案查清啊。所以啊，我宣布一下啊，从明天开始，罗支和马支带领十名同志，正式加入这起案件的侦办，罗支分管法制，要从程序上把好关，不但要注意办案的质量，还要严格审批程序，特别是法律手续的开具；马支要加强案件侦查工作，带领老崔的探组，力争找到在逃的犯罪嫌疑人，查清全案。"

这下大家都懂了，楚冬阳这是直接针对三位老警察的。徐国柱脸憋得通红，正琢磨着从哪儿开口，崔铁军先说话了："楚政委，我想问，这是你的意思，还是支队领导班子的意思？"

崔铁军平时不说话，但每次说话都有力度。会议室鸦雀无声，大家都不愿意蹚这个浑水。

"当然是支队班子的意见。你有什么不同意见吗？"楚冬阳问。

"林楠，是你的意思吗？"崔铁军直接问。

"这……"林楠犹豫了一下，似有难言之隐，"崔师傅，这是经过我们一起商量的。"

"好，那我明白了。"崔铁军放下筷子，站了起来，"既然你们今天已经决定了，我就说说我的看法。我干经侦三十多年了，可能现在是时代变了，规矩也变了。但在我们那个时候儿，要是当头儿的把案子从谁手里拿走了，那只有两种可能。第一，是民警跑风漏气、吃里爬外，跟嫌疑人穿一条裤子；第二，就是上阵拉稀、办事儿掉链子，干不下去了。那我现在问你们，我们仨，属于哪一条儿？"崔铁军说着，把筷子啪地一下扔在桌上。

楚冬阳一愣，林楠等人也不愿意出头。

"政委，既然是你提的，那你给我说说。"崔铁军指着楚冬阳问。

"老崔，你想多了，我们不是这个意思，我们只是从案子上出发……"

他还没解释完，徐国柱也忍不住了："别他妈扯淡了，从什么案子上出发，你丫就是看我们仨不顺眼。"他一张嘴可没好话。

"哎，我说老徐，你可不要出口伤人。"楚冬阳这段时间在支队坐稳了，说话也越发强硬起来。

"我出口伤人？气急了我还揍你呢。"徐国柱说着就往他那边走。

潘江海赶忙拦住："哎哎哎，你这是干什么？人家政委也是一片好意。"

听潘江海这么说，楚冬阳才算有了台阶下："是啊，你看人家老潘，就是识大体、顾大局。"

潘江海扮着笑脸，把徐国柱按在椅子上，转过头说："老崔啊，你也别急，我琢磨着啊，咱支队领导班子确实是为咱们好。你看咱们仨这么大岁数了，干活儿干活儿不行，审人审人不灵，挺不容易冻了这些钱吧，还净给人领导找麻烦，让这么多老百姓过来找。是，咱们是想除恶务尽，把所有情况查清，但这不行啊，这么得耗费多少时间和精力啊，咱们老么咔哧眼地钻牛角尖死胡同行啊，人家政委的前途还光明着呢？要真是哪个关系找到他了，他不给面儿，那还不影响他以后的前程。所以啊，人家是找了个最客气的理由，让咱们放手就得了。别不开面儿，就坡下驴，驴才能舒服，你一探长别跟人家较劲，还等着卸磨杀驴是怎么着啊？"潘江海这嘴可真厉害，杀人不见血，骂人不吐脏字儿。说完了之后，楚冬阳的脸是红一阵白一阵。

崔铁军看着潘江海，咧嘴一笑："行，喷子，我明白了。"他重重地点头，转身离开了会议室。

"嘿，这……这是什么意思啊？"楚冬阳尴尬至极。

林楠等人也不敢招惹这三个老家伙，知道他们浑不吝。这事儿要真闹到市局领导那儿，支队班子也得吃不了兜着走。再说了，今天楚冬阳传达的这个意思，其实就是郭副局长要求的。但这事儿又不能明说。

正在这时，崔铁军抱着一摞厚厚的卷宗走了进来。他径直走到楚冬阳面前，把卷宗往桌子上一扔，说："楚政委，案卷都在这儿了，你好好点点，我这肛门有点不舒服，可能是痔疮又犯了，得歇两天。一会儿我严格按照程序给你填个单子，先请十五天假。"他居高临下地俯视着楚冬阳。

"哎哟，我也是，我也肛门疼，可能是辣的吃多了。我明天也得歇，大背头，你填完单子也让我看一眼啊，咱得一块儿瞧瞧去。"徐国柱也凑热闹。

潘江海刚要张嘴，徐国柱就替他说了："他也得歇，但他不是肛门疼，是嘴疼，他是说话太多了。"他这么一说，几个民警都绷不住笑了出来，但随即又捂嘴忍住。

林楠看闹到这个程度，也没法再沉默了："哎，三位老师傅，我们可不是那个意思，你们真的想多了，我们就是为了工作便利。你们放心，就算是有其他同志的加入，案件还是以你们为主。"

"以我们为主？"崔铁军皱眉，"小林子，你师父赵顺是不是没好好教你啊？"他质问道。

林楠一愣，强作笑颜："您这是什么意思？"

"什么意思？"崔铁军不客气地说，"搞专案，最重要的就是保密，怎么保密啊？就是核心人员越少越好。这是干经侦最基本的东西。再有，临阵换将是大忌，你们这么做，就是摆明了不信任我们老哥儿仁。既然这样，我们得识趣，别占着茅坑不拉屎。我跟你明说了，这个案子我们不管了，你们自己好好办去吧！"他说完一转头，就大步往外走。

徐国柱狠狠地瞪了楚冬阳两眼，也转身离去。只有潘江海没走，摇头叹气。他慢条斯理地走到楚冬阳面前，用推心置腹的语气说："你呀……这事儿干得不聪明啊。"

"我……"楚冬阳的气势早就让三个老家伙给灭干净了。

"论职位，你是我领导。但论岁数啊，我比你虚长几岁。我不能看着你往沟里掉，还袖手旁观啊。"潘江海这薄嘴唇又运动起来，"第一啊，你是政委，哎，就算是副处级，但毕竟在支队是二把手。人家林楠是牵头工作的，有什么大事小情啊，以后得让人家先说话，要不就本末倒置了，懂不懂？"潘江海语气轻柔但内容可不客气，"第二，就是再跟比你岁数大的人说话，别总你你你的，说您，这是咱海城人最起码的理儿，真想做什么决定了，先商量商量，别干什么老气势汹汹的，跟有今儿没明儿似的。"

楚冬阳轻轻点头，一句话也不反驳了。

"行，你们好好地搞，踏踏实实地给人民群众挽回损失。我先撤。"潘江海说痛快了，也背着手走了。

会议室里许久没有声音。潘江海这招够狠，走之前还给支队班子安了一颗定时炸弹。几句话一说，无论是林楠还是楚冬阳，没一个心里痛快的。搞预审的警察确实厉害，天天都跟人耍嘴皮子斗心眼儿，一般人还真不是对手。

最后没有办法，还得是林楠出来救场。他简单部署了一下第二天的工作，就放民警们下班了。罗洋等人也没敢多留，纷纷脚底抹油。

楚冬阳沉默着，颜面扫地。林楠想了想说："政委啊，你别多想，这三个老同志啊，是刀子嘴豆腐心，嘴上不饶人，但品质还是好的。他们都是看着我们这帮人长起来的，所以就压根儿没拿我们当领导。"林楠笑着缓解气氛。

"这就不对！"楚冬阳爆发了，"警察是纪律部队，以服从命令为天职。服从谁的命令啊？当然是下级要服从上级。他们这么做，不但是蔑视了支队班子的权威，更是对工作的极端不负责，我看这事，必须要有个处理结果。"

"处理结果？"林楠也不高兴了，"那您什么意思啊？处理这三位老民警？"林楠的眉头也皱了起来。

楚冬阳能听出话音儿来，林楠这一说"您"，明摆着就把彼此的距离给拉远了。在经侦支队，他和林楠的关系挺微妙，但这种微妙的关系一下被潘江海给说破了，两个人就变得更加不好相处。楚冬阳不想再把事情闹大，于是便妥协地说："你是一把手，你来决定，我只是按照郭局的指示办，没想到他们抵触情绪这么大。"他也觉得自己挺冤枉。

"唉，是啊，这事儿不怪您。"林楠说，"局领导可能是觉得这起案件拖得时间太长了，老百姓的压力太大了。那咱们就按照郭局的指示办吧，只要是经查与主案无关，没有涉嫌犯罪的款项，明天就先解冻第一批，先缓解一下市局的信访压力。"

"好，林支，你放心，我会全力配合你的工作。"楚冬阳点头，说起了官话。

"您这是什么话，您是老大哥，我得跟您学才对。"林楠也口不对心。

在市局门口，三个老家伙坐在潘江海的卡罗拉上，还是愤愤不平。

"我俞他个大爷的'呱嗒'，这明摆着就是想整人啊，气人有笑人无，脚底下使绊儿，典型的小人！"徐国柱咬牙切齿。

"我倒觉得这事儿不那么简单。"潘江海摇了摇头。

"你什么意思？"崔铁军问。

"这事儿我看不是'呱嗒'一个人的意思，你没看出来啊，他只是代表那帮废物点心说话，没准还是小林的枪呢。"潘江海说。

"会吗？会是林楠的意思吗？"崔铁军皱眉。

"怎么不会啊，你还拿人家当小孩儿啊。我告诉你，大背头，人家现在是牵头工作的支队长，负责全面工作，你别老用老眼光看新事物。"潘江海撇嘴。

"嗯……你这话说得也有一定道理。"崔铁军点头。

"要真是这样，林楠可够孙子的，卸磨杀驴啊。"徐国柱骂。

崔铁军沉默了，反复地琢磨。"哎，你们说，这会不会是老郭的意思？"他问。

"呵呵，你还算聪明啊。"潘江海苦笑，"这能不是老郭的意思吗？"他反问道。

"那老郭这是什么意思啊？"崔铁军看不懂了。

"你还不明白，怕案子落在咱们手里失控呗，得找个听话的。"潘江海说。

"案子失控了吗？"崔铁军问。

"这……"潘江海无语了。

"别他妈说这糟心事儿了，要我说，不用咱们正好，趁早散伙。回家歇着去，老子这还不伺候了。"徐国柱大大咧咧地说，"我走了，喷子你送送大背头吧。"他说着就走下了车。

"哎，棍子，那明天你还约不约那人啊？"崔铁军问。

"约个屁！人家都给我扫地出门了，我还觍着脸给他们干活啊，扯淡吧。"他说完头也不回地走了。

"唉，真他妈的窝心。"崔铁军感叹。

潘江海看着他，无奈地笑了笑："我劝你呀，别拿人当人，别拿事儿当事儿。就这么着吧。"

27

崔铁军昏睡了一整天，到了傍晚才想起吃饭。但打开冰箱，里面除了一棵烂了帮子的白菜，再无其他。他拿出手机，想叫个外卖的鸡蛋炒饼去填饱肚子，没想到上面已经攒了二十多个未接电话。他翻看着，林楠的、小吕的、马支的，估计这帮人都是想劝他回去。他没有立即回复，而是先从陌生的号码打起。

"喂，找谁？"他打了个哈欠，"哦，刘总啊……是，好久不见。对，我现在又回经侦了。什么？坐坐？呵呵，改天，改天吧，我最近挺忙……"他应承着。电话里的刘总是个"标准"的商人，曾经有个案子在崔铁军手里，那时整天围在他左右，但崔铁军一直与他保持着距离，从不过办案之外的事。但自从调到门岗之后，这位刘总就再无音讯。崔铁军一边跟他客套着，一边等待着他说出来电的真正目的。果不其然，他是为了钱来的。

"哦，那笔冻结的款项啊。这个我还真不清楚。"崔铁军说，"我呀，就是过去临时帮忙的，近几天估计还得回门岗，对……"他点燃一支金桥，"具体谁管啊？这样，我给你一个电话，你直接问，实在不行啊，就直接打 110。就这样。"他说着把电话挂断，"傻 × 吧……"崔铁军骂道。

虽然干了这么多年经侦，但崔铁军却从没拿商人当过朋友。他曾经跟小吕说过，干经侦的有时比刑侦还危险，刑侦面对的是匕首和枪口，但经侦面对的却是乳房和钞票。在和平年代，物欲的侵袭往往更加致命，商人结交经侦警察的目的无非有二，办案和追款。这两条要是不按照规矩办，都得脱衣裳滚蛋。

崔铁军食欲全无，连抽了两根烟，正琢磨是不是出去溜达溜达。电话又响了，这回不是刘总，是李总。"喂，是，好久不见，嗯，嗯……"他只能继续寒暄。这时，小吕的电话不断往里撞。他按断了小吕的电话，直奔主题，"哎，我说李总啊，你要是有款被经侦冻结了的，别找我，找支队领导去，我已经离开经侦了，对，又走了，哎，我开车呢，就不多聊了啊。"他说着便挂断电话。这时，小吕的电话再次拨了进来。他调整了一下自己的情绪，才接通电话。他不想在小孩儿面前表现出软弱。

"喂，怎么着啊？"他皱着眉头，"什么？查到了！"他的表情立即严肃起来，"嗯，嗯，明白，你这样，这个消息先不要透露，你等我想想再看怎么办。"崔铁军说着挂断电话。信息中心排查的线索出来了，在 19 日当晚，现金库附近的两处摄像头都录下了那辆蓝色 GL8 车的号码，经过交管系统查询，这辆车属于一家公司。

崔铁军打开电视，随意拨了一个台，便找到了这家公司的广告。

一个美女正在优雅地喝着咖啡，身后是一个巨大的 Logo，她面对镜头，温婉地说着：投资梦想，放飞希望，低门槛、高收益，您的私人理财专家。D 融宝，您最可靠的互联网金融平台。

D 融宝！

崔铁军又换了一个台，同样也在播着相同的广告。他慢慢地摁灭烟蒂，静静地思索着。从去年开始，这家名叫 D 融宝的公司便迅速在海城崛起，他们的广告在电视、报纸等各类媒体上铺天盖地投放，简直可以称作是信息轰炸。他们对外宣传，利用 P2P、A2P 等方式为客户进行互联网金融理财服务，年收益高达 12% 以上。对这种公司，崔铁军是抱有戒备的，从多年的经侦工作经验来看，高收益必将与高风险结伴而生，而敢于向社会公众夸下海口的金融企业，目的也绝不是全心全意为人民服务，而是要保证自己获得更大的利益。

百分之十二，还最可靠的互联网金融平台，这不是扯淡呢啊？人家银行定期才百分之四，玩儿钱的企业都明白，利息超过定期的四倍就是非法集资，所以才控制在四倍之内。这显而易见是个骗局。崔铁军在屋里踱着步，在脑海里梳理着整个案件的情况。他刚想出门，门响了，他开门一看，是曾经的老领导，周科长。

"哎哟，您老怎么来了？"崔铁军挺意外。老周已经退休快十年了，这些年种花、养鱼，一直自得其乐。他为人厚道，当年也没少照顾崔铁军。

"听说你又回经侦了。"老周问。

"嘻，就是过去帮忙。"崔铁军回答，他给老周搬了椅子，倒了水。但问明来意，笑容便渐渐退去，没想到竟也关于那个 D 融宝。

"唉，没办法啊，我们家那口子就是不听啊，把所有钱都弄进去了，到现在我想提前退出也不行。你说这可怎么办。"老周万分沮丧。

"但是……"崔铁军不忍心驳老周的面子，"这事儿在现在这个阶段，经侦也管不了啊，您也是老人儿了，应该明白啊。"

"是，咱们当然不能插手经济纠纷，但我觉得这帮人是在犯罪啊，你知道他们现在吸了多少钱吗？这个数儿啊！"老周伸出三根手指。

"三……个亿？"崔铁军试探地问。

"三百个亿啊！"老周回答。

崔铁军倒吸一口冷气："这么多？"

"是啊，而且现在还在扩张着。我到市局报过案了，但是他们根本不受理，现在经侦也都是一帮小孩，除了你，我谁都不认识。我说背头啊，这事儿你可得帮帮我啊。"老周摇头叹气。

"你们投了多少钱啊？"崔铁军问。

"30万啊，我们俩退休金都在里头了。"老周欲哭无泪。

徐国柱又喝大了，其实没多少酒，就两扁瓶儿"小二"。但毕竟岁月不饶人，从那时白酒、啤酒、红酒甚至酱油混着喝，一下跌到了现在这份儿上，徐国柱的酒量也像中国股市一样，一路狂跌一蹶不振。确实是老了，忙的时候不觉得，一歇就浑身酸软，头晕眼花。他浑浑噩噩地乱梦着，一下就回放到那个熟悉的画面。

在那条狭窄的小巷中，二冬子手中黑洞洞的枪口指着自己。"棍子，是你丫逼我的，不能怪我！"他歇斯底里地喊着。

"冷静，冷静！你只要放下枪，我保证你的生命安全！"年轻的徐国柱也在大喊。

"扯淡！你们丫警察就根本没拿我当过人，我杀了小焦，你们能放过我？！"二冬子的眼睛里都是绝望。

"你为什么要杀他？为什么！"徐国柱面对死亡的威胁，恐惧渐渐转化为一种激愤。

"我……我……反正我活不了了！"二冬子说着又往前走了两步。徐国柱见状，也抬起枪口。

咚！咚！两支枪几乎在同一时间打响。

徐国柱猛地惊醒，发现全身都被汗水浸透。他在黑暗中寻找着，半天才从枕头边儿翻出半盒中南海，他气喘吁吁，点燃烟火，依然无法从二十年前的那个场景中解脱。他狠狠地吸吮，突然被呛到，剧烈地咳嗽起来。他永远忘不了，那一天的晚上，二冬子被子弹击中额头时的眼神，惊恐、挣扎、无助与迷茫，那似乎是一种咒怨，已经深深地刻在了徐国柱心中。

从那夜过后，海城历史上最凶悍的匪徒被警方击毙，而徐国柱则成了警界的英雄和黑道惧怕的"大棍子"。但也是从那时开始，老鬼越做越大，慢慢有了"鬼见愁"的外号。但徐国柱却一直觉得，自己其实是陷入了一个早就被人设计好的圈套。但这一切，却只能埋藏在他心里。

他翻身起床，手机又响了起来——是花姐的电话。

"喂，怎么着，想我了？"他把电话夹在脸旁，穿着裤子，"什么？老鬼让你找我？我告诉你啊，这件事儿你可别管，我也管不着。"他说着就把电话挂断。花姐又打了几个，徐国柱就不再接了。他知道鬼见愁找自己，肯定还是为了那笔钱的事儿。这时，电话又响了起来，他一看，是"点子"瘪三儿的来电。

"喂，哎呦，找着了啊，行啊，你小子。"徐国柱撇嘴笑了，"丫现在还干出租呢？哦，行，你等会儿我记一下啊。"他说着把烟盒撕开，拿笔往上写着，"行，我知道了，过几天来我这儿喝酒。什么？杠头也快出来了？你是怎么知道的？"徐国柱坐直了身体，"丫得快六张儿了吧。行，等他出来了告诉我。"他这才把电话挂断。

杠头……这似乎是个很遥远的名字了，他曾经是刑警队最得力的一个"点子"，老鬼也曾是他的小弟。他入狱之前，在市南区给几个歌厅看场子，与那些欺软怕硬的流氓混混儿不同，他为人仗义，好打抱不平，特别是痛恨毒品。所以当年管缉毒的警察没少找他要线索，但后来他屡次被毒贩报复，便纠集了手下几十个人，将一个毒贩打死，而被判处死缓，差一点儿就钉墙上了。徐国柱总觉得，如果杠头当年没出事，就不会有后来二冬子的嚣张，也就不会有老鬼的得势，也就没了后来的一切一切。但时间是不可能重来的，一切如过眼云烟，现在的世界不可能被改变。他望着窗外的夜色，渐渐又陷入了回忆之中。

在一个高档的西餐厅中，潘江海正和妻女一起吃饭。女儿最喜欢吃芝士多的比萨，潘江海就买了两份，一份现吃，一份打包。女儿吃得很香，芝士沾了一嘴，潘江海怜惜地抚摩着她的头，用餐巾纸慢慢地给她擦拭。

"爸爸，爸爸，我明天想去游乐园。"女儿笑着说。

"好，爸爸明天不上班，带你去。"潘江海微笑着回答。

女儿吃完，拿过盘子里的一个煮鸡蛋，放在口袋里。

"哎，你这是干什么啊？"潘江海不解。

"我要把它带回去，孵小鸡。"女儿笑着说。

潘江海苦笑着说："好，带回去，孵小鸡。"他看着天真的女儿，心里却苦涩不已。她已经成年了，但未来却越来越渺茫。

"爸爸妈妈，我喜欢出来吃饭。"女儿说。

"好，我们以后会常带你出来，乖。"潘江海说着，眼泪就不由自主流了下来。

"哎，你这是干吗啊。"妻子抚了抚他的手，"会好的，医生都说了，也许会出现奇迹。"

"嗯，一切都会好的……"潘江海点头，他握住妻子的手，"你放心吧，就是有一天咱们都不在了，她也会好好的。我向你保证。"

28

第二天清晨，潘江海和徐国柱不约而同地来到了办公室。见面后，都有点尴尬。

"棍子，你丫今天可够早的啊。"潘江海说。

"嘻，在家闲着还没人管饭，跑这儿蹭饭来了。"他说着就把腿跷在凳子上。

"也是，我也觉得在家没劲，过几天再歇。"潘江海也解释道，"哎，大背头没来啊？"他问。

"他早来了。"徐国柱回答。

"没见着他人啊。"潘江海问。

"嘻，到门口儿堵老郭去了。"徐国柱说。

"堵老郭干什么啊？"潘江海问。

"能干什么啊？码 × 翻车呗。"徐国柱撇着嘴回答。

他说得一点儿没错，崔铁军此时已经在市局门口儿等了十多分钟了。他了解郭副局长的生活作息，每天早上七点半准到单位，但不知今天是怎么了，姗姗来迟。正想着，郭副局长的黑色桑塔纳2000就开进了大门，崔铁军快步上前，一下拦住了去路。

郭副局长赶忙刹车，差点撞到崔铁军。"哎，你这儿干吗呢？！"郭副局长摇开车窗问。

"我等你半天了。"崔铁军一点儿不客气，拉开副驾驶的车门就坐了进去。

"哎，你这是……"郭副局长有点犯蒙。

"开车，我不想在你办公室说。"崔铁军一脸官司。他这么做是有道理的，许多话一到办公室，就变味儿了。

"呵呵，你呀。"郭副局长一笑，已经猜得八九不离十。

桑塔纳2000开进了地库，绕了两个弯，稳稳地停在车位上。郭副局长把车熄灭，转头看着崔铁军："有什么事儿，现在说吧。"

崔铁军与郭副局长对视："我问你，不让我们管这个案子，是不是你的主意？"

郭副局长笑笑，坦率地点点头："是我的主意。"

"为什么？"崔铁军不解。

"怕你们出事儿。"郭副局长回答。

"你丫跟我这儿装什么孙子！"崔铁军绷不住了，用力地拍了一下车扶手，"卸磨杀驴啊？等活儿干得差不多了，想起让我们滚蛋了，当初呢？当初你怎么说的！"他质问道。

郭副局长看他这样，并不惊慌："老崔，我问你，当初我让你查的是什么案子？"

"查的是合同诈骗的案子啊。"崔铁军回答。

"你现在查的是什么？"郭副局长问。

"我……"崔铁军一时语塞，"你是怪我追查那些钱的来源了？"他问。

"我会吗？"郭副局长反问。

"那你是什么意思？"崔铁军问。

"你知道这些天我顶着多大压力吗？"郭副局长问。

"你是干这个的，应该顶着。"崔铁军说。

郭副局长一笑："我是保护你们几个，都快退休了，得全须全尾的。"

"你甭跟我说这个。"崔铁军说，"到底怎么回事儿吧，今儿你不说清楚了，我就不下车了。"

郭副局长沉默了半晌。"省厅和市里都来压力了，希望局里把这个案子停了，到此为止。"他明确说。

"我明白了……"崔铁军轻轻点头，"你的意思呢？"他又问。

"我……"郭副局长撇嘴笑了笑，"我能有什么意见，服从命令啊。"

"扯！你丫郭大白话，是服从命令的人吗？"崔铁军皱眉。

"呵呵……"郭副局长笑了笑，转过头看着前方的黑暗，"大背头，我知道你的狗脾气，所以才不让你管这个案子，你知道吗？"

"怎么了？怕我跟赵顺一样？"崔铁军话有所指。

"是。"郭副局长点点头，"现在时代不同了，搞案子不能太冒进。我问你，你真的知道自己的对手是谁吗？"他问。

"我不知道，也不在乎。"崔铁军摇头，"但我知道一点，不给丫查清楚了，我心里就不舒坦。如果我把所有工作做穷尽了，没结果我也认了，那是能力问题。但我不能让手里的案子敞着口儿，让多少年以后别人翻卷的时候，骂我是废物点心。"崔铁军语气强硬。

"呵呵……唉……"郭副局长叹了口气，"行，那你说说，你想怎么办？"

"我就把这些资金给查明白了，一是一，二是二，黑是黑，白是白。"崔铁军说。

"你觉得，查得清吗？"郭副局长问。

"只要你给我时间，我一定能查清。"崔铁军说。

"多长时间？"郭副局长问。

"两个月。"崔铁军说。

"行，我答应你。但有一条，你给我悠着点儿干，别给我捅娄子，别再拦我车。"郭副局长说。

"行！"崔铁军这才撇嘴笑了。

从林楠办公室出来的时候，崔铁军已经把所有案卷都抱回来了。刚进办公室，徐国柱和潘江海就迎了过来，帮他把卷宗放在桌上。

"哎，怎么着？郭大白话尿了？"徐国柱问。

"那是，你也不看看是谁找他。"崔铁军牛气十足。

"你牛×，真牛×。"徐国柱竖起大拇指，"林楠怎么说？"他问。

"他能怎么着？让咱们接着干呗。"崔铁军说。

"没什么附加要求吗？"潘江海插嘴问。

"他敢……"崔铁军说，"但昨天，他们已经解冻了第一批冻结的资金，发还了大约 2000 多万。"

"已经发还了？"潘江海皱眉，"这也太快了。"

"是啊，我也觉得太快了。但市局确实这段时间也顶着不少压力，省厅的、市里的，连老郭都快扛不住了。"崔铁军替他们说话。

"我估计啊，这拨解冻的 2000 多万啊，都是有故事的。"潘江海苦笑。

"有故事的？什么意思？"徐国柱不解。

"都是各路神仙找来的……你没听见吗？省厅的、市里的，肯定都是这帮人的关系啊。"潘江海解释。

"嘿，你一说我才开窍，还是你喷子明白啊。"徐国柱感叹。

"那剩下的呢？还冻着？"潘江海问。

"得了得了，没影儿的事儿咱们也别瞎猜。先干活儿吧。"崔铁军不想再把话题继续下去，"小吕，你再说说昨天的情况。"他转头问。

小吕把信息中心的查询结果又说了一遍。蓝色 GL8 就登记在 D 融宝公司名下，本月还有一个违章记录，地点就在市北区的长安路附近。而长安路 88 号，正是 D 融宝公司的办公地。

"这么说，这家公司可能与洗钱案有关？"徐国柱皱眉。

"你知道这家公司吗？"崔铁军问。

"知道，做得挺大，搞什么互联网金融的，是什么 P2P。"徐国柱说。

"你丫还知道 P2P 呢，与时俱进啊。"潘江海笑。

"废话，一打开电视就是他们，想不看行吗？"徐国柱说。

"你们看看楼下。"崔铁军走到窗户旁，往下指着说。

徐国柱和潘江海过去一看，市局门口儿又黑压压堆了一片人。

"怎么又这么多人啊？还是要求解冻的？"徐国柱问。

"不是，这些都是来举报 D 融宝公司涉嫌诈骗的。"小吕在旁边说。

"嘿，大背头，老周也找过你了吧。"徐国柱问。

"找过，也找你了？"崔铁军问。

"可不，咱能帮帮忙吗？"徐国柱问。

"我刚才也问林楠了，老周来经侦好几次了，但现在这个情况，咱们也管不了啊。"崔铁军说着走到窗旁。

几个人正说着，办公室的门一开，楚冬阳走了进来。"哎，几位师傅都在啊。"他摆出一副笑脸。

徐国柱一看是他，脸立马耷拉下来。"哎哟，楚政委，您这是督导我们工作来了？"他没好气儿地说。

楚冬阳没生气，继续赔着笑脸："哎，老徐，别生气了啊，我今天过来是给老几位道歉的。"他态度挺诚恳。

"我说今儿出门儿怎么晃眼呢，敢情是太阳从西边出来了，您这跟我们唱的是哪一出儿啊？"徐国柱还是咄咄逼人。

"哎，我那天开会也不是冲着你们，是按照领导的要求办。您几位也多包涵，我在这儿说声对不起了啊。"楚冬阳一脸的忍辱负重。

徐国柱还想说话，让潘江海拦了下来。"哎，政委，您可别这么说，那天我们态度也有问题。一个巴掌拍不响。"他赶紧给楚冬阳码台阶。

但楚冬阳愣是没敢接话，他领教过潘江海的厉害，不知道这台阶下面是不是埋着大坑。

"其实咱们的目的是一致的，都是想把这个案子办好，只不过看问题的角度不同。所以我觉得，既然今天说开了，咱们心里也都不会再有什么疙瘩，你们说是吧？"潘江海说着，捅了捅崔铁军。

崔铁军半天没说话，听到这儿再不说就不合适了。"对，老潘说得对，我们也有不对的地方。但政委，有句话我想说，你是支队的领导，要体谅下边的兄弟。支队和你们省厅不一样，干活儿不能总按着所谓的规矩来，许多事儿等你开会研究透了，人早就跑了。再有，你得用人不疑，多听听底下的意见，人家中央领导还动不动就开会座谈呢，为什么啊，还不是集思广益。说白了啊，这案子不是你的也不是我的，是公家的，是老百姓的。在没破案之前，谁的意见都不能否定，这才是搞侦查的基础。"他一口气说完，本想配合着潘江海的话拉近关系，没想到还是说出了心里话。

"对，您说得对，我一定改。"楚冬阳的脸憋得通红。

潘江海知道，得见好就收了。"行，政委，你放心，这案子我们肯定好好干，有事儿再跟您汇报？"他笑着说。

"行，行，那你们先忙。"楚冬阳灰头土脸地走了。

"哎，我说你们俩，至于不至于啊，人家都认栽了，你们还没完没了。"潘江海埋怨道。

"我就看丫不顺眼。我说了吧，丫这狗脸翻得跟月份牌儿似的。"徐国柱说。

"你呀，再怎么着也是让人家管着，少说一句能憋死你啊。"潘江海说。

"我可不管，我都这个岁数了儿，有气儿不能憋着，要不得得病。他要是不让我舒了啊，我也不能让丫舒服了。他能把我怎么着？还能把我降成副民警啊。"徐国柱不忿。

"哎……"潘江海摇头苦笑，"我说棍子啊，你是不是真以为人家过来跟你道歉，是觉得咱们有理呢？你真看不出来啊，他这后面肯定是郭大白话捅咕的。要不是大背头跟郭大白话码×翻车了，这孙子还不定怎么着呢。"潘江海看事情一向挺透。

"哎，都别废话了，说说该怎么干活儿吧。耽误了两天了，咱们得赶紧往下推。"崔铁军不想再在这个问题上纠缠，"小吕，你一会儿去趟市局的'猎狐办'，尽快把谢春宝外逃的情况报上去，看看怎么给他弄回来。棍子、喷子，咱们一会儿去这家公司探探底，看看他们到底什么路子。"崔铁军说。

"行，您是探长我们都听您的。"徐国柱笑着说，"是不是喷子？"他转头问。

"那必须的，崔探长说的话，就是市局党委说的话。"潘江海装作正经地说。

"别肏你大爷了，快去吧。"崔铁军也笑了，"哎，小吕，好好查，要是真有出国缉捕的机会，就你去。"他又对小吕说。

"我去？"小吕一愣。

"你外语好啊，要让你棍子师父去了，还不闹出国际事件。"崔铁军笑着说。

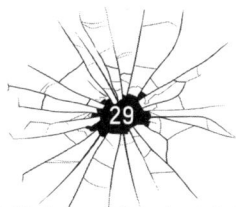

29

在海城最繁华的长安路旁，D融宝大厦巍然耸立，大厦高处有一块巨大的LED广告牌。上面印着D融宝公司的标志性广告语，"投资梦想，放飞希望"。崔铁军觉得这两句话压根就是病句。梦想要是都可以花钱投资了，那希望还放飞个屁啊。

三个老警察开着老金杯，刚刚停在公司大门附近，一个保安就跑了过来。

"拉货的快走，把车停外面去。"保安厉声说。

"谁是拉货的啊？市局的，查事儿来了。"徐国柱说着一脚把门踹开，跳下了车。

保安一愣，没想到这破车里坐的是警察，但态度还挺强硬。"查事儿的也不能停这儿，往外走。"他指手画脚。

"嘿，这门口儿不都停着车呢吗？凭什么我们到外边儿去啊。"徐国柱问。

"您看看这都是什么车啊，您这车放这儿，影响我们公司形象。"保安说。

"你们丫有什么形象啊。"徐国柱瞪眼。

崔铁军怕他惹事，也下了车，拿出证件说："警察，都跟你说了，怎么着？哪儿的规定说金杯不能跟奔驰、宝马停一块儿啊？"

保安一听也无言以对。"行，那你们把车往里停停，这个位置不行。"他说。

"哎，我们还就停这儿了，白线以内，没碍着你事儿，要是违章了，你就打122，让交警拖走。"崔铁军也不高兴了，甩了一句就往里走。

保安还想阻拦，潘江海凑过来拍了拍他的肩膀："小子，刚来打工吧？别给自己惹事儿，犯不着。"他冲着保安挤了挤眼。

三人走进公司的大厅，对面的墙上赫然挂着一个巨大的"D融宝"标志，大厦各层人来人往，一派繁华景象。中间是一个巨大的天井，直通厅顶层的钢化玻璃屋顶。阳光照射下来，把大厦内映得金黄。

黄有发站在顶层的围栏旁，看着楼下忙忙碌碌的芸芸众生，他喜欢这样向下俯视，仿佛是上帝在遥望人间。他今年五十多岁，身材瘦小，其貌不扬，两条扫帚眉下面是一双绿豆眼，黢黑的脸庞上还长了一颗带毛的黑痣，他穿着一身休闲衣裤，与身后西装革履的经理们格格不入。早在这三位不速之客走进大厅之前，他便接到了保卫部的通知。他观察着那三个小黑点儿的动向，嘴角微微上扬。

"你们知道现在该做什么吧？"他一张嘴是浓重的南方口音。身后的几个最核心的经理都站直了身体。"最近公司是出了一些问题，资金有些衔接不上，但这并不是最重要的。最重要的是什么啊？是客户的信心，是你们的决心。知道吗？"他把脸转了过来，"咱们要想做大，就要让'资金池'里的水越来越满。资金是企业的命脉，一旦资金链出现了问题，就必将引发危机，这个道理你们不是不懂。所以下一步要尽快补充资金，把账面做平。"黄有发说。

"我们知道，黄总，但是……"一个经理面带难色，"近期有几家媒体胡乱报道，说什么咱们公司涉嫌经济诈骗，许多不明真相的客户就过来要求提前解约，特别是那个姓周的老头儿，每天都到咱们的网点儿上闹。所以……"他犹豫了一下，"近期的工作确实受到了影响。"

"你们都是吃白饭的啊，难道什么都需要我教吗？"黄有发变了脸，"媒体有问题，咱们就花钱啦，再找记者写正面的报道啊。有客户闹事，你们就去解决呀。怎么样？还害怕一个老头子吗？"

"解决……"经理想了想，"那要不先把那人的钱给他，也不多，一共才 30 万。"

"不行。"黄有发果断地摆手，"你给出一万，他们就会要两万，你们给出去十万，他们就会要百万。这个事你不要管了，我来找人做。"他抬高右手，身旁的女秘书便会意，从包里掏出一支红双喜，递去并点燃。

黄有发抽了口烟，露出一嘴黄牙。别看他发迹多年，但还是保持着渔民的习惯。"做事啊，你们不要怕危险。越危险呀，利润就越高。做事吧。"他摆了摆手，经理们散去。

"黄总，今晚的慈善晚宴我还去参加吗？时间和邱行长的约见重了。"女秘书说。

"去，积德的事情是第一的，银行那边可以另约。哎，我说小夏啊，你不要怕银行那些人，现在这个世道啊，借款一旦多了，就可以绑架银行了，现在他们得听我的。"黄有发笑着说，"做一个预算，看看今晚要捐多少。但记住啊，不要太多也不要太少。"

"嗯，好的。"女秘书点头。

"哎……小夏啊，你说我做的这一切，还不是为了我的那个衰仔。"他叹了口气，"好了好了，你先下去应付那几个警察吧，老规矩，什么都不要说。有问题了，让律师出面。"黄有发抽着烟说。

在公司大厅，三个人整整等了十多分钟，D融宝的法人夏静怡才走了过来。她年龄在三十岁出头，生得眉清目秀，齐耳短发飘洒在名牌职业装上，显得睿智干练。崔铁军没少在电视上看她的那个广告。

"你们好，我是D融宝的法人代表，请问找我有什么事？"夏静怡问。

崔铁军上下打量了她一下，开门见山地说："我们在调查一起案件，其中涉及一辆车。经过查询，这辆车在你们公司名下。"

"是吗？是什么车？"夏静怡皱眉。

"这是车牌号，你看看。"徐国柱说着递过一张纸条。

夏静怡没有接，身旁的一个男经理把条儿接了过来。

"就因为一辆车的事，你们就要见公司法人？"男经理看着纸条问。

"难道不行吗？"徐国柱反问。

男经理刚想反驳，被夏静怡阻拦："我们的车出了什么问题？"

"也没有什么具体问题，我希望先去看看这辆车。"崔铁军说。

"我们有义务配合他们吗？"夏静怡转头问。

"这个……"经理显然不太懂。

正在这时，一个人从远处走过来："我们没有义务配合他们，除非有法律手续。"

三个人闻声望去，来人穿得西装革履，年龄在五十岁上下，戴一副金丝眼镜，竟然是郑律师。潘江海一看就愣住了。

"这位是我们公司的法律顾问，郑光明律师。"夏静怡介绍。

"各位好，这是我的名片。"郑律师递过名片，他刻意躲过潘江海的目光。

"公安机关的调查工作，是不需要法律手续的，如果需要，我可以给你开介绍信。"崔铁军说。

"好，那下一步的工作就请郑律师与你们衔接吧，我还有会，失陪了。"夏静怡说着就转过身。

"等等……"潘江海在后面叫住了她，"你就不想知道我们的来意吗？"

他这么一说，夏静怡又转过身来。"您说。"她保持着优雅。

"我想知道，你们是不是曾经通过地下钱庄洗钱？"潘江海提高声音说。

"什么？地下钱庄？"夏静怡皱眉，"我们公司一向是合法经营，我不知道你在说什么。"

"哎，夏总，对于他们的这个问题，你不必回答。"郑律师果断阻拦，"各位警官，你们办案要实事求是，我不希望你们将莫须有的罪名安在我们合法公司的头上。"

"是，是合法公司，合法到许多老百姓都堵在我们公安局门口儿了。"徐国柱在旁边说。

"那些人是无理取闹，他们的合同还没到期就想要回本金，请问警官，在没有调查之前就把事情定性，这符合道理吗？"郑律师反问。

"嗯，你说得对，必须要经过调查才行。但我们今天不是为这件事来的，只是来查一辆车。希望不要对你们有影响。"崔铁军把话接过来，"夏总，郑律师，说实话，我们今天该对你们做到的，都已经做到了。你看看，没穿警服，没开警车，这不就是考虑到对你们公司的影响吗？所以我希望咱们双方都礼尚往来，别摆什么架子。"他的话绵中带针。

夏静怡看着三个老警察，知道碰上了硬钉子，就缓和了语气。"对，您说得对，我们现在就查，你们先到会议室等待吧。"她说。

大约等了一个小时，查询的结果才出来。郑律师称，那辆蓝色的GL8轿车现在并不在公司，而是由一个下面的员工私自借给朋友开走了。但那个员工现在正在休假，等他们联系到人了，会马上通知警方。

崔铁军微微一笑，和徐国柱、潘江海交换了眼色。"行，那我们等你们消息。"他大度地说。

三个人给郑律师留了办公室的电话，信步走出了大厦。

"跟你猜的一样啊，车没在公司，一直让别人开着。"徐国柱说。

"那肯定的啊，这帮孙子得把自己择清楚喽。"崔铁军说。

"要是这么说，这帮人还真有事儿？"徐国柱说。

"差不多。"崔铁军点头，"他们要是真带咱们找到这辆车了，反而证明跟这件事儿关系不大。但越是这么瞒着，就越说明有猫腻。"

"对，你说得对。"徐国柱点头，走到金杯车前，"我中午有点事儿，下午上班前到。哎，喷子，你也练练车。"他说着把钥匙扔了过去。但没想到潘江海没反应过来，一下砸在了头上。

"嘿，你这想什么呢？"徐国柱问。

"想孩子她妈呢，你丫管得着吗？"潘江海从地上把钥匙捡起。

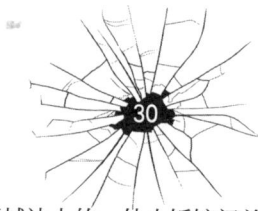

30

午后，市南区护老城边上的一处小饭馆门前，停满了出租汽车。饭馆的招牌是"出租司机之家"，门前挂着简易的广告：素炒饼 12 元，肉炒饼 14 元，炸酱面 10 元，今日萝卜皮半价，恕不出售酒水。

徐国柱撩帘走进去，穿着黄色工作服的出租司机坐满了各桌。他环顾了一圈儿，也没找到柳爷。"哎，兄弟，柳刚今天来了吗？"他问身旁的一个胖司机。

"柳刚？"胖司机皱眉。

"哦，五十多岁，大眼睛，挺壮的。"徐国柱描述着。

"你说的是柳师傅吧。"另一个司机插嘴，"他在那里边儿呢。"他往里指着饭馆里唯一的包间。

徐国柱道谢，缓步来到包间前，从外面就可以清晰地听到，里面正热火朝天地侃着大山。

"哎，柳师傅，您今天可真棒，要不是您，我估计那帮警察也追不上。"一个小伙子说。

"可不是吗？当时我正在'教门大街'趴活儿呢，眼看着那辆车就冲了过去，要不是柳师傅这拦腰一撞，肯定得伤到路边的人了。"另一个小伙子也说，"哎，柳师傅，您这见义勇为，公司还不奖励奖励？"

"嘿，没什么可奖励的，车撞坏了，今天份儿钱还得自己掏呢。"一个粗嗓门儿说。

"哎，柳师傅，我们哥儿俩是真佩服您，听说您年轻时也是一大侠？"一个小伙子问。

"哎，咱不提以前，喝酒，喝酒。"粗嗓门儿招呼。

徐国柱一听就乐了，这声音熟啊。他一把将门推开，走了进去。

屋里一共坐着五个人，四个年轻的一个老的。徐国柱冲着老的双手拱拳："柳爷，一向可好啊。"

他说的柳爷，就是刚才说话的那个粗嗓子。那人五十多岁的年纪，身材不高，但是肩宽体壮，浓眉下两只眼睛炯炯有神，剃个板寸，干净利落。他见到徐国柱，愣了好久才大笑着站起来回礼："哈哈，是棍儿哥啊，好久不见，好久不见了！"

柳刚原来也是徐国柱的"点子"，但早早就退出江湖了，现在干着出租汽车司机。他冲小子们摆了摆手，大家便识趣地退出了包间。他把徐国柱让到主座儿，掏出一支大前门递了过去。

"还抽这烟呢？"徐国柱接过大前门，放在鼻子底下闻着。

"嘿，几十年都习惯了，便宜，好抽。"柳爷笑着说。

"怎么样？现在活儿不错吧。"徐国柱问。

"嘿，不太好。"柳爷摇头，"现在又是滴滴啊，又是专车啊，出租车是越来越不好干了。"

"是啊，那是人家便宜呗。"徐国柱说。

"也不是。他们车好，服务好，乘客就愿意上他们的车。我们这车况，没法跟人家比啊。"柳爷说。

"哎，怎么茬儿？刚才我听那几个小子说，你把什么车给撞了？"徐国柱问。

"嘻……"柳爷笑了，"是这样，我今天早上正出活儿'扫马路'呢，刚开到'教门大街'附近，就看见一辆警车在追一辆出租车，我一瞜那车的后牌儿就明白了，套牌儿车。本来没想管，这是你们警察的事儿，但是那车开得特猛，拐弯没拐好，冲着老百姓就去了。我就一加油，拦腰给丫撞出去了。"他轻描淡写地说。

"那你丫是英雄啊。"徐国柱伸出大拇指，"来来来，我得跟你干一个。"他说着拿过一个空酒杯。

"哎，棍儿哥，你们中午不是不能喝酒吗？"柳爷问。

"我都这岁数儿了，谁还管我啊。"徐国柱大大咧咧地说。

两人碰杯满饮，徐国柱又拿筷子夹了口芥末墩。

"啊……真他妈痛快，鼻子都通了……"徐国柱一脸满足，"哎，我说柳爷，那你今儿就不出车了？"

"呵呵，今儿明儿都不出了，车在修理厂呢。"柳爷说，"要不，我也不敢中午喝酒啊。"

"那可耽误生意了。"徐国柱说。

"耽误生意倒无所谓，块八毛的。就是明天早晨没法送老太太上医院了，只能让这帮小子帮忙了。"柳爷说。

"你们家老太太怎么了？"徐国柱问。

"不是我们家老太太，是一个孤寡老人。我每周义务送她去两次医院。"柳爷说。

"哥们儿敬你啊，敬你。"徐国柱用双手端起酒杯。

"哎，别这么客气，棍儿哥。"柳爷再次满饮，"我呀，年轻时干的坏事太多了，这老了老了吧，就尽量干点儿积德的事儿，要不心里不安啊。"他若有所思地说。他的那帮小兄弟怎么会知道，柳爷在二十年前曾是个社会混混儿，凭着开黑车坑蒙乘客，有一次黑道儿的兄弟给了他一笔大钱，让他去帮着开车，没想到竟是个抢劫银行的现场。他开着飞车亡命逃窜，不料却撞倒了一个无辜的妇女。

"那都猴年马月的了，早翻篇儿了。"徐国柱摆手。

"甭介，可能在别人那儿翻篇儿了，但在我这儿……翻不过去……"柳爷自顾自地喝了一杯，"你就说那范国庆的媳妇吧，要不是我……怎么会……"他说着就激动起来，眼泪流了下来。

"你这是干吗啊。"徐国柱拍拍他的肩膀，"当时你也是特殊状态，特殊状态……"

"谢谢棍儿哥，一直拿我当人看。"柳爷抬起头，抹了把眼泪，又大笑起来。

徐国柱也笑了起来："瞧你丫那搡性，跟他妈娘们儿似的。"两个人又喝了一口酒，"我知道，你现在真的改了，不但干了正行，不再跟那帮人往来，听说怎么着，还弄了个'的士之星'？"徐国柱笑着问。

"棍儿哥，你甭跟我来这套，你肯定是查过我。"柳爷笑着说。

"哎，没影儿的事儿，我查你干吗啊？"徐国柱说。

"那个'的士之星'是给了我，但我嫌扎眼根本就没要。你这是通过谁知道的？"柳爷皱眉。

"我……哈哈。"徐国柱用笑掩藏尴尬。

"呵呵，棍儿哥，你查我也是应该的。我底儿潮，要不是你帮忙，人家也不敢用我。但说心里话啊，你们警察现在是越来越尿了。就说那些交警啊，碰见违反交通规则的还客客气气的，有的还让人家抽大嘴巴，这什么事儿啊……要搁二十年前你们那时候，还不直接就上背铐儿了。但你在我心里，一直是这个。"他说着就竖起大拇指。

徐国柱点头，拿出一根中南海递给他："柳爷啊，有你这句话，我这警察也算没白干。那我就直说，今儿个找你，是有事儿求你帮忙来了。"

"有什么事儿，您尽管说。"柳爷说。

"是这样，我近一段接了一个案子，有几个人需要跟一下。但我这岁数已经不行了，所以找你来了。"徐国柱夹了一块萝卜皮，放在嘴里。

"明跟暗跟？需要几辆车？"柳爷问。

"暗跟，需要三辆出租车。"徐国柱说。

"呵呵……"柳爷笑了，拿酒给徐国柱倒满，"棍儿哥，你就甭跟我客气了，我知道，你们搞的都是大事儿。老规矩，事儿是什么我不问，你就告诉我怎么办就行了。"

徐国柱看着柳爷，沉默了一会儿，说道："柳爷，在我这儿可以不问，以后再碰上别人找你干事儿，得问问是干什么。"

"是，放心吧棍儿哥，我不会再犯二十年前的傻了，蹲了这么多年大狱，我可长记性了。"柳爷说。

"具体案情我不能说，但是你得知道跟的是谁。老鬼，你还记得吗？"徐国柱问。

"是他？"柳爷皱眉。

"怎么了？怕了？"徐国柱问。

"呵呵……"柳爷笑了，"您都不怕，我怕什么？再大的流氓也得怕警察啊。"

"行，等你车修好了就开始。包车每天需要多少费用？"徐国柱问。

"费用好说，我给你找俩得力的兄弟，只要够份儿钱就行。"柳爷说。

徐国柱点点头，说着就从口袋里拿出一摞钱。"这是两千，你先拿着，不够再续。"他说着递了过去。

"哎，先不用。"柳爷推辞。

"一码归一码，拿钱，办事。"徐国柱把钱放在了他面前。

"那也行。"柳刚拿起钱，点出一千，把剩下的推了回去，"一天一结，加上我，三辆车够了。"他说。

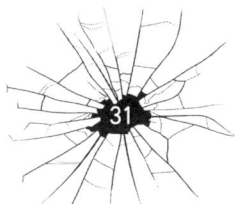
31

徐国柱一仗义就喝多了，柳爷让小兄弟把他送回家，他却非要闹着回单位上班。但刚到市局门口，就把一肚子的好东西给吐了出来。幸亏门口值班室的老李及时给崔铁军打了电话，才没太现眼。

崔铁军把徐国柱扶到办公室，将两把椅子搭在一起，让他躺舒服了，才又回到办公桌前。"哎……这喝了多少啊。"他摇头。

潘江海合上材料，瞥了他一眼："哎，我说大背头，等棍子醒了以后你可得说说他啊。这叫什么事儿啊，大中午的喝酒，知道的是他一人儿，不知道的还以为是咱们一块儿呢。咱这儿可刚消停点儿，要是再让'呱嗒'揪住短儿了，你这当探长的可吃不了兜着走啊。"

"嗯……"崔铁军点头，"怎么着？接着说情况。"

潘江海喝了口茶："是这样，经过我们到工商的调查，D融宝公司注册成立于两年前，注册资金一个亿，法定代表人是夏静怡，经营范围是……"他照本宣科。

崔铁军细细听着。"这么说，D融宝公司还挺有实力？"他问。

"是啊，我让罗洋找人到税务局了查，这家公司在市里也是纳税大户。还是什么互联网金融的示范企业。"潘江海说。

"嗯……"崔铁军点头，"那夏静怡的情况呢？"他转头看着小吕。

"我到信息中心调取了夏静怡的情况，她今年三十三岁，南方人，曾经到英国留学，回国后创办了D融宝公司。"小吕说。

"就这些？"崔铁军皱眉。

"哦……还有，她单身。"小吕回答。

"哎……"崔铁军摇头，"以后再查事儿啊，记住了不能小孩打醋——直来直去，那我问你，夏静怡在海城有没有开房记录啊？她名下的房产、车辆呢？有没有违章记录啊？同户籍还有谁啊？"

他这么一问，小吕傻了。

"重新查，只要和她有关的，都要。"崔铁军说。

潘江海见状，忙做和事佬。"哎，你看你，跟孩子急什么啊。小吕，你知道为什么要让你查这些吗？"他问。

小吕点头，又摇头。

"有没有开房记录啊，可以反映她的社会交往和消费水平，快捷酒店和五星级饭店能一样吗？让你查房产、车辆呢，可以看出她的经济实力；而违章记录啊，则可以看到她的生活轨迹。懂了吗？"潘江海循循善诱。

"哦，懂了。"小吕点头。

"就跟刚开始总让你订卷、打水一样。知道为什么吗？"潘江海接着说，他果然是个好师父，"通过订卷，是让你能看到更多的案件材料；通过打水呢？既能让领导觉得你勤快，又能尽快和大家熟悉起来。咱们警察干事儿啊，要一举两得，时间有限，不能按部就班地来。懂？"

"懂了，谢谢师父。"小吕诚心诚意地点头。

"'猎狐办'怎么说啊？"崔铁军又问。

"'猎狐办'把谢春宝在逃的情况上报了公安部，查询结果还没出来。"小吕说。

"嗯……"崔铁军再次陷入思索，"喷子，你觉得这家公司怎么样？"他问。

潘江海站起身来，在屋里踱步。"我觉得有猫腻。"他看着崔铁军，"高科技，大公司，年收益12%，海归法人。这几样都挺好，但放在一块儿就觉得不对了。"

"怎么不对了？"小吕不解。

"呵呵……"崔铁军笑，"你是不知道啊，九十年代的时候，有一帮骗

174

子专门冒充港商，来海城没少骗人。我就办过一个，那哥们儿就念过小学，愣是冒充香港阔少，借了一辆奔驰，各处拆东墙补西墙，我们抓他的时候，后备厢里还放着 50 万现金。"

"50 万？那不多啊。"小吕说。

"那时的 50 万啊。我们当时每月才七八百块，你琢磨吧。"崔铁军说。

"后来呢？"小吕问。

"哎，后来啊，证据不足，许多企业都被那孙子攥住了短儿，再说那时香港还没回归，取证也困难，最后就还钱放人了。我看啊，现在许多所谓的金融公司、高科技企业，其实和那时也都一个路子。卖的还都是狗肉，只不过不挂羊头了。"崔铁军说，"既然查到这儿了，我觉得咱们就不能绕过这家公司。等大棍子醒了，咱们得好好商量商量，我觉得可以从 D 融宝的账户查起，看看他们有多少大额提现的记录。这 10 个亿要真是他们的钱，那问题可就大了。"

"对，我就不相信他们能做得天衣无缝。"潘江海也点头。

"哎，经济案子可真复杂。"小吕感叹。

"你小子，就慢慢学吧。要想当个好警察啊，就得比流氓还凶，比骗子还狡猾，比罪犯更强悍，但心里啊，要装着善良和原则，知道自己是在维护法律的尊严和正义。"崔铁军说。

"哎哟喂，你这话可真有高度啊！"潘江海惊讶道。

"哈哈，从一本书里看的，叫什么《混乱之神》。"崔铁军笑着回答。

"我还说呢，你这水平都快超过'呱嗒'了。"

市北区的玫瑰庄园，是海城最高档的别墅区之一。黄有发站在一栋别墅三楼的平台上，透过郁郁葱葱的植物，眺望着夕阳照耀下的车水马龙的城市，悦耳的钢琴声在空中流淌。

"哎呀，你们再挪一挪，挪一挪，对。"他对着楼下的一辆云梯车说。

云梯车稳稳地停到他家别墅前的一棵树下，然后徐徐伸展开云梯直达树顶。

"对，就是在那里啊，看见了吧。"黄有发忙活着。

一个工人顺着云梯爬到树顶，抱下来一只白色的小猫。猫主人是个老奶奶，从工人手里接回小猫的时候，已经泪流满面。"哎呀，谢谢黄善人了，谢谢你啊。"她冲着平台上的黄有发说。

"小事，小事……老婆婆啊，这次可看好了啊。"黄有发一笑，露出满嘴的黄牙。

老奶奶再次道谢，才抱着小猫离开。

黄有发把右手抬了起来。郑律师会意，送过去一支红双喜，为他点燃。这是他多年的习惯，只抽这个牌子的烟。

"老板，你放心，我会想办法尽快把那批资金解冻。"郑律师说。

"尽快是多久啊？"黄有发笑着问。

"是……"郑律师一时语塞。

"我不管你能不能解冻，那些倒不是最重要的。重要的是不要把警察引过来，你懂吗？"他说。

"懂，懂。"郑律师毕恭毕敬地点头。

"做生意和开飞机的一样，最重要的是平安着陆。现在公司正在关键时期，不能有错。你要想尽一切办法，把那些警察搞定。"他的表情严肃起来。

"是，是，我正在想办法。"郑律师说。

"你听见这个声音了吧。"黄有发用手朝空中指着，"这就是我未来的希望啊，我辛辛苦苦几十年为了什么啊？还不是为了他以后不再过我这样的日子啊。"他推心置腹地说。

郑律师闭上眼，装作欣赏着钢琴声。"嗯，公子的钢琴弹得真不错，未来肯定是个艺术家。"他恭维道。

"哈哈……干什么艺术家啊，那些都是伺候别人的。"黄有发大笑，"我让他练琴，就是为了收心，到了国外之后，干什么由他自己定，总之干干净净的就行了。"他倒是直率。

"哎，那个老鬼来了没有啊？"他问。

"来了，在楼下。"郑律师说。

"叫他上来。我有话对他讲。"黄有发说。

在一楼客厅中央，供着一尊绿袍关公像。黄有发靠在沙发上，看着面前的鬼见愁，并没让他坐下。

"阿鬼啊，听说你的公司开得还不错啊。"黄有发寒暄着。

"呵呵，怎么是我的公司，您是大股东，我是给您看摊儿的。"鬼见愁回答。

"哈哈，你的就是你的，有钱大家赚，反正也花不完。"黄有发笑了，"对了，还有你的那些姑娘不错，很得力啊。"

他这么一说，鬼见愁也笑了起来："都是兼职，过一段时间就换一批。"

"换换好，别让她们知道得太多。"黄有发正色。

"哎，老板，你要有兴趣，我也带几个给你试试？"鬼见愁说。

"哎呀，我可不敢，你那些姑娘都随身带着录像呢。"黄有发大笑。

寒暄完毕，他让鬼见愁坐了下来。

"阿鬼啊，那个警察你搞定了没有啊？"黄有发问。

"还没搞定，我还在跟他谈。"鬼见愁说。

"还谈什么呀？他需要多少钱啊，报个数。"黄有发说。

"这不是钱的事儿……"鬼见愁解释。

"那他需要什么？咱们能给的都给。如果什么都不需要，你就找他们害怕什么。这个还用我教你吗？"黄有发有些不悦，"你办事一直很得力呀，前几天那块地的事情多漂亮。这次是怎么回事呢？"

鬼见愁沉默了一会儿："老板，你知道的，我不动警察。"

"警察怎么了？警察不是人吗？你怕什么？他们能吃了你？"黄有发不高兴了。

"我之所以这么多年都没趴下，就是因为给自己和底下的兄弟都立过规矩，不动警察。这帮人咱们惹不起，当年二冬子怎么样，还不是让一个普通警察就给干掉了。老板，这事儿让我想想其他办法。"鬼见愁解释。

"唉……"黄有发叹了口气，他缓缓地站起身，走到一楼东侧的房间内，取出一个锦盒，递给鬼见愁，"送给你的。"他说。

鬼见愁打开，里面是一尊红袍的关公像。"这是……"他不解。

"阿鬼啊，你帮我做事也这么多年了，有些话呀，我一直不想讲。但既然今天说到这里了，我就跟你说说。"黄有发冲他抬抬手，示意他坐下，"你知道关公为什么有穿绿袍和红袍之分吗？"他问。

鬼见愁轻坐在沙发上，摇了摇头。

"绿袍关公啊，保的是天下太平无战事，而红袍的呢，则是保血战沙场，收获颇丰。这两个是不同的啊。"黄有发说，"你不要以为，有一口饭吃了，就可以坐享其成。这是不行的。干这行的就必须要打拼，我送你红袍关公啊，就是要告诉你，只有血战沙场，才能收获颇丰。如果没有血性了，就不要再占着这个位置，让其他兄弟来也好啊。"

鬼见愁看着手中的关公像，冲黄有发点了点头："我懂了，老板。"

"懂了就去做，听说是一帮老家伙，能用钱就不要动武，钱不管用了，其他所有手段都可以用。别的我不多说，只要能平这件事，花钱我不设上限。我再给你两周时间，如果不行，你以后就不要再叫什么鬼见愁了。"黄有发说完便转过头去。

鬼见愁没再反驳，叹了口气，站起身来走出门外。

黄有发看着他的背影，轻轻地骂了一句："我×你老母。"

见鬼见愁离开了，郑律师才下了楼："老板，你别着急，我再想想办法。"

"想什么办法？他们都找上门来了！"黄有发站了起来，"我看那个阿鬼啊，是真的老了，把小青调过来吧。"他对郑律师说。

"小青……"郑律师惊讶，"您确定吗？老板。"

"当然。滚他妈的什么江湖规矩，对付警察还得让没有规矩的人来。"

黄有发说。

"好的。"郑律师点头，"其实，他们已经到了海城了。"

"什么？谁让他们来的？"黄有发皱眉。

"谁也拦不住，小青本来就是个没有规矩的浑蛋。"郑律师苦笑。

"哎……你盯着点他们，上次在香港闹得太大了。"黄有发说，"哎呀，琴声怎么停了？"他诧异着往楼上走。

黄有发的儿子叫黄贵标，今年才刚刚十八岁，一直被视为掌上明珠。黄有发到了二楼，一脚踹开琴房的门，正看见黄贵标褪下半截裤子，趴在赤裸的钢琴女老师身上："你个衰仔！"他勃然大怒，抄起一把凳子就冲了过去。

"啊！"琴房响起了凄厉的叫声。

郑律师望着楼上，叹了口气，走出了别墅。

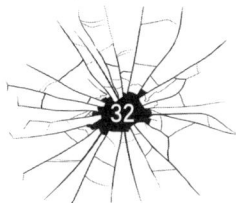

32

夏彪是上午被放出来的，他回到出租房的时候并没见到小雪，打电话也未能接通，于是便沉沉地睡了一觉，等醒来的时候已经下午了。他洗了个澡，让热水驱散多日的灰颓，在镜子中，昔日的黄发已在看守所被剃去，他大声地咒骂着警察，声嘶力竭。他穿上衣服出门游荡，找了十多个狐朋狗友，喝了一顿大酒，之后又到了"帝皇"KTV给自己洗尘。等小雪到的时候，他正靠在一个浓妆艳抹的女孩身上，处于迷醉状态。

"你……干什么去了？"夏彪指着小雪问。

"你喝了多少啊？"小雪挤开那个女孩，坐到他的身边。

"我……不用你管，你干吗去了？是不是，是不是……"夏彪揪着小雪的头发，"又他妈干活儿了？"

"你喝醉了吧，走，跟我回家。"小雪说着就要把他拽起。

"去你妈的……"夏彪一下推开小雪，"我这儿正高兴呢，要回你自己回。"

旁边的狐朋狗友也拦着，非要让小雪跟夏彪来个交杯酒。小雪烦了，拿过一瓶洋酒，独自干了三杯。众人大声叫好，激烈的音乐响起。夏彪兴奋起来，搂着身边的两个女孩疯狂起舞。小雪怒火中烧，独自走出了包间。

大厅里正放着一支慢摇乐曲。小雪独自走到舞池里，随着音乐舞动身体。她闭着眼，泪水淌过脸庞。她真的不知道这样的日子，自己还能坚持多久，面前的泥沼似乎无尽无头，永远走不出去。在别人的眼里，她可能就是个单纯可爱的花店女孩儿，但实际上，她却根本无法摆脱鬼见愁势力的控制。她曾经想逃脱，一走了之，但母亲的重病还需要钱，一切都要由她承担。慢慢地，她仿佛已经习惯于黑暗，反而开始惧怕光明。音乐寂寞哀伤，正符合她此时的心绪，小雪尽情地舞着，顿时成为舞池中的亮点。

正在这时，一个醉汉围了上来，一把搂住了小雪的腰。

"跳得不错啊，来，跟哥玩儿玩儿。"醉汉喷着满嘴酒气说。

小雪一惊，奋力地挣脱出来："你给我滚，老娘没空。"

"嘿，小娘们儿有点意思啊。"醉汉笑着说，"哥就喜欢野的。"他说着还要往上扑。

小雪急了，挥手就给了他一个嘴巴，然后转身就跑回了包间。

夏彪已经清醒了许多，看到小雪进来，忙把她拉了过来。"怎么了？生气了？"夏彪说。

小雪泪水涟涟，一头扎在夏彪怀里："彪子，你带我走吧，去哪儿都行，我不想再过这种日子了，不想……"她说着就哭了起来。

夏彪抚摩着小雪，心生怜爱："行，咱们走，离开这个鬼地方。"

两个人正说着，包间的门突然被踹开了，三个男子气势汹汹地走了进来，为首的就是那个醉汉。

"那个小娘们儿呢？姥姥的，敢打我！哎，就是你！你给我出来，出来！"醉汉指着小雪叫嚣。

夏彪这帮人也不是省油的灯，腾地一下站了起来。

"怎么茬儿啊，活腻歪了是吧。"夏彪彻底清醒了，走到醉汉的跟前，"怎么回事？"夏彪转头问小雪。

"他……他耍流氓。"小雪说。

"我肏你大爷的！"夏彪说着抄起一个茶壶，猛地冲醉汉的脸上砸去。醉汉躲闪不及，顿时来了个满脸花。

"哎哟，打他们丫挺的！"醉汉一捂脸，身后的两个人就扑了过去。包间里顿时混乱起来。夏彪是这里的常客，再加上是铁锹的地盘，仗着今天人多，想好好泻泻火。KTV的保安想过来阻止，被夏彪拦了出去。但没想到，正打着，包间的门被撞开，几个年轻人走了进来。为首的人身材瘦弱，年龄也就20出头。他穿着一身黑色西装，戴着墨镜，头发染成了紫色。他看了看躺在地上的三个人，摇了摇头。

"被他们打的？"他问。

醉汉已经清醒了，支撑着身体爬了起来，低着头站到了那人的身后。

"你们谁是头儿？"年轻人问。

"我，怎么了？"夏彪不屑地走了过去。

"你们都谁打了他？"年轻人问。

"我们都打了，你能怎么着。"夏彪那边仗着人多，一下就围了过来。

"那我告诉你，这个人跟我，只能由我打。"年轻人说着就抄起桌旁的一瓶洋酒，一回身就砸在了那个醉汉的脸上。醉汉猝不及防，应声倒地。

夏彪等人都吓了一跳，没想到这个看似柔弱的年轻人会如此暴虐。

砸完了醉汉，年轻人转过身来，酒瓶在破碎的时候划伤了他的手，鲜血流了出来。年轻人看看，用嘴舔着伤口。"现在该你们了。"他说。

"呵呵，该我们了？你丫没搞错吧。"夏彪笑了起来，"你不会数数儿吧，不知道自己有几个人吧。看看你丫的搋性，快回家吧，你妈喊你换尿布呢。"

"呵呵，你跟我比人多是吧。"年轻人笑了笑，回手拉开了包间的门。夏彪一看就愣了，门口密密麻麻地已经堵满了人。

"怎么着？想练练吗？"年轻人说。

"你们仗着人多没什么意思。"夏彪还嘴硬。

"行，那你说怎么办？怎么玩儿？"年轻人说着摘下墨镜，那模样竟然眉清目秀，像个女孩一样。

夏彪知道寡不敌众，估计要吃亏，就转过头，冲身边的一个人使了个眼色，尽量拖延时间。"怎么玩儿？单挑呗。"他说。

"呵呵，有意思，我喜欢单挑。"年轻人说，"来来来，把桌子拉开。"他说着就走上前去，搬动桌子，身后的几个人也过来帮忙，在包间中间腾出一个空儿。

"大壮他们呢？"夏彪转头问。

"不接电话啊。"身后的人摇头。

他们怎么会知道，此时整个 KTV 都已经让对面的这帮人给控制起来了。那个看场子的大壮早被堵在了保安室。

"我还不知道你是谁呢？"夏彪壮着胆子说，但心里已然开始没底。

"呵呵，这个你不用问，我也没问你是谁啊。"年轻人笑着说，"可以了，咱们开始吧。泰格，你先上。"他回头喊。

一个健壮的年轻人迅速走上前来，他年龄也不大，似乎也就二十四五岁。

"你们呢？你直接上吗？"年轻人问。

"我……"夏彪犹豫了一下，回头一看，那帮狐朋狗友早就退后好几步了，"上就上！"他往前走了一步。

"彪子，算了吧，别打架了。"小雪跑了上来，"对不起啊，都是误会，是我们错了，我们不该打人，你高抬贵手，就放过我们一次吧。"小雪央求着年轻人。

"怎么着？要不你也上？"年轻人笑了，"朱迪，你跟她玩玩？"他回头冲着一个女孩说。

"不不不，她不上，就我一个。"夏彪赶忙把小雪推了回去。

"呵呵……"年轻人邪性地笑着，"这单挑是什么规矩？"

"单挑？谁爬不起来了就算输呗。"夏彪说。

"行，听见了吧，泰格，你别让他打得爬不起来。"年轻人笑着说。

他话音刚落，泰格突然发力，一拳就冲着夏彪的面门打了过去。夏彪赶忙躲闪，但拳虽躲过了，泰格借力使力，猛地用手扒住了夏彪的肩膀，用膝盖狠狠地顶了过去。只听"砰"的一声，夏彪一头栽在地上。

"哟吼！"年轻人兴奋地举起双手。

夏彪捂住腹部，浑身颤抖着，但不想又被对方的人架了起来。

"继续，继续，你快点反击啊。"年轻人用手摆出拳击的姿势。

"我，我认输了，行不行？"夏彪问。

"哈哈，咱们的规矩没有认输啊。"年轻人大笑，"你刚才都说了，谁爬不起来才能算输呢。继续继续！"

夏彪还没反应过来，泰格又是一记勾拳，正打在他的腹部上。夏彪一弯腰，一肚子的酒水都吐了出来。

"哎呀，太恶心了。"年轻人往回退了一步，"继续继续，还能站着啊。"

"别打了，求求你们了。"小雪在后面撕心裂肺地喊着，几个人竭力拦着她不让上前。

泰格像打沙包一样，将夏彪一次次击倒。夏彪今天也不知怎么了，执拗地一次次站起。但到了最后，也实在是爬不起来了。

小雪挣脱了阻拦，冲了过去，一下扑在了夏彪的身上："你们还想怎么样？他已经起不来了，彪子，彪子……"她把夏彪抱在怀里。

"不对不对，他还能爬起来，所以单挑还没完。"年轻人说着冲身后打了个手势，一个人拿过来一根棒球棍，递给泰格，"技术比赛吧。"他说。

小雪刚要阻拦，被对方的人猛地拉开。泰格抢起球棍，猛地砸到了夏彪的腿上。

"啊……啊！"夏彪撕心裂肺地大喊，他清晰地听到，自己腿骨被打折的声音。他痛苦地在地上翻滚，对方的人这才放开小雪。

"记住了啊，以后出来别那么牛×。"年轻人笑笑，戴上墨镜，转头就要走。

"哎，你叫什么名字？你敢留下吗？"夏彪气喘吁吁地问，豆大的汗滴布满脸庞。

"呵呵，你是想约下次单挑吧。"年轻人笑着，"我叫小青，你随时可以来找我，我经常到市西区的篮球馆打球，咱们可以在那儿约，地方大。"

"行，我记住了，你等着。"夏彪颤抖着说。

小青不屑地笑笑，转身离开了包间。

33

在KTV门口儿，小青身边有一帮人前呼后拥。他抬头望着漆黑的夜色，觉得十分无趣。"都散了吧。"他冲着人群说。他让手下把一辆蓝色的保时捷跑车开过来，刚走进车，一辆黑色的奥迪A8就径直开到了面前。车上下来一个人，信步走了过来，他身材魁梧，穿着白色紧身T恤，浑身肌肉绷紧。

小青不耐烦地摇开车窗："干什么，替里边儿的人寻仇啊？"

那个人正是铁锹，他看着小青冷冷地问："怎么着？把我的场子砸了，就想这么走了？"

小青看着他，笑着点了点头："对了对了，伤及无辜了，对不起，对不起。"他说着转过身，从包里拿出一沓人民币，刚要递出，不想一把蝴蝶刀已经横在了他的脖颈上。

"滚下来！"铁锹一把揪住他的头发，一开车门，把小青拽到了车外。他身后的兄弟们见状，呼啦一下就围了过来。

"都给我待着别动，要不我弄死他。"铁锹见这种场面见得多了，面无惧色。

小青倒在地上，虽然被刀架在脖子上，却还保持着笑容。"哎哟，我说大叔，你这是什么意思啊？不要钱，要命吗？"他问。

"小兔崽子，敢到我的场子上撒野。我肏你妈的！"铁锹说着就猛踹小青的腹部。小青一缩身，躲过了铁锹的脚。他刚要往回跑，又被铁锹踩在了后背上。泰格见状，猛地冲了过来，却不料铁锹动作更快，一个肘击，就把泰格击倒在地。

"再动一个试试！"铁锹冲着小青的后背，又是两脚。这下众人傻了，没想到会冒出来一个狠角色。

小青被踩着后背，颜面扫地。他气喘吁吁地看着铁锹："怎……怎么着大叔，你想干什么？"

"呵呵，我想干什么？你个小王八蛋，是刚出来混的吧。懂不懂规矩？打伤了人也不送医院，砸坏了东西就抬屁股走人？你爸没好好教你吧？"他摆起老资格，"今天我就替你爸好好教教你，省得以后你出去再挨打。"铁锹说着就扯过小青的腿，抬脚就要给他踩折。

正在这时，KTV门口响起了喊叫声。铁锹闻声望去，几个人正挟持着包括小雪在内的几个人，刀都架在了脖子上。小青一看就乐了："哈哈，怎么着大叔，拿我一个，换他们一帮，换不换？"

铁锹一愣，不料小青突然往外滚去，待他想追的时候，已经让泰格等人围住了。小青站起来，掸了掸身上的土，从泰格手里接过一根棒球棍，又走了过去。铁锹此时已处于劣势，他手捏着蝴蝶刀，准备随时以命相搏。

"老家伙，你不是想替我爸教育我吗？呵呵，行啊。那我告诉你，我爸死了，我从小压根就不用他教育。"小青用手舞弄着球棍。

"哈哈，我早就猜出来了，你肯定是你爸死了之后出来的，要不怎么跟他长得不像呢。"铁锹大笑着。但笑声还未落，身后就中了一球棍，回身的时候，泰格又一棍打在了他的手上，蝴蝶刀顿时落在了地上。铁锹想蹲下捡刀，身后又中了一棍，泰格走过去，一脚把刀踢远。铁锹顿时处于围攻之中。

小青摆手，让众人停止。"哎，老家伙，你现在想怎么办啊？"他笑着问。

"你们先放了他们，要玩儿冲我来。"铁锹一点儿不服软。

"行。"小青挥了挥手，他的手下便将小雪等人放开，"怎么着，你也想单挑是吗？"他笑着问。

"来啊，老子手心儿正痒痒着呢。"铁锹攥紧双拳。

"别单挑了，那多慢啊！人多了好玩啊！"小青说着一挥手，五个小伙子便冲了过去。铁锹知道这帮人是生瓜蛋子，动手没轻没重，于是也下了狠手。他左突右撞，凭着摔跤的功底和多年的搏斗经验，不到五分钟就把五个小子打倒在地。

"哎哟喂，大叔你可真是人才啊。"小青大笑，"好玩好玩，那咱们继续啊！"他说着又一挥手，另五个小伙子又冲了过来，但这次不是空手，而是挥舞着球棍。铁锹赤手空拳，再有本领也禁不住五个人的突袭。他左躲右闪，还是防不胜防，没几下就被打倒在地。

"哎呀，你怎么回事啊。"小青笑着。铁锹被他的人架起来，控制住双臂。小青冲泰格招招手，泰格拿着球棍，走到近前。

"我肏你大爷的，小崽子，我这话放在这儿，要弄不死你，我就是后娘养的。"铁锹被两个人架着，毫无惧色。

"呵呵，行！但你以后想弄死我的时候，估计得坐着轮椅来了。"小青哈哈大笑，"打，让他以后再也走不了路！"他突然露出狰狞的表情。泰格抡起球棍，就要往下砸。正在这时，他身后的人群突然乱了起来。

小青转头，发现不知从哪儿来了一群人，每个人手里都拿着不同的家伙，铁锹、钢管、木棍，甚至砖头，已经把他们围在中间。其中一个穿着黑T恤的光头，拨开人群，走到小青面前。

"你是小青？"他问。

小青打量着对方，撇嘴笑笑："是的，怎么了？"

那个人正是鬼见愁，他看了一眼小青，冲着铁锹走了过去。"放开！"他冲着架着铁锹的人喊。

那两人没动。光头一使眼色，他的几个兄弟便抡起家伙，动起了手。

他们下手极黑、极狠，几下就把两个人砸趴下了。鬼见愁掭过铁锹，捏着他的胳膊看了看："没事吧？"

"鬼……鬼哥，没事。"铁锹低头。

"没事儿就滚回到车上去，给他妈我丢脸。"鬼见愁说。

一听说鬼哥，小青身边的人就变了脸色。鬼见愁这个名字在江湖上还是叫得响的。

只有小青还保持着笑容。"你就是老鬼？"他抬着下巴问。

"呵呵……我知道你，听说去年在香港闹得挺欢啊。"鬼见愁也笑了。

"哎哟，这你都知道了。"小青撇嘴，"都是老板吩咐的，我就是照方抓药。"

"行，既然都是一个老板，我就不多说别的了。你把腿折了的那个医药费给付了，咱们就算两讫了，我不难为你。"鬼见愁毋庸置疑地命令道。

"呵呵……"小青一笑，冲泰格摆手。泰格把一摞钞票拿了过来，"我刚才是想给钱啊，但你这个兄弟不要钱啊，非要我的命，你说我能怎么样？"小青说着，抬手把钱往天上一撒，钞票顿时散落了一地。

"你这是什么意思？"鬼见愁皱眉。

"没什么意思，你不是要钱吗？"小青问。

"你要真是想横着出去，我陪你。"鬼见愁看着小青，眼睛里泛着冷冷的光。

"呵呵，开个玩笑，开个玩笑。"小青又笑了起来，他再傻也能看出来，鬼见愁身后的那帮老流氓，个个都是玩命的主儿，"快，给大哥把钱捡起来。"他又冲泰格说。

鬼见愁冷冷地看着面前的这个人，觉得他身上有种病态。

小青把钱凑在一起，毕恭毕敬地递给鬼见愁："鬼哥，您收好。"

鬼见愁也不接，让他的一个兄弟拿了过来。

"行了，那我们走了。"鬼见愁说着就转过身要离开。

"哎，这么就走了多没意思啊！"小青在他身后大喊。

"那你想怎么样？"鬼见愁转头问。

"咱们不动手了，动手伤和气。"小青说，"咱们玩玩车吧，看谁能先到那个收费站。"他说着指了指远方一处亮着灯火的地方。

鬼见愁微微一笑。"行，小子，那今天咱们就玩玩儿。铁锹，你丫行不行啊？"他转头冲奥迪 A8 那头喊。

话音未落，奥迪 A8 突然启动，一个急加速就冲了过来。小青的人吓得往后躲闪，奥迪却来了一个急刹，稳稳地停在了鬼见愁身旁。

"哈哈，好玩，好玩！"小青大笑，"阿……飞……"他也招了招手。蓝色的保时捷也飞驰而来，小青没有立即上车，而是打开后备厢，拿出了一架飞行器。他操作了几下，飞行器便迅速升空，"走吧！鬼哥。"他这才钻进车里。

鬼见愁也钻进奥迪，对铁锹说："铁锹，你没事吧？"

"没事，鬼哥，怎么着，咱们撞翻了这帮孙子？"铁锹问。

"适可而止，别闹大了。"鬼见愁一边说一边系上安全带。

这时，小青的保时捷突然启动，猛地冲了出去。铁锹也不甘示弱，猛踩油门儿，奥迪 A8 的发动机发出嘶吼，消失在一片烟尘中。两辆车顿时追逐起来。

海城的夜色安详静寂，两辆车嘶吼着，像两道闪电将黑暗划破。两车都是 3.0T 的排量，速度不分伯仲，但保时捷车身较轻，占有一定优势。泰格不断变换着车位，几次都想把奥迪撞到路旁。但铁锹也不是吃素的，凭着 A8 近两吨的重量，几次猛撞保时捷的尾部。夜间的街头虽车辆不多，但也被这两辆车搅得混乱，一辆巡警车鸣起了警笛，在后面追赶，但没几下就被甩掉了。

小青玩嗨了，他一边操作着飞行器，一边看着手机上飞行器拍下的俯瞰镜头，还让阿飞开大了音响。"走，从那个地方冲下去！"他突然指着路旁的一处坡地大喊。

泰格不敢怠慢，猛地打轮，保时捷猛地冲了下去。

"他是个疯子！"铁锹倒吸一口冷气。

"开你的车。"鬼见愁面沉似水，这么多年他虽然经了无数大风大浪，但碰到这种疯子却没有几次。他的这种状态，竟让鬼见愁感到似曾相识。

铁锹把油门儿踩到了底，眼看着就快到了收费站，不料这时，保时捷却突然从路旁冲了出来。原来小青一直借助飞行器观察着地形，抄了一个近道。铁锹猝不及防，来不及减速，眼看着保时捷冲着鬼见愁坐的地方冲来，索性猛地加油。奥迪 A8 往前一蹿，闪过了副驾驶的位置，但还是被保时捷撞到了车尾。

只听"轰"的一声巨响，奥迪 A8 被撞得原地打转，要不是近两吨的重量，大概已经被掀翻。铁锹紧紧把住方向盘，控制着不让车辆失控。保时捷也撞坏了前脸，但依然尾随着奥迪 A8，准备择机再将它撞翻。这时，巡警车的警笛从远方响起。保时捷迅速地超过奥迪，猛地驶过了收费站。

"老鬼啊，你慢慢修车吧！哈哈！"小青摇开车窗，对着奥迪狂笑。

鬼见愁气得攥紧双拳，但还是将怒火压住。"别追了，警察来了。从下一个路口返回。"他对铁锹说。

"鬼哥，就让他这么跑了？"铁锹问。

"让你回去就回去，听不懂啊！"鬼见愁怒了。

铁锹叹了口气，猛踩油门儿，驾着伤痕累累的奥迪车，向着远处的黑暗驶去。

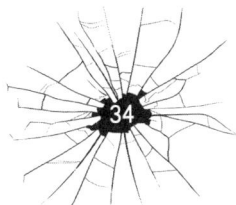

34

在医院的急救室里，夏彪像只丧家犬一样。他满脸瘀青，打上石膏的腿被高高吊起。小雪已经被送回了家，铁锹在旁边看着他。因为有路人打了 110，两个警察在旁边问着情况。

"你说这是自己摔的？"年轻警察问。

"是，是我自己摔的，喝多了，撞门上了。"夏彪说。

"喝多少酒能把自己的腿给撞折了啊？"年轻警察皱眉。

"真的，真是我自己弄的，与别人无关。"夏彪肯定地说。

年轻警察无奈，转头问站在一旁的铁锹："你是 KTV 的老板？"

"是的。"铁锹点头。

"你说 KTV 里都是自己员工砸的？"年轻警察问。

"是啊，他们一帮人喝多了，闹着玩儿就给砸了，但并没伤人啊。"铁锹说。

"监控呢？为什么不开？"年轻警察又问。

"我们这儿设备都老化了，正在检修呢，所以就没开。"铁锹赔笑地说。

"行，你们真行。"一旁的老警察点头，"我可要提醒你们啊，做伪证可是要承担法律责任的。"

"知道知道，我们不敢。"铁锹说。

"行，这是我们的电话，想起什么来了，就打给我们。"年轻警察拿出一张警民联系卡放在桌子上。

"行，没问题。"铁锹点头。

年轻警察刚要走，被老警察拦住。他走到夏彪面前说："你们听好了，我不管你们是哪个道儿的，也不管你们玩什么猫腻。自己玩儿自己行，但别拿警察当傻子，特别是别招惹老百姓。"

"你……"夏彪敢怒不敢言。流氓有流氓的规矩，要是谁借助了警察的力量，那就没法在道儿上混了。

两个警察问完了，就离开了病房。铁锹从包里拿出一摞钱，扔到了夏彪的被子上。"治好了自己找个活儿干吧。"他说。

"什么？铁锹哥，你这么说是什么意思？"夏彪疑惑。

"鬼哥说了，我们庙小，容不下你这尊大神。从今往后，你自己混吧。"铁锹冷冷地说。

"别啊，大哥，我知道错了，别赶我走。"夏彪挣扎着起身，哀求道。

"彪子，这不是我的意思，是鬼哥的。你知道他说一不二的。"铁锹回答。

"那……"夏彪犹豫着，"那小雪呢，能不能也放了她？"夏彪试探地问。

"现在不可能，要等事情办完了，自然会让她走。"铁锹说。

"什么事情啊？"夏彪问。

"你不想好好活着了？打听这么多。"铁锹皱眉。

夏彪叹了口气，仰躺下去。

被抛弃的感觉像寒冰一样冷。夏彪独自躺在病房中，默默地望着白墙。他知道，只要自己的命运掌握在别人手中，就永远会处于被动的地位。但没有办法，他自己就是一只蚂蚁。

而崔铁军至今最怀念的，还是年轻时当探长的那段日子。虽然那时好胜冲动，但干活儿却是为了理想。理想这个词是奢侈的，年轻时挂在嘴边显得阳光，但过了五十再说就让人笑话了。他此时在一个商业银行里，正和徐国柱在一起查账。徐国柱没怎么搞过经侦，对银行账目一窍不通，于是就在旁边打起了瞌睡。

崔铁军认真梳理着 D 融宝对公账户的对账单，发现了许多问题。D融宝公司虽然对外业务做得很大，但对公账户里的流水却与其经营规模极不相符。也就是说，涉及该公司的一大部分资金都应该在体外循环。

"请问警官，你们为什么要查这家公司呢？"银行职员试探地问。

"因为案件啊。"崔铁军指着查询单上的法律条款。

"嗯，我的意思是，这家公司涉嫌犯罪吗？"银行职员又问。

"呵呵，你问这么多干吗？"崔铁军反问，"我可要提示一下你啊，我们的调查过程是保密的，你们可不能告知给被查询方。"他提示到。

"哦。"银行职员点头，不敢作声了。

但不一会儿，又一个人从里面走了出来，银行职员赶忙介绍，这位是孙行长。

孙行长挺富态，一张嘴是南方口音。他先和崔铁军二人客气了几句，就把他们请到了旁边的理财室。

"两位警官，不瞒你们说啊，这家公司不仅基本户设在我们行，而且还从我们行贷了不少款。所以我想问问二人，这家公司到底出了什么问题。"孙行长问。

"他们从你们银行贷了多少款？"崔铁军反问。

"这……"孙行长犹豫了。

"你看，你不是也一样不能说吗？"崔铁军笑。

"起码在 5 个亿以上。"孙行长回答。

"这么多……"崔铁军感叹。

"据我所知，他们在其他银行也有贷款。所以，我要确定贷款的风险性，如果一旦有问题，我们要及时避险的。"孙行长说。

崔铁军知道，银行贷款都是双刃剑，贷款的时候银行占主动权，而一旦企业拿到钱之后，银行就处于被动了。"好，如果我们查到这家公司有什么问题，一定及时通知你们。"崔铁军说了个活话儿。

孙行长道了谢，留下了名片。

徐国柱有点琢磨不透："哎，我说大背头啊，他们吸收了这么多资金，为什么还要从银行贷款呢？"

崔铁军看着他笑笑。"知道什么叫 P2P 吗？"他问。

"弄不太清楚，你说说。"徐国柱说。

"所谓的 P2P，说白了就是一种理财的中介。给你举个例子啊，你想借一万，但额度太小，银行不批，怎么办，找我，我收你 14% 的年息。但这一万啊不是我的钱，是谁的呢？是大喷子的，我以 12% 的年息向他借款，也就形成了一种理财产品。而我这一借一贷，吃的就是差价 2%。懂了吗？"崔铁军说。

"哦……"徐国柱点头，"还是不懂。"他又摇了摇头。

"嘻……"崔铁军笑着摇头，他又重复了两遍，徐国柱才弄明白。

"哦，那要这么讲，这种什么P2P公司也不会赔本儿啊，用不着贷款啊。"徐国柱问。

"也不是，这种公司即使正规，也会出现个别借款人还不上款的问题，你别忘了啊，还有运营成本呢。"崔铁军说。

"那也用不了这么多吧。"徐国柱问。

"是的，所以我判断，他们公司的资金链肯定出现问题了。"崔铁军默默地说。

正在这时，他的电话响了起来。"喂，哦，猎狐办啊，哦，我没在办公室。"他接通电话，"什么？啊，那太好了，我们用派人吗？哦，好，好，谢谢你们了，我等你们消息。"崔铁军挂断电话，喜上眉梢。

"怎么了？人找到了？"徐国柱问。

"是啊，公安部猎狐办刚刚发来消息，发现了谢春宝在泰国的踪迹。"崔铁军说。

"太好了，只要能让这小子开口儿，咱们就能摸清这个D融宝的路数。"徐国柱说。

"哎，要是需要到泰国抓捕啊，就你和小吕去。"崔铁军说。

"你别拿我开涮了，我这外语，出去甭给咱祖国人民丢脸了。"徐国柱摇头。

"有人家小吕呢，你这怕什么啊。"崔铁军撇嘴。

"哎，从这点儿来说，真是不服老不行了。"徐国柱苦笑。

徐国柱中午有事，崔铁军就自己抱着材料回到了办公室，一进门，正看见小吕。

"哎，公安部猎狐办可来信儿了啊，没准要到泰国抓人，你好好准备准备。"崔铁军说。

"师父，有件事我想跟你说说。"小吕没接崔铁军话茬儿。

"什么事儿？神神秘秘的。"崔铁军问。

"我发现……"小吕看了看窗外，确定没人，"我发现我的电脑被人动过。"他说。

"什么？"崔铁军皱眉，"丢什么材料了吗？"

"没有，但是里面的几个案件报告的电子文档都被打开过。"小吕回答。

"你能确定吗？"崔铁军问。

"能确定，昨天几个文档打开的时间都在我下班以后。"小吕回答。

崔铁军让小吕操作着电脑，仔细地看着那个被打开的文件，不停思索着。小吕的电脑平时没人动，三个老家伙别说电脑了，就连手机的许多功能都玩不转。但如果小吕说的确有其事，那问题就严重了。

"师父，我是不是该给电脑设个密码啊？"小吕问。

"别设。"崔铁军果断地摇头。

"要不我到市局的监控室，查查昨天下班后谁进来过。"小吕说。

"也不行，这不明摆着查自己人呢吗。"崔铁军摇头，他沉默了一会儿说，"这事儿你别管了，也别对任何人说。"他叮嘱道。

"那……"小吕犹豫着。

"守口如瓶，你什么都不知道！"崔铁军加重了语气。

午后的时光慵懒安逸，监控室寂静让人昏昏欲睡。崔铁军坐在一个破藤椅上，边喝茶边看报纸，有一搭无一搭地和保安闲聊。

"你说你，这么大岁数了还不娶媳妇，你妈不催你啊。"崔铁军问。

保安腼腆地笑笑："呵呵，崔大爷，我还小呢。"

"你还小啊……要在你们老家，老二都得打酱油了吧。"崔铁军撇嘴笑着，又帮保安把茶满上。

"哎，崔大爷，我自己来，自己来。"保安忙说。

"客气什么。"崔铁军原来看大门儿时是这里的常客，近些日子一搞案子就来得少了，"怎么样，不错吧。我从哥们儿那儿顺的。"

保安又喝了一大口，皱了皱眉："哎呀，挺苦的，但……真是好茶。"

崔铁军看着他笑笑，心想连这小子都会说瞎话了，8块钱一饼的普洱，是他妈狗屁好茶。他佯装打哈欠抬头看看表，已经过了半个小时时间，眼看着就快下午上班儿了。"哎，你呀，也不能不着急，老话儿怎么说来着，成家立业，你得先把找媳妇儿这事儿给办了。"他说着又给保安满上茶。

保安不好意思地低下头，小声说道："上次我妈其实给我介绍了一个，邻村儿的，长得也挺水灵的，但是……后来没成。"

"为什么啊？你没看上人家？"崔铁军问。

"不是……"保安摇头。

"你小子肯定是在城里待时间长了，挑花眼了。"崔铁军指着他说。

"没有，真没有。他们家非要十万块钱彩礼钱，我们家穷，给不起，就拉倒了……"保安挺沮丧。

"哎哟，那太可惜了。"崔铁军摇头，"那不怪你，怪他们家人没眼力，就盯着钱。没事，我也给你盯着点儿，没准咱还找个城里的呢。"

"您别开我玩笑了。"保安也笑了，"哎哟，崔大爷，您帮我盯会儿啊，我这肚子……"他说着站了起来。

"没事，别着急，踏踏实实的，有我帮你盯着。"崔铁军冲他摆摆手，心想这小子还真能扛，这么大口地喝普洱，不拉肚子才怪呢。

看保安走了，他马上坐到监控控制台前操作起来。他把办公室门前的监控调回到昨晚下班后的时间，往后快进着，突然就发现了一个身影。是他！崔铁军惊讶。此时的屏幕清晰地显示着，楚冬阳正打开房门。

他倒吸一口冷气，听门口有动静了，便关上监控，看了看表，准备待会儿再到法制处转转。

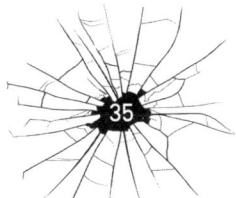

35

在会所里，郑律师有些气急败坏。"我说老鬼，你怎么还不动手啊！"他质问道。

鬼见愁跷腿坐在椅子上，叼着一根雪茄，他转眼看着郑律师："你让我怎么动手？来硬的吗？"

"我不管你来软的硬的，但必须尽快解决。老板现在着急了，你也看到了。如果任这件事继续发展，影响了公司的大局，我想咱们谁都不会好受。"郑律师说。

"我会再试试，但是……"老鬼吸着烟，喷吐了一下，"我不会跟警察来硬的。"

"你这，也太废物了吧！"郑律师气得站了起来。

鬼见愁一看，也站了起来。"我警告你，姓郑的，你丫嘴给我放干净点儿，要不……"他用手指着，"我就把它给封了！"

郑律师看他这样，不屑地笑笑："老鬼啊，你有这脾气别冲我来啊，冲警察去啊。黄总这人什么样你是知道的，他可不那么好说话。"

鬼见愁不再理他，转身就离开了会所。

"老鬼，你自己考虑清楚。"郑律师还在他身后喊着。

鬼见愁出了门，深深地呼吸了一大口。他看着满天的白云苍狗，突然感到一种茫然。他走过几辆趴活儿的出租车，低头进了奥迪。车徐徐开动，他靠在座椅上闭目养神，但又怎能想到，此时正有一辆出租车在紧紧尾随，而徐国柱正坐在车上。

经过这两天的跟踪，柳爷已经初步摸清了鬼见愁的生活轨迹和作息规律。

徐国柱坐在后座上，用手盘着手串："你是说，他经常来这个会所？"

"是的，每次来都是找一位律师。"柳爷说。

"是这个人吗？"徐国柱说着把一张复印纸递了过去。

上面是郑光明的户籍照。柳爷看了一眼就点头："对，就是他，戴个眼镜，看着人五人六的。"

"这王八蛋不是他妈什么好东西。"徐国柱靠在座椅上，"哎，你是怎么知道的？进去看了？"他又问。

"没有，那种地方我哪进得去啊。我是一直在门口蹲着，几次都看见他们两个一起走出来。"柳爷说。

"呵呵，行，你丫踩点儿、望风儿的本事还没废。"徐国柱打趣道。

"哎，你可别再提这个了啊。"柳爷正色。

"行行。"徐国柱拍了拍他的肩膀，"我看你现在挺好的，踏踏实实，自由自在。"

"是挺好的……"柳爷点点头，"只要拿咱当人看，活儿累不累都是小事儿。"

"谁也没不拿你当人看啊。"徐国柱说。

"唉……"柳爷叹了口气，"刚出来的时候啊，到哪儿都没人要，想想也是啊，谁愿意把一个蹲过大狱的放在身边儿啊。还是得谢谢你，帮我介绍了个地儿，这才安稳下来。人啊，只要有尊严，甭管挣不挣钱，心里都踏实，活着就有奔头儿。棍儿哥，哎，你这是……"他一回头，看徐国柱正擦着眼泪。

"嘻，我就是困了，哈……"徐国柱佯装打了个哈欠，把眼泪擦去，"甭跟了，丫这是又收账去了。"他指着前面的奥迪说。

在经侦支队里，楚冬阳正在办公室看着一份文件。没想到门一开，崔铁军走了进来。

"哎哟，崔师傅，快坐快坐。"楚冬阳赔着笑脸，自从上次老三位翻车之后，他便长了教训。他把崔铁军让到沙发上，又倒上一杯茶，"有事吗？"他问。

"政委，打扰了啊。"崔铁军也笑脸相对，"跟你汇报汇报这几天的工作情况。"

楚冬阳一愣，没想到崔铁军能主动示好。"好啊，这些天你们都辛苦了，看看有什么我能帮上的？"他说。

"我们这几天一直在摸D融宝的情况，哦，就是那个什么互联网金融公司。"崔铁军说，"我们在调查中发现，这家公司的一辆车，曾经往那个洗钱团伙的现金库送过现金。"

"送过现金？"楚冬阳皱眉。

"是的，金额还不少，大约有两千万。但我们到 D 融宝一问啊，你猜怎么着？他们说这辆车并不在公司，而是让下面的一个员工私自借给朋友了，而那个员工现在还在休假。你觉得，这里面是不是有事儿？"崔铁军盯着楚冬阳的眼睛问。

楚冬阳被他看得有些不自然："嗯，他们这么说是有些牵强。"

"还有呢，我刚才到法制处的时候，那边小孩儿正整理材料呢，我随便一聊，你猜怎么着？"崔铁军又自问自答，"他们说现在 D 融宝的几个报案材料都交给经侦了，我一想不对啊，我之前问过我们内勤啊，他说没这个案子啊。"

"哦，这个啊……"楚冬阳赶忙接话，"是我让内勤将案件情况暂时保密的。"

"为什么？现在咱们讲的不是案件公开吗？"崔铁军问。

"但这个案件……比较特殊。"楚冬阳说。

"怎么特殊？"崔铁军问。

"呵呵，崔师傅，你来找我就是这个事儿啊？"楚冬阳问。

"嘁，不是。我就是找你汇报工作情况的啊。"崔铁军摆出了笑脸，"对了，还有一事儿，信息中心的小董跟我说，你也到那儿查过谢春宝的情况？"

"哦，那个啊……"楚冬阳有点犹豫，"我是去过，但查的不止谢春宝一个，这几年不是一直搞着'猎狐行动'呢吗？我就把涉及咱们市的所有外逃经济嫌疑人梳理了一下。"

"对，这个是该梳理梳理。"崔铁军点头，"还有，我之前让小吕给省厅报了一个申请，就是协同省厅和公安部组成行动组，赴泰国进行缉捕的。你帮着催催，你关系熟。"

"行，这个没问题，我一会儿就打电话问问。"楚冬阳说。

"行，那不耽误了，你先忙吧。"崔铁军看探得差不多了，就起身要走。

"哎，别着急，崔师傅，我还有个事儿要问问你呢。"楚冬阳笑着说。

"你说。"崔铁军又坐了下来。

"是关于老徐的。"楚冬阳说，"我想问问，他的一些个人生活问题。"

"这个我可不太清楚……"崔铁军皱眉。

"崔师傅啊，近期市局纪委接到匿名举报，说老徐在私生活上有些问题，我也是刚刚听说，估计过些天会专门找他调查。"楚冬阳说。

"私生活上……什么意思？"崔铁军问。

"哦，您要是不知道就算了，但我想提示一下啊，作为一个探长，要做到一岗双责，不但要管好民警的上班时间，也要监督好他们八小时之外的生活。"楚冬阳那股劲头又上来了。

崔铁军一边听着，一边琢磨着楚冬阳话里的几个关键词。私生活，匿名举报，调查……

"哎，政委，我想知道那个匿名举报是通过什么方式？电话还是信件？"崔铁军突然问。

楚冬阳正做着思想政治工作，一听这个就愣了："这……这个我不太清楚。"

"我倒觉得作为领导，你应该相信自己的民警，而且要防止别有用心的人借助举报，干扰办案，特别是对于匿名举报。"崔铁军说。

傍晚的余晖将整个城市染红。在玫瑰庄园的别墅门前，停着几辆崭新的豪车。但其中一辆蓝色保时捷的车头却撞得破烂不堪。

小青带人走进大厅，一看到黄有发，就带着兄弟们一起鞠躬。"老板！"几个人声音响亮。

黄有发笑着点头："不错，不错，生龙活虎，年轻人就是不一样啊。这都是你的兄弟啊？"

"是的，我给您介绍一下。"小青穿得笔挺，神采奕奕，"这个是泰格，打拳的。"他说着，一个魁梧的年轻人走过来抱拳，"这个呢，叫阿飞，会开赛车。"他说着，另一个年轻人过来抱拳。

小青这么一说，黄有发也笑了："可以可以，你的小兄弟都不错。"他抬了抬手，郑律师走过来给他点燃一根红双喜。

"都说养兵千日，用兵一时。你们学得差不多了，该出来闯闯啦。"黄有发吸了口烟，"小青啊，你上次在香港做的事不错，够狠、够辣，现在那帮汕头佬学乖了吧？"

"呵呵……"小青得意地笑，"放心吧老板，我们出马没问题。"

"但是，但是啊……下次要记住，做事要适度。其实那帮汕头佬教训教训也就可以了，不必要下那么狠的手啊。"黄有发转头看着郑律师，"这些小家伙儿啊，够狠！把每个人的腿都打折了，每个人的啊，哈哈哈哈……"他说完就大笑起来。

"老板，现在这个时代，不能再讲那些什么规矩和道义了，要做就做到底。"小青昂着头说，"我就是想让他们好好长点教训，以后别再出来歹刺儿。"

"好，我就是需要你们这样的年轻人。"黄有发重重地点头，"小青啊，我送你两句话，你要好好地记住。为达目的不择手段，不达目的誓不罢休。学会了这十六个字啊，你的名字就会更响亮。"他笑着说。

"明白老板，我不会让你失望的。"小青说。

"你知道老鬼吗？"黄有发问。

"我知道。"小青露出轻蔑的表情。

"不要跟他学，他已经老了。"黄有发说，"我要你办几件事，都是他没有办成的。怎么样，敢不敢接？"

小青撇嘴笑笑，回头看着后面的兄弟："老板问了，敢不敢接？"

几个年轻人一起高呼："敢！"

黄有发哈哈大笑。他招了招手，郑律师把一个皮箱放在小青面前。

"这里面是 100 万现金，你们先拿走。不够的时候，再随时来要。"

黄有发说。

小青瞥了瞥皮箱，用脚往后一踢，皮箱就滚到了泰格的脚下："老板，需要我们做什么？"

"我需要你们帮我拿一些东西，再解决几个难缠的人。但首先要到泰国帮我找到一个人。找到他之后，我希望他从此不要再出现。"黄有发说着，郑律师走过去，把一摞材料递给小青。

小青拿着材料，笑了笑："老板，这么多事儿，这点钱可不够。"他抬头看着黄有发。

"你需要多少？"黄有发问。

"再追加300万。"小青狮子大开口。

"小青，上次已经给你们300万了，怎么还要这么多啊？"郑律师忍不住了。

"上次？呵呵。"小青笑笑，他用手指了指门口的车，"都停在那儿了。"

黄有发摆手，说道："小事，小事。只要能把这几件事办好，钱不是问题。小青啊，我看中你的胆识，你可不要让我失望啊。"

"OK。"小青笑笑，"我明天就让人出国，办了那家伙！剩下的事情，小飞和泰格去做。"小青现场就开始布置。

"哟吼！"几个年轻人欢呼起来。

"老板，那我们走了啊。哎……车撞坏了，还要花钱修啊。"小青对郑律师坏笑着。

见小青他们走了，郑律师担忧地说："老板，你这么纵容他们，不怕出事吗？"

黄有发微微笑着。"出事好啊，现在就怕不出事。"他默默地听着，门外汽车引擎发动的声音，"你那边也要尽快，咱们要走的事情不要让小夏知道，让她好好地做公司的门面。"

"放心吧，老板。"郑律师点头。

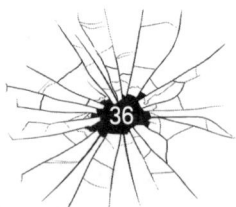

36

都说好事不出门坏事传千里。果不其然，第二天刚刚上班，局纪委就把徐国柱叫了过去。

他一进门就觉得气氛不对，纪委的这间办公室已经被重新布置，分明弄成了审讯室的模样。在他坐的凳子前横着一张办公室，纪委的小张和小李就坐在桌后，徐国柱也没客气，一屁股坐在凳子上。

"什么事儿？我手里一堆活儿呢。"他说。

"徐国柱同志，我们今天找你，是受领导指派，希望你如实回答我们的提问。"小张说。

"问，快问。"徐国柱把手揣进兜儿里，犹豫了一下，没掏出手串。

"你结婚了吗？"小张问。

"没有啊。"徐国柱随意地回答。

"有女朋友吗？"小张问。

"没有啊。"徐国柱皱起了眉头。

"是否和女性同居？"小张问。

"你什么意思啊？拿我老光棍儿寻开心是吧。"徐国柱憋不住了。

"徐国柱同志，我们刚才明确告知了，我们是在完成领导交办的任务，请你端正态度好好配合。"小李说。

"哪个领导？我听听？"徐国柱问。

"徐国柱同志，请你先回答我们提出的问题。"小李说。

"没同居，不信你们俩待会儿就跟我回家，看看我被窝儿有没有娘们儿的味儿。"徐国柱跷起二郎腿。

"那我问你，你认识王金花吗？"小李问。

"什么？"徐国柱抬起头来。

"王金花，女，年龄四十七岁，住在市南区小宽街胡同28号楼。你认识吗？"小李的工作挺细，说着就把一张打印出来的照片递了过去。

徐国柱拿着照片，浑身颤抖起来。"这……这他妈是谁在嚼舌头，我肏他妈啊！"他几下将照片撕碎。

小张和小李一愣，没见过来纪委撒野的。"徐国柱，请回答我们的问题！"小张也加重了语气。

"回答个屁！"徐国柱腾地一下站了起来。他从兜儿里掏出手串，无所顾忌地揉了起来，"我问你，是他们谁到你们这儿告状的？啊？我听听！"他质问道。

"你无权对我们发问。"小李也急了。

"你们丫装什么孙子啊。我他妈当警察的时候，你们丫还是液体呢。"徐国柱撇着嘴说。

一听这话，小张和小李可不干了，也站了起来："徐国柱，你要是这个态度，我觉得咱们就没法谈了。我们只能采取下一步措施。"

"下一步什么措施啊？给我找个炮友，解决我的生理问题。行啊，我欢迎啊。"徐国柱一发起脾气来就什么都不吝。

"好，好，你就是这个态度是吧。"小李指着徐国柱问。

"你他妈指谁呢！"徐国柱往前凑了一步，拿右手一掰小李的手指，疼得小李哇哇大叫。

办公室彻底乱了。这时门被打开，纪委副书记沈政平跑了进来："老徐，松手，快松手！"他过来阻拦。

徐国柱一看是他来了，才松开手："哎，我说书记，你们什么意思啊？跟我玩鸿门宴呢？"

沈政平严肃地看着他，冲两个年轻人使了个眼色，他们便走出了办公室。"老徐，我们是在正常履行程序。"沈政平说。

"履行什么程序？审问民警？问民警下班回家是不是找炮友、搞破鞋？"徐国柱咄咄逼人。

"你……"沈政平一时语塞，"哎……"他叹了口气，"你呀你，怎么还是年轻时那个德行啊。"他苦笑着摇头。

"我什么德行我自己知道，我就问你，这是谁想变着法地弄我，到你们这儿告状来了啊？"徐国柱问。

"没人告状，匿名举报。懂了吗？"沈政平。

"匿名……"徐国柱沉默了。

"既然都说到这个份儿上了。我就问你，有没有这事儿吧？"沈政平把语气放缓，做推心置腹状。

徐国柱盯着他的眼睛，知道沈政平看似平常的询问，实际上暗藏杀机。他移开了眼神，默默地揉搓着手串。

"怎么着？拒绝回答，还是没有？"沈政平把问题递进。

徐国柱看着沈政平，知道他身后就是监控摄像头。沈政平是多年的"老纪委"了，别看平时客客气气的，但办起事儿来可一点儿不手软。徐国柱知道，在警察行里，那些高冷装骄傲的，往往都是蠢货，而看似温和能跟你促膝谈心的，往往才是软刀子杀人。他慢慢地把手串收了起来，看着沈政平一言不发。

"行，老徐，那我就也跟你透透底。"沈政平说着就转过身，拿起办公桌上的一个公文袋，拿出一摞照片，"上个月的24号凌晨，这个月的3号、12号，你看看吧，每张上面都有时间。"他开始敲山震虎。

徐国柱拿起那摞照片，逐一翻看。每张照片上都有自己的身影，而且在照片下方都标注了具体时间。他笑了笑，把照片扔在桌上。"这能说明什么？我进过那栋楼？"他反问。

沈政平知道他是警察老炮儿，就笑笑说："这只是我给你出示的一部分照片，还有更不堪入目的呢。"他玩起疑兵计。

徐国柱看着他的眼睛，判断着真伪。"不堪入目？怎么不堪入目了？拿来看看啊。"他问。

沈政平笑笑，又扔过一张照片。徐国柱一看就傻了，在照片里，自己竟然和花姐搂在一起。"这照片是哪儿来的？"他抬头问。

"我们也不知道，匿名寄来的。"沈政平说，"我说老徐啊，你是真能扛啊。怎么着？就这点事儿非要难为我们？"

"我说老沈，这哪是我难为你们啊，分明是你们难为我好吗？"徐国柱反问，"我现在正搞着一个专案，估计是挡了不少人的道儿，这事儿你能看不明白？不明摆着有人给我挖坑儿使绊儿吗？"

沈政平盯着徐国柱的眼睛，沉默了一下说："老徐，和你办案一样，我们也在履行着职责。你当了这么多年警察了，该知道哪儿是雷区。今天我们找你谈话，也只是走第一步程序，如果你拒绝配合，我们会直接开始第二步。"

"第二步？什么第二步？"徐国柱问。

"找照片上的另一个当事人谈话。"沈政平说。

徐国柱愣住了。

"老徐，回答我的问题，你和照片上的人到底是什么关系？"沈政平问。

"我……"徐国柱一时语塞。

他回到办公室的时候，已经快到了吃午饭的时间。崔铁军打发走小吕，坐到了他的身旁。

"怎么回事？"崔铁军问。

"什么怎么回事？"徐国柱流露出警惕的眼神。

"嘿，我可不是纪委的啊。"崔铁军说。

"唉……"徐国柱长叹一口气，"怎么着，你都知道了？"他问。

"你这么一闹，市局谁不知道啊。"崔铁军摇头，"有影响吗？"

"影响不知道，反正我都这个岁数了。但是不知道是哪个孙子在后边扎的针儿。"徐国柱说。

"会是局里人吗？"崔铁军问。

"不像。"徐国柱摇头，"局里人再恨我，也不至于玩这么下三滥的手段。"

"那是……案子上的？"崔铁军皱眉。

"不知道。"徐国柱也思索着，"嘻……我他妈一光棍儿，人家也没结婚，他们能拿我怎么着啊。"他开始摆出一副无所谓的样子。

"你丫还真有啊。行啊你棍子……"崔铁军笑了。

"嘻……"徐国柱摇头，"有什么有啊，都他妈是憋的。"他自嘲。

"其实我担心并不是这个，而是……"崔铁军停顿了一下说，"他们终于开始了。"

"他们是谁？"徐国柱抬头问。

"就因为咱们不知道他们是谁，所以才更危险。"崔铁军说。

快下班的时候，崔铁军接到了儿子的电话，他犹豫了一下才接通。"喂，小斌啊，什么事？"

"爸，今晚我请您吃饭，您一定要来。"儿子崔斌兴奋地说。

"我……"崔铁军犹豫了。上次他到前妻家做客的时候，就觉得别别扭扭。

"爸，今天不在家吃。我请你们俩到外面吃。"崔斌也很聪明，特意说出了人数。

"哦，什么喜事儿啊，这么高兴？"崔铁军问。

"您来就是了，我请客。老地方，不见不散啊。"崔斌说着就挂断了电话。

崔铁军叹了口气，推着自行车走出了市局大门。

37

到莫斯科餐厅的时候，前妻和儿子已经等了半天了。见崔铁军到了，儿子一路小跑，迎了过去。

"爸，快坐下。"他把崔铁军按到椅子上。

崔铁军冲前妻笑笑，张嘴也不知该说什么。两个人离婚已经十多年了。那时儿子才刚上初中，一转眼他已经大学毕业，成了个仪表堂堂的小伙子。

"春燕，最近还好吧？"崔铁军挤出一句话。

郭春燕比崔铁军小三岁，但也已近六旬，显得苍老。她把头发盘在脑后，表情依旧温和。"挺好的。"她回答。

两个人闲谈了几句，便觉得无话可说，崔斌见状，忙过来救场："来来来，爸，快点菜！我和妈都饿死了。"他说着把菜谱递了过去。

"哎，我不点，你们来。"崔铁军又把菜谱推了回去。其实要说莫斯科餐厅，他是不陌生的，这家餐厅早就成了他们这代人的共同记忆。记得在崔斌小的时候，每次得了一百分，崔铁军就会骑着那辆28永久自行车，带着娘儿俩来这里开荤。崔铁军想着，觉得心里发酸。

崔斌看父母都推辞，就自己点了几个硬菜，红菜汤、罐焖牛肉、奶油烤杂拌、金枪鱼沙拉和格瓦斯。要不是崔铁军拦着，这小子非把一个月工资给折进去。

"哎，菜也点了，你先说说，碰见什么喜事儿了？"崔铁军问。

崔斌笑了，看了看郭春燕："爸，我今天挣了一笔大钱。"

"哎哟，不错啊。"崔铁军笑了。

"儿子长本事了，有自己的事业了。现在是他们公司的业务能手呢。"郭春燕也欣慰地笑。

"行，有点小伙子样儿了。"崔铁军欣慰地看着崔斌。

"你……现在怎么样，我看怎么瘦了这么多？"郭春燕问。

崔铁军笑笑："挺好的，瘦是健康啊，人不说吗？有钱难买老来瘦。"

"你这瘦啊，可不是健康。"郭春燕摇头，"你看看你这黑眼圈，肯定又熬夜了。"她关心起来。

崔铁军不想继续这个话题，就笑笑说："哎，我说你小子找着媳妇没有，要不我给你踅摸个女警察？"

"哎哟，您就别操心了。"崔斌笑了，"是不是中国当爸妈的都这样啊，上学时不让找对象，工作了马上让结婚，结婚了马上要孩子，要孩子了还催着要二胎。你们累不累啊。"

他这么一说，崔铁军和郭春燕都笑了。

"行，你小子长大了我不管，随你自己发展。但有一条我可得告诉你啊，我看新闻上说，现在男女比例失衡，你别最后打个光棍子。"崔铁军说。

"不会的，现在追儿子的人多着呢……"郭春燕笑着说。

三个人正说着，菜上来了。

"来，爸。"崔斌给崔铁军夹了一块牛肉，"妈，这是您喜欢的沙拉。"他忙活起来。

崔铁军欣慰地看着儿子，耳畔的俄罗斯音乐像流水一般清澈。他突然觉得自己仿佛置身于十多年以前的家庭生活，被平凡的温暖所包围。他立即拿起酒杯，喝了一口格瓦斯，才让自己清醒，脱离这种幻象。

"爸妈，其实我今天来，还有一个意思。"崔斌说，"就是……"

他刚想说，就被崔铁军打断："哎，咱们先吃饭啊，要不菜都凉了，伤胃。"他何尝不知道儿子的想法，但和前妻破镜重圆的可能早已微乎其微。人的感情是不可逆的，一旦破裂再想修复难上加难，再加上这十多年独来独往的生活习惯，崔铁军早已冷暖自知，不奢望回到过去。

"爸，你别堵我嘴，我就是想让你回来。"崔斌的脾气很像他，"你们分开是有原因的，这我知道。这么多年，我们不在一起，我也不怪你。但现在你们都到了这个岁数了，还有什么问题不能解决的？爸，我真的希望你们俩能重新在一起。"

崔斌这么一说，崔铁军和郭春燕就尴尬了，但这也是两人预知的尴尬。

"儿子，大人的有些事你是不懂的，也别掺和。"崔铁军抬起头说，"哎，快说说，你发了多大的财。"他转移话题。

崔斌看着父亲，无奈地叹气，但提起工作，还是兴奋不已。"这个数儿。"他伸出五根手指。

"五千？"崔铁军问。

"不……对。"崔斌得意地摇头。

"五……万！"崔铁军咬着牙问。

"不……对。"崔斌再次摇头，"是五十万！"

崔铁军有点犯晕了。他知道儿子只不过在一个私企当销售员，怎么也琢磨不透如何挣到这么一大笔钱。

"傻了吧。"崔斌笑着说，"妈，您再跟爸说，还有什么。"他怂恿道。

郭春燕也想缓解尴尬，就配合着崔斌说道："还有那个，也是公司给咱们儿子配的。"她说着就指了指窗外。

崔铁军转眼一看，窗外正停着一辆车。那是一辆 GL8 商务车，月色洒在车上，泛出幽幽的蓝光。他不看则已，一看顿时觉得浑身发冷。他迅速站了起来，走出门外，当看到车牌的时候，感到一阵天旋地转。

崔斌也跟着跑了出来："怎么样，爸，这车不错吧？！"

崔铁军颤颤巍巍地转过身，气喘吁吁地问："这……这辆车是哪个公司的？"

"是……"崔斌也看出了异样，"这是我们公司给配的啊。"

"我是问……哪家公司？"崔铁军说。

"D 融宝啊，就是咱们市最大的互联网金融公司。"崔斌自豪地回答。

崔铁军感到耳畔"嗡"的一声，险些摔倒。他缓步走回到餐厅里，看着窗外发呆。

郭春燕看出了异样，轻声地问："怎么了，老崔？"

崔铁军缓缓地转过头问："他是什么时候到新单位上班的？"

"是……"郭春燕想了想，"是上个月吧，斌子，你自己跟你爸说。"

崔斌也坐回来，说道："是上个月初，一个猎头给我打电话，问我愿不愿意到 D 融宝上班，月薪一万，做好了还有提成。我看条件优厚，就去了。"他看着崔铁军回答。

"你……这就去了？"崔铁军问。

"是啊，这么好的机会我怎么会放过啊。"崔斌说。

"你这个月都在做什么？"崔铁军问。

"都在拉客户啊，我们公司做的主要是 P2P，嗐，说了您也不懂啊，就是理财。"崔斌以为父亲是被钱和车给惊到了，慢慢地讲解着。他是真不了解自己的父亲啊，崔铁军干了这么多年经侦，可算是见过钱的人。搞经侦的警察每天都在与有钱人打交道，查的是钱、冻的是钱，敌人扔来的炮弹也是钱做的。一般在经侦系统出事儿的警察，往往是新兵蛋子，因为他们还不知道钱的肮脏与可怕。

"你挣的这 50 万，都是提成？"崔铁军问。

"也不都是，其实我完成的业务也不是很多，但是领导很器重我，觉得我有前途，就给了我特殊奖励。"崔斌回答。

"其他员工也会有这个奖励吗？"崔铁军问。

"这个我就不知道了，我们的工资都是背靠背的。"崔斌回答。

崔铁军觉得脚下发空，没想到自己还带着队往前冲呢，人家已经摸到了后院了。"听我的，明天就把这笔钱给退回去，把车也还了。"他命令道。

"您说什么？"崔斌惊讶。

"我让你把钱退了，把车还了。还有，你明天就辞职，绝不能再在这家公司干了！"崔铁军提高了嗓音，引得邻桌的客人纷纷侧目。

"爸，您这是什么意思啊？"崔斌不干了，"我挺不容易找到一个好的工作，刚有点起色，您就让我放弃。这是为什么啊？"

"不为什么。你这次必须听我的。"崔铁军不能多做解释。

"不可能，我不可能辞职。"崔斌摇头，"我知道，您是不是又觉得这家公司不靠谱了？觉得人家有犯罪嫌疑了？爸，你们干警察的太敏感了，是不是看谁都像坏蛋啊。我们公司非常正规，董事长也是海归，企业氛围非常好。人民警察同志，请您别再戴着有色眼镜看人了。"崔斌不遗余力地解释着。

崔铁军站起身来，摆摆手。"你车钥匙呢，给我。"他说。

"爸，您干吗啊？"崔斌不解。

"给我！"崔铁军拍着桌子说。

"哎，铁军，有话好好说，到底是怎么回事啊？"郭春燕劝。

"我现在没法说，但你得相信我说的话，这件事太悬了。"崔铁军说。

崔斌犹豫了许久才把钥匙递了过去。崔铁军拿过钥匙，径直走出了大门。

"爸，你这是什么意思啊？"崔斌在后面大喊。

"儿子，你爸肯定有他的道理，你也别着急。"郭春燕劝慰着。

"当个警察的儿子真不好，他……为什么要当警察啊。"崔斌急得眼泪直流。

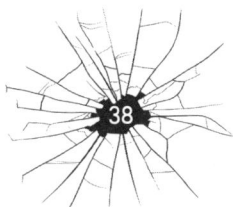

38

崔铁军开着 GL8，直奔长安路的 D 融宝公司。车开进停车场的时候，保安又上前阻拦。

"对不起先生，我们下班了。"保安说。

"公安局的，有事儿！"崔铁军说着亮出工作证。

"你哪个局的也不行啊，我们下班了。"保安挺横。

崔铁军没再理他，把车往停车场入口一横，开门下车拔了钥匙，迈着大步往里面走。

"哎，你要这样我可报警了啊。要是把你车拖走了，我可不负责。"保安叫嚣着。

"随便报，这是你们公司的车。"崔铁军说。

时间已是傍晚，D 融宝大厦内空空荡荡的。崔铁军站在大堂中间，面对着那个巨大 Logo，用尽力量大喊："警察，还有没有人？警察！"

他的声音在大厦内回荡，引得一些还没下班的人驻足观望。几个保安这时跑了进来，对崔铁军进行劝阻："我们已经下班了，你要有事请明天来。"他们说着就要把崔铁军往门外拽。

崔铁军用手一挡。"我在执行公务，我看你们谁敢动我，快！把你们负责人叫回来。"他命令道。

保安见状也不敢再动手，知道这位是横主儿。保安队长马上给领导拨打电话。崔铁军自己搬过一把凳子，坐在大堂中间，剑拔弩张地等待着。他觉得自己此时可能有些过于情绪化了，甚至有点像大棍子，但是从理性的角度讲，他这么做也是最大限度保护自己的儿子。

十多分钟后，"救火"的人才赶到。崔铁军往外瞄了瞄，来的并不是董事长夏静怡，而是律师郑光明。

郑律师一进门就笑了起来："哎呀，我说是谁呢？崔警官啊，这么晚有什么事啊？"他似乎早就预知到崔铁军的到访。

"门口儿那辆车，你们找到了？"他抬了抬下颌。

"哦，找到了啊，但开车的司机到现在还没找到。"郑律师说，"把车借出去的那个员工辞职了，我们问他把车借给谁了，他说借给一个叫小王的人了，但具体叫什么却不知道。我问，那车呢？他说会让人把车给开回来。这不，前几天有个代驾司机，把车给开回来了。唉，这事太麻烦了。"他显然是早有准备。

"呵呵，行。你这话说得挺顺。"崔铁军点头，不得不佩服对手的铁嘴钢牙，"你们公司有个员工叫崔斌？"他又问。

"有啊，这个月刚招的，小伙子不错，挺能干。"郑律师说。

"为什么把这辆车配给他啊？"崔铁军瞪着眼问。

"因为他优秀啊，有前途啊，我们不但给他配了车，还奖励了50万给他，下一步还要提他当部门经理。"郑律师说。

"呵呵……"崔铁军笑了，"我今天来，第一件事就是要调查这辆车的问题，第二件，我要告诉你，从明天开始，崔斌不会再到 D 融宝上班了，你们给他开的所有奖金和酬劳，也一并退还。"

"哎，那是为什么啊？"郑律师装傻。

"因为我是他爸爸。"崔铁军说。

"啊？这么巧啊？"郑律师笑了，"哎哟哎哟，那我可是真没想到，人说虎父无犬子，还真是这个道理啊……"

郑律师还想往下说，被崔铁军打断："郑律师，咱们也别说这假话套话了，你们丫想干什么？冲我后边儿动手？"他站起来质问。

郑律师看着他的眼睛，毫无愧色。"呵呵……"他也依然保持着笑容，"能为了什么？当然是为了让你能给我们行个方便。"

"怎么行方便，你说说？"崔铁军问。

"这里不是说话地方，您跟我来。"郑律师说着，指了指一旁的会客室。

在会客室里，郑律师沏上了一杯茶，递到崔铁军面前。崔铁军不客气地喝了一口，确实比高碎要强得多。

"崔警官，那咱们就不说套话，直来直去。"郑律师摆出一副推心置腹的表情。

"好啊，我就想听真的。"崔铁军说。

"我知道你是一个负责任的警察，同样也是个负责任的父亲。"郑律师一语双关，"警察的职责是打击犯罪，这个你比我懂，我自不用说。但父亲的责任呢，当然是让自己的妻儿生活得更好，这是人之常情。我觉得这两方面没有什么冲突，都可以做得很好。"

"嗯。"崔铁军点了点头，"继续说。"

"D融宝公司的实力你是知道的，现在光海城的客户就达几万人，全国算下来几十万人也是有的。D融宝能发展得这么好这么大是因为什么呢？因为实力、信誉、品牌和人脉。"他故意加重"人脉"二字的语气，"但现在你这么抓住公司不放，非要查什么洗钱问题，我坦率地说啊，这不光是影响公司的正常经营、损坏企业的良好形象，更是违背金融创新这个大的政策。我想，这种情况无论市里还是省里，都是不愿意看到的。所以我想劝你，对我们公司的调查适可而止，见好就收。哎，我可不是让你违背原则啊，这件事本来就与我们公司无关，再说了，这种无关紧要的事情查也查不清。我相信你是聪明人，这样既可以给你儿子一个好的未来，也可以给你自己一个好的机会。"郑律师一口气说完。

"给我一个好的机会？"崔铁军疑惑，"什么机会？"

"呵呵……"郑律师笑了，"什么机会都可以，只要你说的，我们就尽量办到。"

"比如呢？"崔铁军问。

"比如……"郑律师笑着拿过书包，从里面掏出一摞卡，铺在桌面上，大约二十多张，"每张卡里有10万，你可以全部拿走。"他盯着崔铁军的眼睛说。

"哎哟，那可真不少啊。"崔铁军一点儿没客气，一把将卡都胡噜过来，他拿起来清点数量，"一共24张，那就是240万？"

"对。"郑律师点头。

"好。"崔铁军说着拿出手机，开始给这些卡拍照。

"你这是干吗？"郑律师惊讶道。

"没什么，纪念一下。我从来没见过这么多钱啊。"崔铁军一拍照一边说。

"你什么意思？如果不要就给我拿回来。"郑律师站了起来。

"坐下，着什么急啊。"崔铁军抬头皱眉，"就你丫这揍性的，还他妈干律师呢？"他挖苦道。

郑律师知道上当了，但也无可奈何。崔铁军大约照了一分多钟，才把卡放下。"行，我这破手机还能用，挺清楚的。"他翻看着手机，"我可以告你行贿，你知道吗？"他质问道。

郑律师变了脸色："崔警官，你非要把事做得这么绝吗？"

"呵呵……"崔铁军笑着，把卡一张张地合拢，攥在手里，"是你们这帮王八蛋做得绝！"他说着就把卡甩出去，正砸在郑律师的脸上。

"姓崔的，你要是这样，就别怪我们不客气了！"郑律师咆哮起来。

"哎哎哎，你瞧你的德行，还是律师的样子吗？"崔铁军又拿手机给郑律师拍了一张，"你看看，这分明就不是一个人嘛。"

郑律师被气坏了，他点着头，用手指着崔铁军："行，你够狠。那我也就不说废话了，咱们一切公事公办。"

"好！我就喜欢公事公办。"崔铁军也站起来，"但我提醒你，别再玩什么下三滥的手段。你们要再对我的家人下手，也别怪我不客气。哎，回去我先查查这些卡里资金的来源，没准还能捯出点线索。"

"做梦吧你，这里面所有的钱都是现金入账，你查什么来源。"郑律师说。

"啊，我明白了。"崔铁军点起头来。

郑律师知道自己失语，叹了口气："崔警官，我想给你个忠告。这么大岁数了，就别再玩命了，踏踏实实地想想退路，怎么过好下半生是真的。"

"呵呵……你是不是觉得我们警察挣得少，就人穷志短啊？"崔铁军问，"那我告诉你，别人我不管，我这人就这脾气，甭管你们是什么富豪或者权贵，只要犯了法，在我这儿都一样。"

"好，好，说得真好。"郑律师拍起了手，"这可能是你的世界观，但我真的想告诉你啊，在这个世界上的人啊，其实都是想方设法去结交权贵的。你所谓的什么原则啊，其实只不过是幼稚而已，没经过沧海桑田，没看过灯红酒绿，你就妄谈坚守，这实在是可笑之极。是，咱们不承认这社会有阶级，但起码有等级吧。而你应该认清自己，到底处在什么位置，有没有能力去改变这个世界。"郑律师叹了口气，"我还是劝你，最好别碰这件事。真的，这不是你该管的。"

"哎……就冲你这番话我就明白了。"崔铁军站了起来，"你呀，就是小时候苦惯了，没见过银子，所以现在能把爹妈都忘了，但却忘不了钱。别他妈跟我这儿扯什么文言文，还沧海桑田，你丫上大学之前是不是还家里种地呢？那叫沧海桑田。"他一脸不屑，"得了，我得走了，跟你丫在这儿说话，给他妈自己添堵！"他说着就走出了会客室。

郑律师无奈，又追了出来，但崔铁军根本不给他机会，拿钥匙开了GL8，搬下自行车，扬长而去。

"这个傻 × 警察。"郑律师站在大厦前咬牙切齿。

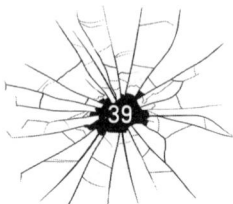

崔铁军骑着自行车，在心中咒骂着郑律师这个衣冠禽兽。但转念一想，他也只不过是 D 融宝公司的一条走狗。在这个年头，成功的概念越来越狭窄，钱、权构架成了社会地位，住廉租房的不可能与住别墅的一起探讨成功。郑律师的那些话也总是在他脑海里回响，崔铁军在想着，他是否在用这种方式向其他的办案人员撒网，自己能扛得住，但别人是否也能扛住。刚拐过管丰路，他的电话就响了。崔铁军停车一看就乐了，是大棍子的电话，这当不当正不正的时间，他正愁没人聊天呢。

在市南区的青华池门口，三个老家伙聚齐了。按照徐国柱的说法，今天是让大喷子出血，给他去去晦气。

"你丫有什么晦气啊？"崔铁军看着他皱眉。

"我这晦气大了，这么大岁数还乱搞男女关系，我这不是给自己长脸呢吗？"徐国柱大大咧咧地说。

"别说得那么难听，什么乱搞男女关系，你有那本事吗？"潘江海笑，"我问你，你结婚了吗？没有吧，那个娘们儿呢？不是也没结婚吗？人家结了婚的在外面搞才叫搞破鞋，你们这是健康纯洁的恋爱关系！"

"你这么一说还真是，我这是健康纯洁的恋爱关系。"徐国柱也不嫌害臊。

"别他妈嘚瑟了，要不要脸啊。"崔铁军说。

"哎哟，怎么着？你也气儿不顺？"徐国柱正愁没有同病相怜的，笑着问。

"我心里舒坦着呢，饿了，先扒拉两口。"崔铁军说。

老三位没去远地儿，就蹲在澡堂子门口儿的一个小食摊儿旁，灌肠儿、肉串外加啤酒，不到五十块钱就糊弄饱了。完事后，一个个挺着肚子就直奔澡堂了。

青华池是海城的老字号，里面还保持着老传统的样子。一进去伙计就大声吆喝，领手牌儿、脱衣服、拿毛巾，连泡带搓，冲完了休息区一躺，泡壶热茶比活神仙都美。徐国柱站在池子边做了个全身伸展，一跃就跳了下去，溅了旁边几位一身水。潘江海冲那几位笑笑，指了指徐国柱的脑袋，几位才没去跟他较真儿。

"哎……要说泡澡还得来这儿啊，舒坦……"徐国柱在池子里躺成了一个"大"字，"我前几天觉得浑身发皱，就到家门口儿的一洗浴去泡澡。结果刚进去一小崽子就过来问，'大爷，您上楼玩玩吗？冰火、毒龙、蚂蚁上树全他妈有……'"

"这不是菜名儿吗？"潘江海在池子对面问。

"你别给我扯，你们丫搞预审的什么不知道。"徐国柱撇嘴，"你接着听我说啊。我一看是脏儿，就说不去，想洗洗就走。嘿，你猜那小崽子跟我来了句什么？"徐国柱自问自答，"丫跟我说，后面出租房里还有岁数大的，干一下五十。我龡他姥姥的。"

"哈哈哈哈……他真拿你当老大爷了。"崔铁军也笑了。

"这帮孙子，给我气得啊。"徐国柱说着就往身上撩水。

"后来呢？你丫肯定上楼了。"潘江海说。

"扯，你不嫌脏我还嫌脏呢。哥们儿瞄了个空儿，拿手机给治安支队的章鹏打了个电话，那帮小兔崽子还挺利落，不到十分钟就到了，连锅端。二十多对儿，一下这个月的数儿就完成了。到现在还追着我屁股后面说要码一顿呢。"徐国柱自豪地说。

"你就别吹了，你肯定没给人家结洗澡钱。"崔铁军撇嘴。

"哈哈，还真没结。"徐国柱说完，三个人又笑了起来。

"唉……咱们要还像章鹏那帮小子那么年轻，该多好啊……"徐国柱叹了口气。

"是啊，这辈子也不知道怎么糊里糊涂就过去了。"崔铁军也感叹。

"嘻，瞎活着呗，日子就是强奸犯，干你一天是一天。"潘江海说。

"呵呵，你丫真行，一张嘴肯定下三路。"徐国柱被逗乐了，"哎，你听说过襄城有一位因为吃饺子不蘸醋让警察抓了的事儿吗？"徐国柱说，"那是个真事儿，据说当年严打的时候，几个襄城的警察到饭馆吃饭，正吃着呢，突然看见旁边一位吃饺子不蘸醋，慌里慌张的，心想估计有事儿，就亮证给他弄回去审查了。结果预审问了半天，这哥们儿是一点儿事儿没有，吃饭发慌是因为要赶火车。"

"哎……那时警察权力大呀，但那帮人也是胡来。"崔铁军泡得冒汗，把身子往上提了提，"要搁现在，估计都得脱衣服滚蛋。"

"是啊，现在当警察就是当孙子，是个人就敢跟你较劲。"徐国柱说。

"其实呀，我倒觉得这是法律的进步。"潘江海接过话茬儿，"那个时代也有点胡来，你们还记得吗，还曾经有段时间为了'充数儿'弄个'预谋抢'。巡逻民警在街上看见一拿着西瓜刀的，问你拿着干吗呢，是不是想抢劫啊？对方只要说是，甭管是不是气话，马上给撅到车上拘了，都他妈是'数儿'闹的。"

他这么一说，几位又是一阵叹气。潘江海不想让话题再继续低迷，就换了个调子。"哎，我说大棍子，你丫这肩膀上的伤是怎么回事啊？"

他这么一说，徐国柱来了精神："嘻，这伤啊，是郭大白话造的孽。"

"跟人家有什么关系啊？"潘江海来了兴趣。

"你听着啊。当时我们都二十多岁，刚从'卫生警'转到公安局干巡逻。我们队有一'挎子'，我们俩就整天开出去转悠，那时白警服也漂亮，一上路牛×啊。有一天队里布了个查盗抢车的活儿，结果在巡逻中我们正好遇见那辆车。那得追啊，但你想啊，我们一'挎子'，对方是一'126P'，我们哪追得上啊。结果那孙子也坏，到一急转弯的时候故意刹车，我当时就傻了，前面就两条路，要么撞车要么进沟。结果我就进沟了……"徐国柱笑着摇头。

"噢，那件事儿我还真知道，是不是老郭脑袋上那块疤就是那次啊？"崔铁军问。

"可不，要不是我挡了他一下，他脑袋就瘪了。"徐国柱说。

"噢噢噢，你要这么说，我也想起来了，后来刑警队把那帮人给抓了，带出来一大串案子。是那个事儿吧？"潘江海问。

"是啊……"徐国柱拍了一下大腿。

"哎，要说那辆'挎子'，还有故事呢，也出在老郭身上。"崔铁军笑了，"听说你们队一位爷，带着老郭到外地查事儿，一去就一百多公里，结果回来的时候天都黑了，老郭丫坐累了，在一过大车的地方，想下来活动活动。结果刚下车，那哥们儿就开走了，到单位才发现旁边没人了。有这事儿吗？"

"那也是我的事儿啊。"徐国柱大笑，"不是'挎子'，是一辆被扣押的'铃木'，丫坐在我屁股后头，我戴着头盔没看见，结果到了单位我看人没了，这怎么办啊？当时都是 BP 机，我呼丫也不回，给我急的啊，就差报失踪了。结果第二天人老先生来上班了，说昨天是坐长途车回来了。"

"哈哈哈哈……"几个人又是一阵大笑。

"唉……"徐国柱叹了口气，"要说我们那拨'卫生警'吧，也就老郭混得最好了。那拨人都在社会上混过，关系复杂，当警察后出事儿的也多，老魏、老蒋，胆儿多大啊……"

"那按说，你跟老郭的关系应该不错啊？"潘江海问。

"嘻，不是一路人。"徐国柱摇了摇头，不愿再提及往事。

"是啊……那时才叫当警察啊……"崔铁军也说。

"嘻，到什么岁数儿说什么事儿，你老占着茅坑不拉屎，后面人还憋死。你往周围看看，就什么都明白了。"潘江海冲澡堂子里抬抬下巴，"穿上衣服都人五人六的，脱下衣服就是胖子、瘦子，都一辈子，没什么区别。"

"你们知道吗？我还在治安帮过一阵忙呢。"潘江海也开了话匣子，"当时不是全市严打整治黄赌毒吗？预审就定点儿下派，衔接各警种，我直接就到治安的打击队了。那时可真爽啊，天天泡澡堂子耍歌厅。"

"哎哟喂，你丫有'前科'啊。"徐国柱笑了。

"狗屁，那是打击队为了查情况，派我这个'生脸儿'去蹲道儿，他们队长老王头儿跟我约法三章啊，只许看不许摸，差点没给我憋死。"潘江海把自己给说笑了，"哎……其实啊，每个人心里都有魔鬼，就看你能不能控制得住，控制住了你就是警察，控制不住你就是流氓。"潘江海总结得挺好。

"哎，歌厅你去的哪个？我看看认不认识？"徐国柱原来是专门管'点子'的，找情报时没少往那些地方跑。

"正午歌厅，你知道吗？主要是这家。"潘江海说。

"正午……"徐国柱和崔铁军全愣住了。

"就是那个出事儿的歌厅？"崔铁军问。

"哎……是啊，当时里面就很乱，我觉得早晚出事儿。"潘江海说。

"那原来是老万罩的，后来让二冬子给搅和了，一下就乱了。"徐国柱叹了口气。

"我听说襄城缉毒的那小伙子就是在那儿出的事儿？"潘江海问。

"是啊，听说还没结婚呢，就……"徐国柱似乎被提起了痛苦的回忆，"唉，那是个挺不错的小伙子啊，精神、能干，二冬子这王八蛋啊！"他恨恨地说。

这个话题起了头儿，就挡不住了，三个老家伙聊起来二十年前的往事。当时流氓二冬子已经在海城崛起了，老万、国生等老炮儿都躲着他，在来海城之前，他曾经是襄城缉毒民警焦雄兵的"点子"。据说当时因为一起缉毒案子，焦雄兵到正午歌厅找二冬子问情况，结果就突然出了事。二冬子发了疯，不但抢枪杀害了焦雄兵，还在逃亡中扬言要干掉老鬼。最后要不是徐国柱及时出手，还不定要再伤几条人命。

徐国柱沉默着，觉得池子里的水越来越冷。他永远忘不了那擦肩而过的一枪和二冬子最后迷茫的眼神。

"得了得了，别提那事儿了。"潘江海站起身来，"哎，走吧，二位爷，冲完了喝口茶去。好茶，单丛，广东哥们儿送的，哎……"他看崔铁军也在愣神，"走吧，再泡就秃噜皮了。"

这老三位到了休息厅，每人又做了刮痧、走罐儿。徐国柱连喊舒服，说下次还得让大喷子出血。崔铁军不习惯在外边睡，蹬着自行车先走了。潘江海酒劲儿上来了，躺在沙发上打起了呼噜，但手机却一直在旁边振动。徐国柱烦了，拿起电话就开始胡抡。

"喂，找谁啊？潘江海啊……"徐国柱咋咋呼呼地说，"他嫖娼被抓了，现在到看守所了。"他说完就把手机关了，这次才清静下来。

40

第二天上班，崔铁军还哈欠连天，泡澡加侃大山，舒服是舒服了，但回家却睡不着了。他躺在床上"烙饼"，闭着眼数羊都数出毛色品种了。

他刚到办公室，见潘江海正跟徐国柱翻车呢。"你丫以后跟我开玩笑行，甭他妈拿我家人开涮。"潘江海少有这么气愤。

"嘿，你较什么劲啊，这不是逗着玩儿呢吗？"徐国柱笑着说。

"逗他妈，你丫是闲的，我媳妇大晚上就到看守所找我去了，还真以为我出事儿了呢。你丫损不损啊！"潘江海拍着桌子说。

"哎哎哎，怎么了？"崔铁军忙过来劝。

"丫就是吃饱了撑的，嘴欠！"潘江海指着徐国柱鼻子说。

"行，我撑的，以后不跟你开玩笑行了啊。"徐国柱也变了脸，叼着烟往门外走。

"那我可谢谢你了，千万别跟我开玩笑了。"潘江海在后面不依不饶。

"哎，怎么回事啊这是？"崔铁军拽住了潘江海。

"这傻×大棍子，接我媳妇电话，说我嫖娼被抓了，害得我媳妇急了一宿。"潘江海说。

"那这孙子有点过分。你也别生气，他也是喝多了。"崔铁军劝。

"我也不是小心眼儿的人，咱们之间怎么逗都行，但我那……唉……"潘江海叹了口气，"哎，大背头，一会儿早点名帮我说一声，我上午去趟医院，开点儿药去。"他说着就夹起包往外走。

在楚冬阳任职之后，经侦支队就改了规矩，每天上班前要在会议室进行早点名。这样既整肃了纪律，加强了队伍管理，也能让迟到的人一目了然。他这招儿挺管用，民警迟到的确实少了，精神面貌也有了起色。今天的早点名，支队各位领导照例传达了一些上级精神，又说了说近日的工作情况，各组就领车干活儿了。但会后，林楠却把崔铁军留了下来。

"崔师傅，洗钱那个案子检察院已经第二次退补侦了，咱们该干的活儿也差不多了。"林楠说。

"是啊，那个案子好弄。所有环节都查清了，人也都供得瓷实。"崔铁军说。

"您那边儿查得怎么样了？"林楠问。

"不是跟你说了吗？现在还在弄，那个D融宝嫌疑挺大。"崔铁军说。

"嗯……"林楠点头，"现在有确凿的证据了吗？"他问。

"说实话，没有。"崔铁军说，"但凭感觉，他们不但有事儿，而且还有大事儿。"

"是啊，这家公司不简单啊，不但规模大、宣传攻势强，而且还很会利用各路的关系，就连我媳妇那儿也都找上了。"林楠苦笑。

"怎么茬儿？"崔铁军一愣，知道这才是林楠找他单聊的目的。

"我媳妇他们单位不是搞了一个给山区孩子捐款助学的项目吗？一直求爷爷告奶奶的，也没多少人捐。但前两天您猜怎么着？这D融宝公司一下就给捐了 100 万。按照一个孩子三年学费 2000 元的标准，他们还真帮了不少人。"林楠说。

"我看他们丫这是黄鼠狼给鸡拜年，没安好心啊。"崔铁军说。

"是啊，他们直接找到了我媳妇，就提一个要求。跟我们夫妻一起吃顿饭。"林楠说。

"你去了吗？"崔铁军问。

"去了啊，为了那帮孩子我也得去啊。"林楠说。

"那你可小心点儿，别他妈让人玩了。"崔铁军说。

"呵呵，那不能够。不但我们俩去了，我媳妇他们单位的领导、同事，还有二十多个贫困学生也去了。我还让宣传处的小王帮我联系了几个媒体，一起给他们做报道。"林楠笑着说。

"行，你小子开始像你师父了。"崔铁军也笑了。

"您这边？"林楠笑着问。

崔铁军知道，林楠是套话来了。"我这边儿也没落下，他们丫把我儿子鼓捣进去了，又给钱又配车，我昨天刚知道，让儿子全部退出了。"他回答。

"您是明白人。"林楠竖起大拇指。

"别他妈跟我这儿耍心眼儿，怎么着？你听他们公司说的？"崔铁军皱眉。

"我什么都没听说。"林楠正色道。

"行！我这算是主动交代了。"崔铁军笑着摇头，"楠子，有句话我不知道该不该说啊？"他有些犹豫。

"您说，到我这儿不会有第二个人知道。"林楠说。

"按说这话不应该往台面儿上摆，但我得提醒你一句，得注意点左边的人。"崔铁军暗示道。

"左边的人"，这个称谓挺有意思。按照政府机关开会的座次排序，"左边的人"指的就是二把手。林楠立马就明白了，"行，您甭说了。"他笑了笑。

崔铁军也点到为止，没往下再说。

"崔师傅，虽然咱们按照法律规定，在调查洗钱案件的过程中，可以根据线索调查上游犯罪。但您要知道，一旦主案侦查终结了，咱们就没有理由再对其他的账户进行续冻。"这才是林楠要说的重点。

"嗯……"崔铁军点了点头。他知道，按照法律规定，公安部门冻结银行账户的时间为六个月，超期就会自然解冻。一旦皮铮合同诈骗案和陈志豪等人的非法经营案侦查终结，那也就意味着，除主案之外的冻结资金将全部解冻。

"咱们的时间不多了？"崔铁军看着林楠问。

"是啊，各路的神仙早来了，咱上面儿一直顶着呢。您知道，咱们面对的可不是一个敌人。"林楠笑着说，"那帮孙子也不软，就您昨天晚上的事儿，他们也给告到市局了。"

"呵呵……"崔铁军点点头。

"您悠着点儿，得瞻前顾后。"林楠说。

"行，你甭管了，也少掺和。"崔铁军说，"我还不到一年了，不怕出事儿。"他也话里有话。

"您可别，快退休了更得平安着陆。"林楠说，"还有一个，泰国那边儿的线索断了，省厅那边没批咱们的境外缉捕方案。"

"怎么回事？不是已经摸到了吗？"崔铁军急了。

"市局的猎狐办说，省厅把缉捕谢宝春的活儿给接过去了，所以他们也不清楚。"林楠回答。

"凭什么让他们接过去啊。我看现在这帮孙子啊，碰见事儿是能推就推，能躲就躲。"崔铁军叹气，"不行，我得找他们去！"他说着站起身来。

"哎哎哎，您别激动，别激动。"林楠扶住他，"这个不用您出面，我去协调。"

崔铁军看着林楠，沉默了一会儿。"楠子，你师父没疯的时候，曾经跟我说过四句话，不知道你听过没有？"

"什么？"林楠皱眉。

"别拿人当人，别拿事当事，没事不惹事，有事不怕事。"崔铁军一字一句地说。

"嗯，我一直牢记在心。"林楠点头。

"咱们干警察的，有时得宁折不弯。甭管他们丫有多大来头儿，最后也得败在咱爷们儿的手上。"崔铁军说。

"呵呵，您这么一说，我倒觉得棍子师傅总结得也好。"林楠说，"他说，只要是爷们儿，就不能折腕儿。大体也是这个意思。"

"呵呵……是！咱们这帮人，就是他们丫水泼不进的滚刀肉！"崔铁军说。

夏末的阳光绚烂地绽放，连最狭窄的角落都被照亮。夏静怡驾着一辆红色的宝马车，绕过私搭乱建的旧棚户和胡乱停放的自行车，才终于驶上主路。她妆容精致，衣着光鲜，但心里却空空荡荡。D融宝公司的业务蒸蒸日上，但她的危机感却与日俱增。她不知道黄有发下一步到底要干什么，更不知道自己未来的走向。夏静怡摇开车窗，让清新的空气涌入车内，又开启了音响，让一首德沃夏克的"田园诗"跃动起来，想以此驱散心中的积郁。她加快了车速，朝着阳光的逆光的方向驶去。但根本没发觉，后面一辆出租车正在尾随。

柳爷看她的方向是D融宝公司的位置，就没有再跟。中途掉转了车头，奔向了下一个目标。他摇开车窗，掏出香烟，递给徐国柱一支，才自己点燃。

"棍儿哥，这位的生活挺简单的。家和公司，两点一线。"柳爷说。

"这才有问题。"徐国柱也把烟点燃，"这么大公司的法人，就住在那儿？"他靠在后座上说。

"我问了，她是租的房，一个月一千四百块钱。"柳爷说。

"哎，我可没让你查她。"徐国柱说。

"嘻……房主儿是我一兄弟，你还记得吗？原来街边儿给人算命的'石头儿'？"柳爷问。

"石头儿？哦……就是那个小豁嘴儿吧？一张嘴就胡喷。"徐国柱想了起来。

"对，丫现在是地主了。十年前凭着拆迁弄了好几套房，活得挺滋润。现在还弄了个画室，整天跟一帮文化人混呢。"柳爷说。

"我都怀疑这孙子认字儿吗？还画室？"徐国柱撇嘴。

"哎，棍儿哥，这就是你不懂了。现在甭管认不认字儿的，都爱往文化上靠。文化是什么？文化就是婊子，你只要有钱，就能玩命弄'她'。石头儿现在每天都组酒局，一个酒局下来就能收好几幅墨宝，这是钱啊。"柳爷感叹。

"我看你知道得还挺明细啊。怎么着？也凑过他的酒局？"徐国柱问。

"我可不行，跟那帮酸文假醋的聊不到一块儿。"柳爷笑着摇头，"我是靠石头儿照应啊，每次都带着兄弟过来当代驾。"

"唉……现在世道变了啊，老大给小弟当代驾。有钱就是爷了。"徐国柱感叹。

"唉……好汉不提当年勇。现在人家能想着咱就不容易。"柳爷说。

"唉，这他妈世道啊……我是越来越不明白了。"徐国柱不言语了。

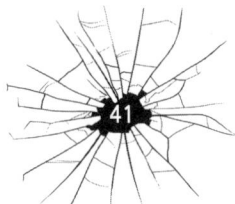

41

在会所里，潘江海正闷闷地喝着茶。郑律师到外面接了好几个电话，才回到原位。

"老潘，我这儿事儿多着呢，要不你下午再来？"郑律师不耐烦地说。

潘江海没说话，直勾勾地看着他。

"哎，你这是什么意思啊？有话直说。"郑律师说。

潘江海站起身来，关上了房门，慢条斯理地回到座位。"那个什么 D

融宝公司，到底是干什么的啊？"他问。

"什么……"郑律师皱眉，"你问这个什么意思？"

"那个叫夏静怡的法人是摆设吧？"潘江海又问。

"哎，老潘。你……"郑律师摆手。

"他们搞的什么P2P压根就挣不了钱，目的就是把老百姓的钱往外转吧？"潘江海继续发问。

"老潘，这事儿跟你一点儿关系都没有，你少打听！"郑律师说。

"你在这里边儿是个什么角色啊？中间人还是合作者？"潘江海表情严肃起来，把问题递进。

"我……"郑律师从没见过潘江海这样，"你拿我当犯人审呢是吧？"

"冻的那些钱其中有他们的吧？如果不解冻，这D融宝的资金链是不是就断了？你们就……"

潘江海还在问着，郑律师突然拍响了桌子。"这些你都不该问，也不该知道。"郑律师拉下了脸，"你想干什么？老潘？咱们是一根绳儿上拴的蚂蚱，你知不知道？"他问。

潘江海冷冷地看着他，沉默了一会儿说："我拿你当朋友，你拿我当什么了？"

"你这么说是什么意思？"郑律师问。

"我媳妇银行那笔5个亿的存款是怎么回事？"潘江海一字一句地问。

"嘻……那笔钱啊，正好是公司要存，我不是觉得你媳妇那儿安全吗？"郑律师换成了笑脸。

"她有提成你知道吗？"潘江海问。

"我知道啊，千分之三，他们行长都跟我说了。"郑律师话里有话。

"行。"潘江海点头，"你这是拉我下水啊。"他笑着说。

"你现在不就在水里吗？"郑律师也笑了，"哎，老同学，你别想那么多……"他走过来，用手扶住潘江海的肩膀，"咱们是同路人，一荣俱荣一损俱损，你的事儿啊我一直惦记着呢。你现在离退休也没多长时间了，等退了以后，我会安排好你的去处。同时，还会帮你女儿买一笔保险，金额足够让她以后的日子无忧无虑，你也不会再有后顾之忧。而这一切，我都会做得天衣无缝，让谁也查不出来。"

潘江海看着郑律师的眼睛，默默地点头："那如果案子结不了呢？"

"结不了？"郑律师皱眉，"那就难说了。只要过钱就都有痕迹，我能护着你，但就怕别人不行。"

"嗯，我明白了。"潘江海点头，说着就站起身。

"哎，孩子快过生日了，给她的。"郑律师说着递过一个红包。

潘江海看着红包，沉默了一会儿，伸出手："谢了。"他把红包揣进了兜儿。

看他这样，郑律师也笑了："呵呵，这就对了。"

"你的老板是黄有发吧？"潘江海突然问。

郑律师看着他，没有点头也没有摇头，在心里判断着他的用意。

"我得知道这是谁的钱？也得知道，我在为谁干活儿？"潘江海补充道。

"呵呵。"郑律师笑了。

出租车里，柳爷正放着一首老歌，是邓丽君的《在水一方》，歌中唱道：

> 绿草苍苍，白雾茫茫，有位佳人，在水一方；
> 绿草萋萋，白雾迷离，有位佳人，靠水而居。
> 我愿逆流而上，依偎在她身旁，无奈前有险滩，道路又远又长；
> 我愿顺流而下，找寻她的方向，却见依稀仿佛，她在水的中央……

徐国柱靠在后座上昏昏欲睡："哎，我说柳爷啊，你都这岁数了还听靡靡之音呢。"

"嘻……"柳爷扶着方向盘也笑了，他默默地盯着车窗前的"暂停营运"说："这不岁数大了吗？就爱听点儿原来的东西。现在那些歌儿都什么玩意儿啊，唱了半天都听不出词儿。"

"哎，这歌儿要在我小时候啊，算黄色歌曲。"徐国柱坐直了身体，刚想继续聊，就发现了情况。在百米左右的会所门前，郑律师正和一个人聊着什么。徐国柱定睛一看，就感到头皮发麻。他怎么也没想到，那个人竟然是潘江海。

潘江海绷着脸，冲着出租车就走了过来。

"哎，快把车挪挪。快点！"徐国柱赶忙弯下身体。柳爷手快，一把轮儿就将车开动。潘江海在后面追了两步，气得大喊："我他妈告你拒载！"

车开出去几百米，速度才慢慢降了下来。"哎，棍儿哥，你认识那个人啊？"柳爷问。

"别问了……"徐国柱没心思回答。他望着窗外繁华的街景，突然觉得心里发空，"柳爷，你觉得人这一辈子最重要的是什么呀？"他没头没尾地问。

柳爷漫无目的地开着车，想了想说："年轻时好胜，觉得自己得牛 ×，所以觉得面子最重要。但经过了这么多的事儿啊，我现在倒觉得，只要健健康康、平平安安的，比什么都强。"

"健健康康、平平安安……"徐国柱重复着。他看着面前的柳爷，怎么也想不起，这个昔日飞车手原来的样子。

"走，把我送到花店，今天的活儿就完了。"徐国柱说。

"得嘞。"柳爷一给油门儿，出租车就蹿了出去。

夏末的雷雨突然淋漓，整个城市都被冲刷一新。徐国柱下车的时候踩了一个水坑，弄了一脚泥泞。他推开花店的门，里面没有客人，花姐正在和小雪一起吃饭。

徐国柱带上门，走到两人面前。"花儿，我找你有点儿事儿。"

花姐愣了一下。"哎，你瞧你这一脚，都把地给踩脏了。"她说着站起身来，拿过墩布。

小雪知趣地站起身来，端着饭盒走到了里屋。

"什么事这么急？"花姐擦完地问。

徐国柱并不回答，而是掏出一根中南海，自顾自地点燃："我问你，你跟老鬼是什么关系？"他盯着花姐的眼睛。

"你什么意思？"花姐皱眉。

"回答我，你和他是什么关系？"徐国柱提高了嗓音。

"我们的关系你知道……"花姐幽幽地回答，也掏出一包坤烟，给自己点燃。

"你不是早就和他断了吗？怎么还……"徐国柱的手有些颤抖，烟灰撒了一地。

"你吃饱了撑的？大中午跑这儿问我这个？"花姐冷冷地看着他。

"那几张照片儿，是……是你拍的？"徐国柱的眼神也冷了下来。

花姐看着他，默默地吸烟，沉默良久才回答："是，是我拍的。"

"为什么？！"徐国柱激动起来。

"不为什么。"花姐轻描淡写地回答。

"是……是老鬼让你干的？"徐国柱质问道。

"是。"花姐挑衅地回答。

徐国柱心里的火腾地一下起来了，他一把揪住花姐的衣领，怒道："你……你跟我在一起，也是他……他……要求的？"

"你给我放开！"花姐用力地挣扎，"是，都是，全是！"她也激动起来。

"你他妈怎么不要脸啊！"徐国柱急了，说着就抬起手。

"你打，我让你打！"花姐攥住徐国柱的手，伸直了脖子，"我不要脸？对！我就是不要脸。这么多年了，我一直活得人不像人鬼不像鬼，还不是因为你！"花姐眼中含泪。

她这么一说，徐国柱傻了："因为……我……"

"你拿我当什么？啊？拿我当过什么？不就是个泻火工具吗？大棍子，我他妈恨你，恨你！"花姐泪流满面，扑上前去撕打着徐国柱。

徐国柱顿时松了手，一把将花姐抱在怀中，想尽力挽回："是我不对，我不该说那些话……"

但花姐推开他，向外跑去。徐国柱一把拽住花姐："你听我解释，我不是冲你，有人往市局寄了照片，他们是想利用你……"

花姐回过头，泪流满面："你以为鬼见愁拿你当兄弟吗？扯淡！这么多年了，我一直被他'囚禁'在这个花店，为什么啊？他一直在用我控制着你。什么大棍子，就是个傻子！"她说完就拿了一把伞，推门跑了出去。

"你别走！你给我说清楚了！什么控制？！"徐国柱追到雨里，还想拉住她。但不料花姐猛地转身，狠狠地抽了他一个嘴巴。

"我不想再看到你，你们男人，没一个好东西！"花姐说完，就消失在雨里。

大雨滂沱，徐国柱呆呆地站在雨里，任全身湿透。他默默地走回花店，颤抖着掏出烟盒，却发现已被雨水浸透。他抬头看着面前的小雪，稳了稳情绪才问："姑娘，老鬼的公司在哪儿来着？"

"在……"小雪犹豫着。

"嘻……刚才花儿都给我说了，在市西区的什么地儿。你看我这记性……"徐国柱摇头。

"你是去干吗？"小雪问。

"去找花儿啊，刚才几句话没说对，给人家得罪了。"徐国柱苦笑。

"哦，在市西区的一个写字楼里，您记一下。"小雪信以为真，说出了地址。

42

在市西区一栋老旧的五层建筑里，鬼见愁正坐在办公室的沙发上，直勾勾地看着对面的女孩。窗外雷雨交加，屋里一片香艳。女孩二十岁出头，浓妆艳抹，脸上带着挑逗的表情，身上只穿着内衣内裤。

"鬼哥，我可脱了啊。"她抿嘴一笑，褪去最后的伪装。

老鬼盯着面前丰腴的身体，不为所动。"转一圈儿。"他说。

女孩装作害羞，轻佻地笑着："讨厌……"说着便缓缓地原地旋转。

老鬼看了一会儿，低头点燃了一支雪茄，轻轻地喷吐，沉默了一会儿才问："你知道我找你要做什么吗？"

女孩把身体转回来，故意抚了抚前胸。她早已落入风尘，对陌生男人的眼神并不抗拒。"知道啊，是为你办事……"她声音软软的。

"为什么要为我办事？"鬼见愁跷起了二郎腿。

"那还用问，当然是为了钱。"女孩毫不隐瞒。

"好，那你出去找铁锹，他会告诉你具体怎么办。从今天起，你不再叫原来的名字，我们会给你提供新的身份。每次做完之后，你会拿到十万元的酬劳，但一定要记住，嘴要严、不能乱说，不然……"鬼见愁停顿了一下，"你知道后果的严重性。"他说着就摆了摆手。

"知道，鬼哥说话我一定照办。"女孩柔柔地说。她并未离开，而是往前走了几步，"鬼哥，就这么让我走了吗？"她问。

"那还能怎么样？"鬼见愁知道她话里有话。

女孩笑了笑，迈着猫步走到鬼见愁身旁，慢慢地俯下身体。"鬼哥，你不先试试吗？"女孩凑到他耳畔。

鬼见愁抬起头，并没有回答。女孩仿佛受到了鼓励，转到鬼见愁面前，轻轻地蹲了下去。她熟练地操作起来，鬼见愁也不拒绝，把身体换了一个舒服的姿势，靠在沙发上。但女孩忙活了半天，却无济于事。

"唉……算了算了……"鬼见愁推开女孩，系上裤子。

女孩站起来，娇滴滴地说："鬼哥，你别急啊，还没开始呢。"

"别废话了，出去跟铁锹拿一万走，就说我干了你了。"鬼见愁摆摆手。

女孩高兴地亲了他一口，转身就要出门。

"哎，记住我刚才说的话啊，嘴要严。"鬼见愁再次叮嘱。

"知道了……"女孩回头笑着。"铁锹哥，发钱发钱。"她一出门就大声说。

鬼见愁叹了口气，刚想仰在沙发上歇一会儿，就听外面乱了起来。他警觉起来，推门走了出去。

在外面，徐国柱正和铁锹剑拔弩张。他看到鬼见愁，不屑地笑了："怎么着？连你丫都当了老总了？"

鬼见愁没想到徐国柱能找上门来，就冲铁锹摆了摆手，走了过去说："大棍子，你怎么找到这儿的？"

"我怎么来的，你甭管，我有事儿要问你，怎么着，就在这儿说？"他撸胳膊挽袖子。

"进来吧。"鬼见愁转过身，带着他走进了办公室。铁锹不放心，也跟了过来。

"你出去！"徐国柱指着铁锹说。

铁锹没动地方，还要坚持。鬼见愁冲他使了个眼色，铁锹这才出了门。

屋里就剩下了两个人。

"什么事儿这么急啊？"鬼见愁问。

"你过来，我跟你说。"徐国柱冲他招了招手。

鬼见愁疑惑，走到徐国柱面前。

"你跟花儿是什么关系啊？"徐国柱拧着眉问。

"我跟她？"鬼见愁不解，"没关系啊？"

"别他妈在这儿装孙子了！"徐国柱说着就挥出一拳。

鬼见愁没料到他会突然袭击，躲闪不及，一下被打中了腹部。他疼得弯腰，徐国柱又顺势抬起一脚，将他踹倒。

"你他妈犯什么病了！"鬼见愁也不白给，一把抱住徐国柱的腿，也将他扳倒。

徐国柱倒在地上也没闲着，冲着鬼见愁的脑袋就踹。鬼见愁忙护住脸，刚要起身，正看见徐国柱举着一个花瓶砸了下来。

哗！这一下可够狠的，土陶的花瓶在鬼见愁身上砸得破碎。要不是他护住了头，估计就一脸花了。

"我去你妈的！"鬼见愁猛地扑了过来，双手掐住了徐国柱的脖子。徐国柱人高马大，一翻身就把鬼见愁压在底下。两个人在办公室里缠斗起来。铁锹刚闯进门要帮手，就被鬼见愁骂了出去。

"孙子，我弄死你丫挺的。"徐国柱掐着鬼见愁的脖子，不断发力。鬼见愁的脸憋得通红，不断用拳击打着徐国柱的左肋。徐国柱疼痛难忍，这才放手，但刚一放手，鬼见愁又把他压在下面。

"大棍子，你丫到底什么意思？！"鬼见愁的头皮蹭破了，鲜血直流。

徐国柱的嘴角也破了，气喘吁吁地瞪着鬼见愁："你……告诉我……你们到底是什么关系？"

鬼见愁也累了，松手把他放开，站起身来，后退了两步。"你真想听吗？"他问。

"废话！说！你到底……"徐国柱犹豫了半天，"动没动过她？"

鬼见愁见他问这个，笑了："你的女人，我不动。但她这些年所有的花销，包括那间花店，都是我给的。"

"你在控制她？"徐国柱问。

"对，我是控制着她。"鬼见愁回答。

"为什么？！"徐国柱质问。

"因为我愿意，我有能力养活她！"鬼见愁挑衅着。

"你丫那些脏钱！这些年我是不是对你太客气了！"徐国柱火了。

"你甭跟我这儿气势汹汹的，我不吃你这套！"鬼见愁也提高了嗓音，"脏钱？那什么钱干净的呢？你们挣的就干净，我们的就脏？大棍子，你别他妈天真了。这个花店就是个摆设，我就要让她老老实实地待在里边。要不，你丫会有炮友吗？"他直接把事情挑明。

"你一直在监视我？"徐国柱气得发抖。

"我犯不着，我是为了还你的人情。"鬼见愁说。

"去你妈的，我不用你还！"徐国柱说，"你放了她，我就不再找你麻烦。"

"现在不行，我以后会放了她。"鬼见愁说。

"她欠你多少钱？我还！"徐国柱说。

"她一分不欠，是你欠我钱。我每年给她十万，你算算，现在都多少钱了。"鬼见愁说，"你一年能干她几次啊，你算算，比他妈'空姐儿'都贵！"

"你……"徐国柱气得发抖，"那些照片是你拍的？"他问。

"是我拍的。"鬼见愁理直气壮。

"你想干什么？！让我放弃那个案子？"徐国柱问。

"是的，这只是第一步。"鬼见愁直来直去。

"你以为这样有用吗？"徐国柱问。

"棍子，听我一句劝。趁着现在我这个层面还能解决，就赶紧放手，要是换了别人，我不知道下一步会怎么样。"鬼见愁说。

"你这是在威胁我？"徐国柱皱眉。

"我没必要威胁你，你是什么人我知道。"鬼见愁说，"因为敬着你，所以这些年来我和兄弟们一直守着规矩，但现在的新人，可不会再讲老理儿。"他严肃地说。

"你甭跟我这儿吹牛×，流氓就是流氓，永远上不了台面儿。我不怕你挖我的事儿，大不了我脱了这身衣服，但你可得小心点儿，要是玩儿出了圈，就肯定得挨办！"徐国柱说。

鬼见愁看着他，叹了口气。"你就是自己无所谓，也该想想花儿。"他的眼神冰冷，"棍子……我也是身不由己。"他也叹了口气。

雨后的阳光一片灿烂，但徐国柱眼前，却是一片黑暗。他走在熙熙攘攘的街上，穿过摩肩接踵的人群，扑面而来的喧嚣在他身后消散。他步行来到北菜园街，到一个老字号要了一碗炒肝，但没吃两口就泪流满面。他拿劣质的餐巾纸努力地胡噜着脸，弄得满脸纸毛。他再也吃不下去，跌跌撞撞地走出门，在一个破旧的小巷中痛哭流涕。有人驻足观望，他也不管不顾。生活、工作、感情，他即将一无所有。那曾经妄想的一束光亮，在此刻也像花姐门前的声控灯般转瞬即逝。他仿佛站在沙漠里，遥望着孤独的无尽无头，而自己曾经幻想那重新开启的生活，其实根本没有敞开过大门。他在这个炎炎夏日，寒冷到浑身颤抖，脚下像踩了棉花一样，轻飘飘的，根本不知道该去什么地方。在护城河旁，他颤颤巍巍地从兜儿里拿出一串钥匙，奋力地扔了出去。他看着水面溅起的浪花，长长地叹了一口气。

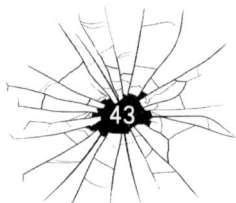

43

都快到下班的点儿了，潘江海还在办公室里研究着案卷。他总觉得有哪儿不对。为什么一起普通的合同诈骗案件会越办越大，而且还凑巧交到了三个老警察的手里；为什么郭副局长刚开始热心，现在对案件又不闻不问；为什么林楠会一再退让，而楚冬阳却如此冒进。搞预审的警察都不会轻信某种巧合。因为他们知道，一旦巧合多了就一定是隐藏着某种必然。潘江海细细地翻着案卷，当看到案件受理表上的第一次批示时，印证了自己的猜测。

按照海城公安机关的办案程序规定，在案件受理以后，会由法制处将报案材料进行登记，待局领导审批后再下发到办案单位办理。郭副局长分管经侦，案件就自然由他批示。他在受理案件的意见栏上写道：请经侦支队依法查处。

潘江海知道，这几个字看似简单，实则非常关键。经济案件纷繁复杂，每一起案件的背后，都藏着许多不为人知的秘密。但警察也是社会人，也难免受到多方面的压力，而且这种压力也会随着职位的升高越来越大。但许多压力又不能明说，于是领导们就往往会在文字上做一些手脚，将意图委婉地传达。潘江海是个预审老炮儿了，当然知道这里面的猫腻。他看着"依法查处"四个字儿，大脑在飞快转动。按照郭副局长的惯例，他只在意见栏里做三个层次的处理，一是"查阅"，二是"查办"，三才是"查处"，这是个递进的关系。"查阅"顾名思义，就是拿过来看看，够不够案子再说；而"查办"呢，就是不光要看，还要干；但"查处"就得加个"更"字，不但要干，还得有处理的结果。但这么一个普普通通的案子，就要把力量顶到头儿，这显然不是老郭的办事风格。而且最让潘江海想不通的是，这个案子为什么要交给沉寂已久的崔铁军办。他不信这是个巧合。

潘江海站起身来，慢慢地在办公室踱步。在中午的时候，他佯装遛弯，探了探门岗老李的口风。在闲谈中得知，崔铁军接任务那天，其实是跟老李换的班儿。也就是说，他很有可能预知自己接到这个任务。潘江海又坐下来继续思索，在脑海中把这段时间的经历一一回放。去接头儿的是崔铁军，跟踪嫌疑人的是他，发现金库的是他，坚持查明赃款的也是他。虽然几场关键的审讯都是自己所为，但之前的审讯方向和重点，也大都是和崔铁军一起商议的。再加上回想崔铁军以往的懈怠，潘江海越发警觉起来。他思索了一会儿，慢条斯理地走向林楠的办公室。

林楠常年开门办公，潘江海走进去的时候，他还在打着一份报告。

"哎，潘师傅，还没下班啊？"林楠问。

"没有，这不还半个小时呢吗。哎，你帮我给局政治处打个电话，我想查查我的警员档案。"潘江海说。

"啊？都这个点儿了？您查档案干吗？"林楠问。

"嘻，我媳妇他们单位弄什么公租房的指标，非要问我入党时间、工作履历，我哪记得清啊，得查查。"潘江海说。

"哦，那您不用自己去，我一会儿让内勤去调。回来给您就行。"林楠说。

"不用不用，耽误人家下班儿。我自己去查，也知道哪些有用。"潘江海说。

"行，那我一会儿给他们打个电话，您找内勤开个介绍信吧，我批一下。"林楠说。

潘江海拿着内勤开的介绍信，刚走出办公区就进了一个没人的会议室。他把介绍信铺在桌子上，模仿着内勤的笔迹，在"潘江海"三个字后面写上了"崔铁军"和"徐国柱"。

到了政治处，他在门口佯装打手机。等屋里的人走得差不多了，才急匆匆地走了进去。已经过了下班的点儿，屋里只剩下实习生小宋。

"哎，姑娘，赶快赶快，帮我调一下这几个人的档案。"潘江海把介绍信递给小宋。

小宋刚来还不到一个月，业务尚不熟练。她拿过介绍信问潘江海："您查这几个人的原因是什么？"

"具体问题不能透露，我也是按照要求办理。"潘江海严肃地说，"我们支队领导给你们刘主任打过电话。"

"哦，那我知道了，刘主任刚才跟我说了。那我现在就给您查。"小宋说。

"不用，我自己查就行。你也不必跟着，这里面涉密。"他挤了挤眼说。

在下车之前，鬼见愁拿掉了敷在伤口上的棉布，他不想让自己显得狼狈。他走过一辆红色的宝马轿车，来到别墅门前的时候，发现黄有发正在里面发火。一个女人趴在地上，浑身颤抖。

"你有什么害怕的，怕他们吃了你吗？"黄有发对夏静怡大发雷霆。

夏静怡跌倒在地上，刚才的一个耳光，让她头晕目眩："老板，我真的干不了了，真的不行了……那些客户天天围着公司，就连我回家的时候都跟着，昨天他们把我围在车上，说不还钱就把我带到公安局。老板，您换个人吧，我不想干了。"她说着就抱住了黄有发的腿。

黄有发冷冷地看着她，没有一丝怜悯。"小夏啊，我跟你说过，只要再坚持一段时间，我就送你出去。现在是关键时期，你必须要撑好门面，你现在不去了，让我怎么办呢？"他问道。

"您可以换人啊，现在那几个副总都可以啊。您给我的那些钱，我可以退给您。您只要让我离开，我保证守口如瓶。"夏静怡说。

"我去你妈的！"黄有发抬起一脚，把夏静怡踹开，"现在公司有难，你想一走了之了？不是原来在国外求着让我睡你了？"

"你睡我吧，怎么睡我都可以，只要你放了我。"夏静怡泪流满面地央求。

看闹成了这样，黄有发知道再强逼也无济于事。他叹了口气，抬手示意她起来。"我可以放了你，但这段时间你还要去公司，我会找人保护你的。等过了这段时间，我就安排你出国定居。小夏啊，你要坚强啊……"他捏着夏静怡的脸说。

夏静怡战战兢兢地点点头。

黄有发叹了口气，冲门外招了招手："阿鬼啊，进来吧。"

鬼见愁和铁锹已经等了半天，刚进门黄有发就发号施令。

"从今天开始，你们找人保护好她。"黄有发说。

鬼见愁抬眼看着黄有发，缓缓地点了点头。

黄有发察觉出异样，便打发走夏静怡。他转身坐到沙发上，请鬼见愁两人也坐下来。他让保姆拿来两盒哈瓦那雪茄，甩手扔了过去。鬼见愁也不客气，马上拆封取出一支，自顾自地点燃。

黄有发换上了笑模样，自己点燃了一支红双喜："阿鬼啊，现在咱们公司的情况是有些紧张，但也没什么大不了的，这么多年风风雨雨都过来了，还怕这一次吗？我叫你来啊，是有一件事情要办，襄城的一家公司啊，现在……"

他的话还没说完，鬼见愁就摆了摆手。"老板，我今天来，也是有事要问你。"他抬起头说。

"什么？"黄有发皱眉。他第一次见鬼见愁对自己是这个态度。

"我问你，你是不是把那些照片发到公安局纪委了？"鬼见愁质问。

黄有发一愣，说道："是啊，有什么问题吗？"

"我给你徐国柱的照片时，你说过什么？不经我同意不会使用。但现在呢？直接寄到公安局了！你这是玩我啊！"鬼见愁一下拍响了桌子。

黄有发的火一下就起来了，他也拍响了桌子："阿鬼，你有什么资格跟我这么说话！你知不知道，我可以捧你，也可以摔你！想捧你的时候，你就是老大，要摔你的时候，你连狗屎都不如！"

"哼哼……"鬼见愁站起身来，"你要这么说，咱们就没什么可聊的了。"他露出一身的江湖气，"我这人做事讲规矩，对不按套路出牌的人，我伺候不了。"他说着就要走。

"你站住！"黄有发勒令道。他走到老鬼面前，"阿鬼啊，做人要懂得知恩图报的。你说这些年，哪件事不是我帮你扛着？要不是我花钱请律师，那些伤害的案子可以结束吗？你现在还在牢里啊！让人替你顶罪，买通证人，哪个不是我来办的。你说，你今天这么做有良心吗？懂规矩吗？"黄有发反问。

"呵呵……"鬼见愁笑了，"你呀，甭跟我打这悲情牌。拆迁的事儿是你让我干的，威胁证人的事儿也是你布置的，你保我是为了自己，你有必要说得这么高尚吗？"他反问道。

"是我给你的钱不够吗？"黄有发质问。

"不是钱的事儿。我帮你做事有年头了，在心里一直拿你当老板，但你呢？拿我当什么？"鬼见愁盯着他的眼睛，"我问你，我的那几个场子是怎么回事，为什么你都退股了？你别以为我是傻子，你把那些钱都给了小青。"鬼见愁说。

黄有发知道，这才是鬼见愁暴怒的原因。他笑了笑："阿鬼啊，我不知道你看不看《动物世界》，我是每期都看。那里面无论多少个故事，其实就在讲一个道理，那就是优胜劣汰。我知道，你是怕那些警察，不敢跟他们作对。所以我没办法啊，许多事就只能让小青去做。让他做自然要开出价码，所以没办法了，就只能把你的拿走了。"黄有发耸了耸肩。

"呵呵……"鬼见愁冷笑，"无所谓，你爱给谁给谁。江湖有江湖的规矩，不动'条子'就是我立下的规矩。你以为这社会的规则是流氓制定的啊？扯淡啊，我们都是在人家指甲缝儿里求着生存。"

"哎……你落伍了！过时了！规矩把你拉下了泥潭。阿鬼啊，你不再是那个鬼见愁了。"黄有发说。

"呵呵……"鬼见愁撇嘴笑着，"江湖的事情你不懂，也少掺和。你就做好自己的生意吧。我今天来就是告诉你，以后我不会再跟你干了，你要是觉得小青不错，就让他做那些事吧。但我希望你告诉他，做事别越界，不然就别怪我不客气！"

黄有发气得攥紧了拳头，但又缓缓放开："阿鬼，你这么说让我很寒心啊，看来咱们之间有不少的误会。好，你既然要走，我也不强留。但你手里的东西要给我留下。"

"什么东西？"鬼见愁皱眉。

"那些录像，那些照片，那些下边的毛！你不要以为我是傻子！"黄有发说。

"哈哈……"鬼见愁笑了，"那可不行，我得留作纪念。"

"你纪念个狗屁！"黄有发急了，冲着鬼见愁就甩出一个嘴巴。但不料刚伸出手，就被铁锹攥住。

"哎呀，哎呀哎呀……"黄有发疼得直叫。鬼见愁摆摆手，铁锹才松开他。

"我告诉你姓黄的，我手里的东西能帮你，也能毁你。我不想跟你结仇，也希望你别为难我。从今天起，你和警察怎么作对都与我无关。你的破事儿，爷不管了。"鬼见愁说着把吸了半根的雪茄扔在地上，拿脚踩灭，"谢谢啊，这味道还不错。"他转身离去。

"我 × 你老母……"黄有发看着他的背影，浑身颤抖起来。

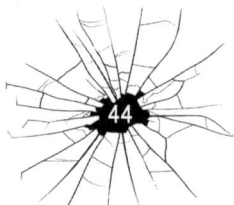

44

黑色的奥迪 A8 行驶在拥挤的车流中，窗外夜色朦胧。鬼见愁默默地看着，若有所思。

"鬼哥，您刚才真牛 ×，都给丫说傻了。"铁锹一边开车一边说。

"唉……不说这个了。"鬼见愁叹了口气，"你看到那边的大棚没有，那是我曾经练摊儿的地方。"他冲窗外指了指。

"哎哟喂，鬼哥还做过服装生意呢？"铁锹笑。

"狗屁服装生意，就是摆地摊儿。什么都卖，二手的裤子、皮鞋，从那帮'佛爷'手里收的旧手机，能赚钱的东西都往外倒腾。那时真他妈累啊，但也没觉得苦，只要能挣上点儿钱、吃口饱饭，这一天就过得挺美。"鬼见愁回忆着。

"鬼哥，您说的是多少年前的事儿了？"铁锹问。

"二十多年前吧，那时这里的老大还是国生。"鬼见愁回答。

"啊？那个二货？"铁锹惊讶。

"你别看他现在那揍性，原来也猛着呢。但这人啊，就是好日子不会过……"鬼见愁叹了口气，"有点钱就瞎他妈嘚瑟，最后让那玩意儿给毁了。"

他说完这个，车里便一阵沉默。铁锹想缓解气氛，便打开了汽车音响。

交通广播正放着新闻：今天上午有数百名群众围堵在 D 融宝公司门前，要求偿还投资本金。本台记者联系了该公司的法务部经理，被告知现公司运转正常，并未出现任何资金风险，请广大客户不要轻信谣言。但围堵公司的客户却称，D 融宝公司的资金链已经断裂，其承诺的 12% 利益很有可能成为泡影。本台将继续关注事态的发展和动向……

"哼哼，这帮孙子，快完蛋了。"鬼见愁撇嘴，"哎，铁锹，你说咱们要是和这帮玩金融的人比，到底谁更黑啊？"他问。

"当然是他们了。"铁锹回答。"鬼哥，咱们干事儿是为了自己活着，他们丫干事是祸害别人，盯着人家的棺材本儿钱。"

"你小子还挺会总结。"鬼见愁笑着摇头，"兄弟，我以后不想再'戳杆儿'了，你得单立了。"

"鬼哥，你想轰我走啊？"铁锹问。

"我不是那个意思。现在时代不同了，不能再拿拳头办事儿了。"鬼见愁说。

"不会的，只要咱们够狠，肯定能保住这片天地。"铁锹说。

鬼见愁看着窗外的繁华，轻轻地摇头。"我爸活着的时候啊，总跟我说，儿子啊，我一辈子总让人欺负，到了你这辈儿一定得狠。人不犯我我不犯人，人若犯我我必犯人，只有让别人怕你，才能活得更好。我就是听了他的话，才走上了这条路。但这条路，没有尽头啊。谁也不可能一辈子永远都狠。"他怅然若失地说。

"大哥，要不是您罩着我，我早就废了。我不管别人怎么看您，但我知道，跟着您，走的就是正道儿。"铁锹说。

"以前占地盘儿，咱是为了活着。弄拆迁，是想发展。后来跟了姓黄的，我其实是想走正道，但没想到却他妈越走越黑。兄弟，该收手了，咱往后退一步，别挡着别人的道儿了。"鬼见愁说。

两个人正聊着，铁锹的手机响了起来，他接通电话。"喂，什么？！有人把办公室给砸了？！"铁锹大惊，"多少人？好，我马上回去。"

"怎么回事？"鬼见愁问。

"刚才小崔说，来了一帮人，把公司给砸了！"铁锹说。

"快回去，我肏他妈的，这就找上门了。"鬼见愁大怒。

鬼见愁走进门的时候，公司已是一片狼藉。几个看摊的兄弟都被打得鼻青脸肿。

"怎么回事？"鬼见愁大声问。

"鬼……鬼哥。"小崔赶忙迎了过来，"刚才来了十多个生瓜蛋子，进来就动手。我们拦不住，他们就把办公室砸了，临了儿还问什么录像的事儿。我们不知道，他们就打我们。"

"都是什么人？"鬼见愁大声问。

"都是小年轻的，带头儿的染着紫色的头发。"小崔说。

"小王八羔子……"鬼见愁恨得牙根儿痒痒。

潘江海把实习的小宋忽悠住了，一个人拿着涉密钥匙来到电脑前，他先是装模作样地查了查自己的情况，然后趁着小宋不注意，就"换了频道"。他在海城的警员库里检索到"崔铁军"，在选择栏里直接点了最高权限，打开了他的全部资料。

崔铁军的个人资料中显示，他的民族为汉，籍贯是襄城，政治面貌为党员，父母已故，婚姻状况是离异，膝下育有一子叫崔斌。工作任职情况比较复杂，派出所、治安科、刑警队、经侦队，这几十年没少换地方。库里的信息是从后往前显示，潘江海一页一页地翻看着，崔铁军也从年近六旬回到了青春的岁月。其实潘江海也不知道自己到底想要查些什么，只是本能地感觉，这里边儿有事儿。搞预审的人都相信预感，预感是理性判断的集合，有时白天审不出的案子，睡一宿觉就能知道从哪儿开刀。他慢慢地往前翻着，在即将结束的时候发现了问题。

他紧盯着电脑屏幕，连小宋进来送水都不知道。被小宋一叫，险些把纸杯碰掉。他笑笑，找了个理由打发走小宋，继续查看。屏幕中显示的是崔铁军刚入警时手填材料的扫描件，上面显示着他的家庭情况，父亲崔广全，母亲焦秀云，现离异，崔铁军随父，其弟崔雄兵随母。

崔雄兵……潘江海总觉得这个名字似曾相识，但又想不起来是从哪里听过。于是他又打开了人口信息库，查询这个人，但同名的人虽然不少，与崔铁军年龄相仿的却一个也没有。潘江海琢磨着，又重复地看着资料，突然就找到了灵感。他倒吸一口冷气，如果这个判断被印证，那这个事儿可就大了！他迅速打开人口库中的"已注销"人口系统，查询二十年前死亡人口中的"焦雄兵"，一份资料果然跃然而出。潘江海打开资料，将该人的照片放大，重重地呼出一口气，仰靠在座椅上。

"你大爷的大背头，你个王八蛋！"他感叹着。

45

"呱嗒"直接找自己谈事，徐国柱就知道准没好事儿，但他还是轻敌了，没想到自己会被纪委给带走。在"呱嗒"的审视和同事们的惊愕下，徐国柱被带上了纪委的那辆破尼桑轿车。在车下，林楠还在和沈政平反复交涉着，但楚冬阳却冷冷地看着徐国柱，一言不发。徐国柱知道，这孙子在里边儿没起好作用。虎落平阳被犬欺。说的也许就是这一出儿。

市局纪委的办公室就在大楼内，但沈政平却把徐国柱直接带到了外面的审查点儿。纪委是专门办"自己人"的单位，为了保证办案秘密，就在老公安医院的旧楼里找了几间屋子，用于禁闭和问讯。徐国柱一进屋就明白了，他们已经把自己当嫌疑人了。

徐国柱一屁股坐在审讯椅上，尽量摆个舒服的姿势。他掏出一根"中南海"，自顾自地点燃，又掏出手串，揉搓起来。对面的小张和小李也没敢吭声儿。

"怎么茬儿？看这意思是想给我判个十年八年啊？"徐国柱撇着嘴问。

"徐国柱同志，请注意你的态度。"小李受上次的教训，话虽严厉，但语气却缓和了许多。

"说！你们要我交代什么？"徐国柱憋着一肚子的火，等着喷发。

"为什么把你带来，你自己不知道吗？"小李玩疑兵计。

"废他妈什么话啊，我知道还不告诉你！"徐国柱本想多忍会儿，但火气还是提前喷发出来，"有话就直说，有屁就快放，别他妈跟我玩什么'里格儿楞'！"他先拍响了桌子。

小李也觉得玩手段没什么意思，就开门见山："那我问你，徐国柱，在 1995 年市南区的棚户区拆迁的时候，是不是曾经发生过一起居民吴国生被故意伤害的案件？"

"吴国生？"徐国柱皱眉。他当然和这个人熟悉，前几天还因为找线索收拾过他，"应该有过，怎么了？"

"当时吴国生因为拆迁补偿问题和开发商谈不拢，就成了棚户区的钉子户，但不想却遭到一群流氓殴打，带头的人叫仇建军。这个人，你不会不认识吧？"小李问。

徐国柱看着小李的眼睛，回想着二十多年前的事儿。他们所说的仇建军就是老鬼，在那时还没有鬼见愁的名号，而吴国生就是国生，那时刚沾上粉儿，成了无赖。"我认识，他曾经是我在刑警队的'点子'。"徐国柱开诚布公地说。

"好，你认识就行。"小李老道地点头，"当时吴国生被打折了左腿，在医院救治，你所在的刑警队根据群众举报，抓获了仇建军，是不是？"

"你知道还问我干吗？案卷上都写着呢。"徐国柱说。

"我就问你是不是？"小李提高嗓音，开始发力。

"是。"徐国柱觉得这个问题无关紧要。

"但后来在你们给吴国生做笔录的时候，他却否认了仇建军殴打他的事实，说自己是下楼摔伤的。是不是？"小李又问。

"是。"徐国柱应付着。

"但根据医院的伤情检查，吴国生的腿却是被钝器击打致伤，对不对？"小李继续追问。

"你自己看案卷去，我早忘了。二十多年了，我也不是电脑。"徐国柱撇嘴。

"虽然有这份伤情检查，但最后仇建军还是被无罪释放了。拆迁房在吴国生住院的时候被开发商拆除了，吴国生最后也没有再告。是不是？"小李又问。

徐国柱知道他这通咄咄逼人是在给自己挖坑，但不知怎么的，心里却一点儿紧张不起来。"是，他根本就没告过仇建军。这帮孙子都他妈不是好东西。"他不屑地说。

"不是好东西？为什么？"小李放缓了语气。

"嘻……那时候的事儿……"徐国柱叹了口气。

"徐师傅，其实我们也不想难为您，我们只是公事公办。"小张这时说了话，"您知道，我们沈书记工作认真，要求也严，我们这些在底下办事的，也不敢有半点疏忽。所以今天问您情况，可能是我们哥俩儿在表达上有点问题，让您觉得不愉快了。那这样，我先跟您道个歉，也希望您配合我们的工作。"

这个小伙子挺会说话，徐国柱一向吃软不吃硬，一听这话态度就缓和了下来。"哎，你要这么说，我爱听。你们干这活儿的，我也理解。既然你们把话都说到这个份儿上了，那我也不难为你们。"徐国柱说。

"那太谢谢您了。"小张笑着说，"其实您也别误会，之所以把您带到这里问，并不是想把您怎么着，只是为了避免对您的影响。"

"嘻……"徐国柱摆了摆手，"影响不影响的倒无所谓，我这个岁数了，先说事儿吧。"

"我们就是想知道那时候的真实情况。"小张说。

"哎……要说那件事儿啊，我还真有印象。"徐国柱打开了话匣子，"当时棚户区拆迁的时候啊，开发商承诺的是双倍补偿，怎么个双倍呢？就是拆一间给两间。具体的我也记不清了，大概就是这意思。但吴国生这个孙子啊，本来就不是个玩意儿，他外号叫'国生'，是市南区的一个大混混儿，1983年严打进去了小十年，出来以后接茬儿来，扒绝户坟蹦寡妇门什么都干，后来又沾上了'粉儿'，就加了个'更'字。在开发商找他的时候，他狮子大开口啊，说他们家这位置是龙脉的眼儿，风水宝地，必须得提高补偿额。你说市南区，有个狗屁龙脉啊。开发商一问，好家伙，这孙子一个 15 平的破平房加上私搭乱建的一个简易棚，就想跟人家要三个两居室。人家肯定不干啊，就做他的工作，结果这孙子犯起三青子，拿着菜刀就要剁人家。你说，这王八蛋！"徐国柱一说起国生，就气不打一处来。

"哦……"小张点头，"原来是个这样的人。"

"可不？他哪算是个人啊？就是泡臭狗屎。"徐国柱摇头，"你听我说啊，后来老鬼那孙子就上了啊，代表开发商跟国生谈，开发商本来是想借老鬼的面儿，没想让他下手，但没想到俩人谈崩了，老鬼就动了手，这不才闹了这出儿吗？"徐国柱一口气讲完。

"哦，这么说，吴国生还是让仇建军给打的。"小张笑了笑，转头看了看小李。

小李一直没停着，哗哗地往笔录纸上写。徐国柱心里有点犯嘀咕，觉得自己有点仗义过了。徐国柱可能不知道，这两个小子看着年轻，却都在预审干过。特别是小张，他师父就是现在牵头预审工作的那海涛。要算起来还真算是"名提"的徒弟。预审问人手段多变，徐国柱隐隐地觉着，自己可能是中了软刀子。

看小李记完了，小张接着发问："那徐师傅，当时是您出的警吗？"

"当时……"徐国柱犹豫着，"是，是我出的警。"

"那我问您，既然您知道吴国生是被仇建军打伤的，为什么不对他进行处理？"小张的软刀子开始发力了。

"这……"徐国柱陷入了两难。他知道，不说，跌面儿，要是说了，就中了对方的陷阱。徐国柱沉默了一会儿，还是选择了宁折不弯，"当时的情况和现在不一样，流氓的事情我们都不过问。"他直来直去。

小张皱眉，看着徐国柱的眼睛，判断着他回答的真伪。

"我就这么跟你说吧，在这个世界上啊，有两种规矩，一种是明面儿上的规矩，说白了就是法律，咱们警察维护的就是这种规矩。还有一种呢？是各行各业多年形成的规矩，就拿流氓来说吧，凡是海城的老炮儿，他们之间的事儿一般都不报官。谁要是坏了这个规矩，那以后就没法在'圈儿'里混了。所以国生和老鬼也是这样，他们之间的事儿，他们自己了结，你就是想问，他们也不说。而且这事儿也没伤及别的老百姓，所以当时就这么处理了。"徐国柱一口气说完。

"嗯……"小张点着头，"那您的意思是，只要是流氓之间的事儿，咱们当警察的就可以不管了？"他反问。

"我也不是这个意思，我……"徐国柱嘴笨，一时被小张绕了进去。

"那当时就算有报案群众的笔录、医院的伤情检查予以证明，你也没有履行到一名警察应尽的调查职责？"小张的语气渐渐硬了起来。

"这……"徐国柱知道自己进套儿了，但已经被架在了这儿，又骑虎难下。

"那我再问你，你和仇建军有没有私人之间的关系或经济往来？"小张直奔主题。

"怎么会？"徐国柱摇头，"警察和流氓怎么会同道？"

"好。"小张等小李记完，开始拿"子弹摧毁大坝"，"你看看这个。"他说着把一摞照片扔了过去。

徐国柱接过来一看，顿时愣住了。上面正清晰地印着某次他和鬼见愁交谈的情景。

"徐国柱同志，你怎么解释这一切？"小张改变了对他的称呼。

"我……没法解释……"徐国柱昂着头说。

"好，那我们明白了。"小张说着就站起来，他显然已经达到了目的。

徐国柱不干了："哎，你们到底什么意思啊？说了半天陈芝麻烂谷子的事儿，这是谁看着我不顺眼在背后下家伙啊？"

小张整理着材料，与徐国柱对视。他此时的眼神不再温和："徐国柱，没有任何人给下家伙，我们接到的是实名举报。"

"实名举报？谁啊？"徐国柱皱眉。

"吴国生。"小张回答。

46

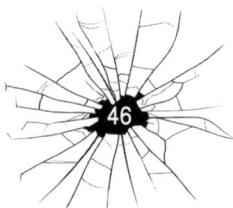

崔铁军在办公室里心急如焚，直到晚上七点，徐国柱才被放了回来。一进门，他就倒在沙发上，点起一根"中南海"默默地喷吐。崔铁军知道，要不是郭副局长从中斡旋，他今晚就得住在禁闭室里了。

"哎，棍子，有事儿没事儿啊？"崔铁军问。

"不知道……"徐国柱冷冷地回答。

"嘿，别他妈不知道啊，自己的事儿得弄明白啊。"崔铁军说。

"我他妈怎么弄明白啊！"徐国柱说着就坐了起来，"一个二十年前的事儿，早就翻篇儿了，现在又拿来说事儿。这明摆着是有人从我背后捅刀啊。"他话有所指。

"哎，你先别瞎猜，还是匿名举报吗？能拿你怎么着？"崔铁军问。

"不是匿名，是他妈实名。你还记得上次那个吸粉儿的'点子'吗？就是那个国生。"徐国柱说。

"是他？"崔铁军皱眉，也预感到了事情的严重性，"是你打他的事儿？"

"不是，那他妈也没证据……"徐国柱吸了口烟，给崔铁军讲了老鬼打人的事。

"我俞……"崔铁军倒吸一口冷气，"棍子，你觉得这国生背后是什么人？"

"我不知道。"徐国柱摇头。

崔铁军本想问他是外面的人还是自己人，又觉得不妥就没再往下说。

"估计这次悬了……"徐国柱叹了口气。

崔铁军刚想劝他，又闭上了嘴。

这时，潘江海气势汹汹地走了进来。他走到崔铁军面前，用力地把一张纸拍到桌子上。

"我说崔探长啊，我从明天开始歇了，这个案子别算我的份儿了！"他拿一种挑衅的眼神看着崔铁军。

崔铁军拿过那张纸，是一张休假申请。楚冬阳已经在上面签了字。"哎，喷子，你这是干吗啊？"他大惑不解。

"'干马'？还他妈干驴呢！姓崔的，我明着告诉你，爷爷不干了！"潘江海提高了嗓音。

"嘻，你丫喷子闹什么炸啊！"徐国柱腾地一下站起身来，走到潘江海面前。

"我他妈没闹炸，我就是告诉他，我不干了，让他另请高明。行不行？"潘江海说。

"不行，从我这儿就不行。"徐国柱说着一把夺过休假单，甩给了潘江海。

"你说的不管用，人家政委都批了，你还废什么话啊！"潘江海又把休假单拍在桌上。

"什么他妈政委，你拿他当人，我可不拿他当人！"徐国柱说。

"哎，棍子，你先停。"崔铁军拦住徐国柱，"喷子，我倒想问问你，这是什么意思？冲谁啊？冲我吗？"

"哼哼……"潘江海从牙缝里挤出一丝冷笑，"我问你姓崔的，你丫拿我们当过朋友吗？"他一字一句地问。

"当然了，咱们老哥仨有什么话不明说啊。"崔铁军反问。

"那好，那我再问你。你一直带着我们俩照死了干这个案子，到底是为了什么？"潘江海这么一问，崔铁军的脸色慢慢变了。

"哎，你甭跟丫说了。"徐国柱从中间打岔，"丫歇就歇了吧，没他这案子还好点儿。"

"哎，你这么说什么意思啊？"潘江海急了。

"我什么意思啊？我他妈就不愿意说。你丫还配当一个警察吗？你丫干的都是什么事儿啊？"徐国柱发起火来。

"嘿，你要这么说，还真得说明白，什么配不配的，你丫别拿我打岔。"潘江海说。

"我就不愿意说你，就他妈缺那俩钱儿吗？至于吗你？"徐国柱鄙夷着。

"你说，什么钱？别他妈整这没影儿的事儿！"潘江海急了。

"说就说。我问你，喷子，你和那个傻 × 律师勾勾搭搭的，到底在干什么啊？啊！"徐国柱猛拍桌子。

他此言一出，崔铁军也愣了："什么？喷子，你和那个律师有交往？"

潘江海傻了，没想到会被徐国柱知道。他尴尬至极，想了想就只能把矛盾往崔铁军身上引："你先甭问我，你先回答我刚才的问题，为什么要死乞白赖地搞这个案子！"他用手指着崔铁军。

"因为！因为……因为什么？"徐国柱刚想替崔铁军说话，也疑惑起来。什么为了维护国家法律尊严、市场经济秩序的高大的词儿他说不上来。说实话，他也一直不解，崔铁军干吗这么玩儿命地干。

崔铁军看着潘江海和徐国柱，一言不发，特别是躲闪着潘江海那双预审的鹰眼。

"焦雄兵是你什么人啊？"潘江海用审人的语气问。

他这么一说，徐国柱愣住了。这个名字他再熟悉不过了，在二十年前那个雨夜，如果不是二冬子在抢枪时杀害了焦雄兵，也不会有日后一系列的变故。

"怎么回事？他和这个案子有什么关系？"徐国柱也转过头瞪着崔铁军。

"你……你查我……"崔铁军指着潘江海问。

"对了，我查你了，而且还是开了介绍信去的！"潘江海咄咄逼人。

"好，好……"崔铁军低下头，沉默起来。他知道，话都说到了这个份儿上，再隐瞒也没有意义，就叹了口气，拿出一根金桥，自顾自地点燃。他缓缓地喷吐了一口，看着潘江海的眼睛说："他是我弟弟，亲生的弟弟。"

此言一出，徐国柱一屁股坐在了凳子上："什……什么？他……他是你弟弟？"

"是的，他原名叫崔雄兵，但在我父母离婚之后，就跟了我妈的姓儿。"崔铁军说，"我妈不想让他当警察，但他不听劝告，非要和我一样，就社招进了襄城公安局。往下的我就不用说了，你们都知道的。"崔铁军说着就想起往事，用手捂住鼻梁。

"哎，大背头，这件事你丫怎么一直不说啊？！"徐国柱站起身来，走到崔铁军面前。

"我……"崔铁军语塞。

"那我还是不明白，就算焦雄兵是他弟弟，又和这个案子有什么关系呢？"徐国柱转头看着潘江海。

潘江海面无表情地叹了口气："棍子，我查了当时的案件记录，里面除了仇建军和耿二冬的名字之外，还有一个姓名。"

"是谁？"徐国柱急切地想知道答案。

"黄有发。"潘江海说，"他才是 D 融宝公司的实际控制人。"他补充道。

"我明白了！"徐国柱点着头，"大背头，你丫拿我们当枪使啊！"他质问道。

崔铁军没有回答，默默地看着徐国柱。

"你不说，我替你说。"潘江海走近了一步，"你丫利用看大门儿收发信件的机会，掌握了举报地下钱庄的线索，于是提前找到林楠，伪装了人家请你办案的假象，再通过老郭把我们两个快退休的老家伙拽进专案组，为的是可以独立操作整个案件，之后你借助地下钱庄的线索，慢慢把案件引到了 D 融宝公司，真正目标是冲着至今还逍遥法外的黄有发。大背头啊，你丫可真是机关算尽啊！"潘江海说。

"他说的是真的吗？"徐国柱浑身颤抖，一把揪住崔铁军的衣领。

"棍子，你给我放开。"崔铁军攥住他的手。

"不，你得说清楚，这到底是不是真的？！"徐国柱大声质问。

"棍子，你丫给我放开！"崔铁军说着也攥住徐国柱的衣领。

"我还问你，二十年前那个举报二冬子的电话是谁打的？是不是你！"徐国柱大吼起来。

崔铁军被他拽着，激动得双眼通红："棍子，棍子……"他的声音虚弱起来。

"说！"徐国柱两眼通红。

"是！是我打的！我当时在经侦下不了手，就借你的子弹干掉了他！"崔铁军咆哮着。

"我肏你妈的！"徐国柱说着一拳打在崔铁军脸上，崔铁军应声倒地，"我这么多年都让你毁了！我一直不信老鬼的说法，以为是他匿名举报的，没想到是你这个王八蛋！你把我这一辈子都给毁了！"他说着就扑到崔铁军身上，用力地撕扯着。

也许别人根本无法理解徐国柱内心的痛苦，但就是因为那一颗子弹，让他原本正常的人生急速地出轨，也让他从一个普通警察，变成了令黑道仇恨和惧怕的"大棍子"。由于害怕二冬子残部的报复，未婚妻离他而去，为了震慑住犯罪，刑警队的领导安排他专职负责"点子"，从此他的生活陷入黑白之间。

"行了，行了！"潘江海使出全力才把徐国柱拽开。

"别他妈动我，你丫也不是好东西！"徐国柱一把推开潘江海。

潘江海往后一倒，一下把桌子上的镜框碰倒。"哗啦"，那张探组合影顿时摔在了地上。

小吕一直在会议室做着记录，听到喊声才跑了进来，没想到三个师父打成了一团。他赶忙跑到桌子跟前，把合影拿了起来，但镜框已经粉碎。

"师父，你们干吗啊？！"他叫着三个人同一个称谓。

徐国柱看到小吕，火气就降了下去，但随之而来是一种彻骨的冰冷。

"还他妈干什么啊？没他妈谁是真心的。"徐国柱冷冷地说，"你？你？"他用手指着崔铁军和潘江海，"你们丫都是哥们儿吗？你们说的都是实话吗？你们是不是都觉得我是一大傻×啊？"他又激动起来，声音颤抖，"我看啊，咱也别凑合了，喷子你丫不是休假了吗？好！我也走，甭管纪委是关我禁闭还是把我给双规了，都跟你们没关系。大背头，我这么多年真是看错你了，你……"他终究还是没说下去，涕泪横流，"你丫自己琢磨去吧，我走了……"他说着就走出了门外。

崔铁军被打得鼻青脸肿，木然地看着徐国柱的背影。潘江海冷冷地看着他，也一字一句地说："大背头，都是干警察的，谁也不比谁傻多少，你好自为之吧。还真他妈三叉戟呢，都不一条心，还冲他妈什么劲。"他说完也默默地离去。

办公室只剩下崔铁军和小吕。崔铁军一个人默默地伫立，茫然无措。小吕呆呆地看着他，不敢多说一句。

47

经市局研究决定，徐国柱由于涉嫌在案件中不作为，被暂停职务，等候处理。潘江海申请了三周长假，买了到南方的机票，准备暂离是非。经过经侦支队的研究，由于崔铁军探组警力不足，洗钱案件的后续工作移交给罗洋处理。昔日热热闹闹的办公室，如今只能听到小吕操作订卷机的声音。崔铁军闹了一场大病，要不是林楠等人及时把他送到医院，就差点要了他的老命。案件移交之后便被搁置起来，罗洋才不会贸然蹚这个"雷"。一切都在按部就班地进行，但却早已不是崔铁军想象的样子。

时间挺快，一下就过去了三天。郭副局长终于顶不住各方的压力，将冻结的剩余资金进行了解冻。据说，当崔铁军知道这个消息时，情绪失控到泣不成声。

夏天已经快要过去，知了的叫声也不再响亮。立秋的时节就在眼前，盛开的繁花不久就会随风飘落。关于 D 融宝公司的消息越来越多，警方对其调查的传闻甚嚣尘上。但黄有发却并不着急，他知道，崔铁军的团队已经分崩离析，于是便继续加快转移资金的速度，并开始将出逃的计划提上了日程。

晚上七点，铁锹独自一人走出了小饭店，身旁已不再前呼后拥。江湖不再是曾经的模样，以义气为重的时代一去不返，剩下的只有利益的交换和金钱的雇用。在离开黄有发之后，鬼见愁的公司便宣告解散，同时被收回的还有控股的几处生意。昔日威风八面的鬼哥，如今已金盆洗手，手下除了几个过命的兄弟之外，大都成鸟兽散。但今天，铁锹心情却很不错，他刚刚拆借资金，盘下了一个酒楼。鬼见愁给餐厅起了名字，但听起来不伦不类的，叫"威虎山"。铁锹最近正在忙着酒楼的装修，今晚有一车水泥沙子要到，他要提前赶去接货。

奥迪 A8 已经还了回去，现在开的尼桑就停在马路对面，铁锹不紧不慢地踱着步，享受着微风拂面的舒适。但不料这时，身旁的一辆面包车却突然向他驶来，他躲闪不及，一下被撞了出去。他顿时感到天旋地转，嗓子眼儿发甜。他挣扎着刚要爬起，就被两个人蒙上了头套。铁锹大喊着，却不见有人帮忙，他奋力地想挣脱头上的束缚，却不料猛地被重物击中了头部，瞬间陷入黑暗里。

不知过了多久，他的视线才渐渐恢复。他隐隐地看到，眼前是无尽的黑夜和星空。

"我……我在哪儿……"他想要坐起，却突然发现自己躺在两辆车中间，双手被分别绑在两车前后，"啊！啊……"他大声地喊叫着。这时，小青走到他面前。

"铁锹哥，好久不见了。"小青穿着一个皮背心，拢着紫色的头发说。

"小青，你丫给我放开，有本事咱们一对一地来！"铁锹大喊着。

"哈哈，一对一地来，我他妈也不是西部牛仔！"小青说着就一脚踹在了他的腹部，铁锹哇的一口就把胃里的东西吐了出来。

"哎呀，太恶心了！"小青往后闪。铁锹被吐出的污物呛得喘不过气，他侧目望着身旁，发现小青、阿飞和泰格都冷冷地看着自己。

"你们……你们想干什么？！"铁锹气喘吁吁地问。

"呵呵，我们想跟你玩儿玩儿。"小青笑着说。

"你们这帮小王八蛋，这算什么本事？把我放开，放开！"铁锹大喊着，试图引起路人的注意。

"行了，你别喊了。"小青看出了他的用意。这里是郊区，根本没车从这儿经过的。小青哈哈大笑。

铁锹知道自己难逃厄运，就换了个语气："小青，咱们无冤无仇，就算以前有过摩擦，也没什么大不了的。都是在社会上混的，你别那么娘们儿气。放了我，我以后不会再找你的麻烦。"在铁锹嘴里，这就已经算好话了。但在小青听来，这却是进一步的挑衅。

"呵呵，不会再找我的麻烦？哈哈哈哈……"小青大笑起来，"现在不是你拿刀架我脖子上的时候了？当着那么多兄弟的面儿，你把我踩在脚底下，你说，这能叫无冤无仇吗？老家伙，你是不是记忆力减退，老年痴呆了！"他这么一说，阿飞和泰格等人也笑了起来。

"我告诉你，我早就看你不顺眼了。今天你落我手里了，你就是铁锹，我也给你掰弯了，锯折了！上车！"小青大声吆喝道。阿飞和泰格听令，飞快地走进车门。

"铁锹哥，你知道超人怎么飞吗？"小青笑着问。

"小青，咱们有话好说，你别……别……"铁锹感到了恐惧。

"你不知道就算了，那我告诉你，超人是离地飞行。走！"他说着就一声令下。铁锹前后的两辆车顿时轰鸣起来。前车发动着引擎，浓浓的尾气呛得铁锹喘不过气。

"我肏你姥姥！"铁锹的话还没说完，两辆车就开动起来。他的身体顿时被拽离地面，狠狠地甩了出去。阿飞和泰格的车技了得，一直保持着出发前的距离，他们当然知道，一旦距离改变，铁锹只有两种结果。一是葬身车底，二是被两车分尸。铁锹尖叫着，感觉手脚都要被撕裂，两辆车开动了一圈，又绕回到小青的面前。车刚停下，铁锹就痛苦地喊了出来。

小青冷眼看着他，没有一丝怜悯。他走到铁锹身旁笑着问道："哎，刚才体会到超人的感觉了吗？"

"小青……你……你到底要干什么……"铁锹的脸色煞白，疼痛已经让他几乎失去了知觉。

"我问你件事儿呗。你和老鬼弄的那些录像在哪儿？"小青笑着问。

"录像？"铁锹努力地睁开眼睛，看着小青。

"是啊，就是那些……光着屁股的……"小青大笑起来，"在哪儿啊？告诉我，就不让你当超人了。"

"我……我不知道……"铁锹摇头。

"噢，那就继续吧！"小青说着又招了招手。两辆车又轰鸣起来。铁锹被吓得大叫。正在这时，路旁的铁锹的手机响了起来。小青让阿飞等人暂停，走过去拿起手机。一看，来电人是"鬼哥"。

"哈哈，想吃奶来了奶妈，想娘家的人，孩子他舅舅来了！"小青模仿着样板戏的台词说。他拿着电话来到铁锹身边，"哎，一会儿你告诉老鬼，让他马上到你们那个破饭店去。我可提醒你啊，如果耍花样儿，我就让你手脚分离！"小青恶狠狠地说。

铁锹见识过小青的疯狂，只得从命。他把电话夹在脖子上，里面传来了鬼见愁的声音："喂，你在哪儿呢？打了半天电话也不接。"

铁锹喘了口气，回答："鬼哥，我在饭店呢，正等着拉货呢。"

"哦，那我也奔那儿走呢，一会儿就到。"鬼见愁说。

一听这话，小青就兴奋起来。他早已在饭店附近做好了埋伏。他冲着铁锹猛地点头，示意他继续。

"鬼哥……"铁锹欲言又止。

"怎么了？"老鬼问。

小青怕铁锹耍花样，回手拿起一根棒球棍，冲他脑袋比画着。

"哦……没事……"铁锹说。

"饭店里挺好的吧？"鬼见愁问。

"挺好，挺好。"铁锹说了两遍。

"好的，我知道了。"鬼见愁说着挂断了电话。

小青站在一旁，觉得费解。挺好，挺好……他总感觉铁锹的语气有诈。他立即打电话给守在饭店附近的兄弟，但等了许久，也没见老鬼过来。这时，他才反应过来。

"孙子，你丫玩儿我呢是吧。"他一脚踩在铁锹的肚子上，"你和老鬼对暗号是吧，你说的'挺好'就是不好，要说'不好'才是挺好。行啊！"他说着猛踹铁锹。

小青确实聪明，连这个都能识破。铁锹被踹得疼痛难忍，全身被汗水湿透。小青踢累了，就一盘腿坐在路旁："哎，我再问你一遍，那些录像在哪里？"

铁锹知道自己在劫难逃，就把眼闭上了。

"好，你是真牛×，死扛是吧。"小青说着站了起来，他几步走到了前车旁，把泰格轰到了副驾驶的位置上。他也没做提示，猛地加油，车一下就开了出去。幸亏阿飞驾驶技术高超，要不是他跟得快，估计铁锹就真的被"分尸"了。但就是这样，相差的一秒也要了铁锹的半条命。当车停下来的时候，铁锹已经昏迷不醒了。

阿飞和泰格跑下车来，看着铁锹的样子有些发怵。但小青走下车，毫不慌张，他打开前车的后备厢，拿出一瓶玻璃水，冲着铁锹的脸上就浇了过去。

铁锹被冷水激醒，久久才睁开眼。他气若游丝，一言不发。

"呵呵，怎么着？视死如归啊？"小青冷笑着。

"你……你弄死我吧……"铁锹吃力地说。

"好，那我就帮帮你。"小青蹲了下来，凑到铁锹耳畔，轻轻地说出一个地址。这下，铁锹清醒过来。

"你……你想干吗？"他的声音剧烈地颤抖。

"呵呵……"小青在黑夜里，露出了魔鬼一般的表情，"我希望你们一家能好好地团圆。"

铁锹用力地挣扎着，但渐渐就瘫软下去。他闭上眼睛，沉默了许久："小青，我告诉你，但你要发誓不伤害我的家人。"

"好啊。"小青说。

"录像在鬼见愁的办公室里，地址是……"铁锹缓缓地说。

"没有备份吗？"小青问。

铁锹沉默了好一会儿，说道："我不知道，但如果有，应该在一个女孩儿手里。"

"她是谁？在哪里？"小青问。

"她叫小雪。在一个花店上班，花店的地址是……"铁锹说完，重重地叹气。

"好的，我太爱你了！"小青点着头说。铁锹刚一抬头，却正看到小青挥舞球棍。只听耳畔"砰"的一声，铁锹的世界陷入沉沉的黑暗。

"阿飞，找个地儿给他埋了。"小青把球棍上的血抹在裤子上，"泰格，叫上人，咱们找到那个地址。"他说着就上了前面的车。

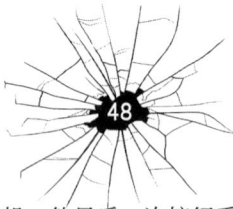

48

徐国柱又关了一整天机，他最后一次接纪委的电话，已经是前天下午的事儿。在停职的这段时间里，他几乎没出过家门，渴了就开一罐啤酒，饿了就煮袋速冻饺子，活着似乎只是一种惯性。他好久没这么闲了，或者准确地说，好久没这么真正地闲过。时间对他来说，仿佛是一片无尽无头的海洋，那根本不是什么自由，而是深邃无望的恐惧。被人抛弃的感觉是不可逆的痛苦，曾经的辉煌如消散的烟花，绽放时精彩，逝去后再无踪迹。警界英雄，狗屁！那都是骗人的空名。这个职业只有在带血的匕首和黑洞洞的枪口前才有价值，没有战斗的战士还不如一个农夫。

他看着墙上破旧的日历，无望地估算着时间。天色已晚，房间陷入黑暗。他焦灼地摸索着最后一盒"中南海"，发现里面的最后一根已经折断。他叹了口气，犹豫中打开了手机，想让门口儿小卖部的李子送条烟来。但开机之后，短信便开始报复性地狂轰滥炸。他心不在焉地看着，突然惊得跳下了床。

花姐在两个小时以前，给他发了不下十条短信，内容都是两个字：救命！

奔跑，好久不这么奔跑。徐国柱筋疲力尽，大汗淋漓。他紧紧搂着怀中的女人，似乎忘记了疲惫。和花姐认识快二十年了，他从没想过两人会走到一起。他们毕竟是不同世界的人，之间的鸿沟无法逾越。花姐年轻时曾是市南区有名儿的"大果儿"，当时她经营着一处酒吧。那时的娱乐场所没现在这么多种多样，歌厅、酒吧在聚集年轻人的同时，也鱼龙混杂。杠头、国生等老炮儿都垂涎花姐的美色，动不动就过来骚扰。但她有自己的办法，能让这帮家伙既在酒吧花钱，又占不到便宜。流氓聚集了，警察也就来了。徐国柱为了获取线索，也经常出入花姐的酒吧，两个人几次照面儿便熟络起来。如果要拿个词来形容当时花儿的美，那应该就是勾人。花儿那时真艳、真媚，也真飒，只要是正常的男人，瞄她一眼就会过目不忘。徐国柱是警察，心理素质比一般人强，但也不敢与花儿有太多接触。他怕陷入这个女人的微笑，一发不可收拾。但在某天夜晚，花儿把徐国柱叫到了歌厅的办公室，要跟他说一个线索。徐国柱也没多想，跟着就进去了，没想到这是个鸿门宴……

海城的交通在这时还在拥堵，限行措施已然失效。徐国柱把花姐抱到医院，在交给医护人员抢救之后，累得虚脱倒地。在抢救室外，他心急如焚，不知道到底发生了什么。在到达花店之后，他只看到了满目狼藉，而花姐就那么孤零零地躺在地上，昏迷不醒。是老鬼吗？他在心中默默地思索着。除他之外，徐国柱想不出第二个人。王八蛋！竟然对女人下手！他气得发抖。他重重地叹气，望着窗外的夜色，又想起了花儿昔日的模样。

那天进到办公室之后，花儿就把门反锁。徐国柱刚想问是什么线索，不想花儿已把自己脱得精光。"棍儿哥，干我吧。"花儿就那么直勾勾地看着徐国柱。

徐国柱慌了，但还是板起脸："你想干吗？"

"我就想让你干干我，我想尝尝警察的滋味儿。"花儿说着就走到了面前。

徐国柱压抑着紧张，努力不去吞咽口水，以免显得愚蠢："你有没有线索，如果没有我就走了。"他说着推开了花儿。

"棍儿哥，我真的不开玩笑。"花儿又凑上去解徐国柱的衣领，"我从见你的第一眼就喜欢上你了，我说的是真的。"

徐国柱停滞着，他不知道那时自己为什么会停滞。如果他真拿自己当个警察，那时应该严词拒绝，甚至狠狠地斥责。但他却没有这样做，竟停滞了数十秒钟。但最后他还是做出了正确的选择，推门离去。但徐国柱至今也没想透，自己当时到底是因为原则，还是恐惧。

事后他没有责怪花儿，而是狠狠收拾了一顿国生。因为他隐约地感到，这该是国生的诡计。那时他在追查着一个涉黑的案子，国生是其中的知情人之一。当然，收拾国生的理由绝不会是这个，他的把柄多如牛毛。

徐国柱下意识地从口袋里摸烟，发现并没有带来。就下楼走出医院，到一个小卖部去买。小卖店的售货员是一个小女孩，今年还不到20岁。她梳着一个马尾辫，浑身散发着青春气息，徐国柱看着她，不禁又想到了花儿。

花儿有过两段婚姻，但最后都以失败告终，也许没有男人能接受她的过去。但这些年，她一直踏踏实实地做着生意，从没听说得罪过什么人，按说不会发生这样的事情。徐国柱抽着烟，大脑开始运转。这时，他突然想到，一直没见到那个花店的小姑娘。这可怪了！他拿出手机，犹豫了一下，还是拨通了鬼见愁的电话，但对方却已经关机。妈的，难道真的是他？徐国柱原地踱着步，望着远方的黑暗。

这时，手术灯灭了，医生走了出来。徐国柱赶忙迎了过去。

"医生，怎么样？"他问。

医生摘下白色口罩，叹了口气："手术很成功，但病人的情况不是太好。她后脑的撞击太过严重，直接影响到了中枢神经，不排除会有严重的后遗症。但这一切都要看恢复情况。"

"严重的……后遗症……"徐国柱傻了，"能……严重到什么程度？"他问。

"用句通俗的词语说，就是有可能成为植物人。"医生不带任何感情色彩地陈述。

"什么？"徐国柱颤抖起来，"不会吧，医生，你们再想想办法，想想办法！"

"我们会全力以赴，但你也要做好思想准备。"医生说完又走进了手术室。

"他大爷的！"徐国柱伫立在原地，把浑身的力量都聚在双手上，"如果真的是你，老鬼，我绝不会放过你！这笔账也该到了清算的时候。"

在市西区一处体育馆里，四周漆黑一片。夏彪蹑手蹑脚地在黑暗里寻找着，观察着周围的情况。这个曾经供人运动健身的地方，如今因为经营不善，被抵押了出去，里面空空荡荡、异常安静。夏彪正走着，突然一个黑影从眼前跃过，他被吓得后退了几步，差一点儿坐到地上。定神一看，才发现只野猫。他叹气摇头，刚要转身，不料后腰已被硬物抵住。

"谁？！"身后的人问。

"我……是小青让我过来的。"夏彪回答。

"别动，要不弄死你。"后面的人说着，就开始搜身，在确认之后命令道，"走，往里走！"

夏彪只得从命，他在黑暗中七拐八拐，才走到一个门前。后面的人用力一推，他便闯了进去。

里面亮如白昼，夏彪忙用手挡住眼睛。后面的人又推了他一把，他才跟跟跄跄地向前走去。随着视线的清晰，他慢慢看清，这是一个室内的篮球场，面积大约有四五百平方米。在场上，正有几个人在打着篮球，为首的便是小青。

看他进来了，小青摆了摆手。"哎，你很准时啊。"他笑着说。

"小雪在哪儿？！"夏彪焦急地问。

"东西在哪儿？"小青问。

"东西带了，但我要先看到人。"夏彪说。

"别信他，刚才我搜了，他身上没东西。"后面的泰格说。

"不会吧。"小青皱眉。

"我……我带了。"夏彪有点紧张，"但我进来的时候，藏了起来，我怎么知道你们会不会耍花样。"

一听这个，小青笑了起来。"哈哈哈，你的 IQ 很高啊。"他说着拍了拍夏彪的肩膀。"带人，快！"他回过头喊。

几分钟后，小雪便被带了出来。"彪子，你怎么来了？"小雪大惊。

夏彪一见，赶忙走了过去。小青却一闪身，将他拦住："哎哎哎，别着急，我们又不会吃了她。东西呢？"

夏彪看着他，想了想说："你们要先放了她，我再给你们录像。"

"不可能。"小青摇头，"你放心，我会按照规矩办。"

夏彪沉默着，他知道此时录像是唯一的砝码。他领教过小青的手段，知道那笑容背后的心狠手辣。

小青看他犹豫，又笑了笑："上次咱们是不打不相识。我向你保证，只要拿到东西就马上让你们走。"他说着用手拍起篮球，慢慢地运球，投挪。球应声入网，"我知道，你们一直被老鬼控制着，她妈得病了，得靠老鬼接济，嘻……不就是钱吗……"小青一脸不屑，又把球运到篮下，勾手投篮，"只要你以后跟着我混，我保证你过上好生活。"他冲着阿飞招了招手。

阿飞会意，冲着夏彪扔过来一个东西。夏彪一把接住，是一辆奥迪车的钥匙。

"这是老鬼以前的车，现在归你了。"小青说。

夏彪没弄明白，疑惑地看着小青。

小青笑笑："他背叛老板了，老板就将他所有的一切都转给了我。这些，这些，还有这个篮球馆，只要有钱，我就可以独享。"他摆出不可一世的表情，"怎么样？加入我们吧，这可是你的机会。"他笑着说。

夏彪沉默着，但不知为何，心里却蠢蠢欲动。这么多年，他一直被别人踩在脚下。他也曾想和鬼见愁一样，威风八面，但自己却总干着最下作的工作，过着最底层的生活。而小雪也一直是鬼见愁的工具，用自己的身体去要挟别人。

"你……说的是真话吗？"夏彪问。

"呵呵……"小青回头看了看泰格和阿飞，"你问问他们，是不是真话。"

夏彪又沉默了一会儿，才点了点头："录像在体育馆一进门左手边的沙发底下。"

泰格听到，赶忙跑去寻找，不一会儿，便取回来一个移动硬盘。

小青接过硬盘，用手掂量着。"这里面的东西，你看过吗？"他问。

"这里面所有的录像都有加密，我不知道密码。"夏彪实话实说，"但这只是备份的文件，原始录像都在老鬼那里。"

"呵呵，你是说这个吗？"小青笑着，指了指阿飞手里的另一块硬盘。

夏彪有些茫然："你们，把老鬼……"

"呵呵，我们还在找这个老家伙，但可惜还没找到。对了，铁锹已经加入我们了，这个就是他拿来的，而且还说了密码。"小青撇嘴笑着。

阿飞在一旁打开笔记本电脑，用密码解开硬盘上的录像。"没问题，是真的。"他冲小青做了个"OK"的手势。

"好了，你们可以走了。"小青痛快地说。

"可以吗？"夏彪不敢相信自己的耳朵。

"当然可以了，我不会出尔反尔。"小青用手拍着篮球，"记住我的话，如果想加入我们，你随时可以来。"他说着投出了篮球。

夏彪试探地走到小雪身边，看小青没有阻拦，就拉起她迅速向门外走去。

小青看着他们的背影，露出邪性的表情。

"哎？咱们泰国的人呢？还没办成事？"小青突然想了起来。

"没有，听说到现在也没找到那个小子。"泰格说。

"那就让他先回来，咱们还有更大的事儿要折腾呢。"小青说。

在出租车上，夏彪和小雪紧紧依偎着。

"他们……他们没跟过来吧？"小雪紧紧搂住夏彪，浑身止不住地发抖。

夏彪望了望后面，并没有车辆跟踪，心里才算踏实了一些。他静静地抚着小雪的头，安慰道："别怕，有我呢。"

小雪看着夏彪，眼泪不住地流淌下来："咱们真的没事了吗？"

"没事了，一切都过去。老鬼现在没势力了，咱们不再怕他了。"夏彪说。

"我妈还在医院。"小雪说。

"放心吧，我会筹到钱的。"夏彪说。

"说得容易，哪儿有钱啊。"小雪叹气。

"你看，我还有这个呢。"夏彪说着从兜儿里拿出奥迪的钥匙。

"你还真要了？"小雪惊讶。

"我才不跟他客气呢。等过几天找到买家，咱就把它卖了，那时候就有钱了。"夏彪笑着憧憬。

"哎，你怎么又把头发染了，我不喜欢你这个样子。"小雪擦了擦眼泪说。

"呵呵……"夏彪笑了，"咱们躲过这阵，就远走高飞。"他信誓旦旦地说。

49

崔铁军在下班之后，没在单位多留。他到超市里买了几个凉菜和一些切面，把自行车筐装得满满登登的，才骑车回家。这几天他已经脱离了案件的侦办工作，一直带着小吕整理案件卷宗。楚冬阳找他谈过几次，他都没有表态。案件在罗洋手里，按部就班地办理着，但却离 D 融宝公司越来越远。

回到家后，崔铁军把凉菜装进盘里，从柜子里拿出一瓶"牛二"，又在灶上架锅烧水，只等人来了再热汤煮面。他看了看表，坐在躺椅上打开电视机，换了几个台都没找到 D 融宝的广告。从近期的情况来看，D 融宝的消息越来越少了，昔日电视、报纸上轰炸式的广告如潮水般退去。如果从市场运作的角度上看，也许是 D 融宝公司这一波的宣发做完了；但从一个经侦警察的判断上看,这可能意味着 D 融宝已经吸收到了大量资金，开始了下一步的打算。而这下一步的打算是什么？谁也不得而知。

他正想着，林楠一推门，走了进来。

"哎，崔师傅，政委拉着我说了点儿事儿，耽误了会儿，抱歉啊。"林楠也没空手来，带了一只真空包装的烧鸡和几袋凉菜。

"哎哟，就忘了跟你说了。得，买重了吧。"崔铁军说着指了指满桌备好的菜。

"重了就重了，你放冰箱里明天吃。"林楠笑着说。

两个人分别落座。崔铁军倒上酒，把杯子推到林楠座前。"哎，喝两口没事吧，你还用报备吗？"崔铁军问。

"没问题，我出来之前已经跟郭局报备了，说今晚家里来客人。"

"行，那就踏实了。"崔铁军点头。

两位推杯换盏，边吃边聊。不一会儿这第一杯酒就下去了。今天是崔铁军约的林楠，他想把一些在办公室没法说的话，跟林楠唠唠。

"楠子，有些事儿我一直瞒着你，但也是没办法。"崔铁军借着酒劲儿，开门见山。

"您可别这么说，我知道，有许多事儿您是想自己扛。您是老前辈，我敬重您，也相信您。"林楠说得坦诚，也奠定了双方沟通的基调。

崔铁军点了点头，举杯和林楠相碰。"我得谢谢你，帮我演了这么一出戏。我已经看了两年大门儿了，要不是你主动把我叫到专案组，我也不可能碰那个案子。"他喝了一大口酒，"你也不是吃软饭的，该明白我这么做有自己的想法。你就不想知道是为什么吗？"

"想知道，当然想知道。"林楠看着崔铁军，也喝了一口酒，"但刚才我说了，您是老前辈，我敬重您，也相信您。用人不疑疑人不用，您愿意说，我就听着，有难言之隐，我也不会强求。再说崔师傅，我也不是傻子，您要真是在案子里做手脚动歪心眼儿，我也不会不管。"他说得有理有据。

"行，你小子行。"崔铁军放下酒杯，叹了口气，"我为了这个案子，已经等了二十年。"他一字一句地说。

"什么？"林楠抬起头。

"二十年前，在海城的正午歌厅曾经发生了一起血案。襄城公安局的缉毒警察被嫌疑人二冬子开枪打死。"崔铁军说。

"这件事儿我知道啊。那个警察牺牲之后，咱们全省通缉嫌疑人，最后让徐师傅给击毙了。"林楠说。

"是。那个年轻的警察叫焦雄兵。他是……"崔铁军犹豫了一下，"他是我的弟弟。"

"什么？"林楠大惊，"是您的……弟弟……"

"是的。"崔铁军点头，"在我小的时候，父母就离婚了。我跟着父亲来到了海城，他跟着母亲留在了襄城。我弟弟原名叫崔雄兵，跟了母亲后就随了她的姓，改名姓焦。我妈一直不愿意他干警察，但这小子固执啊，非要学我……后来他在襄城当了缉毒警察，干得也有声有色。"

"他和现在的案件有什么关系吗？"林楠不解。

"你听我说。"崔铁军掏出一支金桥，自顾自地点燃，"后来我弟弟受领导指派，负责一个缉毒案件的侦办，在侦办的过程中发现了重要的线索。他曾经在电话里跟我说过，有一伙儿人从边境往国内贩毒，而襄城就是他们重要的中转站之一。为了能更好地破案，他找机会发展了耿二冬当'点子'，哦，就是二冬子，让他在贩毒团伙里做眼线。二冬子一直非常配合，主动提供线索，而且还发现了一个重大的秘密。那就是这个团伙的所有贩毒所得，都在通过一个地下钱庄洗到境外，而这个地下钱庄的一个嫌疑人，就在海城。"

"地下钱庄？海城？"林楠皱眉。

"是的。我当时也很兴奋，认为可以和他联手破案。于是我就约他见面。没想到……就再也没见到他……"崔铁军声音哽咽。

林楠给他满上酒，又给他夹了菜。"崔师傅，谢谢您对我的信任。"林楠说。

"嘻……"崔铁军与林楠碰杯，"后来的事情你知道了，就在那天，雄兵到正午歌厅和二冬子接头，没想到二冬子抢了他的枪，在争夺中，子弹射进了他的胸口。后来大棍子虽然把他击毙了，但雄兵搞的案件却石沉大海，再也没了消息。"

"那个案子襄城市局的领导不知道吗？"林楠问。

"知道，后来在襄城的贩毒点儿也给端了。但这并不是重点啊。"崔铁军说，"雄兵曾经说过，二冬子在当线人的时候，发现在贩毒团伙背后有一个更大的势力。但那股势力到底在做什么，他也无法弄清，于是雄兵就想找我商量，一起开展工作。但没想到，就在这个当口，二冬子不知怎么就突然翻了脸，而这个线索也就断了。"

"听说二冬子有精神病史？"林楠问。

"嘻……那都是幌子。"崔铁军摇头，"你知道当时在海城的那个嫌疑人叫什么名字吗？"

"什么？"林楠问。

"黄有发。"崔铁军说。

"黄有发？"林楠皱眉，"他不是 D 融宝……"

"对，他就是 D 融宝的幕后控制者。"崔铁军回答。

"天哪，您这么多年，一直在追踪他？"林楠问。

"也谈不上。"崔铁军说，"后来他去了南方，我就没办法再追查了，但没想到他这几年又回到了海城。"

"崔师傅，我脑子有点儿乱。得理理思路。要照您这么说，整个这起案件，包括这次地下钱庄的洗钱，都与黄有发有关？"林楠问。

"当然。"崔铁军确定地说，"而且我一直怀疑，二冬子的疯是提前做的准备，而雄兵的死也不是偶然。也许当时雄兵掌握了某个关键的证据，是有人想让他闭嘴。"

"哦……"林楠点点头，靠在椅背上，"那徐师傅？"他看着崔铁军问。

"也是我打的电话。我通过线索发现，二冬子要和鬼见愁见面，但这事儿咱经侦没法管辖，于是我就拿公用电话告诉了大棍子。这……也是那两个老家伙和我翻车的原因。"崔铁军开诚布公。

"明白了。崔师傅，我觉得您没错。"林楠说。

崔铁军叹了口气，低下头："但作为一个警察，我不该公事私办。"

"您跟我说了这么多掏心窝子的话，是信任我。我感谢您对我的信任，也想说两句心里话。我一直觉得，做人难免有小私，但是要有大公。只要大公摆在前头，小私不违反原则，就不会有什么大错。在我干经侦的这些年，身边也倒下了许多的战友，但他们却与刑侦、缉毒战线上倒

270

下的战友不同。人家是为了破案，抛洒热血，牺牲在一线，但我们那些倒下的战友呢，却大都是禁不住诱惑，被钱色拉下了水，最终被钉在了耻辱柱上。人家成了英雄，咱们的人成了罪犯。说句实话啊，干经侦难啊，咱们经手的案子，哪起没有关系、没有利益纠葛？咱们干警察的也不是生活在真空，难免会被人找，会被人求。咱们都是小人物，也想着让家人幸福，把生活过得更好。但商人的钱可不是好东西，那是鱼饵啊，吞下去就吐不出来。只要吃了，就得当人家的奴隶。人家刑警身体受了伤还能治愈，但咱们干经侦的，如果政治上出了问题，就会万劫不复。"林楠说得激动起来，自己干了一杯酒。

"但在咱们支队，我最佩服的就是您和我师父。为什么呢？因为你们都可以为了案子牺牲小私。记得我还像小吕那么大的时候，您就已经是办案的主力了，这么多年，您每年经手冻结的资金不下亿元，找关系求您的老板也不计其数，但您从来没给谁通融过。就冲这点，我服您，也敬您。"林楠说完就站起来，又满起一杯酒，一饮而尽。

崔铁军看着他，热泪盈眶。"行，楠子，有你这句话，我这辈子就算没白干。"他说着也干了杯中酒，"咱们干经侦的，被考验的除了身体，还有这儿啊。"他指着自己的胸口说，"楠子，我还要提醒你，小心身边的人。"

林楠看着他，没有表态："崔师傅，我是您看着长起来的，希望您相信我。"

"好，我相信你。"崔铁军点头，"现在我已经跟你说明了情况，再参与这个案件就不合适了。楠子，我们这辈人都老了，许多事情力不从心，现在这些活儿，就交给你了……"他停顿了一下，"别让我失望啊。"他看着林楠的眼睛说。

"放心吧。"林楠重重地点头。

"还有……"崔铁军停顿了一下，"带好小吕，他是个搞经侦的好苗子。"

"放心吧。"林楠再次点头。

50

这是立秋后的第一场雨，没想到竟是为老周送行。他的去世十分突然，听说是在回家的路上突发了心梗。

在追悼会现场，老周静静地躺在大厅中间，像是睡着了一样，遗像被悬挂在了中间，两旁缀着黑色的丝带。家属在呜咽着，送行的人们默默行礼。崔铁军站在人群中，默默地注视着老周的遗像，心中波澜起伏。他拿起一枝白菊花，走到遗体前深深鞠躬，心里万分愧疚。老哥，兄弟对不起你啊……他反复默念着。他知道，老周在去世前，刚刚去过 D 融宝公司，他的 30 万元，至今还没能收回。

老周的老伴痛哭流涕，反复叨念着："老周……是我害了你啊……我不该把钱都投出去，让你担心……老周……"她每一次哭喊，都像用刀子在剜崔铁军的心。

崔铁军觉得胸口发闷，就走出了告别大厅。身后的主持人在念着老周的悼词：

> 诚实忠厚，一生良善，
> 乐观开朗，一世豁然，
> 生活俭朴，为人清廉，
> 街坊邻里，无不称赞……

一个老警察就那么死了，没有国旗，没有英雄事迹，而是死于自己的憋屈。崔铁军叹了口气，看着火葬场里涌动的人群，想着那些不同的人家都在按照相同的程序送别着亲人。葬礼、火化、焚烧花圈和衣物、取骨灰，生命就在这个过程中由肉身化为灰烬。他突然觉得，非常迷茫。

这时，一个人向他走来。崔铁军抬头望去，正是潘江海。两个人对视着，都沉默不语。这时，大厅里的音乐响起，老周的告别仪式已经结束。

一个老警察的死亡，自然不是什么新闻。除了亲友心中的悲痛之外，他在这个世界上再无痕迹。海城每天都会出现无数个头条。有人为了上位去诋毁对手，有人想当网红去炒作自己，但受众却早已麻木，面对铺天盖地的信息，再提不起兴趣。但几段录像却还是引起了轰动，迅速被热炒成头条。录像中的镜头太直接、太暴露，符合了新闻传播的所有条件。

整个城市都在搜索着，录像中的女孩是谁？她为什么要和那些男人做爱？那些男人都是谁？发布者的用意又是什么？

鬼见愁在黑暗里，看着人群渐渐少了，才把帽檐压低，走进病房。花姐躺在病床上，还在昏迷之中，她鼻子上插着氧气管，身边的各种检测仪器都在运转着。夏天虽已过去，但"秋老虎"却还未过去，旁边的几个女病号还没有睡，见他进来都把衣服系好。

"对不起，我看看就走。"鬼见愁歉意道。

事情闹得很大，他这几天一直东躲西藏，但还没想好是不是要离开海城。在铁锹出事之后，他为数不多的几个兄弟也陆续遭到小青的暗算。他后悔低估了小青的实力，过早地遣散了手下。但现在为时已晚，自己已溃不成军。他曾经以为，小青对自己下手的目的，该是为了那些录像。甚至在一段时间里，放任小青对办公室的搜索。他以为小青在得到想要的东西后，就能对黄有发有了交代，就可以罢手。但他却想错了，小青在获得录像后变本加厉，竟然将它公布到了互联网上。这下顿时引爆了新闻热点，那些性爱录像几乎成了所有网站的头条。整个城市也为之震动，录像中被曝光的招商局局长、交通局局长、金融办主任以及几个大型公司的高管，顿时陷入了巨大的舆论旋涡。新闻从业者乐此不疲地传播、炒作，网民口诛笔伐，政府的公信力受到了巨大的质疑，涉及的一些商业项目也被停滞。

省纪委也做出表态，坚决严查绝不姑息。而小雪的身份也随即被曝光，所有的关注点又转移到了她的身上，记者们甚至长途奔袭，围堵在她的老家，争相对她进行道德的审判。

鬼见愁真的晕了，不知道小青到底要干什么。按说他受黄有发的雇用，应该懂得保守这些秘密。黄有发要回录像的目的，就是不想让里面的内容外传。但小青这么做，无异于背道而驰。但随后小青却放出消息，说录像是鬼见愁让人公布的。他这才明白，自己又背了黑锅。他叹了口气，再次压低帽檐，走出了病房。现在无数人都在找他，纪委、记者、警察、流氓，他只能暂避风头。他抬手看了看时间，消失在黑暗里。

寂静的街头喧嚣退去，夏彪一个人拎着两塑料袋的东西，匆匆地走着。他只有在这时才敢出门。自从录像被公开之后，太多的势力都在搜寻着小雪的去向。夏彪愤怒至极地找到小青，却得知这是老鬼干的好事。夏彪气疯了，要找老鬼寻仇，但小青却劝他要暂避风头，一旦被老鬼找到将不堪设想。夏彪只得忍气吞声。在小青的联系下，奥迪车已经找到了买家，价格虽然折了一大半，但也足够支付小雪母亲一段时间的医疗费。小青承诺帮他做个假身份，帮他远走高飞。夏彪行走在黑夜里，望着身边这个熟悉又陌生的城市，心中没有任何留恋。他在想着，如果多年后还有回忆，大概也只有黑压压的人群和车流，以及卑微到找不到方向的感受。

他点燃一根烟，尽量让自己平静。他努力地把未来想得美好，才能暂时忘记心中的恐惧。也许过一段时间，他会和小雪有个孩子，然后一起找份稳定的工作，踏踏实实地生活。或者，真的可以开始写一本小说，把自己经历的这一切都记录下来。夏彪憧憬着，想着该如何劝慰小雪，帮她渡过难关。但走到出租房门口的时候，他的心却开始发慌。夏彪不知为什么会有这样的感觉，他拿钥匙开门，却发现门被反锁。

"小雪，小雪……"他在门外轻声地说，"是我，彪子，快开门。"但无论他怎么叫，屋里始终无人应答。

夏彪着急了，他不敢提高声音，怕引起邻居的注意。"小雪，快开门，是我……"他反复叫着，屋内依然一片死寂。

一股寒冷顿时侵袭过来，让夏彪浑身发抖。他用尽全身的力量往门上撞，却一次次地弹开，根本无法撼动。他浑身酸软无力，像被掏空一样。"小雪，开门……"他的声音近乎哀求，他停下动作，努力地调整呼吸，用尽最后的力量朝木门撞了过去，门应声打开。

夏彪闯进屋里，左右寻找着，看到小雪正躺在床上，像睡着了的样子。

"小雪，我回来了，小雪……"夏彪赶忙跑了过去，但一瞬间，他就跌倒在地。

鲜血，无数的鲜血。从床上一直滴落到床下。小雪静静地躺着，眼睛痴痴地望着冰冷的天花板，仿佛有许多的话要讲，但又无从开口。殷红的鲜血从她的左腕流淌出来，像一条蜿蜒的小河。在床头柜上，她留了一封信。

夏彪展开信，感到撕心裂肺。

　　彪子，当你看到这封信时，我已经走了。对不起，我没有勇气再面对这个世界了。我很卑微，我很低贱，我不值得同情，也不值得被爱。如果不是为了妈妈，我也许会走得更早一些，但现在，我已经不可能再面对妈妈了。在这个城市，我曾经干了许多违心的事情，我变成了一个工具，以伤害别人为生存的价值，我累了，真的累了，不想每天睁着眼，看到的却都是黑暗。我走了，趁你不在的时候。别为我伤心，我不值得你留恋。

　　离开这个城市吧，忘记在这里的一切一切，不要去怪谁，我只是自己做出了错误的选择。如果有来生，希望我们能变成一对小鸟，不活那么久，但每天都快快乐乐的。再见。

夏彪再也抑制不住痛苦，大声地痛哭。他抱着小雪冰冷的身体，血迹

染红了他的衣衫。"呜呜呜……小雪，你怎么这么傻啊！我刚刚买了染发剂，想让你帮我把头发染黑啊。呜呜呜……我爱你啊，你知道吗？我爱你……鬼见愁，你个王八蛋！"夏彪擦去眼泪，浑身颤抖起来，"我跟你没完，没完！"

他凄厉的声音划破了寂静的黑夜。

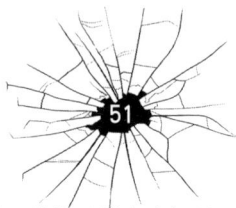

全城都在追缉鬼见愁，他整日躲在房间里，甚至不敢开灯。他试过离开这个城市，但却发现几乎不可能。警方已经将他的通缉令发到各个口岸，只要他一出现便难逃法网。同时小青也发布了对他的悬赏，自己的脑袋已经被炒到了七位数。从新闻中，他知道了小雪自杀的消息，鬼见愁知道事情已经变得不可收拾，他前思后想，终于拨通了徐国柱的电话，并约定今晚在老地方见面。

市南区的百尺道，是一条长达百尺的狭窄道路。这条道被夹在两个土山之间，两头虽然都通着大路，但宽度却只有三尺，可谓是一夫当关，万夫莫开。在二十年前，徐国柱就是在这里扬名立万。

徐国柱打车到达的时候，鬼见愁已经等候了多时。他站在百尺道的黑暗里，默默地抽着一根雪茄。见到徐国柱，便走了出来。

"鬼见愁，你丫还有脸来找我！"徐国柱一见面就暴怒起来，一把揪住了他的衣领。

"棍子，你听我说。"鬼见愁攥住徐国柱的手，"我知道，你对我误会很深。但我告诉你，这一切都不是我做的，我被人玩了。"

徐国柱放开手，冷冷地看着鬼见愁："花店不是你砸的？"

"当然不是。"鬼见愁说。

"那些什么狗屁录像，也不是你放在网上的？"徐国柱又问。

"你觉得我会吗？我傻吗？"鬼见愁辩解。

"那是……怎么回事？"徐国柱皱眉。

"都是小青干的，他一直在往我身上嫁祸。"鬼见愁说。

"小青？"徐国柱皱眉。

"哎……是个襄城来的生瓜蛋子。听说小时候捅过人，进过少管所，出来以后就一直被黄有发养着。这次来海城，是替黄有发做事的。"鬼见愁说。

"哪个黄有发？"徐国柱问。

"就是那个 D 融宝的控制人。"鬼见愁不再隐瞒。

"哦……"徐国柱看着他的眼睛，"他干的……你没拦着？"

"哎……我也是一时大意了，没想到这个小兔崽子会这么狠。他办事没规矩，心狠手辣。棍子，你也得小心。"鬼见愁说。

"瞧你丫那揍性……我们警察不用你提醒。"徐国柱不屑，"干吗把我约到这儿？"他问。

"我觉得在这儿踏实。"鬼见愁说的是心里话。百尺道因狭长狭窄只能供一人通过，被当成了接头和交换信息的最佳场所。双方面对面地进行，即使有第三人，也很难形成一对二的局面。但路两头的情况却不同，在徐国柱的这边，只有一条出口通向大路，而鬼见愁那边则有三个不同的岔口。所以只要谈不拢，鬼见愁一方可以随时逃走。

"二十年了……棍子，咱们都老了……"鬼见愁看着徐国柱说。

徐国柱看着他，并没有说话。四周一片死寂，仿佛世界上只有他们两个人。徐国柱看着面前狭长的黑暗，不由得又想起了二十年前那惊险的一幕。

那时徐国柱还不到四十岁，正在职业的巅峰期。市南区的大小流氓，只要见到他，都得毕恭毕敬地叫声"棍儿哥"。鬼见愁虽然聚集了一些力量，但还远不是当年老万和国生等人的对手。在警方的高压态势下，各方势力都保持着一种稳定的默契，尽量不去骚扰老百姓。但在二冬子从襄城过来之后，市南区就开始乱了。二冬子浑不吝，打架照死了下狠手，又加上他有精神病史，许多人都躲着他。老万为避其锋芒，到市北区发展，国生认了孬，带着一帮"佛爷"按月给他进贡，再加上最狠的老炮儿杠头入狱。一时间市南区竟成了二冬子的天下。警方对二冬子团伙严打了几次，都因没有证据无功而返。这下二冬子的名声更响了，甚至被流氓们传成了南城的霸主，与市西区的"水鸡子"、市北区的"哈道"齐名。老鬼虽然躲着他走，但还是被找上门来。由于话不投机，二冬子扬言要亲手办了他。

"你当时是怎么得罪他了？"徐国柱问。

"唉……"鬼见愁叹了口气，"我做服装生意，摊位多，手下人杂。二冬子就找到我，让我提供渠道帮他卖粉儿，我不干，他就说要杀了我。"

"哼……"徐国柱默默点头，脑海中又浮现出二冬子的狠劲儿，"这孙子是有点神经病的德行，我记得当时我找他的时候，他也在那牛 × 哄哄，但我一个大嘴巴就给丫抽趴下了，也没看出他敢怎么样。"徐国柱说。

"是啊，那时谁敢惹你啊。"鬼见愁苦笑。

"你什么意思啊？现在就能惹我了？"徐国柱盯着他的眼睛。

"呵呵……你还是那样，一点儿没变。"鬼见愁摇头。

"变不了了……这么多年了，早他妈定型儿了。"徐国柱叹了口气。

在二冬子放出话之后，老鬼便把消息告诉了徐国柱。徐国柱为了避免流血事件的发生，便到正午歌厅教训了二冬子，谁知这一下竟将他激怒。二冬子往外散消息，说老鬼是大棍子的'点子'，一直在出卖道上的秘密。这下老鬼被逼上了死路。按照流氓的规矩，无论到了什么时候，都不能借助警察的力量，一旦违反了规矩，就没法在道上混了。于是老鬼被迫应战，接受了二冬子的单挑。地点就是单挑的圣地，百尺道。

"哎，我问你，他为什么要杀那个警察？"徐国柱问。

"不知道，我到现在也弄不清楚。"鬼见愁摇头，"虽然在约定时，说双方都可以带家伙，但按照道上的规矩，枪是绝对不能使的。"

"那他为什么这么做……"徐国柱费解,"还有,那个举报电话也不是你打的?"他又问。

"不是,我说了多少遍了。棍子,我那天来就没想活着回去。"鬼见愁回答。

"肏他妈的,还真是他。"徐国柱默默地念叨着。

"二冬子就是条疯狗,逮谁咬谁,干掉他是你给海城造福。"鬼见愁说。

"滚你大爷的,扯淡!"徐国柱骂道,"他趴下了,你站起来了是不是?"徐国柱问道。

鬼见愁摇头苦笑。"其实,我一直觉得,事情不会是那么简单。"鬼见愁说。

"什么意思?"徐国柱皱眉。

"我总觉得,二冬子的背后还有人。"鬼见愁说。

"背后有什么人?"徐国柱皱眉。

"我也不知道,但他刚来海城的时候并没多少钱,但后来不知走的哪条路,钱就突然多了起来。"鬼见愁说。

"他不是贩毒吗?"徐国柱问。

"那更需要本钱啊,可不会是个小数儿。"鬼见愁说,"我觉得……他后面应该有个老板。"

徐国柱沉默着,不禁又想起了崔铁军说过的话。"那照你所说,他杀那个警察,没准也是被人雇用?"他问。

"这个我可不敢说。但我倒听道上的人说过,那个警察当时在查着一个倒粉儿的案子。"鬼见愁回答。

"肏,应该让他活着!"徐国柱叹了口气,但说完就觉得特没意思。

在二十年前的那个晚上,徐国柱和二冬子在百尺道上面对面地对峙,他已经对天鸣枪,但二冬子却依然不肯投降。天漆黑如墨,时间仿佛停止。徐国柱紧盯着二冬子的右手,浑身的肌肉紧绷起来。但在一瞬间,二冬子还是举起了枪口,徐国柱被迫还击,一颗子弹不偏不斜地击中了对手的眉心。从此，道上少了一个悍匪，警界多了一名英雄。

"你跟我说了这么多废话，到底想告诉我什么？"徐国柱有些不耐烦了。

"我想让你帮我做一件事。"鬼见愁说着，向徐国柱走了过来。他刚要往下说，一架小型飞行器突然从远处飞到了头顶。

"小青！"鬼见愁顿时警觉起来。但他话音未落，几辆车已经停在了徐国柱的身后。

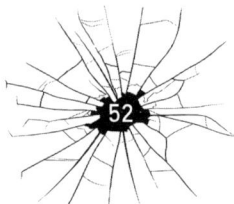

52

小青从保时捷上走了下来，后面黑压压地跟着一群人。鬼见愁一把将徐国柱拉了过来，转头往百尺道的另一头跑，却不料，两边土山上也站满了人。

"棍子，你带家伙了吗？"鬼见愁轻声问。

"没有。"徐国柱回答。

鬼见愁叹了口气，站在徐国柱的身前，一夫当关。

小青拿着一根棒球棍，在道口停下了脚步。"哎，老鬼，有种的出来说话。"他喊道。

鬼见愁笑笑，站直身体。"怎么着，小兔崽子，一个人害怕了，带这么多人壮胆儿？"他大声回应。

"呵呵……你个老王八蛋，我终于等到这一天了！"他的表情狰狞起来，"你后面的人是什么人，跟你一伙儿的吗？"他问。

"我不认识，你先放他走，有什么事儿咱们聊！"鬼见愁说着就把手伸到背后，从裤兜里摸出一个硬盘，塞到徐国柱手里，"大棍子，你务必要把这里的情况公开，我告诉你，那个黄有发的后面还有人。"他轻声说。

"还有人？"徐国柱疑惑。

"别多问了，看到里面的内容就知道了。"鬼见愁说着用手推了徐国柱一下，自己则向前走去。

流氓打架也有规矩，一般不碰刀枪。但此时鬼见愁赤手空拳，根本不可能战胜棍棒。

"小子，你先放他走。"鬼见愁大声说。

"呵呵，不可能啊。"小青缓缓地摇头，"我怎么知道这位不是跟你一伙儿的？你说这么偏的地方，就你们两个人，神神秘秘的，难道是在搞基吗？"他这么一说，身后的同伙都笑了起来。

徐国柱一听这话，绷不住了，一把推开鬼见愁，走到前面。"我是警察，都别乱动啊！"他大声说。

"警察？哎哟，吓死我了……"小青笑了起来，"你一个人啊，能拿我们怎么样啊？"

"哼……你个不懂规矩的小兔崽子。"徐国柱冷冷地看着他，"我告诉你，二十年前，就是在这儿毙了二冬子，今天你们要是谁想给丫陪葬，就甭他妈怪我不客气！"他说着把手插进兜里，握住鬼见愁刚刚给他的那块硬盘。

小青一看，不禁往后退了一步。泰格也在旁边提醒："老大，他有家伙！"

徐国柱一亮身份，顿时把众人给镇住了。多年的刑警经验告诉他，在危机时刻绝不能软，胜负往往就在一念之间。

"哦……原来你就是大名鼎鼎的'大棍子'啊。"小青点了点头，"好，既然你说自己是个警察，那我问你，你今天为什么和这个老流氓在一起？"

"干什么不用你管，你就玩儿好自己的小飞机吧。"徐国柱抬手指了指头上盘旋的飞行器。

小青撇嘴一笑："行，老家伙，嘴上挺硬啊。我告诉你，今天的事儿跟你没关系，我们冲的是老鬼。你要是识相，就赶紧滚蛋，不然，就别怪我们不客气！"他嘴上挺硬。

"嘿，你丫是不是不要命了！"徐国柱往前跨出一步。

"呵呵……"小青没动地方，回身把两个人推到前面，"你要真有家伙，就冲这儿开！你看看是你的子弹多，还是我的人多！给我上，别理这丫冲老鬼去！"他说着用手一推，身前的人便冲了过去。

"大棍子，让我来！"鬼见愁一把将徐国柱拽到身后，迎着冲了上去。

第一个上来的小子，手持一根木棍，冲着鬼见愁头上就砸。鬼见愁往后一闪，趁着对方砸空的瞬间，猛地出拳击中了他的面门。那小子顿时倒在地上，鬼见愁顺势捡起了木棍。第二个人还没反应过来，鬼见愁已经把木棍抡圆，砸到了他的腿上。他一声惨叫，摔倒在地。

这时，小青后面的打手们也开始往小道儿里扎。但百尺道确实太窄了，不可能同时容下两人经过。鬼见愁趁着这个机会，抡起木棍又砸倒两人，回手把一根棒球棍扔给徐国柱。"江湖的事儿江湖解决，用不着你们警察。"他杀出了气势。

"你还挺自信啊，一个人能对付得了？"徐国柱说。

"没问题啊！我还没像你那么老！"鬼见愁说着又砸倒了一个对手，但后面的人又很快补充上来。

徐国柱刚要接茬儿，不想一个小子正从身边的土山往下跳。他冲过去就是一棍，那小子应声倒地。

"哎哟，你这是要跟我合作啊？"鬼见愁笑着，用木棍格挡开对手的攻击。

"你丫逗呢吧！我是警察，你是流氓，我能跟你合作？"徐国柱又一棍砸在那小子的腿上，"哎，我说。你就没想过金盆洗手？像老万一样？"

"我……可没那个造化。"鬼见愁躲闪不及，被人一棍打在肩膀，木棍掉在了地上。正在这个当口，徐国柱冲了过来，将众人挡住。鬼见愁忍住疼痛，又捡起了木棍，"他抽身早，我没戏了。干我们这行的和赌博一样，永远不可能见好就收。你要中途退场了，别人就会第一个把你干掉。"他说着又挤到了徐国柱身前。

"你快走吧。我是警察，他们不敢拿我怎样。"徐国柱说。

"你开玩笑吧。"鬼见愁用身体挡住他,"江湖有江湖的规矩,我今天要是躲了,就一辈子也别想出去了。棍子,别忘了我说的话,把东西看好!"他说着又迎了过去。

一个,两个,三个,鬼见愁面对黑压压的人群,挥舞着木棍,困兽犹斗,但不一会儿就体力耗尽,被打得头破血流。

这时,小青拨开人群,走了过来。鬼见愁拄着木棍,气喘吁吁地看着他。

"老鬼,你别以为你仗着警察的势力,我们就会放了你。"小青咬牙切齿地说。

"嘿嘿,你个小兔崽子,我到底跟你有什么仇,你这么整我?"鬼见愁怒视着他问。

"为什么?你还敢问为什么!"小青突然咆哮起来,"你该问问自己,这些年害了多少人!老鬼,我让你不得好死!"

鬼见愁不屑地摇摇头:"小子,你总有一天会明白,这世界上不可能有永远的赢。你赢了,对方就输了,你就结下了一个仇人,就会引来更多的挑战者。小子,听我句劝,别再给黄有发卖命了,他不会拿你当人看的。"

"哼哼……我根本就没拿他当过人。"小青撇嘴笑了。他说完转身走了出去,"干掉他!"他在人群中说。

打手们再次冲了过来,此刻的鬼见愁已力量耗尽,没战几个回合,便被打倒在地。徐国柱抡着棒球棍上来抵挡,但也寡不敌众,节节败退。棍棒如下雨一般,砸在鬼见愁身上,眼看危在旦夕,突然远方响起了警笛声。众人一愣,纷纷停手。在远处的黑暗中,红蓝色的灯光越来越近。

"棍子,你报警了?"鬼见愁挣扎着爬起。

"废话,我就这么看着你们流氓械斗啊?"徐国柱反问。

"㾕,你……"鬼见愁虽然伤成了这样,但嘴上还是不服输。

"快走,再不走就来不及了!"徐国柱拽过鬼见愁。

两个人奋力朝三岔口的方向跑去。

"棍子,咱们分头走,别中了他们的埋伏。"鬼见愁说着就冲左边的路口跑去。徐国柱犹豫了一下，奔向了右边的路口。

三岔口的尽头都通向一条大路。鬼见愁奋力地跑着，身后的呼喊声越来越小，他庆幸有徐国柱的帮助，自己才第二次从这儿死里逃生。但眼看着就要跑出路口，不料突然从土山上跳下一个人，拦住了他的去路。

"谁？"鬼见愁攥紧手中的木棍。

对方没有回答，慢慢地走了过来。

鬼见愁向后退去，借着月光才看出，那个人竟是夏彪。

"彪……彪子……你怎么在这里？"鬼见愁疑惑，放下手中的木棍，但不料夏彪却突然冲了过来。鬼见愁觉得胸口一凉，低头一看，一把尖刀已经插了进去，"彪……彪子……"他猛地抬腿，将夏彪踢开，"为什么……为什么你要这么做？"他浑身颤抖，用双手攥住刀柄，却没有勇气将它拔出。

夏彪吓傻了，他从没见过这么多血。在刚才出刀的时候，他还没感到恐惧，但在此刻，大脑却一片空白。新手往往更容易得手，因为他还没见过鲜血飞溅的场面，没体会过对手死亡后的挣扎与噩梦。

鬼见愁感到浑身冰冷，世界仿佛旋转起来，他奋力地支撑着身体，不想让自己倒地，却渐渐失去了最后的一丝力量。他蹲在地上，双手握住刀柄，大口大口地喘气，血沫子不断从口中流出。夏彪吓傻了，呆呆地站在原地，手足无措。

这时，小青从他身后走了过来，轻轻地蹲在他身旁："老鬼，我说过，我要让你不得好死。"他说着就一脚把老鬼踹倒。

鬼见愁仰倒在地，大口地喘气，刚要说话就断了气。天空的星星很亮，他睁大着眼睛，仿佛在寻找着什么。

小青站起身来，冲着鬼见愁的尸体吐了口痰。

夏彪惊慌失措地走了过来，半天才说出话："我……我怎么办？"

"你怎么办，我哪知道？"小青皱眉，"人是你杀的，刀上留着你的指纹。你再不跑，是不是等着警察来抓你呢？"他变了脸。

夏彪这才意识到自己的处境。"你……是你让我这么做的！"他大喊。

"我只告诉你老鬼会在今晚出现，还给了你一把刀自卫。我什么时候让你杀他了？"小青反问。

夏彪哑口无言。

"快跑吧，离开海城，永远不要回来。你杀他的录像，我也永远不会公布。"小青说着指了指天空盘旋的飞行器。

夏彪顿时明白了，自己中了小青的圈套。

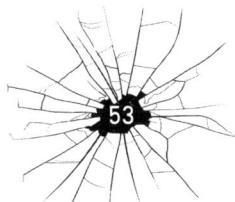

53

徐国柱在大路上伫立着，等了半天也不见鬼见愁出来。他刚想回去看看，一辆金杯车就驶过来，急停在他面前。

崔铁军摇开车窗，大声地说："棍子，快上车。"

徐国柱没想到是他，犹豫了一下："我在等人。"

"别等了，鬼见愁让人扎死了，我刚刚接到通知。"崔铁军举了举手里的电台。

"什么！被扎死了！"徐国柱大惊，"谁干的？抓到凶手没有？"

"没抓到凶手，刑警刚刚发现尸体。"崔铁军说，"快上来，这里危险。"

徐国柱叹了口气，知道鬼见愁最终还是没能逃脱。他走到车旁，从兜儿里掏出硬盘，扔在副驾驶的座椅上，说道："这是老鬼手里的关键证据，应该与黄有发他们有关，你赶紧送回去，尽快查出问题。我还有事儿要解决，你先走吧。"他说完便走到路旁，招手拦下一辆出租车。

"哎，有什么事儿我跟你一起去！"崔铁军立即启动金杯车。

但徐国柱却不理这茬儿，钻进出租车，飞驰而去。崔铁军开车就追，不料出租车开得极猛，刚过了两个路口，就消失得无影无踪。

"妈的，这车开的，跟他妈抢了银行似的！"崔铁军用手拍着方向盘骂道。

柳爷开着车，又兜了几个弯子，才放慢车速。徐国柱仰靠在座椅上，大口喘着气，眼神发直。

"棍儿哥，到底是怎么回事啊？"柳爷问。

"老鬼……"徐国柱停顿了一下，"老鬼死了……"

"什么？老鬼死了？"柳爷不敢相信自己的耳朵，"是怎么死的？"他问。

"我也不知道，不知道……"徐国柱感到头痛欲裂，他叹了口气，看看表，"这个点儿了，还能找着老万吗？"

"这个点儿……"柳爷说着也看了看表，"应该没问题，他每天夜里两点下班。"

"好，赶紧去！"徐国柱说。

大约开了半个小时，柳爷把车停在了市北区一个量贩式 KTV 门前。门口的保安刚要阻拦，一看是柳爷就没再说话。KTV 里热闹非凡，男男女女在光怪陆离的灯光下尽情狂欢。低音炮重重的节拍，震得徐国柱胸口发闷。"老万在这儿受得了吗？"他扯着嗓门儿说。

在 KTV 的一间办公室里，两个人见到了老万。老万的年龄已经六十大几，他头发花白，戴个老花镜，穿着一个皱巴巴的纯棉夹克。一看徐国柱来了，咧嘴笑了起来，但一起身，就显出了腿脚不利落。

"棍子啊，这多少年不见了！你也老了。"老万一笑，满嘴的牙没剩几颗。

"可不，底下的毛儿都白了。"徐国柱龇着牙笑，"我说您老，怎么跑这儿待着来了，不嫌吵啊？"他大声说。

"嘻……"老万苦笑着摇头，"我这一辈子啊，净他妈给人家看场子了，耳根子就没清静过。你要冷不丁让我清静了啊，没准就他妈挂了。唉……现在谁还去歌厅啊，那老哥儿几个也都没饭辙了，都指着那点存款当'息爷'（靠银行利息活着的人），我哪好意思拖人家后腿啊。但也没个正经事儿干，没辙啊，就觍着脸到这儿混来了。挺好，一到这儿我就能睡着。"老万说着就拿起暖壶倒水。

徐国柱坐了下来，他用手摸着沙发的破扶手，突然觉得有些悲凉。要说当年老万可是个人物，他不但在市南区说一不二，而且还多次挫败了市西区的大流氓"水鸡子"。他算是老炮儿中仁义的，一般打架点到为止，不下黑手。但要碰上犯浑的，他也从不留情。在二冬子疯狂的那段时间，他为了保存实力到市北区暂避。其实要真磕起来，还不定谁赢谁输呢。但如今呢……徐国柱看着老万瘦骨嶙峋的背影，突然觉得，时间真是个可怕的东西。

老万给两位送上水，拿起座机说了几句。不一会儿，KTV的服务员就送来了几袋熟食、干果和果盘。老万回身关上收音机，从柜子里拿出了一瓶"白瓶绿标"的牛二。

"我说老两位，喝口儿吧。"老万一笑，竟是满脸慈祥。

"哎，万爷，我是过来找你说事儿的。再说，你这值着班儿呢，让人发现再给开喽。"徐国柱笑着说。

"不能够……"老万摇头，"这个场子是我一小兄弟的，那谁，小崽儿，你还记得吗？"

"小崽儿？"徐国柱想了半天也没想起来。

"哎，就是原来倒腾光盘的那小子。"柳爷在旁边提醒。

"哦，那我知道了，小个儿，跑得倍儿快！"徐国柱想了起来。

"哈哈，就是他，就是他。"老万也笑了，"现在他是这儿的老板，人家出息了，开了不少买卖。"

"我肏……"徐国柱不禁摇头，"记得那时我们治安队没少在街上撵他，丫抱着一大包毛片儿一口气就能跑出几公里。"

"呵呵，现在他也跑。跑马拉松，听说还得过名次呢。"柳爷说。

"我肏……"徐国柱感叹地摇头。

老万打开了酒，倒了满满两杯，柳爷开车不能喝，就要了一听饮料。

徐国柱把熟食和干果撕开摆好，三个人边吃边聊。刚才这么一折腾，他饿坏了，三下两下就干完了半只烧鸡。

"棍子，你行。就冲你嘴壮，身体也错不了。"老万就吃花生米，但酒已经喝到了第二杯。

"我啊……不该高的都高，按说不能吃这些。"徐国柱苦笑。

"嘻，甭听那个。"老万摇头，"人哪，就得想开喽，什么他妈养生啊，都是扯淡。我告诉你啊，该吃吃该喝喝，把所有的器官都给用起来，这样身体才能好呢。"老万一嘴歪理。

"得，听您的。"徐国柱笑着举杯，"哎，我说万爷啊，你现在跟儿子过？"他问。

"嘻……没有，自己过……我那兔崽子啊，他们两口子看我不顺眼，没事就找碴儿，就等着我闭眼好霸占房子呢。我一生气，让他们丫滚蛋了！"老万的语速慢了下来，似乎被戳到了痛处。

"唉，你好歹还有个儿子呢。我他妈一绝户，对不起老祖宗了。"徐国柱苦笑。

"嘻，我早就想开了，死啊活啊，一辈子早早晚晚。蚊子来例假，多大点儿事儿啊。"老万跟两位碰杯。

"唉……"徐国柱叹了口气，"万爷，我……"徐国柱刚想张嘴，但欲言又止。

"棍子，咱们都认识这么多年了，你就有话直说吧。我知道，要不是有棍节儿的事儿，你也不会舍面子找我。"老万看着他，"事儿我都知道了，你说吧，想让我干什么？"

"事儿你都知道了？"徐国柱诧异。

"老鬼挂了，是一帮生瓜蛋子干的。动手的叫夏彪。"老万的表情冷了下来。

"你消息够灵通的啊。"徐国柱感叹。

老万笑了笑，轻轻抿了一口酒，说道："大棍子啊，有句话可能说了不中听。这些年啊，你早就不是你了，但我们依然是我们。"他话里有话。

徐国柱点了点头："万爷，说实在的，你我不是一路人，但这些年我敬你佩服你，就因为你是条汉子，不恃强凌弱。"

"嘁……说他妈什么文明词儿啊。我就是心太软，要不也不至于变成现在这个揍性。"老万几杯酒下肚，表情便不再慈祥，年轻时的气场渐渐恢复。

"棍子，听我的。你就在这儿踏踏实实地待着。越乱的地儿越安全。其他的事儿，我来办。"万爷的眼睛里闪着凶光。

"哎，万爷，你可别胡来啊。我还没说让你干什么呢。"徐国柱忙说。

"你呀，趁早甭说。说了，就算你教唆了。该干什么我心里有数儿。不就是那个小子吗？放心，他跑不出去。"老万冷笑，"现在这事儿，已经不光是你们警察的事儿了。我们有我们的规矩！"老万说着，仰头把酒喝尽，"还有那个国生，我会按照规矩办好。棍子，你信我一回。"他说着就站了起来。

"万爷，我信你。但你得答应我，不做出圈儿的事儿。"徐国柱说。

"呵呵……圈儿是你们画的，我这一辈子都在圈儿的边儿上走，该干什么不该干什么心里清楚。放心吧，一天之内，我给你结果。"老万胸有成竹。

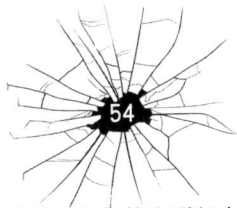

54

当阳光剥去了清晨的雾霭，匆匆的人群行走在路上，日复一日的生活平凡而有序。但对于经侦支队，这却注定不是平凡的一天。

在三层的会议室里，还没到上班时间，林楠就集合了支队的所有人马。罗支、马支，甚至拄着拐的刘权，大家警服齐整，如临大敌。但唯独楚冬阳不在其列。

小吕操作着电脑，给大家演示着连夜做好的PPT。幻灯片一张一张地更迭。林楠站在幕布前讲述着情况。

"大家可以看到，D融宝公司的实际控制人是黄有发，夏静怡只是撑门面的傀儡而已。该公司在短短一年的时间里，以高额利息为诱饵，面对不特定公众人群，非法吸收公众存款高达三百亿元。而因洗钱案被咱们冻结的那些资金，只是冰山一角。通过大数据分析，这家公司高管以上层级的嫌疑人一共有14名，这是他们每个人的具体情况。"林楠指着幕布一一介绍，"根据罗支这段时间的侦查，已经掌握了该公司的资金流向，我们判断，他们已经做好了逃亡的准备。同时就在昨晚，我们收到了鬼见愁提供的部分资料，与我们获取的情况相符。鉴于上述情况，支队决定今早就开展行动，一举摧毁这个犯罪集团。"

林楠说完，大家都精神起来。

"从现在开始，大家都要进入到实战状态。咱们经侦警察的职责，就是保护人民群众的财产安全。我说一下分组情况。"林楠回头看着幕布。

小吕操作着，幕布将图像切换成海城地图，上面有十多个红点清晰可见。"经过郭局批准，我们连接了市局的大数据端口，现在需要采取强制措施的高管都已经被监控，红点就是他们所在的位置。"小吕讲解着。

"罗洋，你负责带三个组，控制这个、这个和这个，资料一会儿到小吕那儿取。刘权，你负责这个、这个……"林楠布置起来，"同志们，考验我们的时刻到了，这将是海城建市以来，破获的数额最高、影响最大的经济案件，关乎着我们经侦人的荣辱，希望大家齐心合力，将这个团伙一网打尽。我，感谢大家了！"他说着就庄严地敬礼。

与会的全体人员都站了起来，齐刷刷地敬礼。

"行动！"林楠一声令下。支队的同志们如下山猛虎，分组出发。但不料此时，楚冬阳却走了进来。

"都回到座位上，谁都不许去！"他大声地喊道。

林楠一愣，眉头紧锁："政委，我们在执行任务。"

"什么任务，执行谁的命令？"楚冬阳大步走到林楠面前。

"特殊案件，暂时不方便说。"林楠冷冷地回答。

"我是支队的政委，你凭什么对我保密？"楚冬阳气愤道。

"咱们有分工，你管政工工作，我管业务工作。政委，请你不要阻拦。"林楠说着就要往前闯。

楚冬阳一把将他拦住："林支，你告诉我，是不是要去动 D 融宝公司？"他开门见山。

"是，这个任务是经郭局批准的，我们在执行领导的命令。"林楠义正词严。

楚冬阳看着林楠，知道此刻自己已被架空，但他依然不肯退让："不行，案件还没到动的时候，我建议暂缓实施抓捕！"他表明态度。

"不可能！"林楠回绝，"定下的方案不会更改。政委，你也在基层干过，该知道贻误战机的后果！"林楠不客气地说。

楚冬阳看林楠这么说，知道不能再去硬碰，就缓和了语气说："林支，这次你一定要听我的，我以党性保证，这样做完全是为案件考虑。这起案件影响太大，不能贸然行动，不然将会造成恶劣的影响。你要顾全大局啊。"

林楠苦笑："顾全大局？政委，你让我顾全什么大局？恶劣影响？这会对哪些人造成恶劣影响？"他话有所指，"政委，你别忘了，我是这个支队的一把手，最终的决定权在我手里！"林楠与楚冬阳彻底撕破了脸。

"林楠！你只不过是个代理支队长，论职务，我在你前面！人民警察以服从命令为天职，你现在要服从我的命令！"楚冬阳拍响了桌子。

"好！兄弟们，谁愿意服从政委命令的，现在留下。其他人跟我走！"林楠一把推开楚冬阳，向门口走去。

支队的所有同志都站在林楠一边，齐刷刷地向门外走。

但楚冬阳还不甘心，几步跑到门口，伸出双手："谁都不许去，等我向局党委汇报再说！"

民警们看他这样，都停住了脚步。林楠走到他面前，双方僵持起来。

"楚冬阳，你到底什么意思？你到底站在哪头儿？"林楠愤怒地说。

"你等我几个小时，我向领导汇报之后，咱们再做决定。"楚冬阳说。

林楠当然知道这几个小时的重要性，火气腾地一下就冒上来了，他从没有像这次一样坚决，这样激动。他回手拿过小吕手中的手铐，上前就把楚冬阳按倒，三下两下就给他来了一个"背铐"。"走，一切由我负责，大家立即行动！"他带着大队人马走出了门外。

"林楠，你不要胡来！"楚冬阳趴在地上大喊着。

数量警车在路上奔驰着，以最快的速度杀向D融宝总部。罗洋拉响了警笛，冲在最前头。

"楠子，你刚才做得太过了。再怎么着，也不能给他上铐子啊。"罗洋一边驾驶一边说。

林楠默默地叹了口气："我也没办法，将到那儿了，不这么干，兄弟们也不会服我。还是那句话，有什么责任我来负，你就带人好好干活儿吧。"

"放心，兄弟们都是老经侦了，知道孰重孰轻。反而是老楚啊……"罗洋停顿了一下，"但愿他不会是第二个江浩。"

罗洋所说的江浩是经侦支队的上一任领导，因为经济问题落了马，被判了十年大刑。林楠叹了口气，望着车窗外稍纵即逝的街景，估算着到达D融宝公司的时间。正在这时，他的电话响了起来，林楠一看，尾号是0001。

"喂，领导，我是林楠。"他毕恭毕敬地说，"对，我们正在去的路上，什么？"他变了脸色，"好，我知道了，执行命令。"他说着挂断电话。

"怎么了，楠子，是郭局的电话？"罗洋侧目问。

"是冯局……"林楠说的冯局是市局的一把手，"他让咱们立即返回，不得有误。"

"我肏他妈的楚冬阳。"罗洋大骂。

"快通知兄弟们……返回吧……"林楠重重地叹了口气。

回到市局，林楠和支队的全体现职领导就被叫到了冯局的办公室。一进门，楚冬阳正坐在沙发上。

"冯局。"林楠毕恭毕敬地立正。罗洋等人也站得笔直。

冯局五十出头，肩上扛着二级警监的警衔。他做事一向干练果断，说起话来也从不拐弯抹角。

"林楠，是你给支队政委上了铐子？"冯局问。

"是。"林楠点头。

"为什么？"冯局问。

"因为他阻拦我办案。"林楠不加隐瞒。

"你出去抓人跟谁汇报了？"冯局问。

"跟郭局汇报了。"林楠说。

"为什么不跟我汇报？"冯局问。

"我……"林楠语塞了。

冯局站起身来，走到林楠面前："现在，我向你宣布一个决定，是经局党委讨论的结果。"冯局停顿了一下，"从现在开始，楚冬阳同志接替郭副局长作为D融宝案件的总指挥，经侦支队的全体民警都要听从他的指挥。"

"什么？"林楠大惊，"冯局，为什么不让郭局管了？"他问。

"警察以服从命令为天职，不要问为什么，执行命令！"冯局封闭了话题。

林楠愤愤地点头，沉默不语。

"手铐的事情你也要进行深刻反省，回去马上写出材料，明天在全局早例会上进行深刻检查。"冯局严厉地说。

"是！"林楠立正敬礼，脸上感到一阵灼烧。

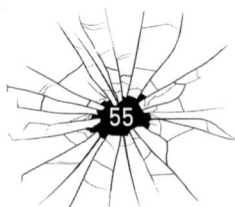

55

按照冯局的指令，经侦支队的管理权移交到楚冬阳的手上。他立即停止了对 D 融宝的行动，同时经向领导汇报，又从省厅经侦总队调来十名民警，准备安排到专案组中。林楠知道他这是在掺水，但市局党委已做出决定，自己也无计可施。眼看着案件走上了歧路，他焦急万分，趁着中午没人，林楠直接来到了郭局办公室。但推开门，却发现屋里空空如也。他犹豫了一会儿，还是拨通了郭局的电话。

电话响了数声，才被接通。"喂，郭局吗？我是小林，有个情况得向您汇报……"林楠还没等郭局说话，便竹筒倒豆子似的将情况说完。

此时的郭局正穿着便服，坐在一间办公室里。他看着眼前郁郁葱葱的吊篮，叹了口气。

"喂，郭局，您在听吗？喂……"林楠在电话那头问着。

"小林，我已经被免职了，你现在要服从局里的决定。"郭局说着就挂断了电话。

林楠站在郭局办公室门前，看着窗外灿烂的阳光，觉得心中一片漆黑。

"妈的，钱真的这么厉害吗？"他觉得心里空空荡荡的。

崔铁军一回到队里就向罗洋请了假，他可不想掺和支队里的矛盾。在林楠和楚冬阳争吵的时候，他故意没出头，目的就是想看看楚冬阳真实的嘴脸。果不其然，这孙子已经被拉下水了。崔铁军没把楚冬阳偷看小吕电脑的事儿抖搂出去，他现在还不能判断，冯局到底是哪一头儿的。经济案子考验人心，在钱的面前，有些人会变成野兽。

崔铁军骑着自行车，来到市南区一个老旧小区旁。他支好车，走进一个电话亭。这是距市局最近的一个没有监控的电话亭。他拿出硬币，投了进去，照着手上记下的号码拨打出去。

"喂，是省纪委吗？我举报一个情况啊。海城经侦支队的政委与D融宝公司的嫌疑人有勾结，对，ABCD的D，融合的融……"崔铁军叙述着情况，"我希望你们能马上查处，不要影响经侦支队的正常办案。还有，我手里有一个硬盘，里面有重要的证据，我会快递给你们，请你们务必要交到领导手里……"他叮嘱着，"我呀，你就写是'知情群众'吧，对。"他说完就挂断电话。

王八蛋，爷跟你丫死磕！崔铁军暗想。他又拿起电话，准备继续拨打。不料这时，手机却响了起来。他拿起来一看，是林楠的来电。

"喂，什么事？"他接通电话。

林楠的语气带着焦虑："崔师傅，你怎么不在单位啊？"

"我出去办点儿事儿。"崔铁军应付着。

"刚才楚冬阳找我了，问那个硬盘的事情。我一回办公室就找不着了，是不是在您手里啊？"林楠急切地问。

"什么硬盘？"崔铁军装傻充愣。

"崔师傅，这可不是闹着玩儿的事儿，那上面有鬼见愁提供的重要证据，一旦被销毁将直接影响到案件的办理。崔师傅，你赶紧回来，把硬盘交给我！"林楠说。

"我手里没有什么硬盘啊，你弄错了吧。"崔铁军说。

"崔师傅，你听我说。"林楠怕他挂电话，"现在情况很复杂，你要相信我。"

"我相信谁，也不会相信你呀！我就请假看病去，拿他妈什么硬盘了！"崔铁军故意这么说。

林楠愣住了，没明白崔铁军这么说的用意。

"并肩子，念短吧，稞子里面伏着不少点儿了！"崔铁军突然说出奇怪的话。

"啊？"林楠没反应过来。但转念想了想，突然开了窍。

崔铁军说的是老江湖上的黑话，意思是：兄弟，不要说话，草里藏着不少敌人。他马上顿悟，崔铁军是在暗指电话可能被"上了线"。

明白人交流一点即通。林楠停顿了一下，也开始打马虎眼儿："哦，那可能是我弄错了，没准是小吕给放到档案室里了。"

"什么硬盘啊？"崔铁军反问。

"哦，就是存着警示教育片的，政治处让今天下班前全队收看。"林楠说。

两个人又打了几句哑谜，才挂断电话。

崔铁军早就意识到自己的电话不安全了，所以才处处小心。他又向省检察院举报了相同的问题。刚刚挂断，楚冬阳的电话就打了过来。

崔铁军犹豫了一下，还是将电话接通。知己知彼才有胜算，这是警察办案的常识。

"喂，老崔吗？你在哪里？尽快回来！"楚冬阳在电话那头命令着。

"我请假了，看病。"崔铁军说。

"只要不是什么突发疾病，就得立即归队。咱们专案组的成员，一个也不能离开。"楚冬阳提高嗓音。

崔铁军不理这茬儿，把电话举过头顶："喂，喂，喂……没信号了怎么……喂……"他说完就把手机的电池后盖打开，抠下了电池。他想了想，又拿起公用电话，投入硬币，分别拨通了徐国柱和潘江海的号码，之后又是一通黑话。

一直到了傍晚，KTV再度热闹起来。徐国柱在乌烟瘴气的办公室里踱着步，烟蒂已经插满了烟灰缸。柳爷正靠在躺椅上打盹儿，一睁眼，看徐国柱正站在面前，被吓了一跳。

"棍儿哥，您这儿干吗呢？"他坐起来伸了个懒腰。

徐国柱叼着一根"中南海"，有些魂不守舍："柳爷，您说这都一天了，老万怎么还没信儿啊。"

"哪儿那么快啊……"柳爷打了个哈欠,"国生这孙子多鬼啊,我估计找到他不容易。"

"告诉老万千万别出圈儿,再弄出什么事儿来。"徐国柱叮嘱。

"哎,知道了,您这一下午都说了三遍了。"柳爷笑,"放心吧,他知道,用'群众扭送'。"

"对!"徐国柱点头,"哎……我就想知道,国生这孙子,是谁撺掇的。"

"唉,他这一辈子啊,人不人鬼不鬼的。"柳爷叹气,"以前也是条汉子,最早杠头都不敢拿他怎样。但后来啊,挣了点钱,当了'息爷',就他妈无事生非,沾上了'那口儿'。那玩意儿是真害人啊……你说一好好的人,为了那个连脸都不要了。前几天我出车的时候还看见他呢,你知道这孙子干吗呢吗?碰瓷儿!我估计是真没饭辙了。"

徐国柱也叹了口气:"这人活着啊,有时就靠一股气,气儿没了,活着也就没意思了。"

俩人正说着,万爷的电话就打了进来。徐国柱赶忙接通,老万却让他把电话交给柳爷。

"喂,哦,哦,我知道,我们马上就去。"柳爷说着就站了起来,"走啊,棍儿哥,出'果儿'了。"他笑着说。

在海城郊区的一个大院门前,柳爷把车停下。四周漆黑一片,犬吠声不绝于耳。两个人走到门前,柳爷按照"三次一停"的顺序轻轻扣门。院门缓缓打开,一个壮汉伫立在门前。

"找谁?"他问。

"吃农家饭的。"柳爷说。

"哦,那里边儿请。"壮汉闪过身。

院子很大,种着不少花花草草,秋风一吹,飘散出清香。老万站在院子里,已经迎候了多时。"这是'棒槌',这是彪子。"老万介绍了身边的两个壮汉。他冲徐国柱招了招手,走进了正房。

"棍子，国生不想出面儿，我也没再为难他。但他说了，等这阵风过去了，他肯定出来做证。他有他的难处，你也体谅体谅。"老万说着拿出一张纸，"这是他写的情况，如果不行，我再让他补充。"他说着就递了过去。

徐国柱接过来一看，上面歪歪扭扭地写着：

我告发徐国柱的事实都是胡说八道，我根本就不想告，但是为了钱，我也只能这样做。是郑光明让我告徐国柱的，我可以做证。

徐国柱苦笑摇头。"我说万爷，这孙子文化程度够高的啊。"他挖苦道。

"哎……能写字儿就不错了……行不行？能给你做证吗？"老万问。

"先凑合用吧。"徐国柱知道，这已经是国生能做的最大尺度，"哎，万爷，没伤人吧。"

"嘻，都这个岁数儿了，还打打杀杀的啊？"老万反问。

"谢了啊。"徐国柱双手抱拳，说着就要走。他下午接到了崔铁军的电话，通过黑话交流，知道队里已经火上房了。

"哎，事儿还没完呢。"老万说。

"还有什么事儿？"徐国柱转过身。

"跟我来吧，再给你送一大礼。"老万说着就向后院走去。

"大礼……"徐国柱没弄明白，跟着走了过去。

后院有一个大铁笼子，里面养着两条大狼狗，从徐国柱进门的时候，就一直在狂吠。老万走到笼子跟前，两只狗一下就安静了。他让彪子打开笼子门，把两只狗放了出来，徐国柱这才发现，里面竟然蹲着一个人。

那个人赤身裸体，浑身污垢。老万拿脚踹了踹笼子，他才颤颤巍巍地爬了出来。徐国柱走到面前一看，竟然是夏彪。

"怎么是他？"徐国柱惊讶。

"就是他做掉的老鬼。"老万说着过去就是一脚。

夏彪早就被吓坏了，他颤抖着，把身体抱成一团。他曾经以为老鬼是流氓里最狠的了，没想到老万竟加个"更"字。

"你怎么找到他的？"徐国柱问。

"嗐，海城就这么大点儿地方，你要让我找个警察我找不着，找个混混儿还不容易……"老万撇嘴，"他藏在一个小旅馆里，开店的认识我们的兄弟。"

徐国柱端详着夏彪："你为什么要杀死老鬼，跟他有仇吗？"

"因为……因为他逼死了小雪！"夏彪说着，就呜呜地哭了起来。

"唉……"徐国柱叹了口气，不想多做解释，"小青在哪里？"他问。

"我……我不知道……"夏彪说。

"不知道？"彪子抄起一把锤子就走了过来，抬手就要往下砸。夏彪吓得赶忙躲闪。

"哎，停手停手！你丫没蹲够大狱啊？"老万大声喝止。

"那老鬼就这么白死了？"彪子压抑着怒气。

"人家警察都来了，你还拔什么份儿啊……"老万说。

"万爷，那可不合规矩啊。"彪子说。

"咱不是流氓，是群众。你没听大棍子说吗？咱们这叫'群众扭送'。"老万说得挺明白。

徐国柱一听就乐了："对，万爷说得一点没错，再耽误一会儿就算非法拘禁了。"他说着拿出手机，拨打起电话。

"喂，胡铮啊，我是老徐，对，我现在应该在你们的管界里。是这样，我有一个嫌疑人要移交给你，是群众扭送，你得赶紧过来一下。但有个要求啊，必须帮我看够24个小时以后再上报市局，数儿算你的！好，你记一下地址……"徐国柱开始了计划。

"柳爷，你还得把我送到市北区，今晚还有个活儿。"徐国柱挂断电话说。

56

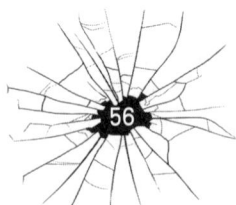

在市北区的玫瑰庄园里，黄有发正坐在沙发上听着郑律师的汇报，现在公司的多个账户已经被公安局冻结，他尝试地让几个高管出国旅游，也发现被限制出境。黄有发叼着一根红双喜，默默地吞吐着。郑律师一脸凝重，等着他发号施令。

"你觉得，咱们还有多少时间？"黄有发皱着眉头问。

"这个不好说。"郑律师回答。

"那个姓楚的到底可不可靠？"黄有发又问。

"应该可靠，我给他的钱够他赚几辈子的了。"郑律师回答。

"这帮穷酸警察……"黄有发一脸不屑，"只要他能办成事，再多些也可以。你把握好尺度，要把他的能量榨干。"他叮嘱道。

"懂了，老板。"郑律师点头。

"还有，你再找找他，让他给咱们留个口子，放咱们出去。条件嘛，让他定。"黄有发说。

"明白。根据法律规定，限制出境的时间一般是三个月，他们上次的手续将于下周二到期。我可以跟姓楚的说说，在衔接时留个空子。"郑律师已经做好了打算。

"好，还是你办事可靠。放心，出去之后我不会亏待你的。"黄有发笑着点头，"对了，那个姓潘的怎么样了？"他问。

"他啊，一直没到经侦上班，既然找到姓楚的了，要他还有什么用？"郑律师说。

"哎，你不能人走茶凉啊。"黄有发露出大黄牙，"这样，你赶紧联系他，让他回去上班。咱们得找个人盯着姓楚的。"

"明白了。我马上就联系他。"郑律师点头。

看郑律师走了，黄有发才拿出电话。他沉默了一会儿，拨通了号码，换上了一副笑脸。"喂……钱公子啊。我告诉你啊，事情已经办得差不多了，那几个警察翻不出大浪。对，对，他们什么也查不出来，我已经吩咐人做了。什么？纪委和检察院都收到了证据，不会吧……"黄有发皱眉，"那也没用，证人已经被做掉了，死无对证啊……放心吧，那几个小朋友，我事后也会处理掉的。对，所有的事都由他承担。我已经从老家叫来了帮手，在关键时刻，我是不会手软的，这你知道的，哈哈……还请你再催催老爷子，让他从上边使使劲儿啊。好，保持联系。"他说着挂断电话。他沉思了良久，又拨通了郑律师的号码，"喂，你尽快联系那个姓潘的，尽快把事情推进。"他的表情不再轻松。

郑律师不敢怠慢，马上和潘江海约好地点。在市北区的一个小饭店里，两个人见了面。

饭店里人很多，闹闹哄哄的，但装修老旧，一派老国营的样子。郑律师一进包间，就皱起了眉头。

"哎……老同学，你怎么找了个这样的地方？"他说。

潘江海笑了笑，示意他坐下。郑律师苦笑着摇了摇头："你呀，都这么大岁数了，该讲讲生活质量了。你没看前几天电视上演吗？许多小饭店里炒菜用的，都是地沟油。"他拿餐巾纸擦了半天塑料板凳，才坐了下来。

"炒菜干不干净，不在于饭店大小，而在于老板的人心。"潘江海说。

郑律师一愣，觉得潘江海说话奇怪："嘿，我怎么看你今天不对头啊。"

"嘻……快退休了，还没找着下家呢，心里烦啊。"潘江海叹了口气。

郑律师马上明白了，这是潘江海要和自己谈条件。他笑了笑，在心里打好了腹稿。

桌子上摆着两凉两热四个菜，潘江海打开一瓶二锅头，匀匀地倒满两杯。

"老潘，我开车呢，不能喝酒。"郑律师推辞。

潘江海没理他，把酒杯推到他面前。

"老郑，你还记得这是什么地方吗？"潘江海问。

"这是……"郑律师皱眉，"不知道。"他摇头。

"这是咱们大学毕业那天聚会的地方。"潘江海看着他说。

"哎哟，是吗？"郑律师惊讶，"这地方还没拆呢。"他来了兴趣。

"当时有你，有我，还有小刘和四平儿。"潘江海说。

"对对对，但现在就剩咱们俩了……小刘出国了，四平儿前年没了。唉……一晃快四十年了……"郑律师感叹，"怎么回事？今天到这儿怀旧来了？"他笑着问。

"我有些话想跟你聊聊。"潘江海说。

"你可真有闲心……我正好要找你，咱们先说说正事。"郑律师说。

"什么事？"潘江海问。

"老板来话了，让你尽快回去上班，盯着点儿姓楚的。"郑律师直来直去。

"我盯着他？呵呵……人家现在牵头工作，是专案组的负责人，我盯着他有什么用啊。"潘江海苦笑。

"你怎么不明白啊，老板对你更加信任。"郑律师说。

"扯淡……我看你是真拿黄有发当亲人了。"潘江海摇头。

"什么话。"郑律师皱眉，"老同学，你别那么天真好不好，一切都是生意。我跟着黄有发也不是为了效忠，而是为了改变生活。等这一切结束了，咱们过咱们的日子，与他再无牵扯。"

"再无牵扯？你撇得清干系吗？"潘江海皱眉。

"你什么意思？"郑律师问。

"鬼见愁以前也是黄有发的手下，但现在怎么样，还不是被人做掉了。你知道他这么多的事情，他能让你安然无恙？"潘江海反问。

"这……"郑律师停顿了一下，看着潘江海笑了笑，"老同学，我怎么觉得你今天不太对劲啊。"

"我问你,钱穆是谁?"潘江海突然问。

"什么?"郑律师一惊,顿时警惕起来,"你问这个干什么?"他反问道。

"还记得咱们在毕业时宣读的誓词吗?"潘江海说,"挥法律之利剑,持正义之天平,除人间之邪恶,守政法之圣洁。"

"你老了,开始怀旧了。"郑律师站起了身,"我还有事,你慢慢吃吧。"他感觉到危险,说着就要走。

"郑光明,我今天约你来,是想给你最后的机会。"潘江海提高了嗓音说。

郑律师转过头,眼神中露出凶光。"老潘,你别忘了,你自己手里也不干净。"他提醒道。

"是的,所以我一直把那些东西封存在家,记录在案。"潘江海说着也站了起来。

两个人对视着,岁月的风霜将他们的容颜改变,昔日的样子再也无法追寻。

潘江海俯下身,从桌子下撕下一个东西,放在了桌上。郑律师一看就慌了,那是一个微型的录音笔,一侧贴着双面胶。

"你……要干什么?"郑律师指着潘江海问。

潘江海坐了下来,自顾自地喝了一口酒:"从我收你的第一笔钱开始,我就拿它做了记录。老同学啊,你别忘了,我是个警察。"

郑律师愣住了,也坐了下来。"你……想让我怎么办?"他问。

"二选一,帮我,或者继续给黄有发办事。"潘江海说话的同时,录音笔还在工作,"我知道,律师有律师的规矩,为雇主服务本来无可厚非,但你却以公平和正义作为代价。郑光明,我正式告知你,只要你从现在开始配合我的工作,我会给你从轻的机会。"潘江海看着他的眼睛。

"你……代表谁?"郑律师冷冷地问。

"我代表正义的一方。"潘江海一字一句地说。

"呵呵……呵呵……哈哈哈哈……"郑律师突然笑了起来，"正义……正义的一方，你跟我开玩笑呢吧？"他冷笑地摇头，"我问你，你录了半天，有什么意义？能当证据使用吗？老同学，我看你法律还是学得不精。"

"是吗？"潘江海说着关掉桌上的录音笔，"那我再给你听听这个。"他操作着录音笔，放出音频。音频是一段对话。

> "你的老板是黄有发吧？"
>
> "是的。"
>
> "那个叫夏静怡的法人是摆设吧？"
>
> "是的。"
>
> "他们搞的什么P2P压根就挣不了钱，目的就是把老百姓的钱往外转吧？"
>
> "是的。"
>
> "你在这里边儿是个什么角色啊？中间人还是合作者？"
>
> "算是合伙人。"
>
> "你为什么要控告他？"
>
> "任何一个民主的国家，都应该尊重法律、敬畏法律。我们律师的责任也正在于此。其实从某种意义上来说，我帮助你们打赢这场官司，也是为推动政法部门执法质量的进步做贡献。"
>
> "你不怕他报复你吗？"
>
> "我会做得天衣无缝，让谁也查不出来。"
>
> "你有黄有发涉嫌犯罪的证据吗？"
>
> "只要过钱就都有痕迹。"

"这是什么？"郑律师大惊失色。录音里所有回答，竟然是自己的声音，而发问的正是潘江海。

潘江海关上录音笔，说道："我通过技术部门，对你说过的话进行了调整。说文明了就是断章取义。"

"你要干什么？要当证据使用吗？"郑律师笑了，"你以为法庭是过家家吗？会验证不出你们粗劣的技术？"

"呵呵……"潘江海也笑了，"对，法庭是有技术验证出我伪造的录音，但是，我不知道黄有发那边，有没有验证的技术。"他直直地看着郑律师的眼睛。

"你……"郑律师这才明白过来。潘江海是想以此进行离间。

"我们曾经想，直接把这段录音寄给黄有发。但是，因为我和你的关系，我想再好好劝劝你。"潘江海一字一句地说。

郑律师傻了，他沉默了许久，拿起酒杯，喝了一口。"那……我还得谢谢你？"他冷冷地问。

"谢倒不用，但你必须做出选择。还是那句话，二选一。帮我，或者继续给黄有发办事。"潘江海说。

"呵呵……呵呵……"郑律师笑了起来，"老同学，你不够朋友啊。"他说着靠在座椅上。

"我们都没拿对方当过朋友，不是吗？"潘江海冷冷地回答。

郑律师看着他，沉默了良久。"好，你想让我做什么，我照办。但我有个条件。"他说。

"只要合理，我会满足你。"潘江海说。

"我希望自己的身份是你们的'卧底'，从你录音的第一次起，我就在帮你做事。"郑律师狡猾地说。

"呵呵……老同学，我真的很佩服你。"潘江海摇头笑着，"可以，只要你能做案件的污点证人，证明黄有发团伙的所有犯罪事实。我就帮你减罪。"他肯定地回答。

"好，那我现在就跟你走。"郑律师说。

"不，我需要你回到黄有发的身边。"潘江海看着他说。

57

在郑律师走后，崔铁军和徐国柱走进了包间。

"他同意了？"崔铁军问。

"同意了……"潘江海自顾自地喝酒。

"还挺痛快的。"徐国柱说。

"他是个聪明人，懂得趋利避害。"潘江海回答。

"你怎么跟他说的？"崔铁军问。

"我让他二选一，他选择同我们合作。"潘江海没说录音的事儿。

"嗯……终于要开始了……"崔铁军叹了口气，把两瓶白酒放在桌子上。

三个人围坐在桌旁，抽着烟相对无语。

"哎……老两位啊，我还有最后72天就退了。"崔铁军没头没尾地说。

"行啊，大背头，脑子够使，算得挺清楚啊。"徐国柱拿起筷子，夹了口菜。

"来，这些菜都没动过，咱们吃。"潘江海说着用手把瓶盖拧开，一股浓浓的酒香顿时四溢。

"哎哟喂，这闻着味儿可是好酒啊。大背头，你丫够腐败的啊。"徐国柱说。

崔铁军没有回答，把酒分三杯倒匀。

"来，咱老哥儿仨干第一下。"他说着举起酒杯。三个人一饮而尽。

"记得我当年刚穿上警服的时候啊，还是八三式。红领章、绿衣裳，一照镜子啊，心里倍儿美。但没想到这时间一晃，眼看着这身衣服就穿不上了，哎，真觉得不甘心啊……"崔铁军叹了口气。

"得了吧你，你有什么不甘心的。这么多年，你们丫经侦吃香的喝辣的，比我们刑警强多了。你们出入的是什么地方？宾馆、饭店。我们呢？凶杀现场、乱坟岗子。你就知足吧。"徐国柱夹了一口菜。

"你可真会打岔。"崔铁军摇了摇头，想换个轻松些的话题，"我们呀，宾馆饭店是没少去，但也没少露怯。我记得刚来经侦的时候啊，有一次跟老李到一个大厦去调查，那时还没多少声控灯啊。我进去以后就冲着灯喊'开灯'，灯一下就亮了。但老李却愣了，他没见过啊。我就告诉他这是声控的。结果我刚走出没几步，老李可能是怕浪费电，就冲着灯大喊'关灯'！"崔铁军说完，老两位都笑了起来。

崔铁军看气氛缓和了，就问潘江海："喷子，你家里的情况怎么样了？"

潘江海看着崔铁军，也不想再隐瞒："我呀，其实无所谓，这么大岁数了，钱不钱的能怎么着。但我那闺女啊，都快二十了，还……"他重重地叹了口气，"是，我承认，我是没少玩心思在外面挣钱，但我发誓，我没从案子上挣过钱，没干过太出格的事儿。我就想着啊，多挣点儿钱给她留下，等我们老两口都走了的那天，她还能健健康康地活着……"他说得动容，眼里含泪。

"唉，喷子，你丫也真不容易。但你还好歹有个闺女啊，我呢？"徐国柱感叹，"有时候我在黑灯的时候总想，没准一觉醒来啊，就再也下不去床了。到时候连个哭的人都没有。"他继续把话题引向沉重。

"别说这么丧气的话。"崔铁军不爱听了，"人的命天注定，爱怎么着怎么着吧。"

"对！阎王爷干小鬼，舒服一会儿是一会儿！甭想那么多了。"徐国柱举起酒杯，一饮而尽，"哎哟，你丫这酒是茅台吧？"他终于喝出了滋味。

"是啊……这是我弟弟用他第一个月的工资给我买的，我一直没舍得喝，存到了现在。"崔铁军淡淡地说。

徐国柱和潘江海一下就明白了这酒里的含义。

"就冲你这句话，我就再跟你玩一次命。"徐国柱说着就拿过酒瓶，给大家倒满。

"行，咱们喝完这瓶酒，明天就上战场。"潘江海也不管血糖高不高了，拿起了酒杯。

"谢谢二位，咱们得让这帮兔崽子知道，海城的警察，不是好惹的！"崔铁军眼含热泪，一饮而尽。

三个人正说着，没想到包间门一开，小吕走了进来。他背着一个大书包，气喘吁吁的。

"哎？你是怎么找到这儿的？"崔铁军愣住了。

"我……"小吕犹豫着，"我是通过您手机的基站位置找到的。"

"还挺高科技。"崔铁军苦笑。三个老家伙心里都明白，这小子能找到这儿，别人自然也能找到。

"你小子干吗来了？"徐国柱问。

"我给你们带了家伙。"小吕说着就把书包放在地上。他拉开拉锁，从里面取出了甩棍、喷罐儿、手铐等警械具。

"你小子胆儿还挺大。登记了吗？"徐国柱笑。

"没有。"小吕摇头。

"行，有点我徒弟的样儿了。"徐国柱笑了起来，搬过一把凳子，让小吕坐下。

而崔铁军却面沉似水。"徒弟，你违纪了。为了我们挨处分，值得吗？"他问。

"我没有违纪，我在干正确的事情。就像你们一样。"小吕一字一句地回答。

崔铁军看着小吕，慢慢将表情放松。

"来来来，喝酒！"潘江海说着拿过一个空杯，把茅台斟满。

"师父，我喝不了酒。真的。"小吕推辞道。

"什么行不行的，练练就行了！"潘江海拿起酒杯，犹豫了一下，"那这样，我们用杯喝，你用瓶子盖。"他说着就把酒倒进了瓶子盖里。

小吕没再犹豫，点了点头，把瓶子盖端了起来："师父们，我庆幸自己当了你们的徒弟。感谢你们对我的教导，我先干为敬。"小吕挺激动，竟一饮而尽。

他喝完，又转身从书包掏出一个镜框，摆在桌子上。"师父们，我把合影带来了。"他看着三个人说。

老三位一看，摆在桌子上的，正是探组立功时的合影，心里都挺不是滋味。

"你既然叫我师父，我今儿个就再教你点儿东西。"潘江海说，"你记住了，搞预审的，永远不要按照对方的思路走，无论审讯对象跟你说什么，你都要按照自己的思路问。提问不一定要按照正常的逻辑顺序，要避实就虚，这样才能揭穿对方的谎言。还有，要学会使用疑兵，尽量不要露出自己手里的底牌。审讯的要诀就是重证据、轻口供，他说谎言，你问实话，最后拿证据一衡量，事实就出来了。"他说着就喝了一口酒。

"明白了。"小吕拿起瓶盖也一饮而尽。

"还有，许多事情即使看透了，也不要说破。沉默的人永远比说话的人深刻。"潘江海从没这么认真地总结过自己的技巧，"来，再干一个。"他又举起杯。

小吕又把瓶盖喝完。

"我没什么可教你的，但有一句话你得记住，咱们出去抓人，永远得有警察的气势，两军相遇勇者胜，气势丢了，你的命就悬了，懂了？"徐国柱也说。

小吕有点喝多了，脸红脖子粗。"师父，我明白了。"他重重地点头。

"哎，大背头，你丫也说说，你们丫经侦那么多猫腻。"徐国柱递给崔铁军一根烟。

崔铁军想了想，说："我也没什么可说的，我就送你几句话吧，希望你记住。第一，十万块钱改变不了生活，干经侦的，永远得拿钱当王八蛋。"他说得很直接，"第二，好多人都想把别人从马上拉下来，但你要记住，这些人最后也骑不上马。做人做事，一颗公心，干警察的，永远别拿生意人当朋友。"崔铁军也和小吕碰杯。

几个人一句一口酒，小吕可禁不住了。他没聊几句就不行了，趴在桌子上人事不省。

崔铁军看着他笑笑，又长长地叹了口气："老几位？咱们该走了。"他说着站了起来，把甩棍、喷罐儿等警械具装进了书包，又停顿了一下，把合影也拿在手里。

徐国柱拿过三个人的手机，先把电池抠出来，又取出 SIM 卡，一撅两半儿。潘江海结了账，让店家到关门儿的时候再叫醒小吕。在出门的时候，三个人都回过头，久久地凝视着小吕。

小吕沉沉地睡着，但嘴上还在不停叨念着："师父，你们……你们带我一起去……"

崔铁军摇头苦笑。"你小子啊，以后可别给我们老哥儿仨丢脸！"他一字一句地说。

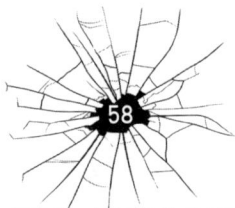

58

谁也没想到楚冬阳会来这手。在早晨八点半例行公事的早点名儿之后，他立即召开了紧急会，宣布行动即将开始。连林楠都蒙在鼓里。

省厅经侦总队来支援的十名警力已经到位，加上经侦支队在编的民警，足有 40 人之众。楚冬阳清了清嗓子，步入到正题："各位，我知道，从上次我阻拦大家行动开始，有不少人骂娘。这很正常，换成是我，也会这么做。"他此言一出，台下的民警面面相觑，"但今天我要告诉大家，在这件事上，我是在执行省厅领导的命令。D 融宝案件影响之大，涉及人员之众，波及面之广。不要说在海城，就是在全省也可以说是史无前例。面对这样的案件，我们不但要将涉嫌犯罪的嫌疑人绳之以法，全力挽回被害人的损失，更要深挖上下游犯罪，除恶务尽。我宣布，从现在开始，专案组的全体成员处于行动状态，准备对 D 融宝公司开展行动！"楚冬阳说着站了起来，"林支，对不起，上次我那么做也是身不由己，请你理解。"他诚恳地说。

林楠犹豫了一下，也站起身来。"我服从局党委的命令，听从你的指挥。"他表态道。

"好。"楚冬阳不再客套，"你的任务最重，要带队去缉捕黄有发。"

"明白，我会全力以赴。"林楠说。

楚冬阳紧紧攥住林楠的手，无声地点了点头。他提高嗓音道："考验大家的时候到了。罗支，你立刻将专案组成员的手机收上来，马支，你准备好行动用的电台。咱们在一个小时之后，出发！"

楚冬阳仿佛换了一个人，动作麻利，雷厉风行。他将专案组的成员分为十组，每组配一名省厅经侦人员。全面行动于上午十点开始。这个时间点显然经过周密谋划，突袭 D 融宝的时候，公司的所有高管都已经到了办公室。

在 D 融宝公司最高层的总裁办公室，楚冬阳见到了夏静怡。夏静怡被两名女警看押着，头发凌乱，手足无措。她还没来得及销毁相关的文件资料，就已经束手就擒。黄有发曾经告诉过她，近期警察不会对公司下手，但没想到经侦民警却如神兵天降。

"夏静怡，我现在正式告知你，D 融宝公司因为涉嫌非法吸收公众存款、合同诈骗、洗钱等罪名，已经被立案侦查。包括你在内的所有高管，都被开具了强制措施。现在摆在你面前的只有一条路，那就是配合公安机关进行调查，供述违法犯罪的事实。"楚冬阳一字一句地说。

夏静怡颤抖着，用游离的眼神看着楚冬阳。"我……我有权聘请律师吗？"她问。

"哪个律师？郑光明吗？"楚冬阳问。

"是啊，他是公司的法律顾问。"夏静怡说。

"你会见到他的。"楚冬阳说。

记者的速度有时会超过消防队，在警方将涉案嫌疑人带出大厦的时候，门口已经架满了长枪短炮。经侦支队突袭 D 融宝的消息迅速传遍了整个海城，成为爆炸性的新闻。数以万计的投资者惊慌失措，纷纷到公安机关询问情况。但市局专案组已经做好了充足的准备，在市局经侦支队的统领下，投资人按照户口所在地到所属的派出所进行报案登记，全市公安机关24小时办理。到了这时林楠才明白楚冬阳那天阻拦自己的原因，他是在下一盘更大的棋。

但在抓捕黄有发的时候却出现了问题，玫瑰庄园早已人去楼空。林楠和小吕的行动先于大部队，黄有发显然早有准备。林楠调了录像，发现黄有发在两天前就离开了这里。但如果不出意外，他应该还在海城。

林楠一直在联系三个老警察，却始终打不通电话。

在海城郊区的一处农家院，黄有发在屋里反复踱着步，短短一下午就抽了两包红双喜。玫瑰庄园是回不去了，专案组的突袭令他措手不及。要不是郑律师安排了这个地方，他甚至都找不到藏身之处。黄有发第一次这么狼狈，他反复诅咒着那些警察，发誓会东山再起。但到了这个时候，郑律师还迟迟未到。他手里不仅拿着护照，还掌握着公司的重要信息。一切都乱了，没想到在短短几天之内，姓楚的就变了脸，限制出境不但没有撤销，还改成了边控。D融宝的几名高管都被扣在了机场。黄有发招了几次手，身后的人也不懂给他点烟。

他拿出电话，再次给小青拨打电话，不料却被对方挂断。"我 × 你老母！"他气得用力把烟扔在地上。

傍晚来得很快，警察宿舍的大院里又恢复了热闹。崔铁军默默地坐在镜子前，看着自己满是皱纹的脸，静静地用拢子梳头。这么多年了，徐国柱那帮老家伙还在叫着自己的外号"大背头"，但现在自己的头发已日渐稀疏。他转身打开衣柜，翻动着那些曾经的老警服，八三式、八九式、九九式……夏装、春秋装、冬季执勤服，这些衣服似乎记录了他生命中的全部时光。他有些动容，但随即又克制住回忆。他选来选去，还是拿出了那件穿了二十年的薄皮衣。皮衣的款式早已过时，袖口也有几处破损，崔铁军把它穿在身上，感觉沉甸甸的。他又穿上八九式的绿色警裤，蹬上三接头的黑皮鞋，用发蜡把头发拢好。他看着镜子里的自己，仿佛又回到二十年前的样子。雄兵，哥哥去了……他望着窗外的夜色默念着，然后义无反顾地打开门，走了出去。

医院已过探视的时间，但徐国柱默默站在病房外，看着睡着的花姐，眼泪止不住流了下来。

"花儿……快半辈子了，我都没好好想过咱俩的事情。这几天啊，我整天在想，要是还能再活一回啊，我肯定娶你。但现在……"他轻轻抹去眼泪，停顿下来，"好好睡吧，等醒的时候一切就过去了。"他说着就转过了身。

"哎，我爱你……"他再次回头。

潘江海一整天都在家陪着女儿，直到妻子下班回家，他才穿上衣服要出门。妻子一般不过问他的工作，于是就到厨房做饭。"哎，你吃完饭再走吧。"妻子说。

"不了，单位有事儿，我今天晚上就不回来了啊。你好好看着闺女。"他说着就搂了搂女儿。

女儿一直趴在床上，半天都不下来。潘江海有些疑惑地问："佳佳，你干什么呢？"

"嘘……"女儿示意他轻声，"我在孵小鸡呢。"她说着就把鸡蛋从怀里拿了出来。

"好，你慢慢孵啊，小鸡一定会出来的。"潘江海努力地笑着。

"爸爸，你的眼睛流水了。"女儿惊讶着。

"哦，是吗？"潘江海用手擦去眼泪。

走出门的时候，金杯车已经等了许久。潘江海坐到了副驾驶的位置上，看着后视镜旁夹着的探组合影沉默不语。崔铁军笑笑，拍了拍他的肩膀。潘江海停顿了一下，握住了崔铁军的手。徐国柱见状，也把手搭了上去。

"你们丫这是干吗啊……弄得跟有今儿没明儿似的。"潘江海撇嘴笑了。

"啊？哈哈哈哈……还真是，咱他妈是去抓贼，也不是去自首。"徐国柱笑了起来。

崔铁军也笑："干死这帮王八蛋，让他们丫知道知道老警察的厉害。"

"对！干死王八蛋！"三个人异口同声地说。

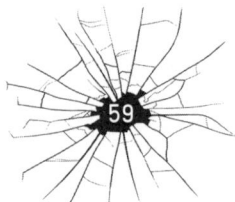

小青和泰格姗姗来迟，见到黄有发的时候，已经快九点了。进门的时候，黄有发正在拜着红袍关公，把三支高香插在香炉里，回头看到小青，愣了一下。

"你们……怎么来了……"黄有发疑惑。

"什么？"小青苦笑，"不是你让我们来的，这么远的路。"

他说着就走了过去。黄有发身旁有几个陌生人，看到小青都警觉起来。小青瞥瞥他们，不屑一顾。

"是郑律师通知你们的？"黄有发问。

"是啊，说你有后续资金给我。"小青撇嘴笑着，显然言不由衷。

"你们泰国的事办得怎么样了？"黄有发问。

"不怎么样，没找到人。"小青大大咧咧地修着指甲。

"没找到人？你就是这样办事的！"黄有发生气了。

小青笑笑。"老板，我们也不是超人，找不到又什么办法。再说……泰国消费又高，我们的兄弟还搭了不少自己的钱呢。"他看着黄有发说。

黄有发知道他话里有话："我上次给了你四百万，你都花完了？"

"一分不剩，都没了。"小青装作无辜，"跟你要你又不给，所以没办法啊，我只能自己出去挣钱了。我刚帮人追了笔债，你知道的，我只为钱办事。"

黄有发叹了口气，把语气放得平缓："这么多年了，我一直拿你当儿子看，你知道吗？"

小青笑而不语，默默地看着他。

"但是你呢，想想自己做的一切，你拿我当什么？"黄有发问。

"我拿你？"小青装作思索，"拿你当老板啊。"

"你是不是以为我是个傻瓜啊！"黄有发突然拍响了桌子，"我问你，这个是什么！是什么！"他说着就扔桌子上一张光盘。

小青往前走了几步，拿过光盘，哈哈大笑："老板，这个可不是我干的，要问，得问你的宝贝儿子。"

黄有发气得浑身颤抖。"你为什么要对阿标下手？为什么？"他质问道。

小青叹了口气。"哎，我说老板啊，你儿子嫖娼吸毒，跟我有什么关系啊。是他一再求我，我看在你的面子上，才按照他的要求做的，而且也没收他钱。现在你问我为什么？这可真没天理了。"小青苦笑，"至于录像吗？哦，我是为了给他留个纪念，让他看看自己的那副德行，到底像不像他爸。"小青开始挑衅。

黄有发的火往上涌，侧目冲身旁的人使了个眼色。几个人立即站了起来。小青见状，也咳嗽了一声，身后的几个人都把手放进了怀里。双方立刻剑拔弩张起来。

黄有发不敢再轻举妄动，他叹了口气，摆手让身旁的人重新坐下。

"小青，我再问你，那些录像是不是你公布到网上的？"黄有发问。

"是啊，当然是我，还能是老鬼啊？"小青笑着反问。

"你为什么要这么做？在公司危难之际，你就这样对我吗？"黄有发费解。

"呵呵……"小青笑了，"姓黄的，这么多年，你把我困在襄城，让我为你卖命，当你的走狗。你什么时候拿我当过人了？"他说着走到黄有发面前，表情变得狰狞，"你以为我是傻子啊，不记得小时候的事儿？你错了！"

黄有发无言以对，看着小青眼中射出的寒光。

"还有，你以为你那个宝贝儿子是出淤泥而不染啊？扯淡！他比你还恶，比你还坏。对，钢琴老师是被我买通的，不然也没机会拍下那么好的录像。对了，给你的这个，只是拷贝版，想要母带，你得加钱。"小青说着就大笑起来。

一听这话，黄有发身旁的几人猛地围了过来。但黄有发却叹了口气，摆了摆手说道："小青啊，我现在已经到了这个年纪，早就有了金盆洗手的打算。以后江湖上的事我不会过问了，你好自为之。但有句话我要告诉你，在这个世界上，不会有人一直强，早早晚晚都会被别人替代。你最好别当第二个老鬼！"他加重语气说。

"呵呵，就凭他们几个？想替代我？"小青笑着问。

"呵呵，不一定是他们。只要价钱够，没有什么人是替代不了的。"黄有发把脸沉了下来。

"好，那我等着。"小青笑着说。

小青一脚踹开门，气势汹汹地走了出来。郊外的夜风带着一股草木气味，吹在脸上凉飕飕的。他钻进保时捷，轰鸣地将车开动，一下把身后的泰格和阿飞甩出百米的距离。郊区的道路没有路灯，他把音响开到最大，去驱散内心的寂寞。但却没想到，就在他车后的几百米远，正有一辆老金杯车在默默地尾随着。

崔铁军开着车，紧紧地盯着前面的两辆跑车。为了不让对方发现，他始终保持着百米左右的距离。天很黑，路很陡，金杯跌跌撞撞地摇晃着。徐国柱和潘江海紧抓着车里的扶手，身体还是止不住前仰后合。

潘江海看崔铁军表情紧张，就拿胳膊肘儿碰了碰他："哎，大背头，听首歌吧。"他提议。

崔铁军眼神不好，再加上路黑，把脑袋几乎贴在了车玻璃上："你自己弄，手抠儿里有光盘。"

潘江海拿出几张光盘，选中了一张《华语老歌》，车厢里顿时响起了音乐：

> 绿草苍苍，白雾茫茫，有位佳人，在水一方；
> 绿草萋萋，白雾迷离，有位佳人，靠水而居。
> 我愿逆流而上，依偎在她身旁，无奈前有险滩，道路又远又长；
> 我愿顺流而下，找寻她的方向，却见依稀仿佛，她在水的中央……

歌声如月色一般缓缓流淌，大家听着歌，心情都安静下来。但这显然不是徐国柱的口味："哎，喷子，换一首，换一首！你这听的都是什么啊，靡靡之音！咱们这儿追车呢，找个提气的！"

"你还要求挺高。"潘江海笑，他说着按动选曲键，换了下一首歌。音乐的节奏顿时激荡起来。那首歌正是费翔的《冬天里的一把火》：

> 你就像那冬天里的一把火，熊熊火焰温暖了我的心窝，
> 每次当你悄悄走近我身边，火光照亮了我。
> 你的大眼睛，明亮又闪烁，仿佛天上星，最亮的一颗。
> 你就像那一把火……

三个老家伙一边追车，一边哼唱，在音乐里，仿佛回到了年轻时的八十年代，身体里涌动起青春和热血。面前的道路渐渐平坦，黑夜也被远处的灯火点亮，他们陶醉了，甚至没注意泰格和阿飞驾驶的车辆，已经悄悄绕到了金杯的后面。

眼看着蓝色的保时捷驶上了高速。崔铁军狠踩油门儿，老金杯发出一阵轰鸣，但车速却提不上去。正在这时，阿飞驾驶的雪佛兰科迈罗拦腰冲

了过来。崔铁军大惊，猛踩刹车，老金杯一下横了过来，一头扎进了树坑。

"我肏你姥姥的！"徐国柱一把拉开车窗，大骂道。

但泰格和阿飞却哈哈大笑，一转车头，轰的一声驶上了高速。

徐国柱和潘江海下了车，和崔铁军配合了半天，才把金杯车倒出了树坑。

"完了完了，净他妈听歌了，正经事儿给耽误了吧！"崔铁军沮丧地说。

"就你丫换歌换的，冬天里的一把火，我看都他妈烧自己身上了。"潘江海也埋怨道。

徐国柱这下没了话，他拿出手机，拨通了一个号码，快步走到高速路旁。不一会儿，一阵巨大的轰鸣声由远至近。

"终于来了！"徐国柱兴奋起来。

说时迟那时快，一辆改装的白色菱帅飞驰到他面前。徐国柱拉开车门就上了车。

"哎，那帮小王八蛋就交给我了。你们赶紧拦住那个老王八蛋！"徐国柱大声喊着。

"哎，你丫一人儿哪儿行啊。下来下来！"崔铁军赶紧往菱帅那边跑。

徐国柱显然早有预谋，菱帅缓缓地起步。"老哥俩儿，如果我还能活着，请你们丫吃卤煮啊，双菜底儿的……"徐国柱冲两个人庄严地敬礼，车飞驰而去。

"大棍子，你傻×吧，逞什么能啊！大棍子……"崔铁军在车后追着，"你丫必须活着，你大爷的！"他大骂。

60

这部改装的老菱帅得有七八年车龄了，原本 1.6 的排量也不知让柳爷动了什么手脚，跟打了鸡血似的往前冲。

"哎，你丫怎么不开出租车啊？"徐国柱问。

"那是人家公司的，出了事儿怎么办？给人家找麻烦啊。"柳爷回答。

"局气，真局气！不愧是'的士之星'。"徐国柱笑着竖起大拇指，"哎，这车能这么改吗？报备了吗？"他又问。

柳爷扭头笑笑："棍儿哥，我当着明人不说暗话，这车不但没报备，还摘牌了。等完事之后，该罚款罚款，我认了啊。"

"行，你丫思想上有进步了。"徐国柱大笑，"没事，好好开你的，弄好了不但不会罚你。没准给你弄个见义勇为好市民什么的。"他说着从兜里掏出手串，揉搓起来。

"得嘞，就冲您这句话，甭管他们丫是什么车，就是火箭咱也得追上。"柳爷说着就降挡提速，菱帅不负众望，速度一下就飙到了180。

徐国柱怎么也没想到，也就不到十分钟，菱帅就撵上了前面的保时捷和科劳罗。但这主要原因却不是靠柳爷的车技，而是高速上不断闪转游离的数辆出租车。

"你的兄弟吗？"徐国柱问。

"都是我徒弟，单双班儿的都有。"柳爷撇嘴笑了。

"这么多辆车，我可给不起份儿钱。"徐国柱感叹。

"不用，能配合警察干活儿，我们光荣。"柳爷由衷地说。

"哎，放首歌吧！"徐国柱又来了劲儿。

"听什么的？我这儿都是老带子。"柳爷车技了得，聊天也没耽误追车。

"带劲儿的！"徐国柱说。

"得嘞。"柳爷说着就从手抠儿拿出一盘带子，插进车的老卡座儿里。车内顿时刮起了一阵八十年代的"西北风"。

我家住在黄土高坡，大风从坡上刮过，

不管是西北风还是东南风，都是我的歌，我的歌；

不管过去了多少岁月，祖祖辈辈留下我，

留下我一往无际唱着歌，还有身边这条黄河。

啊啊，啊啊啊啊啊……

"范琳琳唱的。牛×啊！"徐国柱高兴了。

两个老家伙顿时"燃"了起来。菱帅开得出神入化，不一会儿就超过了泰格和阿飞的科迈罗。这时，保时捷和科迈罗都已突破了出租车的围困，泰格猛地打轮，想把菱帅撞出去，但柳爷摘挡提速，一下就蹿了出去，科迈罗反而险些撞到高速围栏上。阿飞知道，这是碰上高手了，于是便和泰格在车中换位，自己把上了方向盘。他是驾驶的高手，科迈罗一下像变了性格。"轰"的一声咬上了菱帅的车尾。柳爷赶忙打轮，把车横着挑了出去，却不料科迈罗凭着性能的优势，轻易地一蹿，狠狠地撞了过去。菱帅的后保险杠顿时被撞得粉碎。

徐国柱被胸前的保险带狠狠地勒住，差点吐了出来。"你这车不行啊。"他大喊。

柳爷当然知道危险，但他瞅准机会，猛踩刹车，让科迈罗先蹿出去，但想撞它的时候，菱帅却怎么也跟不上去了。在高速追车，随时都有车毁人亡的危险，柳爷不敢怠慢，随手关上了音乐。

"再怎么着，这帮孙子也是3.0的排量，咱们现在是拿步枪干大炮。棍儿哥，你扶好了啊。我得用点儿骚招儿了。"柳爷说着就打开远光灯，狠踩油门儿，猛地开到了科迈罗的车后。阿飞以为他要撞自己的车尾，就立即提速，却不料柳爷根本就不是冲他。就在科迈罗闪开的一瞬间，径直朝着小青驾驶的保时捷蹿去，只听"咚"的一声，保时捷被撞到了车的左后方，车顿时朝着左侧甩头。阿飞刹车不及，眼看就要撞到驾驶位的小青，赶忙往左打轮，这一下可毁了。科迈罗顿时撞上了防护栏，车头冒起了烟。

"啊哈！"柳爷和徐国柱大叫着，再次打开卡座儿，随着歌声唱了起来。

"不管过去了多少岁月，祖祖辈辈留下我，留下我一往无际唱着歌，还有身边这条黄河。啊啊，啊啊啊啊啊……"

小青见势不好，努力把稳方向，朝着最近的一个高速口驶去，但临近却发现堵着好几辆出租车。他无奈掉转车头，继续疾行。直到下一个出口才驶了出去。柳爷在后面死死地咬住不放，两辆车又一前一后地行驶了四五公里，刚到市南区，就被一辆横在路中间的小公共客车堵住。小青一个急刹车，保时捷被迫停下。

"快滚开！"他摇开车窗大喊着。

但小公共客车却根本没动地方。小青知道有诈，拉开车门走了下来，手中握着一把明晃晃的日本战刀。这时，柳爷的车也到了，车还没停稳，徐国柱就跳了下来。他三步并作两步，赤手空拳地走向小青。

两个相隔四五米的距离，小青冷冷地看着徐国柱："怎么着？想替老鬼报仇啊？"

徐国柱撇嘴笑笑："我们当警察的，见着犯事儿的就得办。谈不到给谁报仇。再说……"他停顿了一下，"动刀的那孙子早就进号儿里了，这不等着让你做伴儿呢吗？"他拿话点小青。

小青一愣，但随即用傲慢掩盖住紧张："你想怎么着？老家伙，就凭你能抓得了我？"

"呵呵，那咱们就试试。"徐国柱往前走了两步，双手一抖，就从袖口儿里滑出两根甩棍。他捏住棍把儿往左右一甩，棍长立刻延伸到50厘米，这是老警察们最常用的警械具。

小青用双手持刀，把刀竖起，眼神露出仇恨。徐国柱手持两棍，右手将棍身竖起，左手持棍直指对手。他手心有些冒汗，多少年都没玩这个家伙了，在心里琢磨着"刺劈点横撩"的技法。他紧盯着小青的眼睛，预测着自己动手的时机，但不知怎么的，眼前却一阵阵发黑。妈的，临阵掉链子，这可不是爷们儿干的事儿！眼看着双方一触即发，就在此时，从道路四周又冲过来四五辆轿车，走下来了十来个人。为首的正是阿飞和泰格。

他们都拿着棒球棍，呼啦啦地围了上来。小青这一下有了底气，把刀放了下来。

"走啊！"柳爷在车里大喊，但徐国柱并未退却。正在这时，小青身后的小公共客车开了门，一大群人走了下来。

小青回头一看，为首的是一个六十多岁的老头儿。他头发花白，戴个老花镜，穿着一个皱巴巴的纯棉夹克，手里拄着一根破铁棍。

"这是敬老院的还是居委会的啊。"他忍不住乐了。但仔细一看，表情就不再轻松。就在那个老头儿身后，还跟着二十多个气势汹汹的老家伙，他们手里拿着各种家伙，一看就是老炮儿。

"棍子，这帮生瓜蛋子交给我们了。你是警察，就甭动手了。"老万大喊。他说着摘掉了老花镜，把铁棍提在了手里。

后面一个大个儿也冲这边大喊："棍子，还记得我吗？"那人五十多岁，留个板寸，满脸横肉，一看就不是个善茬儿。

"你丫什么时候出来的？"徐国柱笑了。

"昨天啊，万爷他们接的我。"那个人就是杠头。

"改造得怎么样，重新做人没有？"徐国柱视小青如无物，继续隔空喊话。

"早就金盆洗手了，但没想到，这刚出来就又碰上流氓械斗了。"杠头手里拿着一挂铁锁链，攥得哗啦哗啦响。

"这怎么是流氓械斗啊。咱们这是在见义勇为，咱们都是'朝阳群众'！"老万回嘴。

小青等人见到这个阵势，也有些犯怵。泰格一个人站了出来。"哎，你们都是干什么的？！没事别裹乱，快滚！"他气势汹汹地说。

老万走上前去："小王八蛋，嘴头子还挺硬。我告诉你啊，我们是冲着那个紫毛的兔崽子，识相的就快滚，要不就甭怪我们不客气。"他说着就把铁棍拿了起来。

泰格哈哈大笑："你个老家伙，拿个破棍子吓唬谁啊。"

"破棍子？"老万撇嘴，"这他妈是管儿叉！你爷爷我用它的时候，你还是液体呢。"他说着就把铁棍的另一头儿亮出来，果然是明晃晃的管儿叉尖头儿。

泰格这下傻了，知道这帮老家伙是江湖的老手。小青一看就绷不住了，转头就跑。老万见状，领着老家伙们一拥而上，被泰格和阿飞等人持棍阻截。徐国柱离小青最近，拿着甩棍就追了过去。夜晚的街头顿时乱成一团。泰格挺猛，拿个棒球棍左劈右砍，眼看就要突围。但这时，老万却挡在了前头。他不慌不忙地脱掉上衣，瘦骨嶙峋的身上竟然文龙画虎。他把管儿叉往上一提，走了过去。"小兔崽子，老子给你放放血！"他大喊起来。

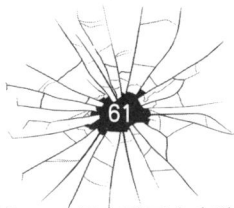

61

而此刻崔铁军和潘江海，已经走进了农家院，把黄有发等人堵在了里面。两个人本想等大队人马到了之后再下手，却不料黄有发等人已经背着行囊走出了房间。万般无奈之中，就只得硬上了。

在院子里，黄有发抽着一根红双喜，冷冷地看着两个人："就凭你们两个，能拦得住我们？"他带着人步步紧逼。

崔铁军不由得向后退去，他知道黄有发身后的几个人都带着家伙。

"还有你，收了我们的钱，还堵我们的路？"黄有发指着潘江海说。

"我什么时候收你的钱了？"潘江海反问。

"呵呵……"黄有发笑了，"我们每一笔出账都有记录，你以为能逃得掉吗？"

"好。"潘江海点头，"那我告诉你，我收的每一笔也有记录，这点郑光明也可以做证。"

"什么？郑光明？"黄有发觉到不对。

"你是不是还在等他的证件啊？呵呵……"潘江海笑了，"那我告诉你，趁早别等了，他已经让我们抓获了。"他尽量延伸话题，以拖延时间。

"啊！"黄有发愣住了。

"所以我劝你啊，最好马上投降，我们可以算你自首。"潘江海让声音尽量平稳，"再说，现在门口都是特警，你想出去也出不去！"他加重语气。

崔铁军侧目看着潘江海，知道他这是在玩疑兵计，于是也开始配合："黄有发，你现在唯一的出路就是自首，听见没有！"他说着就往前走了一步。

这一步非同小可。走对了，就可以抢占上风，但走错了，就会引来杀身之祸。

果不其然，黄有发身后的几个人顿时都亮出了家伙。但黄有发，却不禁退后了一步。

"怎么茬儿，还都带着家伙呢？想硬磕啊？你要清楚，我们抓你，只是因为经济案子，犯不着把事儿往天上捅吧。"潘江海说。

黄有发笑笑，摇了摇头："我知道你嘴上厉害，郑光明没少跟我提起。但我不信你现在说的话，外面根本就没人。"他说着又往前走了一步。

潘江海知道没唬住他，想再找理由拖延。却不料，黄有发身后的几个人齐刷刷地掏出枪，指向他们。

崔铁军面对黑洞洞的枪口，汗水不禁流了下来。

"干掉他们！"黄有发气急败坏地大喊。

崔铁军一闭眼，知道自己在劫难逃。但没想到枪声却并未响起。他缓缓地睁开眼，竟发现一把手枪顶在了黄有发的头后。

"都别动，我是警察！"黄有发身后的一个人大喊，"这件事跟你们无关，只要你们放下手中的武器，就算有自首的情节。"

崔铁军一看这个就乐了，他壮着胆子往前走了两步。刚要说话，却被潘江海抢了先。他高声大喊："外面的警察马上就到了，要死要活，你们现在决定！"

他一咋呼，几个打手纷纷放下了手中的武器。两个老警察见状就跑了过去，从兜里掏出拇指铐，三下五除二把几个人都铐了起来。

黄有发瘫软在地上，默默地叹气。卧底警察给他戴上了背铐。

"哎，哥们儿，你是哪儿的？"崔铁军走过去问。

卧底警察笑笑："我是光州市的，在这个团伙待了半年了。"

"哦，咱们为的是一个案子吧？"崔铁军问。

"我不能说。"卧底警察摇头。

"行，小伙子真棒。"崔铁军拍了拍他的肩膀。

没过一会儿，林楠和楚冬阳闯了进来。

"崔师傅、潘师傅，你们没事吧？"林楠气喘吁吁地问。

"没事，就是血压有点高……"崔铁军抹了一把脸上的汗，一屁股坐在门口儿的水泥台上，"哎，楠子，咱们得赶紧，大棍子丫要单蹦呢！"他说着又站了起来。

他这么一说，潘江海也跑了过来，但没跑几下，就蹲在了地上。

"哎，喷子，你丫怎么了？"崔铁军转头问。

"没事……你们先去，我有点低血糖……"他说着坐在了地上。

"谁身上有糖或巧克力，馒头也行啊？"楚冬阳跑到了潘江海的身边，"你们先走，这儿交给我了。"他冲着林楠说。

警车在黑暗中风驰电掣，红蓝警灯照亮了夜空。崔铁军紧紧地攥住车内的扶手，反复拨打着徐国柱的电话，却始终没有接通，"大棍子啊，你丫可得留神啊……"他在心中反复叨念着。

"楠子，能锁定大棍子的位置吗？"崔铁军问。

"已经锁定了，最快五分钟就能到达。"林楠果断地回答。

在某个老旧小区外，小青被徐国柱堵进了死胡同。徐国柱的电话在地上响着，他却根本无法顾及。小青这一刀，正砍在他的右臂上，鲜血已经染红了他的衣衫。徐国柱刚想俯身去捡警棍，被小青一脚踢倒在地。

"老孙子,我终于等到这一天了!"小青冲着徐国柱又是劈头盖脸地一刀。徐国柱赶忙往后翻滚,刀尖在水泥地上划出一道深印。

徐国柱挣扎着站起来,此刻已手无寸铁。他气喘吁吁地看着小青,不解地问:"你认识我?"

"大棍子,我岂止是认识……"小青咬牙切齿地逼近,"我到现在这个德性,都是拜你所赐。"

"拜我所赐?"徐国柱皱眉。

"你不会忘了吧,二十年前你开的那一枪。没有那一枪,我就不可能变成现在的样子。"小青恨恨地说。

"什么?你说什么?"徐国柱惊讶起来,他隐隐地觉得,面前小青的言谈举止,竟然像他二十年前见过的一个人,"你是……你是二冬子的?"

"对,我是他的儿子,我叫耿小青!在我四岁的时候,你和老鬼杀了我的爸爸,让我变成了孤儿,无依无靠。要不是黄有发收养我,我可能就饿死在街头了。大棍子,今天我就要替我爸报仇!"他说着又举刀劈了过来。徐国柱迅速往后躲闪,但这一刀还是划到了他的大腿,顿时鲜血直流。

徐国柱用手扶住墙,感到天旋地转。不服老不行啊,他大汗淋漓,气喘吁吁,体力消耗殆尽。但他依然没有退却,用身体挡住小青的去路。

"耿小青,你听着。二十年前,耿二冬持枪杀害警察,被击毙那是罪有应得。我希望你不要走他的老路,不然我也不会对你手软!"徐国柱大声说。

"呵呵,你承认就好。你也别跟我在这儿说了,有什么话到那边儿跟我爸讲去!"小青说着就端起刀,冲着徐国柱就刺了过来。徐国柱连退两步,眼看着刀到身前,不料身后却有一个人跑了过来。

小青一刀刺空,抽不冷子见多了一个人,顿时往后退了两步。但仔细一端详,发现这个人十分怪异。他年龄在五十岁上下,衣衫褴褛、蓬头垢面,手里攥着一根破铁棍。

"大棍子……我……可找到你了……"徐国柱回头一看,那人正是范大傻子。

"你……怎么在这儿啊?"徐国柱上气不接下气地问。

"我家……就住在胡同里……"范大傻子往里指了指,"大棍子,你们可把我害苦了。你们让我到故宫去做鉴定,我去了。但人家不理我,这都好几个月了,我才回来。"他哭丧着脸,手里还捧着那个"九龙宝剑"。

"好几个月了?你怎么去的北京啊?"徐国柱皱眉。

"我……我走着去的……"范大傻子一脸苦相。

两个人刚说了几句,小青又拿着刀冲了过来,他的目的很明确,就是想要徐国柱的命。徐国柱正赤手空拳,一把就将范大傻子的"九龙宝剑"夺了过来。他用尽全力,冲着小青手里的日本刀就砸了过去。耳畔只听"哐"的一声响,两柄铁器相撞,徐国柱腕上的手串被震断,飞散了一地。

小青退后两步,手被震得发麻。徐国柱低头,发现手中的"剑"已变了样子。经过猛烈的震动,剑身上斑驳的铁锈已经裂开,露出了里面金属的黝黑。

徐国柱用手攥住"剑"的两头,猛地一拽。哐啷一声,宝剑竟然出鞘。洁白的剑身在月光的映照下寒气逼人,上面正刻着九条龙的印记。

"哈哈哈哈……"徐国柱大笑,举剑就迎着小青跑了过去。两个人一刀一剑在胡同里酣战,只见白光纷飞。徐国柱步步紧逼,趁小青不备,一剑刺中他的右手,日本战刀应声落地。徐国柱乘胜追击,用剑一挑,小青便摔倒在地。他本想上前将其按倒,但不知怎么的,身体却不听使唤,怎么也动不了地方。他用尽全力,还想往前挪步,却不料根本找不到小青的身影。他惊慌失措,努力地寻找,但面前却是一片黑暗。耳畔似乎响着什么声音,像是柳爷车里放的歌曲,但声音却越来越小。他感到浑身疲惫,跌坠在黑暗里。

"徐师傅,徐师傅!"林楠扑在徐国柱的身体上大声喊着。崔铁军和小吕也扑到他身旁,用力地摇晃着他。

"急救中心吗？我在市南区，你们快点！快点！"崔铁军抚着徐国柱渐渐冷去的手，泪流满面，"棍子，你丫得扛住啊，别他妈这么屌！"

"师父，你醒醒啊……"小吕也哭出了声音。

夜色如水，泪如雨下。徐国柱扑倒在冰冷的水泥地上，右手拿着一根锈迹斑斑的铁棍。

小青戴着手铐瘫坐在地上，呆呆地看着那根铁棍，永远也忘不了这个老警察最后的表情。

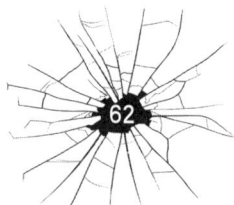

经侦专案组冻结了 D 融宝公司涉嫌非法吸收公众存款的上百亿资金，转到境外的也在依法追缴。涉案嫌疑人无一漏网，其中泰格、阿飞等十余人被群众扭送到公安机关。仇恨让小青付出了终生的代价，贪婪最终令黄有发的商业帝国分崩离析，他们面对如山的铁证，必将受到法律的严判。郑律师明哲保身，成了证明他们犯罪的重要证人。

在医院的手术室门前，专案组的成员聚在一起，焦急地等待着。徐国柱因脑出血，还在抢救着。在几米外的长凳上，坐着老万、柳爷等人。这两拨人第一次坐得这么近。

楚冬阳和林楠站在手术室外的空地上，抽着崔铁军的金桥。

"二十年了，我终于把这件事儿给结了，但是，却让兄弟……"崔铁军重重地叹息，"我是自私啊，不顾别人的死活……"

"崔师傅，您是为了职责，警察的职责。"林楠说。

"楠子，这些事儿，你是不是早就知道了？"崔铁军转头问。

林楠苦笑着点头："对不起，这个案子，只有您才能办。"

"唉……我们都老了，以后就要看你们的了。你们行，能把我们拍在沙滩上。"崔铁军长叹，默默地吸吮着香烟，"你呢？案子结束了，你还留在支队吗？"他转头问楚冬阳。

"案子还没有结束，这才刚刚开始。"楚冬阳缓缓地说，"黄有发只不过是一个傀儡，我们抓他的目的，是为了挖出更大的蛀虫。崔师傅，我现在可以告诉你了，我不仅是咱们这个专案组的成员，更是省厅大专案的成员。"

"嗯，我知道，是那个钱穆。"崔铁军说。

"崔师傅，这个名字到此为止。你说的我就当没听见，你也最好忘了这个名字。"楚冬阳提醒道。

"明白，通天儿了。"崔铁军轻轻地点头。

"你弟弟是个好样儿的。"楚冬阳没头没尾地说。

"什么？"崔铁军诧异。

"他是为了职责而牺牲。二十年前，他本想把关键证据交给你，但不幸被二冬子阻拦。指使二冬子将他杀害的，就是黄有发。他的名字一直在专案里。这么多年了，我们都在继续他未完成的使命。"

"哦……"崔铁军点点头，眼泪止不住流淌下来。

林楠看着楚冬阳，终于明白他来经侦支队挂职的原因。黄有发在省厅专案组眼里，根本算不上是什么大鱼，抓获他只是破获更大利益集团的第一步。而楚冬阳就是来引爆导火索的。真正的专案才刚刚开始。

"政委，如果有机会，我很想和您好好合作一回。"林楠由衷地说。

楚冬阳笑了。"谢谢，林楠同志。这段时间我一直身不由己，做的一些冒犯你的事，也请你原谅。"

"不会，都是为了职责。"林楠摆手。

"唉……感觉很累啊，真的有些想媳妇了。"楚冬阳呼了口气，"回去得好好睡一觉。"

"老郭到底是什么问题？"崔铁军问。

"他的问题很复杂……"楚冬阳正色，"他不仅在 D 融宝这个案件上通风报信，还牵连到几年前江浩的那个案子。他陷得太深了……"楚冬阳叹了口气，"因为这个案子，省厅的一个领导也被双规，咱们干警察的，真是时刻都要保持自省啊。"

"哦……"崔铁军感到震惊，"我能和他聊聊吗？"

楚冬阳看着他，轻轻摇头："算了吧，给他留最后的脸面吧，他谁都不想见。"

"唉……"崔铁军仰望夜空。他在想，大棍子那批干得最好的"卫生警"，也栽了。

他们正说着，突然听到里面传出了哭声。等赶到手术室门口的时候，徐国柱的身体已经被蒙上了白布。

"棍子，棍子！"崔铁军声嘶力竭地喊着，一下扑倒在他身上。徐国柱静静地闭着眼，表情安详，像睡着了一样。

"兄弟，哥哥对不起你，对不起你……"崔铁军泪流满面。

这时，柳爷带着花姐走了进来。她默默地守在徐国柱的身旁，随着医生走到处置室，给徐国柱擦净身体、换上寿衣，她在尽一个家人的最后职责。

在送别的时候，花姐轻轻地吻了徐国柱的额头："棍子，这辈子认识你，我不亏。你等着我，有一天咱们会见面的……"她虽热泪盈眶，却始终保持笑容。

小吕抽泣着，潘江海拍着他的肩膀安慰道："徒弟，只要当警察，就都得学会承受。这也是必修课之一。"

"潘师父……我还没帮徐师父完成网上教学的作业呢……我……我现在就去。我不能让他担心……"小吕一边流着泪，一边往办公室走。

"唉，你个傻孩子……"潘江海看着他的背影，也泪流满面。这时，沈政平带着小张和小李走了过来。潘江海擦干了眼泪，平静地看着他们。

"老沈，等我审完最后一个人，我自己会去找你们。那些钱我都没动，一直在家封存着，如果你相信我，我会原封不动地交给你。"潘江海一字一句地说。

沈政平沉默着，没有表态。

"谢谢，谢谢……"潘江海知道，这已是他权限范围内最大限度的表态。

"老潘，请你理解，我们也是按职责办事。"沈政平终于开了口。

"唉，这是我咎由自取。"潘江海苦笑着摇头，"谢谢你，让我给这辈子画上一个句号。"

"要去审谁？"沈政平问。

"谢春宝，一个证人。猎狐办一直让泰国警察保护着他，今天上午刚带回国。拿下他，整个案子就通了。我得给大棍子一个交代。"潘江海说。

沈政平点点头："我们在这儿等你，两个小时，可以了吗？"

潘江海点点头，他拨通了小吕的电话："喂，徒弟，先别弄了，跟师父一起问人去。"潘江海快步走着，他知道，这将是自己人生中最后的一次审讯。

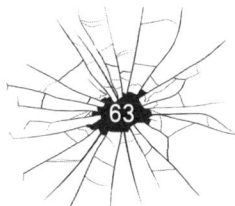

63

时间飞逝，一晃两个月，崔铁军正式退休了。支队在市局食堂召开了隆重的欢送仪式，专案组的全体成员都来相送。林楠花了一个多月的工资，买了一箱茅台，但还没摆上桌就被崔铁军给骂了。崔铁军轴劲儿上来了，非闹着要喝"白瓶绿标"，林楠没办法，从门口儿小卖部搬了一箱才一百块钱。大家都喝高了，一会儿哭一会儿笑，崔铁军拍着小吕的肩膀反复地说，不要忘了三个师父教的本事。只有潘江海没来，他在退休前还是脱去了心爱的警服。鉴于他有戴罪立功的表现，法院没有判他实刑。据说他在离开的时候，曾经跟崔铁军喝过一场大酒，在酩酊大醉时发誓，以后一定要考个律师资格，专门干给警察维权的活儿。

崔铁军喝多了，非要去看看徐国柱。林楠拦不住，就索性让全支队的民警换上制服，一起前去祭奠。众人捧着鲜花走到徐国柱墓前的时候，却发现刚刚有人来过。墓碑前摆着一个花篮，上面的挽联写着：忠义慨然冲宇宙，英雄从此震江山。

"大棍子，他们丫拿你当关公了。"崔铁军苦笑。他看到挽联上写着：万建国、柳刚、石大宏、王金花敬挽。但在心里，念的却是老万、柳爷、杠头和花姐这一帮南城老炮儿的名字，"你丫行，牛×！这辈子没折过腕儿！你是这个！"崔铁军竖起了大拇指，笑着流泪。

晴空万里，秋天是这个城市最美的季节，街上喧嚣熙熙，一派繁华的景象。老百姓在过着再平凡不过的日子，他们会抱怨交通的拥堵，吐槽生活的艰苦，他们会说老板的坏话，和心爱的人拌嘴，为了鸡毛蒜皮的事儿喋喋不休。但他们也许不曾想到，在和平时期还有无数像徐国柱一样的警察，在为了职责付出生命。起风了，草坪像海潮般涌动，世间万物终归渺小，但这无数个渺小，却可以组成伟大、化为不朽。

经侦支队的全体成员在墓前默默伫立着，小吕和他的朋友为徐国柱写了一首歌，名字叫《警察职责》。他用手机放了出来，歌中唱道：

面对枪口，你害怕了吗，

面对质疑，你郁闷了吗，

面对凶险，你犹豫了吗，

不要忘了，你是个警察；

每个清晨，你疲惫了吗，

每个冷夜，你寂寞了吗，

父母妻儿，你照顾过吗，

不会忘了，你是个警察。

既然从警，就不会懦弱，

兄弟倒下，也不会退缩，

抛洒热血，去践行承诺，

眼含热泪，去接替职责；

为了妈妈，幸福的笑容，

为了孩子，安心的生活，

付出生命，又能算什么，

一生奉献，去坚守职责，

职责！

　　歌声回荡在秋风里，随着树叶的哗哗响声传到很远的地方。潘江海远远地望着，始终没有上前。他看着手中探组的合影，默默地叹气，不知怎么的，总觉得有人在身后叫自己的名字。他缓缓地转过头，竟看到徐国柱伫立在阳光里。他还是那么大大咧咧的，手里揉着手串，嘴里叼着中南海，正笑着说些什么，但似乎又什么都没有说。潘江海看着他，笑着流泪。他知道，徐国柱去了属于他的那个地方。

（全文完）